松姫　夕映えの記

――八王子とともに――

前野　博
MAENO HIROSHI

目次

主な登場人物

松姫・信松尼　この物語の主人公・武田信玄の五女
貞姫　武田勝頼の娘・松姫に育てられる
香具姫　武田を裏切った小山田信茂の娘・松姫に育てられる
督姫・生弌尼　仁科信盛の娘・松姫に育てられるが、病弱で出家し若くして亡くなる
勝五郎・仁科信基　督姫の兄、松姫と一緒に逃げて来るが、心源院で出家し仏門に入る
見性院　武田信玄の二女、穴山梅雪の妻、武田家再興を願っている
おつま　松姫の身代わりとなり、徳川家康の側室になり武田信吉を産む
御聖道様・竜宝軒信親　盲目の武田信玄の二男、松姫、御坊丸を励まし支える
顕了・武田信道　竜宝軒信親の息子・大久保長安事件に連座して伊豆大島に流される
教了・武田信正　父・顕了と共に伊豆大島に流されるが許されて戻り高家武田家を再興する
武田勝頼　武田信玄の四男、武田家の後継者となるが、天目山において落命する
仁科信盛　武田信玄の五男、松姫と同腹の兄、高遠城で織田軍と最後まで戦う
織田信長　天下統一寸前に明智光秀の謀叛に遭い本能寺において落命する
織田信忠　織田信長の嫡男、松姫と婚約するが破談となる。本能寺の変で落命する
御坊丸・織田信房　織田信長の五男、岩村城のおつやの方の養子となるが、武田の人質となる。本能寺の変で落命する
おつやの方　織田信長の叔母、岩村城を武田の秋山虎繁に攻められ開城、後に虎繁と結婚、武田側となる。信長に処刑される

秋山虎繁　武田二十四将の一人。妻のおつやの方と共に信長に処刑される
北条氏照　北条氏康の三男、八王子城城主、北条家滅亡時に主戦派として自害を命じられた
お比佐の方　北条氏照の正室、心源院に居住する松姫を庇護し援助する
豊臣秀吉　織田信長死後、北条氏を滅ぼし天下統一を果たす。
淀殿　織田信長の姪の浅井三姉妹の長女、豊臣秀吉の側室で秀頼の母
徳川家康　豊臣秀吉死後、二百六十年続く徳川幕府の支配を確立する
大久保長安　徳川幕府草創期を支えるが権力闘争に敗れ死後一族滅亡
徳川秀忠　二代将軍、幸松の父
お江与の方　徳川秀忠の正室、淀殿の妹
お志津　幸松の母、お江与の方から嫉妬憎悪される
幸松・保科正之　徳川秀忠の庶子、三代将軍家光、四代将軍家綱を補佐し幕政の基礎を築く
石黒八兵衛　松姫付きの家臣（御寮人衆）として終生仕える
中村新三郎　松姫付きの家臣（御寮人衆）、夫婦で生弌尼の世話をする
竹阿弥　松姫付きの同朋衆、雑事全般を取り行う
お里　松姫付きの侍女として終生仕える
本多正信　徳川幕府の権力闘争で大久保忠隣等の武断派に勝利し実権を握る
土井利勝　徳川秀忠の側近、本多正純失脚後幕府の最高実力者となる
卜山和尚　心源院に住し、松姫を得度させる。後に信松院を開山する

キミの家族・元和二年（一六一六）現在

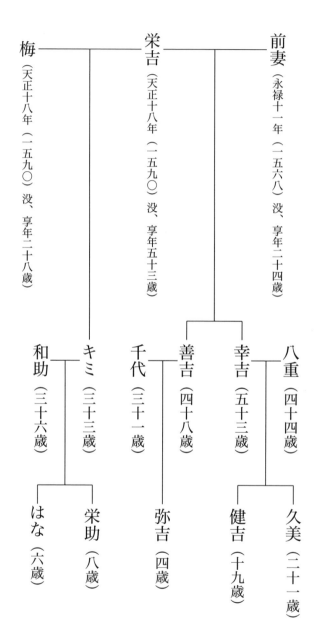

前妻（永禄十一年（一五六八）没、享年二十四歳）——栄吉（天正十八年（一五九〇）没、享年五十三歳）——梅（天正十八年（一五九〇）没、享年二十八歳）

八重（四十四歳）——幸吉（五十三歳）

善吉（四十八歳）——千代（三十一歳）

キミ（三十三歳）——和助（三十六歳）

久美（二十一歳）

健吉（十九歳）

弥吉（四歳）

栄助（八歳）

はな（六歳）

序章

天正十八年（一五九〇）六月、鍛冶屋栄吉の女房お梅と娘おキミが八王子城城下の横山口木戸前に立っていた。北条氏本城がある小田原へ通じるおだわら道は、この木戸から横山宿に入り城下の道を横切ることになる。八王子城の中宿大手門から発した城下の道は八日宿、横山宿、八幡宿を通り抜け、今は空となった滝山城に通じていた。その城下の中間にある横山宿を横切りおだわら道は南へと向かう。

今日は久しぶりに雨が上がり青空が広がっていた。野山の緑は一段と濃く、草いきれが生暖かく漂っていた。二人がそこに立ってから四半刻になるだろうか、お梅が何度となくおキミの汗を拭いていた。

「おーい、まだ待っているのか？　遅いな！」

木戸番の兵士の一人が一時持ち場を離れ、また戻って来た。兵士といっても八日宿で一膳飯屋をやっていた男でお梅も良く知っていた。

北条征伐のために豊臣秀吉が京都を出発したのが三月初め、四月に小田原に到着し二十万の大軍で小田原城を囲んでいた。北条氏は城下の町と農村を城の中に取り込んだ総構えの巨大な城郭を造り、豊臣軍に対し籠城戦で全面対決していた。一方、豊臣軍の別動隊北国軍が碓氷峠を越え関東平野に侵攻して来ていた。北国軍は上州の北条の支城を攻略し終え、武蔵国に侵入、今現在半分以上の支城を制圧していた。北国軍は関東の西部を攻め立て小田原まで進撃して行く。関東東部は小田原包囲軍から徳川軍等の別動隊が出撃し制圧を進めていた。

八王子城城主・北条氏照は精鋭部隊を引き連れ、北条の本城小田原城を守るために出陣していて八王子城にはいない。八王子城を守るのは、士気の高い家臣達と徴用された農民、城下の町民合わせた三千人であった。農民、町民の家族は敵の襲来に備えて城内に避難する者も多くなっていた。

「お梅さんや、坂の頂上にようやく見えたぞ、あれがそうに違いない！」

横山口の木戸も敵襲に備えて補強され、物見の櫓も新たに造られていた。櫓の上にいるのはやはり城下で商いをしている漆器屋の主人であった。

少しの間にお梅にも坂道を下り始めた一団の姿を見ることができた。小さな姿が次第に大きくなってはっきりとしてきた。

「おキミ、信松尼様達がやって来ましたよ」

お梅は大きな風呂敷包みを抱え、傍に鍛冶屋の夫・栄吉の作った二本の鍬を立て掛けていた。おキミは小さな包みを肩にかけていた。

「貞姫様、香具姫様、督姫様は？」

「いるわよ、こっちを見て手を振っているわよ」

お梅が言うと、おキミが木戸前に飛び出して行った。おキミに気づいた三人の姫君が駆け出して来た。たくさんの荷物を載せた荷車を引くのはおキミの兄の善吉、後ろから押すのは石黒八兵衛に中村新三郎であった。その後ろを信松尼が進み、竹阿弥にお里と二人の侍女が荷物を背負い従っていた。

「信松尼様、おキミのことよろしくお願い致します」

お梅は信松尼に深々と頭を下げた。

「お梅や、心配は要りませんよ。兄の善吉も姫君達もいますし、おキミは誰からも好かれて可愛がられていますからね。それよりあなた達のことが気がかりですね。豊臣の北国軍の八王子城攻撃も近いと思いますよ。何といっても敵は大軍です」

「大丈夫です、何とかなります。うちの旦那・栄吉がついていますから、敵が攻めてきても上手に逃げますよ。北国軍は無理な戦いはしないと聞いています。この八王子城の堅固な備えを見たら攻めては来ないのではないですかね」

お梅はそう言って笑ったが、本心はどうなのだろうかと信松尼は益々心配になった。

尼僧は武田信玄の五女松姫であった。今は仏門に入り、法名を信松尼といい、今年二十九歳になる。紫の頭巾で覆われているが、剃髪はせずに黒髪が肩の辺りで切り揃えられていた。その美しさは隠しようもなく、漂う悲しみの影が更に優雅さを深くしていた。

今まで信松尼達が住んでいた心源院は八王子城の搦め手の要塞として使用されることになった。豊臣軍の進撃が間近に迫って来た。戦火に巻き込まれないよう安心して暮らせる場所を、お梅の夫・栄吉が見つけて来てくれた。ようやく引っ越しの準備が整い、今日が信松尼達の出発の日となった。

「何事も起こらなければいいですが、そういう訳には行かないでしょう。おキミのためにも命を大切にしてください。栄吉には本当に世話になりました。栄吉のことゆえ心配はないと思いますが、戦が終わり互いに元気に再会できる日が早く来ることを祈っております」

信松尼はお梅に向かって手を合わせ無事を祈った。

「ありがとうございます。

これから信松尼様達が向かわれる御所水《ごしょみず》はここから一里半ぐらいの所にあります。その地のことは善吉が良く知っています。清水の湧き出る池の畔の落ち着いた良い所だと聞いています。わたし達のことはご心配なく、必ず皆さんに会いに行きますから」

御所水は小高い台地が続く、多摩の横山の中でも住む人の少ない静かな場所であった。こんこんと清水が涌き出し、小さな池をつくっていた。そこは谷間というより小高い丘の中腹であり、名前の由来が高所から湧き出る水からきていると想像できた。誰か高貴な人が住んでいたという話は伝わっていなかった。各地に高清水という地名は多いが、それは清水の湧き出る高地であることを意味していた。

一ヶ月前までは杜若や菖蒲の花が咲き誇っていたが、今は池が見えないほどに草が高く繁っていた。その先の平坦な土地に信松尼達が住む庵と家を、栄吉が番匠大工の仲間を集めて建ててくれた。

「お梅、その荷物を荷台に乗せよう」

石黒八兵衛がお梅から大きな風呂敷包みを受け取り荷台に乗せた。

「八兵衛さん、この鍬も乗せてください。栄吉が八兵衛さんにと言っていました」

「これは有難い。栄吉が御所水の土は下案下の土より良いと言っていた。着いたら早速土地を耕し畑を造らんといけんからな。栄吉の作った農具はどれもが丈夫で良いものばかりだ。気持ちよく仕事ができるし仕事も早く進んでくれる」

石黒八兵衛と中村新三郎は松姫付きの家臣であるが、八王子へ来てからは刀を差すより鍬や鎌を持っての農作業の日々が殆どであった。同朋衆の竹阿弥も一生懸命農作業に従事していた。ひ弱な体であったのがたくましくなっていた。


「おキミや、ここへ来なさい！」

お梅が手を振りおキミを呼んだ。

「おっかさん、なに？」

「なにではないでしょう！　信松尼様にこれからお世話になるのですよ。皆さんに迷惑かけないようにしなくてはいけません。できますよね？」

お梅がおキミの肩に手をかけ信松尼の前に真っ直ぐ立たせた。今までおキミと一緒に戯れていた姫君達も一歩下がって様子を見ていた。

「はい！　大丈夫です。きちんとします。信松尼様よろしくお願いします」

おキミは信松尼に向かって深々と頭を下げ、八兵衛を始めとする供の者に対しても世話になることを頭を下げてよろしく頼んだ。

「おキミもこのように挨拶ができるようになりました。お梅、心配は要りませんよ」

信松尼はおキミの頭を優しく撫でた。それを見て姫君達がクスクスと笑っている。おキミは天正十年（一五八二）、信松尼達が甲斐の国から必死の思いで逃亡し、ようやくたどり着いた上案下の金照庵で生まれた、栄吉とお梅の子どもであった。あれから八年が過ぎた。姫君達も十二歳になろうとしている。

「さあ出発しましょう」

石黒八兵衛の声が城下の町に響いた。町は閑散として静かであった。三月までは市が立ち人の出入りも多く町は活気があった。豊臣軍の関東侵攻が始まると戦乱を恐れた人々は町から離れたり、総構えの八王子城城内に商いの場所を移して行った。

おだわら道は城下の大通りを横切り横山口の南木戸に向かう。

「信松尼様、あの左の丘が月夜峰《つきよみね》です」

お梅が指をさした。

「あそこが月夜峰なのですね。比佐の方様からお話をうかがったことがあります。氏照様と良く月見の宴を開いたそうですね。氏照様が横笛を吹き比佐の方様が琴を弾いたと楽しそうに話していました」

比佐の方とは北条氏照の正室であり、心源院で暮らす上において信松尼は多大な援助を受けていた。栄吉、お梅の夫婦も比佐の方の世話になっていた。八王子城に栄吉達夫婦が残るのも比佐の方を何としでも守らねばとの気持ちからであった。更に信松尼の比佐の方を気遣う心を感じ取り栄吉、お梅はその意志を固くしていた。

「比佐の方様は必ずお守り致します」

お梅が強く言い切った。

「皆元気に会える日が来ると思います。お梅や、おキミのことは安心して任せて下さい。誰よりもおキミがお梅と栄吉を待っているのですからね。無理をしてはいけませんよ。しばらくのお別れです。また会いましょう」

信松尼はお梅からおキミを受け取りしっかり手を繋いだ。栄吉のおかげで信松尼は何度も危機を逃れることができた。だからといって今回もうまく行くとは限らない。不安が信松尼の心に大きく広がっていた。

「おっかさん、心配しないでね。おキミは良い子でいるからね！」

八王子城の奥に聳える景信の尾根の方から爽やかな風が吹いて来た。野山の緑が眼にまぶしく光り輝き、涙が滲んで来る。

おキミは何度も振り返りお梅を見ていた。城山川の橋を渡り坂道を上ると出羽山砦の脇に出た。その高台の木々の間から城下の町を見ることができた。横山口の木戸の前にはまだお梅が立っていた。もう声が届かない距離であり、出羽山は木々の緑で覆われ、お梅の所からはおキミの姿を見ることはできなかった。

「おキミや、さあ行きましょう」

信松尼が肩を包むようにしておキミの体の向きを変えた。

「おっかさん！」

おキミがぽつりと言って涙を落した。

「おキミ、元気を出すのよ!」

貞姫が声を詰まらせながらおキミに声をかけた。香具姫も督姫の頬にも涙が伝っていた。姫君達は四歳の時に母親と別れ、その後両親が死んだことを知らされた。別れの時、信松尼はそれぞれの母親から娘をよろしく頼むと託された。今姫君達は十二歳となり健やかに成長している。姫君達の心を辛い別れの思い出が過ぎっているのだろうと信松尼は思った。

武田が滅びてから八年が過ぎ、今北条が滅びようとしている。信松尼の心は重く沈みそうになるが、足取りはしっかりと御所水の里に向かっていた。

武田の姫君

一、

天正十年（一五八二）、松姫と少女三人の運命が激変した。

織田信長は石山合戦を収束させ、毛利氏に対しても攻勢を強め有利に戦いを展開していた。信長の目が東国に向いた。前年の天正九年、武田勝頼は徳川軍攻撃にさらされた高天神城《たかてんじん》に後詰を送れずに落城させてしまった。韮崎に築城している新府城も、武田家の防衛強化の姿勢だけが目につき、武田勝頼の声望は坂道を転がるように下って行った。天正十年の正月、竣工した新府城に一族親戚衆を集め祝賀の宴が催された。例年の華やかさもなく、盛り上がりのないままに宴はお開きとなってしまった。

「兄上様、高遠《たかとお》の城に松をお連れ下さい」

新府城の庭から月明かりに白峰の山脈が黒く聳え立つのが望めた。松姫は実兄の仁科信盛にそっと話しかけた。

甲斐へ向かって軍を進めて来る織田に対して、武田は果たして守り切れるだろうかと誰もが不安であった。天正九年の秋、長い間武田家に人質となっていた信長の五男・御坊丸こと勝長を信長のもとに返還した。何とか和睦の道を探ろうとしていた勝頼であったが、信長の武田家討滅の決意は固く、何らの返答もなかった。

「織田とはいつ戦になるかわからん。高遠は美濃から攻め入る織田軍と戦う最前線の城となる。あまりに危険だと思うが……」

「今、躑躅ケ崎《つつじがさき》の館や新府の城にはいたくはないのです」

「そうか、お松の気持ちわからぬでもない」

信盛は勝頼側近の混乱した状況がよくわかっていた。織田との和睦を画策する一派が松姫を利用しようとした。織田信長の嫡男信忠と松姫が婚約の契りを交わしていた時があった。その時の繋がりを求めようという動きであった。結局はその話も潰えてしまったが、松姫に関する噂だけは終わることなく城館の内外に流れていた。織田信忠は未だ松姫様に未練がおありのようだ……。松姫様も手紙の遣り取りをしているとか……。織田の軍勢が甲斐に攻め込む前に松姫様は織田の領土へ逃亡する計画があるとか……。いや、すでに松姫様は甲斐にはいない……。安土の城で松姫を見た者がいるとか……。

信盛も妙な噂は聞いたことがあった。その度に松姫が翻弄されたりしていないか、嫌な思いをして心を痛めていないかと心配していた。

「お松、武田攻めの織田の総大将は信忠じゃぞ」

「存じております。松には信忠殿に対して何の思いもございません。武田へ攻め入ろうとする敵の大将にしか過ぎません。兄上様、存分に戦いの上、切り取った信忠殿の首を松めにお見せください。松は武田信玄の娘です」

松姫は毅然として言った。新府城の夜空に浮かぶ月が一段と輝きを増し、白峰から吹く風が音を立て庭の落ち葉を舞い上げていた。

二月になり、織田方の調略に応じた木曽義昌が勝頼に対して反旗を翻した。それを契機に織田軍の武田討滅への大攻勢が開始された。駿河口から徳川家康、関東口からは北条氏政、飛騨口からは金森長近が進軍し、織田信忠軍五万は東美濃から入り伊那口へ軍を進めた。

「義昌殿が裏切るなど信じられません」

「前々から美濃の方面とは繋がりを深めていたとは聞いていた。織田の調略にうまく乗せられたということだ」

仁科信盛は武田家の力の衰えを感じていた。木曽の裏切りの影響は大きく、この先同類の者が続くであろうと予測できた。

「姉上はどうしていらっしゃるか？　姉上が義昌殿を許すはずはありませんもの」

木曽義昌の正室・真理姫は松姫の実姉であった。信玄の側室・油川夫人には真理姫、仁科信盛、葛山信貞《かつらやまのぶさだ》、松姫、菊姫の五人の子どもがあった。真理姫は松姫にとって美しいあこがれの姉であり、真理姫も妹を大層可愛がり慈しんでいた。

「勝頼殿は、義昌征討の軍を出発させているはずである。出陣にあたって、敵の人質は処刑されるのが常である。如何とは思うが、やはり仕方ないものか！」

「それはどういうことでしょうか？」

松姫の顔が急に暗くなった。

「姉上の義母と長男の千太郎に長女の岩姫が武田の人質となっている。残念ながら命はないだろう。姉上の気持ちを思うと本当に辛くなる。どんなに悲嘆し、自分の夫を恨み、勝頼殿を憎悪するだろうか？」

正月の新府城の宴では、木曽義昌家族も一族衆として加わり、武田家の繁栄を願っていた。千太郎は十三歳、岩姫は十七歳の美しい姫君に成長していた。躑躅ヶ崎の御聖道様の館に松姫はよく遊びに行っていた。そこは織田信忠の弟の御坊丸のほか、千太郎、岩姫のように人質に取られた名家の子ども達が集い、遊びに興じる所となっていた。御聖道様とは、信玄の次男竜芳軒信親のことである。盲目であるため政治の表舞台に出ず、出家して心穏やかな暮らしを送っていた。松姫はこの兄のことが好きであった。戦国の世の明日の命も定まらない人質の子ども達が心置きなく時を過ごしていた。

「ああ、人質の定めとはいえ何という無惨なことなのでしょう。あんな素直で良い子達が処刑されるなど……」

仁科信盛の兵三千は、木曽義昌を伊那方面から討つために出陣の態勢を整えた。信盛軍の士気は高まっており、高遠の城内は騒然としていた。

「殿、いざ出陣でございます」

郎党が階段を駆け上がって来るなり、信盛の前に跪き言った。

「ご武運を祈ります」

傍にいた信盛の妻のお静の方が信盛に太刀を渡した。雪に覆われた山脈からようやく日が昇り、天守の屋根瓦がまぶしく輝いていた。松姫は悲劇の始まりを感じ、心は重く苦しく揺れていた。

武田勝頼は木曽義昌を討伐せんがために一万五千の兵を引き連れ新府城を出発し、諏訪の上原城へ入った。武田信豊が率いる先鋒隊三千が鳥居峠で、織田軍の応援を得た木曽軍と激突した。伊那方面へ向かい侵入してきた織田の大軍は容易に伊那口を突破し、破竹の勢いで甲州を目指して進軍を開始した。織田の大軍に恐れをなし、二月六日には下条氏が追われ、十四日には松尾城の小笠原信嶺が裏切り、大島城の武田信廉が戦わずして逃亡した。


疲れ切った顔をした兵士達が続々と城内に戻って来ていた。

「どうしたのだろうか？」

松姫は底知れぬ不安に包まれた。馬のいななき、揺れる旗指し物、兵士の発する大きなため息、重く暗い空気が漂っていた。松姫は天守の出窓からその異様な光景を見ていた。

「殿がお戻りになられました」

松姫はお静の方の声にただならないものを感じた。

「兄上に何か？」

松姫は天守の階段を急ぎ降りて、大広間に入った。大広間の中央に鎧を脱いだばかりの仁科信盛が床几に座っていた。傷は負ってはいないようだが、顔は蒼白として、がくりと首をうなだれていた。兄のこのように落胆した姿を見るのは松姫は初めてであった。

「兄上様！」と言ったきり、松姫は次の言葉が出て来なかった。

「お松か！」

信盛は顔を上げ松姫を見るなり、無理矢理といった感じで背筋をぐっと伸ばし大きく息を吸った。いつもの兄ではなかった。錯綜して苦し気であった。

「戦況は如何でしょうか？」

「この有様だ。味方は総崩れよ。織田の大軍に恐れをなして裏切りが出るわ、戦う前に逃亡を図るはで戦にもならない。武田武士の勇気と誇りはどこへ消えてしまったのか！　とにかく信忠の率いるのは我らの十倍以上の大軍じゃ。この高遠の城に立て籠もって戦うしか方はあるまい。何としてでもこの城で織田軍を食い止める。戦は父上信玄公の言うが如くに、勝つために戦うのだ。織田信忠の首はもらう」

信盛は自分自身を奮い立たせるために語気を強めた。

「松も兄上様と一緒に戦います」

「待て、お松、そなたには頼みがあるのだ」

信盛が言うのと同時に静の方が二人の子どもを連れて階段を上がって来た。

「お松様！」

松姫の姿を認めると声を上げて、小さな姫君が走り寄って来た。督姫三歳であった。もう一人は嫡子の勝五郎八歳であり、父信盛が手招きして呼び寄せた。

「お松、この二人の子をお前に預けたい。是非、新府の城まで連れて行って欲しい。現状では我が軍の不利は動かし難い。この子達を安全な場所へ移して心置きなく戦い、何としてでも勝機を掴みたい。頼む、お松」

信盛が頭を下げ松姫に懇願した。松姫は信盛の覚悟をしっかりと受け止めた。

「わかりました。それで、義姉上様はお子達と一緒には行かないのですか？」

「わたしは夫を助け、最後まで戦いたいと思います。いつまでも夫と一緒にいたいのです。お松様、どうぞ子ども達をお願いします」

静の方の頬に大粒の涙が流れていた。

翌朝、夜の明けるのと同時に、松姫一行は高遠の城を後にして新府城へ向かった。晴れた日ならば美しい諏訪湖も雄大な雪の八ヶ岳連峰も展望できるのだが、今にでも雨の降りそうな空の下、寒さに震えながら一行は先を急いだ。

ようやくたどり着いた新府城は得体の知れない静けさに包まれていた。武田軍の主力は勝頼に従い、木曽義昌を討つために諏訪の上原城へ出陣していた。新府城を守る兵はどう見ても少なかった。大手門を入った右手の広場に松姫は見てはならないものを見てしまった。木曽義昌の母親、娘の岩姫、嫡子の千太郎の死体が磔にされ晒されていた。あまりにも哀れで無惨な光景であった。松姫の心はえぐり取られるような深い傷を負った。

本丸に入ると、勝頼の奥方の北条夫人が出迎えてくれた。

「お松様、さぞお疲れでしょう。ゆっくりとお休みください」

北条夫人は勝頼に嫁いで五年になり、今は十九歳であった。北条夫人は細やかな気遣いをしてもてなしてくれたが、武田軍の戦況の厳しさは絶え間なく耳に入り、松姫達は落ち着かない不安の日々を送った。

鳥居峠の戦いで武田軍は敗走したとの知らせが入った。後詰の上原城の武田勝頼率いる本隊は撤退の準備に掛かっている。伊那方面の諸城を守る武田の武将の裏切りや逃亡が続き、高遠の城近くまで織田軍五万が攻め上ってきていた。新府城内も日毎に人の数が減っていた。年寄女子どもが城を出て行き、将兵も闇に紛れて脱走を図った。

「義姉上様、躑躅ヶ崎の御聖道様から訪ねて来るようにとの使いが参りました。義兄上様のご帰還を待ってからとも思いましたが、行って参ります」

「御聖道様もお松様が来るのをお待ちなのでしょう。早い方が良いです。これからは何が起こるかわかりませんから」

二月十八日のことであった。韮崎の新府城から古府中の躑躅ヶ崎までは四里の道のりであった。城内の桃の枝にちらほら花が咲き始めていた。

「お松様、この子達も一緒にお連れ下さいませんか？」

見送りに来た北条夫人が二人の女の子を連れて来た。勝頼の四歳になる貞姫と小山田信茂の四歳になる香具姫であった。

「勝頼殿はこの貞姫を大層可愛がっております。万が一の時は、『松に貞姫を託せ、お松なら命がけで貞姫を守ってくれる』と、仰っておられました。勝頼殿は、新府城を最後の決戦場と考えています。その日が近づいているように思われます。お松様、この子達を安全な場所にお連れ下さい。お願い致します」

二人の姫君は督姫の所へ走り寄るなり、楽しそうに笑い声を響かせ遊び戯れていた。物見遊山にでも行くつもりのようであった。北条夫人は天真爛漫に笑っている貞姫をじっと見ていた。涙が頬を伝っていた。

「貞姫の姿を見るのもこれが最後かもしれませんね」

「そんなことはありませんよ。武田は必ず勝ちます。織田などに負けはしません。すぐに姫君に会える日が来ますよ。それまでは私が姫君達を安全にお守りします」

松姫は悲観的に考えたくはなかった。武田家の滅亡などあろうはずはないと思っていた。だが、あの木曽義昌の母親、子ども達の無惨な磔の光景はすべてを暗転させていた。索漠とした風が城内を吹き抜けて行く。何が起こるかわからなかった。姫君達は無邪気にはしゃいでいた。松姫は子ども達をしっかり守らねばと決意を新たにした。風は一段と強くなった。

二、

「御聖道様は入明寺《にゅうみょうじ》へお移りになされました」

館の奉公人なのであろうか、松姫一行が到着するのを待っていた。

「おまえは栄吉ではないか？」

御寮人衆の中村新三郎が声を上げた。松姫にはお付きの武士である御寮人衆として、石黒八兵衛を頭として五人が付き従っていた。

「あれ中村の旦那！　お久しぶりです」

「栄吉、何故ここにおるのだ？」

「新三郎、待て。話は後にして栄吉とやらに入明寺へ案内させるのだ。姫君達は大層お疲れじゃ。日も暮れて来る。入明寺へ急がねばならない」

石黒八兵衛は閑散として静まり返った躑躅ヶ崎の館を見た。隆盛を誇った躑躅ヶ崎も今は武田の一族・家臣から見捨てられ、寂しく織田軍侵攻の恐怖に耐えているかのようだった。

入明寺まで栄吉とその女房お梅が先に立って、松姫一行を案内した。日も暮れ寒さもつのってきた。侍女達に背負われた幼い姫君達のすすり泣く声が聞こえる。

「もう少しで着きますよ、姫君様」

お梅が振り返り振り返りしながら姫君達に声をかけていた。お梅は二十歳を越えたばかり、若くて元気が良かった。

「おまえの娘かと思った。ずいぶん若い女房をもらったものだな」

先頭を行く栄吉の隣に中村新三郎が並んだ。

「一人ですとやはり大変なもので嫁をもらいました」

栄吉は四十五歳になる鍛冶屋であった。栄吉と中村新三郎は武田家の軍資金を支えていた黒川金山で知り合っていた。栄吉は金鉱掘りの鉱夫が使用する鏨や鎚などの工具の製造修理をする鍛冶屋として雇われていた。新三郎は武田家の蔵前衆の役人として黒川金山で働いていたことがあった。今は松姫お付きの御寮人衆であった。

「黒川金山は今どうなっているのだ?」

「一時に較べますと採掘量はだいぶ落ちています。勝頼様の代になって武田の勢いが振るわないのも金の採掘量が減ったからだと言われていますね。鍛冶屋の仕事も少なくなっている所に織田が甲州に攻めて来るという噂ですよ。そんな時に筆頭手代の土屋十兵衛様から、山を下りて躑躅ヶ崎の御聖道様を訪ねてくれと言われたのですよ」

「栄吉は土屋様のご命令で御聖道様の所に来ていたのか?」

「さようです」

土屋十兵衛とは後の大久保十兵衛長安のことである。大蔵十兵衛が武田家譜代の土屋家の与力となり、土屋姓を許されていた。

「旦那、あの灯りの見える所が入明寺です」

辺りは人家もなく暗闇に包まれていた。遠くにぼんやり灯りがともっていた。昼間ならばどうにか入明寺にたどり着くことはできただろうが、この闇夜では案内人がいなければ道に迷う所であった。

「御聖道様、お世話になります」

御聖道様こと竜宝は武田信玄の次男信親であり、盲目のゆえに出家していた。松姫にとって異母兄であったが、傍にいると心休まる優しい兄であった。

「お松、よく来てくれた。躑躅ヶ崎の館を引き払いこの入明寺に移ったのじゃ。ここまで来るのは大変であったろう。だが、この後もっと厳しく大変なことが起こるかもしれない」

竜宝のお側衆や警護の役人は以前と較べて半数以下に減っていた。木曽討伐の軍に加わった者も多かったが、早くも逃亡を図る輩も出ていた。

「義姉上様と信道様のお姿が見えないようですが…」

「ここより更に山深き寺に移させた」

竜宝は妻と嫡男をより安全な場所に隠したのであった。

「織田軍はこの甲斐の国に攻め入ってくるのでしょうか？」

「来るだろうな。その時の覚悟はできている。お松よ、おまえは頼まれた子ども達を守って行かねばならない。勝頼殿も最後まで無事で甲斐の国も安泰であれば良い。だが、織田の大軍を防ぎきれるとは思えないのじゃ」

本堂の須弥壇《しゅみだん》を前にして、竜宝と松姫は向かい合っていた。竜宝は勝頼とは五歳上の四十一歳であった。御聖道様は、武田家の前途には悲観的だが、動揺している様子も見せず、以前と変わらず落ち着いていると松姫は思った。

「まだここへ来て何日もたっていないが、躑躅ヶ崎の館の日々が懐かしく思い出される。目は見えなくとも武田家の隆盛を誇った躑躅ヶ崎の光景は瞼に浮かぶものだ。お松を始めとして妹達もよく私を訪ねて来てくれた。晴れやかで賑やかな声が館の中を一日響き渡っていた。皆の顔もよくわかる」

竜宝は須弥壇の阿弥陀如来の方へ体を向け手を合わせた。松姫も竜宝に倣って手を合わせた。竜宝の目から涙が流れていた。

「真理姫の子ども達は可哀そうなことをした。岩姫も千太郎もよく遊びに来ていたものよ。人質の定めとはいえ惨いことよ」

「御聖道様はご存じでしたか？」

「木曽殿謀反の知らせを聞いた時から、二人のことは心配していた。勝頼殿に二人の助命をお願いする手紙を届けておいたのだが、無駄であったようだ」

庫裡《くり》から聞こえていた子ども達の落ち着かない不安げな声も消え、静かに夜が更けて行く。須弥壇のろうそくの炎が微かな風に揺れていた。二人の間に暫くの間沈黙が流れた。松姫はこうして黙って対座しているだけで心が安らいでゆくのがわかった。

「お松、御坊丸のことは聞いておるか？」

「いえ、何も」

「そうなのか、御坊は織田に帰った後、信長から信房という名をもらった。犬山城の城主となり、今回の織田軍では大将信忠に次ぐ副将に任命されておる」

御坊丸は織田信長の五男であり、元亀二年（一五七一）より天正九年（一五八一）まで武田家に人質となっていた。去年の秋、武田勝頼が何とかして織田との融和を図ろうとして御坊丸を信長の元に送り返したが、信長の甲斐侵攻の意志は変わらず、かえって武田弱体の印象を強くさせてしまった。

「御坊殿が武田攻めの副将なのですか?」

松姫の脳裏に武田家全盛の華やかな躑躅ヶ崎の館の光景が浮かび上がった。可愛らしい男の子が、寂し気な眼をして御聖道様の館の門前に立っていた。御坊丸が人質として躑躅ヶ崎の館に連れて来られたのは四歳の時であった。信玄は御坊丸に勝長という名を与え、人質ではあったが養子とした。

美濃を平定し、上洛の野望を持つ織田信長はまず東美濃を抑えることに成功した。東美濃の地は遠山家が支配しており、信長は妹を苗木《なえぎ》城の遠山家に嫁がせた。永禄八年(一五六五)、信長はこの妹の娘を自分の養女として、武田勝頼との婚姻の話を武田家へ持ち掛けた。武田信玄はその頃越後の上杉謙信と激しい戦いを繰り返していたし、関東攻略にも専念しなければならなかった。東美濃の安定はこの頃の信長、信玄両者の望む所であったので、両家の縁が繋がることになった。

勝頼と信長の養女の結婚生活は一年三ヶ月で終わりを迎えてしまう。難産の末に嫡男信勝を授かったが、信長の養女は十九歳にして帰らぬ人となってしまったのだ。永禄十年のことであった。信長は美濃の国を手中にし、妹のお市を浅井長政に嫁がせ着々と上洛の道を歩んでいた。武田家との提携を是非とも維持したい信長は、嫡男信忠と松姫の婚約を信玄に腰を低くして頼み込んだのであった。武田家の家臣の多くが反対したにもかかわらず信玄は二人の婚約を認めた。織田信忠は十一歳、松姫は七歳であった。

その頃のことを松姫は良く覚えていた。毎日途切れることなく、婚約のお祝いにたくさんの客が訪れ、松姫は介添え役の竜宝と共に大広間の上段に座らされて、挨拶を受けた。その隣の部屋には織田家から届いた豪華な結納の進物が山のように積まれていた。祝儀の客の受け答えはすべて竜宝が受け持ち、松姫は退屈そうに傍に座っていた。

「信忠様はお松様がお輿入れされる日を心待ちにしておりますよ。この絵に描かれているのがお松様の夫となられる方です。なんと立派な若殿でございますこと」

結納の品と共に信忠を描いた絵が贈られて来ていた。侍女たちにはやし立てられ、この人が婚約者ですよと言われても、松姫は絵物語の主人公を見ているような感じがして実感が湧かなかった。まだ松姫は幼く、織田家から次から次へと到着するたくさんの贈り物に目を輝かせ嬉々としていたのであった。

政略的ではあったが、松姫と信忠が作った武田と織田の友好な時はそんなに長くは続かなかった。天下平定に向かって着々と駒を進めている信長に対し、同じ野望を抱く信玄が衝突するのは時間の問題であった。

元亀元年（一五七〇）から信玄の上洛作戦は開始された。秋山虎繁を主将とする武田軍が東美濃に頻繁に侵入し、遠山一族を攻め立てた。信長は遠山の苗木には妹を、岩村には叔母を嫁がせ、縁を結び傘下に入れていた。叔母は名をおつやといい、年齢は信長より四歳年下で、美しい織田家の女性達の一人であった。更に子のない岩村城城主夫婦に信長は幼い五男御坊丸を養子として送り込んだ。岩村城の城主遠山景任が病死すると、御坊丸が後継者となり後見人となったおつやの方が女城主となった。

三方ヶ原の合戦に織田軍が徳川に味方したから「松姫と信忠の婚約は破談だ」と信玄が怒り狂ったというが、東美濃では武田軍が盛んに織田の勢力圏に攻撃を仕掛けていた。東美濃を突破すれば、信長の本拠地岐阜城は目前となる。元亀三年十一月、岩村城は秋山虎繁軍に包囲され、落城全滅の危機に陥った。畿内で四面楚歌の戦いを続ける信長は、岩村城救援の兵を派遣することができなかった。孤立無援になった女城主おつやの方は城内にいる者すべての命を救うことを条件に降伏し開城したのであった。そして、美貌のおつやの方に秋山虎繁は心を奪われ、二人は夫婦となったのである。

おつやの方は御坊丸を、養子とはいえ実の子と思い愛し育ててきた。御坊丸にとっておつやの方はまさに母そのものであり、母の愛に包まれ心安らかに日々を送っていたのであった。ところが、信玄から御坊丸を人質として躑躅ヶ崎の館へ送るようにとの命令が来た。おつやの方は御坊丸を人質に出さないようにと必死になって秋山虎繁に頼んだ。だが、秋山虎繁は信玄の命令に従わざるをえず、母子の辛い別れとなった。


竜宝は黙ってうなずいた。

どの姫君だろうか、すすり泣く声が聞こえてきた。

「親と別れて悲しいのでしょう、寂しいのでしょう。可哀想なことです」

「いや、辛いのはこれからじゃ。何が起こるかわからない」

竜宝の元には竜宝独自の繋がりから情報が入ってきているようだ。武田家の行きつく先が何処であるのか見えてきたのだろう。

「御坊殿が織田家に帰されたのは去年の十一月のことですよ。まだ三ヶ月少ししかたっていません。別れの時は、寂しそうでした。私の手を握って涙を流していました。それが何故に副将となって武田へ攻め入って来るのですか？」

松姫のまぶたに御坊丸の顔が浮かぶ。養母から引き離され、躑躅ヶ崎の館に連れて来られたばかりの幼い時の顔であった。松姫は織田信忠との婚約は破談になったと聞かされたばかりで、暗く重い嫌な気持ちになっていた。気分を少しでも明るくしようと思い竜宝の館へ遊びに行くと、御坊丸が門前に立っていたのであった。

「松姫様、織田信長殿の五男の御坊丸様でござる」

秋山虎繁が御坊丸を竜宝の館に連れて来ていたのであった。

「信忠殿の弟じゃ。わしの館で預かることになった」

竜宝は御坊丸を押し出すようにして松姫の前に立たせた。松姫は門前で御坊丸の姿を見た時、はっとした。そして、松姫はこうして目の前に立つ御坊丸の顔をまじまじと見て、更に驚き胸が高鳴った。あの信忠を描いたという絵の若武者にそっくりであった。

「お松、驚いているのであろう。御坊丸は信忠殿によく似ていると虎繁が言っている。その通りなのであろう。目には見えぬが様子が良くわかる。御坊丸、手を出してごらん」

竜宝が御坊丸の手を取った。

「お松もじゃ」

竜宝は松姫の手も取って二人の手を重ね合わせた。

「御坊丸、おまえさんの義姉となる人じゃ。父上信玄公は破談だと怒っていたが、織田からは何も言ってこない。御坊丸がこうして武田の館にやって来たのも何かの縁だし、この繋がりを大事にしなくてはいけない。お松、御坊丸のことを頼むぞ」

寂しそうな顔をしていた御坊丸の眼が急に輝きだし、松姫をじっと見た。御坊丸は松姫の手をにぎったまま離さない。養母のおつやの方から引き離され、今頼るのは松姫しかいないと悟ったかのようだった。松姫は御坊丸を胸に抱くように優しく引き寄せた。松姫は十一歳、御坊丸は四歳であった。


「強い者だけが生き残って行く戦国の世じゃ、それに従わざるを得ないであろう。人の心も変わる。まさかと思う人が武田を裏切って行く。木曽義昌が、小笠原信嶺が、そして穴山信君《のぶただ》までもが敵方に付いてしまう」

「えっ、信君殿までも裏切ったのですか?」

「どうもそうらしい。穴山信君が徳川方と連絡を密にしているとのことだ」

竜宝の元には新府城より早く伝わって来る情報の流れがあった。

「お松、何が起こるのかわからないのじゃ。御坊丸は武田では父上から勝長の名をもらっていたが、織田に帰ってからは信房と名乗っている。いまや御坊丸は織田信長の五男織田信房なのだ。致し方あるまい。何が起こっても不思議なことではないのだ。今の世はどこへ向かって流れて行くのかわかるであろう」

「あの御坊殿が武田を壊滅しようと攻めて来るなんてとても信じられません。わたしは本当の弟だと思い、心を込めてあの子に接して来ました。十年もの間、御聖道様やわたし達に囲まれ何一つ不自由のない恵まれた生活を送っていたはずです。ほんの少し前の去年の十一月のことですよ。御坊丸は涙を流して別れを惜しんでいました。『また、お会いできる時が来ます。義姉上、それまでお元気でいてください』と言い信長の元に帰って行きました」

松姫は深い奈落の底に引きずり込まれるような感覚に襲われた。昼間の旅の疲れもどっと出て気力体力が急に落ち込んで行った。

「お松、疲れたのであろう」

竜宝の声が遠くの方で聞こえる。

「姫様、お部屋に行きましょう」

侍女のお里が松姫の手を取って立ち上がらせようとした。そこまで松姫は何とはなしに覚えていた。その後はどうやって布団に入ったのやら記憶にないほど松姫は深い眠りの世界に沈んで行った。

三、

あれは父信玄の三回忌のことでした。「三年の間は喪を秘せ」との父の遺言を守って、兄勝頼は「信玄隠居のため跡目相続申し受け候」の名目を掲げ武田軍を指揮していました。父の本格的な葬儀はまだ行われていませんでしたが、天正三年（一五七五）四月十二日は三回忌にあたるので、躑躅ヶ崎の館において法要が営まれました。領国各地から武田家一門、重臣達が躑躅ヶ崎の館に集結しました。その中に岩村城城主の秋山虎繁とおつやの方ご夫妻の姿も見られました。おつやの方は是が非でも御坊丸に会いたかったのでしょう。法要の終わった後、わらわが御坊丸とおつやの方が会えるように手配をしました。そこは御聖道様の館でした。御坊丸は八歳になっていました。

御聖道様と秋山虎繁の話し声が聞こえてきました。わらわと御坊丸は対面の場となる奥の座敷におりました。御坊丸が膝に置いたわたしの手をぎゅっと握りました。

「母上は？」

「今ここに来られます」

母子の別れから三年が過ぎていました。御坊丸も緊張しているようでした。

襖が開けられると、御聖道様と秋山虎繁が立ち、その後ろにおつやの方の姿がありました。

「松姫様、妻のつやでございます」

秋山虎繁がおつやの方に前へ出るように目で合図しました。豪勇無双と言われる虎繁が見たこともない優しい顔をしていました。

おつやの方が座敷の中に一歩足を踏み入れました。美しいお方でした。四十歳に近いはずですが、ずっと若く見えました。あの武骨者の虎繁が心惹かれたのももっともだと思われました。御坊丸の体の揺れが伝わって来ました。

「お松、宜しく頼むぞ」

御聖道様にはすべてがわかっていたのでしょう。

「虎繁、行こう」

「はい、御聖道様」

襖が閉められると、おつやの方が歩み寄り、わらわの前にひれ伏しました。

「お松様、ありがとうございます。信玄公の法要に参りまして、御坊丸の姿を一目見られれば本望と思っていました。それがこうしてお松様のおかげで御坊丸と対面することができました。うれしくて、夢を見ているような感じがします」

おつやの方の美しい黒髪がたわわに輝いていました。

「お顔を上げてください。御坊殿はこんなに良い子に成長しましたよ」

「本当にありがとうございます」

おつやの方は顔を上げ御坊丸に向かって優しく微笑みました。

「母上！」

御坊丸が声を上げました。

「お母さまの所へ行ってあげなさい」

わらわは御坊丸の背中をちょっと押しました。御坊丸は立ち上がるとおつやの方の胸の中へ飛び込んで行きました。おつやの方は大きく手を広げ、御坊丸を受け止めました。

「母上様、お懐かしゅうございます！」

「御坊や、息災のようじゃ、こんなに大きくなって母はうれしい」

二人はしばしの間再会の喜びを確かめていました。おつやの方は御坊丸を離したくないとばかりにしっかと抱き、涙を流していました。御坊丸は母の愛に包まれ今まで見たこともない満たされた顔をしていました。実の母子ではありませんが、それ以上の繋がりをわらわは感じました。何とか二人が一緒に暮らせないものだろうかと御聖道様に相談しましたが、戦国の世の定めで無理なことじゃ、諦めなさいと言われました。その夜わらわは自分の館に戻りましたが、虎繁も一緒にゆっくり親子三人水入らずで仲睦まじく過ごされたようです。

翌朝早々に秋山虎繁の一行は岩村城へ帰還の途につくことになりました。

「お松様、本当にありがとうございました。昨夜も御坊丸からお松様にどれだけ世話になり大切にされているかをうかがいました。幸の薄い可哀そうな子だと思っていましたが、お松様の愛に包まれ健やかに育っているのを見て安心しました。これからも御坊丸を弟と思って宜しくお願いいたします」

朝日が昇り、遠くの山々が輝き始めました。おつやの方が乗る輿が玄関前につけられました。別れの時がやって来ました。わたしと御坊丸は輿に向かうおつやの方の背を目で追いました。おつやの方は振り返り振り返りしながら輿に乗り込んで行きました。

「出発！」

乗馬した秋山虎繁が声を上げました。虎繁は輿の横につくと、輿の中に向かって何か声をかけていました。そして、長い隊列が行進を始めたのです。

わらわと御坊丸は秋山隊が視界から消え去るまで見送っていました。御坊丸の頬を止めどなく涙が流れていました。

「母上はまた来てくれますよね」

「きっと来てくれますよ。そして一緒に暮らせる日がきっと来ますよ」

わらわは昨日、おつやの方と話したことを思い出していました。

「織田と武田の戦いは間近に迫っているようですが、一方では和平へ向かっての話もあるのですよ。わらわは何としてでも織田と武田の争いは避けたいと思っています。信長公も勇猛果敢な甲州軍団の恐ろしさは充分わかっています。わらわと御坊丸が武田側にいるのも信長公の戦略の内だと思います。法性院（信玄）様が激怒してお松様と信忠様の婚約は破談にしましたが、織田からは何の反応もなかったですよね。これも信長公のお考えだと思います。今の所、信長公は畿内の統一を果たし西国へ勢力を伸ばしています。近いうちに信忠様に家督を譲られ、東国は信忠様に任せるとの話も聞いています。

織田と武田の関係は場合によってはどのように変化するかはわかりません。信忠様が未だ正室をお迎えにならないのも、お松様に心が残されているからだとの話も伝わって来ます。織田と武田の和平がなれば、信忠様はお松様をお迎えに来るのではないでしょうか。そういう日が来るのをわらわは待ち望んでいます」

おつやの方はわらわの顔をじっと見つめていました。

「織田と武田に和平が訪れれば、おつや様も御坊殿も一緒に暮らすことができますよね」

わらわは胸がどきどきして顔が火照っているような感じがしました。

「そうなると思いますよ。その日は必ず来ますから」

庭の角にある藤棚が咲きこぼれた花で紫色に染まっていました。『その日』とおつやの方は強調しましたが、わらわには『その日』を考えれば考えるほどわからなくなりました。

わらわは今眠りの中にいます。疲れ切った体を横たえ確かに眠っています。御聖道様が移り住んでいる入明寺に来ているのです。三人の姫君を連れて新府城を出発してから丸一日が経ちました。姫君達はわらわの横で寝息を立てて寝ています。これからのことを考えようとしますが、眠りの中に引きずり込まれて行きます。夢というにはあまりにありのままがわらわの頭の中に映し出されています。

「それは甘いな。おつやの方は夢を見ておられる。御坊丸と一緒に暮らしたい一心から和平の来る日を望まれるのじゃ。父上信玄の栄光を背負ってしまった勝頼殿は自分の力を過信して戦に明け暮れている。徳川との争いが続いているが、織田との衝突は間近に迫っている。信長は巧妙だ。勝つためには手段を選ばない。武田に対しても調略の手は伸びている。秋山虎繁が城主の岩村城は織田との最前線の場所だ。虚報異聞の類が飛び交っている。おつやの方の側近には織田から付き添ってきた者もいるであろう。真実の如き話は多々耳に入ることになるであろうな」

おつやの方が岩村城へ帰った後、わらわは御聖道様に聞いてみました。御聖道様の耳には戦国の世の情勢が日本国内各所から流れ伝わって来ていました。知らないことはないようにわらわには思われました。

「お松や、わたしの言うことを信じるか？」

御聖道様は笑いながら言いました。

「わかりません」

わらわの心の中にはおつやの方が語ったことが生々しく残っていましたし、信じる、信じたいという気持ちが大きくなっていました。

「信長は恐い男じゃぞ。降伏すれば命を助けてやると言われて降伏したはいいが、首をはねられた者がどれだけいるだろうか。比叡山の焼き討ち、伊勢長島の一向一揆の総なで斬り、逆らった者は容赦せず全滅するまで追いつめて行く。わたしは信長とは関わりたくない。でもそれは許されまい。お松よ、信忠も御坊丸もその後方には信長が立っている。それを忘れてはならないと思う」

朝から陽射しの強い日で、盆地の中は気温が上がり夏の日のようになっていました。躑躅ヶ崎に集結した将兵の大声、鎧の擦れ合う音、馬のいななきが屋敷内まで騒々しく聞こえてきます。すると御聖道様は腕を組み少し顔を歪めてため息をつきました。

「勝頼様が御出陣の様子ですね。遠江三河へ進軍と聞いております」

「勝頼殿は無理をなされなければよいが……。昨年の六月は父信玄も落とせなかった遠州高天神城を落城させた。戦上手と称賛され自信満々の様子だが、織田徳川の連合軍との戦となるとどうなるかわからない。父上恩顧の重臣達との関係がこじれているとの話も聞いている。父上亡き後の武田がどこへ向かうかの正念場が近づいているような気がする」

四月二十一日、奥三河に進軍した武田軍が長篠《ながしの》城を包囲しました。武田軍は長篠城に対して執拗な攻撃を繰り返しましたが、籠城する奥平の将兵は何とか持ちこたえていました。五月二十一日、織田徳川の連合軍三万と武田軍一万五千が長篠城の西方設楽原《しだらがはら》において激突したのでした。武田の騎馬武者軍団の総攻撃に対し、馬防柵を盾にして織田の鉄砲三千挺が迎え撃ちました。武田軍の無謀な攻撃が続き、名だたる父上の勇将達が死んで行ったのです。武田軍は壊滅状態となり、勝頼様は数名の家臣に守られながら何とか戦場を脱出しました。武田軍敗戦の知らせが躑躅ヶ崎に伝わって来ました。

わらわは御聖道様の館へ急ぎました。

庭では御坊丸が同年齢ぐらいの男の子達と剣術の稽古をしていました。御聖道様の家臣が声を張り上げ厳しく指導していました。御聖道様の部屋へ急いで行くわらわの姿を御坊丸が見ているのがわかりました。よそ見をするなと家臣の竹刀が御坊丸の頭を軽く叩きました。

「御聖道様、これからどのようなことになるのでしょうか?」

「設楽原の合戦の詳しいことは聞いておる。困ったことになったのう。信長の方がやはり一枚上手であった。力の差が出てしまったという所だ。信長は甲斐の武田を抑えることに成功した。これで天下布武というおのれの野望実現に近づいた。当面の敵は、大坂の石山本願寺で、信長は西国制覇に力を注ぐであろう。武田との戦いはひとまず徳川に任せておくつもりだ。だからこの甲府がすぐにどうにかなることはないと思うし、勝頼殿は武田軍を立ち直らせ挽回をはかるであろう。だがな……」

御聖道様の見えない目に見えているものがあるように思えました。領国内から他の国のことまで重要な話が御聖道様の耳に入って来ています。難しい顔をしていました。

「何でしょうか？　何かがまだ起こるのでしょうか？」

わらわは胸騒ぎがして一遍に不安が広がって行きました。

「信長が岩村城へ軍勢を進めたと聞く。総大将は織田信忠、補佐するのは河尻秀隆、毛利長秀、森長可《ながよし》等と話が伝わって来ている。長篠で勝利した勢いを以て、岩村城を攻撃するつもりであろう。信長にとって東美濃は長年の悩みの種の地だ。武田軍が力を回復して救援に来る前に是非抑えておかねばならない。

それと信忠を総大将としたのも自分の後継者を考えてのことであろう。信忠が果たして後継者としての力量を持っているのか？　天下制覇に向かって邁進する信長は忙しい。信忠の力を試すつもりなのだろう」

御聖道様がふと耳を庭の方へ傾けました。剣術の稽古をする御坊丸達の声が響いてきました。信忠殿の名が挙がりましたが、わらわには考えても詮方ないことです。

「心配なのは、おつや様のことですね。どうなるのでしょうか？」

御聖道様の背後の床の間に紫陽花が一輪飾られ、長雨の続いた後の久し振りの陽射しが開け放された座敷の中に届いていました。御坊丸にとって信忠殿は長兄であり、おつやの方は実母同然の人でございます。わらわにとっても深い縁で繋がっている人達でした。

「悪い方へ傾いて行かねば良いがのう。おつや殿は優しく愛情の深いお方じゃ。虎繁に一生懸命尽くして岩村城を守ろうとしている。総大将は信忠だが、背後で動かしているのは信長だからのう。すべてを知りつくして岩村城攻略にかかるであろう。信長は自分に逆らい挑んで来る者を決して許さない。敵に寝返り虎繁の妻になった叔母に対してどれだけ恨みと憎悪を持っているか、恐ろしい気がする」


攻める織田軍は三万、守る岩村城側は将兵と城下の農民町民合わせて三千人が籠城していました。秋山虎繁はそれぞれの家族を安全な場所へ移動避難させていましたが、織田軍の進軍が速く城に取り残された女子ども達もおりました。岩村城は急峻な山頂に聳え立ち、険しい山の地形をたくみに組み入れた難攻不落の城と言われており、城主の秋山虎繁は更に防備を厳重に固め織田軍の侵攻を待ちました。織田の城攻めは六月二日より始まりましたが、無理矢理の突入を避け兵糧攻めを主とした作戦を取って、自壊するのを待っていました。そうこうする内に早や十月となってしまいました。

「信忠は何をやっているのだ。勝頼が長篠の敗退から武田軍を立て直してきている。岩村城救援へ出兵の準備を開始したとの知らせも入っている」

信長の苛立ちが眼に浮かびました。

岩村城救援の準備に掛かっていた武田軍でしたが、長篠の敗戦の痛手は大きく織田軍三万に合戦を挑むには躊躇われる所でありました。勇猛な勝頼殿も敗戦の衝撃は凄絶なものがあり、重臣の長《なが》坂《さか》釣閑斎《ちょうかんさい》や跡部《あとべ》勝資《かつすけ》の「武田軍の立て直しにはもう少し時間をかけた方が良い。勝つ戦をすべきだ」の進言を聞かざるを得ませんでした。

そのような時に岩村城の危機は誰からともなく御坊丸の耳に入って来ました。「母上の命が危ない」と御坊丸は子どもながらに心を痛めていました。そして十一月、武田軍は岩村城救援には進軍しないことが決定されました。

勝頼殿が長坂釣閑斎と跡部勝資を引き連れ、御聖道様の館を訪ねて来た時のことでした。わらわと御坊丸は紅葉を愛でながら庭を散策していました。御聖道様の部屋を後にした勝頼殿一行が玄関へ向かって廊下を進んでいた時、突然御坊丸が一行に向かって駆け出しました。

「御屋形様、母上をお救いください。岩村城へ援軍を差し向けてください」

御坊丸の声が聞こえました。わらわはまさか勝頼殿に直訴するとは思いませんでしたのでびっくりしました。わらわはその場へ急ぎました。御坊丸が警護の家臣に肩を押さえられ跪いていました。

「勝長殿、御屋形様に対して無礼ではないか、控えなさい！」

跡部勝資が勝頼殿の前に立ち、御坊丸の非を咎めていました。御坊丸は幼名であり、武田家では正式には勝長と呼ばれていました。

「御屋形様、岩村城へ援軍を差し向け、母上をお救いください」

御坊丸は再び叫びました。

「黙れ、人質の分際で御屋形様に指図するとはとんでもない。子どもといっても容赦はせぬぞ」

跡部勝資が脅しのためでしょうが、刀に手を掛けました。

「お許しください。母を思う子の強い心です。心情をお察しください」

わらわは急ぎ勝頼殿の前に膝をつき顔を上げました。

「お松が一緒だったのか。勝長の気持ちはわかるが、なにより武田家のことを優先せねばならぬ。今は皆一丸となって進み、危機を乗り切らねばならない。お松、勝長に諦めるよう説得するのがそなたの務めじゃ」

勝頼殿は腹立たしそうな顔をして言いました。

「わたしは人質ゆえ、わたしを利用して引き換えに母上の命を助けてください」

御坊丸が勝頼殿を見つめていました。

「勝長殿、つけあがっては困ります。子どもの出る幕ではござらぬ。これ以上何かおっしゃるならしかるべき措置を取りますぞ」

今度は長坂釣閑斎が言いました。

「手を放してください。御坊丸にはよく言いきかせますので、この場はわらわにお任せください。本当に申し訳ありませんでした」

わらわは警護の家臣の手を払い、御坊丸を守るように肩を抱きしめました。

その時でした。

「何かあったのですか？」

御聖道様が供の者に手を引かれて奥の部屋から現れました。

「もうよい、放っておけ。行くぞ」

勝頼殿は御坊丸とわらわを一瞥すると玄関に向かって歩き出しました。

「御聖道様、ご心配なく何もございません」

そう言うと、長坂釣閑斎と跡部勝資は勝頼殿の後に従い背を向けました。

そして、

「岩村城は孤軍の戦いとなろうが、勝ち負けは問題ではない。武田武士の心を見せるのだ。織田の人質は別の機会に有効に使うとしよう」

「松姫様も織田に縁のある方、武田の危急存亡の時はしっかり働いてもらいましょう」

二人の会話が聞こえよがしにわらわの耳に入って来ました。御坊丸は悔しさと母を救えない苦しみで咽び泣いていました。わらわはその不快な言動をじっと耐えていました。


十一月になり、籠城を続ける岩村城内には士気の衰えが見えるようになりました。貯えておいた食料も少なくなり、冬の寒さは一段と厳しさを増してきました。武田軍の岩村救援は期待できないことが明白になりました。

この戦況を織田信長は見逃しません。余計な犠牲を払わずに岩村城攻略が可能と判断したようでした。また、おつやの方も岩村城の困難極まる厳しい状況に心を痛めておりました。秋山虎繁は絶望的状況ながら何とか城を守り、家臣領民達の命を救うことを懸命に考えていました。夫の苦悩する姿を見るのはおつやの方にとってとても辛いことでした。

そのような時、信長からおつやの方へ書状が届きました。

「叔母上お辛い日々をお送りのこと、甥として大変申し訳なく思っております。これも戦国の世の宿命でございますが、敵味方に別れても、叔母と甥の関係は変わりませぬ。叔母上のこと、この信長心配でたまりませぬ。

武田勝頼は岩村城を見捨てました。援軍が来ることはありませぬ。我が織田軍は岩村城の包囲を続けており、総攻撃の時が近づいています。大軍を率いる織田が圧倒的に有利な状況ですので、間違いなく岩村城は落城します。数多の犠牲者が出て大きな悲劇を生みます。

叔母上が御無事であられることを祈っていますが、保証はありません。秋山虎繁殿は勇猛に戦い立派な最期を遂げられると思います。ですが、これでは何のために書状を差し上げたのかわからなくなってしまいます。この書状の趣旨はこういう犠牲者を数多出すような戦を止めて、穏やかに城を明け渡して頂けないかとのことなのです。

先般御坊丸より書状が届きました。叔母上のことを大層心配しておりました。武田勝頼が岩村城に援軍を差し向けないことがわかり、母と思う叔母上の生命の危険を感じ、御坊丸は苦しみ悩んだのでしょう。この父に叔母上を救って欲しいと頼んできたのです。御坊丸の気持ちは良くわかります。叔母上のことを思う気持ちはこの信長も同様ですので、御坊丸の頼みを聞き入れます。叔母上、織田の攻撃は止めと致しますので、城門を開いてください。さすれば叔母上は安全に城を出ることができます。秋山虎繁殿に関しては有能な武将であることは明らかですので、織田の家臣として召し抱えてもいいと考えています。勿論城内の将兵領民は無事に故郷へ帰還させますのでご安心ください。甥としてはとにかく叔母上のことが心配でなりません。無駄な戦いは止めにして我らに従って頂けると有難いと思います。秋山虎繁殿及び家臣の方ともご相談の上、お考えくださるようお願い申し上げます」

おつやの方は直ちにこの書状を夫の秋山虎繁に見せました。重臣達が呼び集められ、この書状について意見を求められました。伊勢長島の一向衆の大虐殺、比叡山の焼き討ち、浅井氏親子の髑髏を盃にして酒を飲んだこと等の信長の非情な仕打ちを並べ上げ、重臣達の多くがこれは信長の謀略であり信じてはいけないと訴えました。

「信長のことゆえ左様なことであろうと思うが、この状況は如何ともしがたい。このままでは落城全滅は免れまい。何とか犠牲者を最小限にとどめることはできまいか。この書状すべてが謀略だといって無視してよいものだろうか。拙者の首一つ差し出すことで皆が救われるのなら開城してもよいのではないかと思う」

疲弊し絶望の淵に立たされた虎繁の姿を見るのはおつやの方にとって辛いことでした。

「殿、それこそ信長の思う壺でござる。こうなれば全員討ち死にしても最後まで織田軍と戦おうではありませんか」

主戦を強く主張している者も虎繁の心情を思うと声も次第に小さくなって行きました。

「おつやはどのように考える?」

虎繁がおつやの方の顔を見て意見を求めました。

「御坊丸が信長に書状を書いてくれたとは驚きました。御坊丸のわたしを母と思い慕い心配する気持ちに感謝したいと思います。信長はわたしにとって甥であり、御坊丸にとっては実の父であり、三人の体には織田の血が脈々と流れています。その血の繋がりが信長にこの書状を書かせたのではないかと思います。わらわを母と慕う御坊丸の健気な気持ちが信長の心を動かしたのではないでしょうか。人質として暮らす不憫な子の願いを聞く耳を信長は持っているはずです。勝利するためなら背信行為も平気で行う信長ですが、やはり人の子だと思います。親を思い、子を思う情愛の血は流れているのだと思います。信長の書状を無視して落城を待つより皆の命を救える道を探した方が良いかと考えます」

本丸の大広間から正面に見える水晶山に織田の本陣が置かれています。そこを中心にして織田の幟が山から山へと連なり、風に揺れていました。

「奥方様、間違えてはなりません。そこが信長の狙いですぞ、作戦ですぞ!」

重臣の遠山正友が悲痛な叫びを上げました。

「正友、気持はよくわかる。だが、戦うにしても勝頼殿の援軍がなくては如何ともならぬ。全滅は免れまい。皆の命を何としてでも救いたいのじゃ。拙者の命など信長にくれてやってもいい。つやが言うことに真理はあると思う。信長の情に賭けて和議を進めてもいいのではないだろうか!」

「殿！　いま一度お考えを！」

遠山正友が虎繁ににじり寄りました。虎繁はまだ迷い苦しんでいる様子でした。おつやの方はどうなろうと虎繁の判断に任せようと思いました。虎繁が目をかっと見開きました。

「和議を進めることに決定する！」

大広間に虎繁の声が響き渡りました。重臣達全員が平伏して虎繁の決定を承諾しました。おつやの方はこれから和議が順調に運びますようにと心の中で祈っていました。そして、立ち上がる秋山虎繁の姿を追いながら、「御坊丸、これからも母を助けてください」とおつやの方はつぶやきました。


十一月十五日、秋山虎繁が岩村城下にて信忠殿に会い、和議について話し合いました。会談は対立する事項もなく和やかに進んだとのことでした。虎繁はわらわと信忠殿の婚約を取りまとめるために武田と織田の間を奔走したことがありました。信忠殿は虎繁と会うなり、「松殿は息災でしょうか？」と訊ねたとか、また弟御坊丸についての消息にも心を配られていたとか、それらは後になってわらわの耳に入ったことですが……。

三日後には織田方から岩村城内に酒、米、味噌、野菜等の食料が運び込まれました。おつやの方はどれほど喜ばれたことでしょうか。城を明け渡しさえすれば、すべてが無事に治まるのだと思うと、信長に対して感謝の気持ちが生じてくるのでした。虎繁の処分もおつやの方の夫ということで穏便に済むとの思いも強くなりました。

十一月二十一日、城を明け渡す日がやって来ました。岩村城に籠城していた将兵領民三千人がそれぞれの故郷に帰るために城門を出て行きました。おつやの方と虎繁、それに重臣達は、本丸の館から別れを惜しんでいつまでもその人の流れを見送っていました。将兵領民達は何度も振り返り城を仰ぎ、涙を流してゆっくり歩んで行きました。

「悲しいことですが、皆の命が救われました」

「つや、そうだと思う。これで良かったのだ」

ようやく将兵領民の姿が森の中に入り見えなくなりました。これからおつやの方と虎繁に遠山正友等重臣三名は、信長に敬意を払い礼と感謝の辞を述べるために岐阜へ向かうことになっていました。城内には城を占拠するために入城して来た織田の兵士達が散開し始めていました。信忠殿が本丸に入って来ました。

その時おつやの方は初めて信忠殿に会ったのです。その姿を見て驚きました。御坊丸が成長すると信忠殿のような立派な若者になるのだろう、本当によく似ていらっしゃると。

「おつや様、信忠でございます。弟の御坊丸がお世話になり有難うございます。出発の時がまいりました。準備の方は宜しいでしょうか？」

この時信忠殿は十八歳で、岩村城攻めの総大将でした。

「殿、よろしいですか？」

おつやの方が虎繁に問いかけました。

「おつや、おまえのほうこそ良いのか？　もうこの城には戻って来れぬのだぞ。長い間よくこの城を守って来た。別れを告げるのは辛いであろうに」

虎繁の言葉に答えるようにおつやの方は城内の風景を今一度見ておこうと本丸の欄干へ出て行きました。すると城内の各所に織田の家紋の付いた幟旗が立ち並んでいるのが見え、その間を戦支度の織田の兵士が忙しそうに駆けずり回っていました。おつやの方は不吉な物を見たような嫌な感覚に襲われました。

「もういいですよ。行きましょう」

遠くに見える険しい山々はすっかり雪で覆われていました。すぐにこの城も雪の中に埋もれ、いつもの冬のように春を焦がれて待つのだなとおつやの方は思いました。

本丸の入り口前に岐阜までつき従って行く織田の将兵の一団が待っていました。

「これなる河尻秀隆が岐阜までお供致します。拙者はこの城の委細について秋山殿の重臣達から話を聞くことになっておりますれば、この場にてお別れを申し上げます」

信忠殿の表情は変わることなく穏やかな笑みを浮かべておつやの方に話したそうです。河尻秀隆は信長から信忠付きの参謀後見人の役割を与えられている老練な武将でした。暗い目をして陰湿な雰囲気を漂わせていました。

おつやの方は用意された輿に、虎繁と家臣らは馬に乗り、河尻秀隆が先導し大手門を出て行きました。岩村の城も城下の町ともこれでお別れかと思うと、おつやの方は輿の小窓から見える風景に涙を止めることができませんでした。藤坂を下り、大手道の石畳が尽きようとする辺りに差し掛かりました。その時、遠くから銃砲の音が響きました。

「あれはどうしたことだ？」

遠山正友が叫び声を上げ、木の実峠の方を指さしていました。故郷へ帰る岩村の将兵領民三千人が木の実峠に差し掛かっているはずでした。木の実峠の方から銃砲の発射音が激しく鳴り響いて来ました。

「信長に騙されたか！」

木の実峠から白煙が上がるのが見え、おつやの方は動転しました。銃声は鳴り止みません。

「河尻殿、どういうことでござる？」

秋山虎繁が河尻秀隆に詰め寄ろうとしましたが、織田の兵士達の鋭い槍の穂先が虎繁の眼前に立ち並び身動きがとれませんでした。

「おのれ！　織田の鬼畜生どもめ！」

遠山正友等重臣三人が刀に手をかけた途端、数多の槍が馬上の三人に向かって突き出されました。防ぎようもなく三人は串刺しの血だるまとなり絶命しました。おつやの方の目の前で三人は無惨にも殺害されたのでした。

「岩村の彼奴等はすべて殺せとの信長公の命令でござる。木の実峠で待ち受けていた織田の鉄砲隊が予定通りに攻撃をしかけているのよ。そちら二人は岐阜まで行ってもらわねばならない。信長公がお待ちかねでござる」

河尻秀隆が陰惨に嘲り笑ったのです。そして、

「縄をかけよ！」

河尻秀隆が命令すると、兵士が素早く秋山虎繁とおつやの方にも縄をかけました。

「おつやは信長の叔母であるぞ、罪人の如きあつかいとは何たることだ！」

「信長公に対面する前に死なれたり逃げられたりしたら拙者の首が飛びますのでな」

河尻秀隆の陰惨な笑いが一層大きく響きました。

縄をかけられたおつやの方は憔悴し、首をうなだれて目を閉じていました。木の実峠では阿鼻叫喚の地獄絵のような殺戮が続いていたのでした。一緒にいた女や子どもも鉄砲の餌食となったり、突撃してくる織田の兵隊に斬り殺されました。

岩村城からも火の手が上がりました。城の本丸に残っていた秋山虎繁の重臣達も木の実峠から銃砲の音が響いた時、あっという間に織田の兵士に囲まれました。死に物狂いで戦いましたが、多勢に無勢、全員が刀折れ力尽きて死んで行ったのです。信忠殿はこの岩村城乗っ取りの筋立ては充分に知っていたはずです。父信長の命令とはいえ、参謀の河尻秀隆が殆ど段取りをしたとはいえ、岩村城攻めの総大将は信忠殿です。惨いことをする人だと怒りがこみ上げてきました。

翌日、虎繁とおつやの方を引き連れて来た一隊は岐阜に到着すると、そのまま長良川の河川敷に向かいました。寒風にさらされ、土埃の舞う河原には磔柱が二本立っていました。

「殿、申し訳ございません。信長の書状を信じたばかりに」

「いいのだ、おつや。われらは信長に負けたのじゃ。仕方があるまい」

縄をかけられたままおつやの方と虎繁はしばらくの間河原に放っておかれました。やがて信長が家臣を引き連れ現れました。

「叔母上、久し振りでござるのう。こんな形で対面するとは何とも言いようがない。まあ覚悟を決めなされ。すべて叔母上が悪いのですぞ。その責めを負わねばなりませんな」

信長は冷酷な笑いを浮かべ、おつやの方を見下ろしていました。

「わらわが悪いと？」

「そうであろうが！　織田家を裏切り武田に寝返りおって、わしの倅の御坊丸まで人質に出した。その罪は大きい。叔母上とて許す訳にはまいりませんぞ」

寒風が絶え間なく長良川の河原を吹き荒れ、陣幕が風に膨らみ飛んで行きそうでした。捕縛された状態のおつやの方は身なりを整えることもできず、髪もひどい乱れようでした。

「何を信長！そちが援軍を寄こさなかったせいであろうが？」

「そのようなこともありましたかのう。だが、裏切りには変わりござらぬ」

「家臣領民の命を救うためではないか！」

おつやの方は懸命に信長に訴えました。だが、それが信長の気持ちを逆なでして怒りを増幅させてしまったのです。信長はこめかみに青筋を立たせ、顔を真っ赤にして叫びました。

「この姦婦めが！　ふざけたことを申すな！」

「姦婦とは聞き捨てなりません！　虎繁殿はわらわの嘘偽りなき夫でござります」

「何とでも言え！　姦婦に変わりはせぬわ」

「信長、何と？」

おつやの方は悲痛な叫びをあげました。

「おつや、止めるのだ。怒りを静めるのだ。われらの命運は尽きているのだ」

秋山虎繁がおつやの方を優しく諌めたのです。

「殿、わかりました」

おつやの方は虎繁をじっと見つめうなずきました。

それを目にした信長は更にはらわたを煮え繰り返して怒りを増したのです。

「構わぬ、早く処刑せよ」

おつやの方と秋山虎繁は磔にされ処刑されました。処刑人の槍が何度も二人の生身の体を突き刺して行きました。とどめの槍が突かれるまで苦悶の叫びが長良川の河原に響いていました。磔柱から滴り落ちた血が河原の小石を真っ赤に染めていました。

四、

「御坊丸に会いたい、会わせてください！」

苦痛に顔を歪め血だらけのおつやの方が松姫にすがりついてきた。

「お松様、お松様、大丈夫ですか？」

侍女のお里が、苦しそうな声を出し、何度も寝返りを打っている松姫の体を揺すった。

「お里！　良かった。お里だね」

濃い霧の中から聞こえるのはお里の声、そして次第にお里の姿が現れたのであった。松姫は夢の世界からようやく這い上がることができたようであった。

「恐い夢を見られていたようですね？」

「もう大丈夫よ、お里ありがとう」

松姫はお里の手を握り、夢から目覚めたことを確かめた。昨晩遅く松姫一行は御聖道様の滞在しているこの入明寺にたどり着いたのであった。庫裡の中にいるのは松姫とお里の二人だけであった。

「姫君達は？」

「ご安心ください、お庭にいらっしゃいます。三人で遊んでいますよ」

庫裡の雨戸が開けられ、柔らかな日の光が射し込んでいた。遠くから姫君達の明るい笑い声が聞こえて来た。


それから数日たった二月二十六日の晩のことであった。松姫と石黒八兵衛が竜宝の部屋へ呼ばれた。竜宝が床の間を背にして正面に座り、部屋の隅に端正な顔立ちの武士と鍛冶屋の栄吉がかしこまって待っていた。

「そこにおるのは、土屋十兵衛という。土屋家からわたしの世話をするよう寄こされた者だ。蔵前衆で良く働き何かと役に立つ男じゃ」

「御聖道様には大変お世話になっております。このような危難の時でございます。お役にたてればとお仕えいたしております」

黒川金山にて管理庶務の実務をこなしていたが、金の採掘量減少や武田家の危機的状況から仕事の転換を命令されたのであった。それにしても整った顔立ちで声の通りも良くなかなかの美丈夫であった。

「さて愈々難しいことになってきた。穴山信君の裏切りが明白になった。今朝方新府城に信君の手勢が押し入り、人質になっていた信君の妻子を連れ去ったとのことである。信君の裏切りによって駿河方面に徳川軍が入り、甲州侵入のきっかけを掴んだ模様である」

竜宝は松姫の方に顔を向け、淡々と話していた。これからの武田家の命運を鋭く感じ取っているようであった。

「姉上様も信君殿のもとに帰られたということでしょうか？」

「そういうことじゃな、お佐喜も辛い所だと思う。木曽義昌の母も子達も磔になるのを目にしただろうから、我が身と子どものことを考えれば、新府城から逃亡するしかなかったのであろう。武田を裏切る側につくのも定めかもしれんな」

穴山氏は武田家御一門衆の筆頭であり、甲斐河内領から駿河江尻領までを支配していた。そして、信君とその父信友二代にわたって武田家本家と婚姻関係を結んでいた。お佐喜の方は三条夫人を母としており、竜宝とは同腹の兄妹であった。

「穴山殿裏切りの報は今日一日で甲州中に広まりまして、穴山氏に同調する者多数出ております。伊那飯田方面に侵入して来ました織田軍に寝返る者も多く、軍勢を増しました織田軍は高遠城に迫っております」

土屋十兵衛は鉱山のことから農政土木まで通じた優秀な蔵前衆の一人であった。十兵衛の父の大蔵信安は猿楽師として信玄に召し抱えられていた。後にその子の十兵衛は家臣に取り立てられ、土屋家の与力として武田家に仕えた。十兵衛の情報収集の網は武田領地の各所に張りめぐされていた。

「高遠の城もいつまでもつだろうか？　信盛殿のことを思うと心が痛む」

竜宝は顔を歪め、ため息をついた。

「勝頼様は高遠の城へ援軍を差し向けたのでしょうか？」

松姫は土屋十兵衛の方へ顔を向けて訊いた。

「松姫様、それは難しいかと思われます。御屋形様は諏訪の上原城を引き払い新府の城へ戻られるとのことです。木曽、安曇、伊那からと織田軍は侵攻を速めています。御屋形様は新府城にて織田軍を迎え撃つ態勢を整えるお考えのようです」

「何と！　勝頼様は信盛兄上を見捨てるというのであろうか？」

松姫は死を覚悟した仁科信盛との悲しみに満ちた別れを思い出した。

「武田家を裏切る者が数多出る中で、信盛殿は敢然として織田の大軍に立ち向かって行く。勇猛果敢な武田武士の誇り高き心が信盛殿を突き動かしているのだと思う。お松、辛いだろうが、これが武田家の現状なのだ」

竜宝は自分を諭すかのように言った。

「織田軍の進撃は速くなると思われます」

土屋十兵衛が眉を曇らし膝を乗り出してきた。

「そうだと思う。それでのう、お松、おまえ達のこれからのことを考えたのじゃ。武田家の先行きは非常に厳しくなっている。いや、厳しいどころの話ではない。武田家滅亡の日が迫っていると考えて良いであろう。織田信長の敵に対する容赦のない仕打ちは凄惨極まりないと聞こえている。武田に対して激しい恨みを持っている信長のこと故尋常のことでは済まないと思う。お松、おまえは三人の姫達を無事元気に育てるようにと託されている。この入明寺はすぐ危険にさらされるであろうから、明日にもここを出立した方が良いと思う」

竜宝の声は松姫の決断を促していた。

「御聖道様、わかりました。それで何処へ向かって出発すれば良いのでしょうか？」

松姫の声は震えていたが、気持は前を向いていた。

「松姫様、東へ向かわれるのが一番安全かと思われます。ここにいる栄吉は関東甲信越の地理に詳しくございます。鍛冶屋を職としていますので多くの仲間が各所に散在しております。栄吉が身を隠すのに安全な所へご案内申し上げますのでご安心ください」

十兵衛が隣に平伏する栄吉を指し示した。

「栄吉にはこれまでも世話になっています。また、栄吉の女房のお梅には色々と面倒を見てもらっています。姫君達もお梅によくなついて本当に助かります。そうですか、ではこれからのこと、栄吉よろしく頼みますよ」

松姫はこの実直な鍛冶屋職人の栄吉夫婦に感謝していた。これから先のことはどうなるものやと不安でたまらなかった。でもとにかく進まねばならないと松姫は決意した。

「松姫様、できうる限りの力をもって夫婦でお手伝いをさせて頂きます。よろしくお願い申し上げます」

栄吉が少し顔を上げると、松姫と目が合った。松姫が微笑みうなずくと、栄吉は目頭が熱くなり、忠節の心が満ち溢れてくるのを感じた。

「栄吉、お松のことよろしく頼むぞ」

竜宝の声が更に栄吉の心を熱く動かした。栄吉は畳に頭をこすりつけるまでに平伏した。

「御聖道様はこれからどのようになされるのですか？　十兵衛、そちが御聖道様をお守りしてくださるのですね」

松姫が竜宝の方へ顔を向けた。

「お松、十兵衛は奥と信道の所へ向かう。今住む場所も危険になるであろうから、更に人目のつかぬ山奥に二人を隠しておきたい。それを十兵衛に頼むのだ」

竜宝は妻と嫡男信道を何とか生き延びさせてやりたいと思っていた。

「では、御聖道様は？」

「わしか、わしはこの入明寺に残る。そして、武田家がどうなるかをこの見えない目で見ることにする」

「それでは御聖道様のお命が危のうございます」

「お松、わしのことは心配するな。覚悟はできている。決められた運命に従うつもりじゃ。側近や警護の者には織田軍が攻めてきても戦うことはない、逃げろと言ってある。それで良いと思う。ところでお松、頼みがひとつある」

「御聖道様、何でしょうか？」

「おつまや、こちらに入って来なさい」

竜宝が隣の部屋に声をかけると、襖を開けて若い女が竜宝の部屋に入って来た。女は襖を閉じその前に端座し、松姫に向かって深々と頭を下げた。

「おつまではないか？」

松姫が懐かしそうにその若い女を見ていた。年齢は松姫より若く十八歳であった。美しい女性が二人揃うと暗い話の最中なのに部屋の中がぱっと明るくなった。

「お松、おつまのことは知っておろう。おつまの父の秋山虎康はこの緊急時故にわたしの家令の職から離れておる。その代わりということで、この寺へ来てわしの世話をしてくれている。本当に気の利く良い娘じゃ。おつまはわしのことを心配してくれているが、わしのことは構わない。甲州は混乱のるつぼとなり、危険極まりないことになるのだ。お松、おつまを是非一緒に連れて行ってくれまいか？　おまえ達の話をすると、お供をして姫君達のお世話をしますと言ってくれた。お松達と一緒に行くのが一番だと思う。後のことはどうにでもなる。おつまもその気になっておる。一緒に連れて行ってほしい。どうかな、お松？」

「はい、それはありがたいことです。おつまのことは良く知っております。この数日の内にも数人の従者侍女が行方をくらましております。小さな子ども達の世話は大変でございます。若くて元気なお方にお手伝い頂ければ大助かりです」

松姫は御聖道様の屋敷で、御坊丸の世話をしていたおつまのことは良く知っていた。松姫とおつまは立場は違ったが、御坊丸にとって二人とも大事な母か姉のような人であった。おつまの父・秋山虎康は秋山虎繁の甥であった。岩村城のおつやの方と虎繁は結婚したが、おつやの方の養子となっていた織田信長の五男御坊丸は甲斐府中へ人質として送られた。我が子と思い愛しんでいた御坊丸との別れはおつやの方にとても辛く悲しい事であった。武田二十四将の一人・秋山虎繁はおつやの方の悲しみを少しでも和らげようと躑躅ヶ崎の御聖道様の屋敷に御坊丸を預けるように手配をした。そして、甥の秋山虎康に御聖道様の家令としての役目を与え、おつやの方と御坊丸の繋がりを大切に守ったのであった。

松姫はおつまから懐かしい人たちの面影を感じるのであった。

「おつまは父親に連れられ、岩村城に暫く滞在していたことがあるそうだ。その時、おつやの方に大層可愛がられたとか。

人の運命はわからないものだ。御坊丸は人質として十年もの長い間、躑躅ヶ崎のわが屋敷で預かっていた。皆のおかげだと思う。御坊丸は立派に成長し、元服して勝長と名乗ることになった。あの頃、このようなことになろうとは想像もできなかった。今は信房と名を変え、織田信忠の副将としてこの武田を滅ぼそうとしている。考えても詮ないことよ。

お松、おつまのことよろしく頼んだぞ。この先、お松の話し相手、相談相手にもなってくれると思う」

風が出てきたようで、部屋の障子戸が少し揺れていた。梅の香りが部屋の中に漂っていた。武田家の最後が間近に迫っているのを竜宝は充分に実感しているのであった。

五、

翌二十七日の朝、松姫一行は入明寺を出発した。

「お松、よろしく頼むぞ。とにかく安全な所へ姫君達を連れて逃げてくれ。栄吉夫婦や石黒八兵衛をはじめとして皆がおまえを助けてくれる。どのようなことが起きようともおまえがしっかり前を見据えておれば、この困難な道を乗り越えて行くことができる」

竜宝がすっと手を伸ばしてきた。松姫がその手を握って別れを惜しむと、姫君達もわっと言って竜宝にすがりついてきた。悲しい別れが賑やかになった。

「おまえ達は本当に良い子だ。お松の言うことをよく守って元気で行くのだよ」

竜宝は武田勝頼の娘・貞姫、小山田信茂の娘・香具姫、そして仁科信盛の娘・督姫と息子の勝五郎を抱きしめ、別れを告げた。

「松姫様、またお会いできる日が必ずや来ると思います。どうぞお元気でいてください」

土屋十兵衛が竜宝の背後に立っていた。松姫は十兵衛の顔を見上げてうなずいた。

その日、松姫一行は松姫の母油川夫人の出生地である石和の里に入り油川氏の屋敷を訪れた後、栗原の里にある開桃寺《かいとうじ》という寺に宿を取ったのであった。開桃寺は尼寺であり、武田家重臣の娘達が代々庵主となっていた。

「しばらくはここに逗留なされると良いですよ」と、庵主をはじめ尼僧達は大層喜び歓迎してくれた。松姫達もここなら尼寺でもありしばらくの間の滞在も可能ではないかと安心してその夜は眠りについた。

二月二十九日の朝、探索に出ていた栄吉が戻って来た。

「事態は切迫しております。織田軍の動きは非常に速いようで、甲斐中心部へ侵攻するのも間近ではないかと新府城も古府中の町も脱出を図る者で大混乱を呈しています。徳川軍も裏切った穴山信君の軍と合流して甲斐へ進軍している模様でございますし、東では北条氏政が武田領へ侵略を開始しております。

この寺は街道筋にあり、身を隠すには適切ではないと思われます。塩山の上於曽の里に向嶽寺という大きな寺がございます。御聖道様からも紹介の書状を預かってきておりますのですぐに向嶽寺へ移られた方が良いと思われます」

朝早くから開桃寺の前を通る街道を、古府中から逃げて来たたくさんの人達が荷物を担ぎ荷車を引いて歩いていた。危険が次第に迫って来るのが実感されるのであった。

松姫一行はその日の内に向嶽寺《こうがくじ》にたどり着くことができた。

この寺も武田家代々の君主から手厚い保護と援助を受けており、松姫一行を丁重に迎え入れてくれた。広い境内の更に奥深い所にある庵が一行の当座の住居となった。寺では一行が滞在していることが洩れないよう厳重な警戒を敷いていた。松姫達の暮らしは僧侶達の世話もあり、ひとまず落ち着きそうな感じであった。

三月二日に高遠の城が落ちたとの報せが届いた。

「信盛様は織田軍三万に対し勇猛果敢に戦いを挑みましたが、刀折れ矢尽きして奥方様共々ご自害なされたとのことです」

石黒八兵衛が向嶽寺に届いた悲報を松姫に伝えた。

「そうですか、兄上も義姉上もご最期を遂げられましたか」

松姫は覚悟を決めていたとはいえ強い衝撃と悲しみを受けた。織田信忠が兄の首級を取り上げ勝ち誇り喜々としているのではないか、御坊丸も当然傍で見ていたのではないか等、松姫は思いめぐらし胸が張り裂けるような苦しみを感じたのであった。それでも松姫は気を取り直し、仁科信盛の嫡男勝五郎と娘の督姫を呼び寄せ、高遠城落城と父母の死を知らせた。勝五郎は八歳になっており父母の死をしっかり受け止めていたが、督姫は四歳になったばかり、事実が理解できないらしく松姫の涙を見て怪訝な顔をしていた。松姫の涙は更に辛く悲しく溢れてきたのであった。

翌日、栄吉が慌ただしく松姫のもとにやって来た。

「御屋形様ご一行がこの向嶽寺前の街道を、昼前には郡内岩殿《いわどの》城を目指して進んで行くものと思われます」

「如何したのか？　勝頼殿はどうしたのじゃ？　武田家はどうなるのじゃ？」

松姫は直面する事態に激しく動揺した。武田家滅亡という現実が迫っているのを嫌でも認めざるを得なかった。

「御屋形様は新府城にて織田軍を迎え撃つ態勢を整えるつもりだったのでしょう。諏訪の上原城を出た一万の武田軍は新府城に着いた時二千になっていました。八千人の武田の兵士が逃亡したのです。新府城内においても城兵の多くがやはり逃亡していました。そこへ高遠城落城の知らせが入って来ました。見ている間にあの勇猛な武田武士が新府城から続々と逃亡し、残されたのは御屋形様側近の二百人となってしまいました。これでは織田軍を迎え撃つなどとても無理だと判断され、新府城を離れることを決めたのです。二ヶ月前に完成したばかりの新府城が火炎に包まれるのを見ながら、御屋形様一行は落ち延びて行きました。昨晩は古府中に宿泊し、現在郡内岩殿城へ向かって移動中とのことです」

栄吉は三月四日の朝までに得た勝頼一行の動きについて、松姫と供の者に向かって話した。

「勝頼殿達が岩殿城へ落ち延びて行くなど信じられません。本当のことなのですね？」

松姫は悲痛な声を上げた。

「織田軍は今日にも新府城に入ると思われます。昨日は諏訪大社を焼き討ちにしたとの話も伝わって来ています。すでに武田軍には向かい討つ力もなく、織田軍は悠然と甲斐の国を席巻している状況かと思われます」

あまりに早い武田家滅亡の進み具合にその場にいる者達は言葉も出ない様子であった。

「勝頼殿一行がこの向嶽寺前をお通りになるという。貞姫と一緒にお迎えするのが一番良いと思うが、如何なものか？」

「なりませぬ。この庵から一歩も出ないでください。向嶽寺の門はしっかりと閉じてもらいます。ここに松姫様達が逗留していることは秘密になっております。御屋形様一行は非常に危険な道を歩んでおられます。守備する将兵は少なく、か弱い女子どもが後に従い列を作って進んでいる有様です。織田軍も追跡を速めているでしょうし、落ち武者狩りや夜盗の輩も一行を狙っております。松姫様達の安全を考えるならここは是非ともこの庵にじっと静かにしていることだと思います。そして、機を見てもっと安全な場所へ移動致しましょう」

「栄吉の言うことはもっともだと思われます。ここは御屋形様一行にお会いすることも行動を共にすることも一切しないのがよろしいかと思われます」

眉間に皺を寄せ難しい顔をしていた石黒八兵衛が松姫に向かって言った。

「八兵衛様、この寺の和尚様が言うには武州の八王子には向嶽寺と繋がりの深い寺が多いそうです。依頼の書状を書く故、それを持って訪ねてみてはどうかと言ってくれております。わっしもそれは良い考えだと思います。八王子は武田に敵対する北条の領地ではありますが、以前は同盟を結んでいたこともありますし、御屋形様の奥方は北条家の生まれでございます。わっしの鍛冶屋仲間や刀鍛冶の知り合いも多く暮らしております。何とか安全に暮らせるように手配ができるのではないかと思います。御屋形様が無事に落ち延びられ再起の道が開ければ、お会いできる機会は生まれます。今は耐えて自分の身の安全を図ることが第一かと思います。八兵衛様、これをご覧ください」

栄吉は勝頼一行の命運が尽きるのが目前であると感じていた。松姫達に万が一のことでも起きたならば竜宝に顔向けができない、一刻も早く安全な場所へ移動せねばと栄吉は気持ちが焦るのであった。栄吉は懐から書付を出し八兵衛に手渡した。

「これは！」

石黒八兵衛の顔が歪んだ。

「どうしたのじゃ、八兵衛」

「このようなもの、姫様にお見せするものではございません」

「構わぬ、八兵衛その書付を見せなさい」

八兵衛はしぶしぶとその書付を松姫に渡した。その書付を読んだ松姫の顔が瞬く間に青ざめ険しくなった。その書付には次のようなことが書いてあった。

我が織田軍八万は今や甲州に侵攻した。高遠城に数度の降伏勧告をしたが拒否され、城兵は全滅し落城に至った。織田と武田の戦力の差は明らかである。このような悲しい戦いはしたくない。武田家の滅亡は目前である。我らが敵は武田勝頼だけである。武田家の家臣の者達に無駄な戦いは止めるようにと伝えたい。我が軍に降伏すれば命の保障はするし、旧領はそのままとし、その意志があるのなら織田家の家臣として温かく迎え入れたい。早く我らが陣に来りて降伏する旨の意思表示をして頂きたい。木曽殿も穴山殿も我が軍に味方した功により旧領に加えて甲州にも領地を広げることになるであろう。

最後に織田信長と信忠の名が記してあった。

「織田の父子は、またもこのような文書を書いて人を欺こうとするのか！　誰がこのような文書を信用するものでしょうか？　騙されるような武士は武田におるはずがない」

松姫の脳裏には岩村城のおつやの方と秋山虎繁の悲劇がよぎっていた。おつやの方は信長の手紙に一縷の望みを持ったばかりに無惨な死を迎えてしまった。松姫はこのような物を二度と見たくもないと八兵衛にその書付を突き返した。

「松姫様のお怒りはごもっともですが、家臣の相当数の者がこの籠絡の文書に気持ちを動かされている模様でございます。身の安全を図ろうとして、織田の軍門に降る者が増えているのは確かなようです。その中で小山田信茂様のお噂も聞こえてきました」

栄吉は小鍛治、大鍛治を含めた鉄を扱う仲間から信頼を置かれていた。鉄鉱石、砂鉄、古鉄の原料の類から製品となった鉄器まで栄吉に頼めばすぐに取り寄せてくれたし、作ってくれた。栄吉の仲間は多く、どこからでも色々な情報が伝わって来た。

「まさか！　小山田信茂殿が裏切ろうなど信じられません」

「松姫様、拙者もまさかとは思いますが、ここは用心した方がよろしいかと思います」

八兵衛は再度その書付に目を通し、何とか松姫の気持ちを落ち着かせようとした。

「勝頼殿とは別の行動を取った方が良いと申すのだな」

「さようでございます」

八兵衛は強く言い切った。

「八兵衛様、わっしはこれから武州八王子へ向かって旅立つことにいたします。向嶽寺の和尚様から書状も預かりましたし、八王子の鍛冶仲間を頼って、松姫様達の落ち着ける場所があるかどうかを探ってまいります。織田軍の追跡も厳しくなるとは思いますが、わっしが戻って来るまでは決して動かず、この庵にてお待ちください」

栄吉は落ち着く暇もなく次の目的地八王子に向かって旅立つことになった。

「栄吉、お梅と会うたのか？」

松姫が、直ちに出発しようと立ち上がった栄吉に声をかけた。

「いえ、そのような時間はございませんので」

栄吉は四十五歳だが女房のお梅は二十歳、妊娠しており臨月が近づいていた。お梅は大きなお腹を抱えながらお里やおつまと一緒に姫君達の世話をしていた。

「お里や！　お梅をここに呼んでおくれ」

松姫はとなりの部屋に控えていたお里に声を掛けた。

「滅相もない。このような危急の時でございます。直ぐに出発しますので」

「栄吉や、まあお待ちなさい」

松姫に言われて栄吉は立ち止まらざるを得なかった。丁度その時、

「お梅さんが来ましたよ」

お里が襖を開け、お梅を押すようにして部屋の中に入れた。

栄吉とお梅がびっくりした顔をして互いを見ていた。そして、栄吉の眼はお梅の腹の方へと移っ

た。ちょっと見ない間にずいぶんお腹が大きくなったと栄吉は思った。

「元気そうだな、お梅」

「はい！」

お梅はよく働く。姫君達の世話から皆の食事の世話まで次から次へと仕事を見つけては体を動かしている。御殿勤めの物柔らかなお里やおつまと違って、日焼けした健康そのものの体からいつも力を漲らせていた。

「栄吉、お梅には身重の体故無理せぬようにというのだが、気を緩めることもなく相も変わらずよく働いてくれる。皆、助かっています。でもやはり体を休めることが大事です。栄吉からもよく言ってあげてください」

「いえ、大丈夫ですよ、お梅は頑丈にできていますから」

「そのようなことを言っては駄目ですよ、栄吉！」

松姫は驚いた顔をして二人を見つめていた。

「松姫様、お腹の子は元気そのものですし、働くのに何の不都合もありませんよ。平気ですよ。心配なさらずにいてください」

お梅はそう言って自分のお腹を撫でていた。その様子を見て栄吉が優しく微笑んだ。重く暗い空気が漂う部屋の中を爽やかな春の風が吹き抜けて行く。松姫の顔にもたとえようもなく穏やかで優しい笑みが浮かんでいた。

六、

栄吉は松姫一行が安全に居住できる場所を探すために武州八王子へ旅立って行った。

三月九日、勝頼一行は駒飼《こまがい》の里で小山田信茂の迎えを待っていた。ところが、人質として同道していた信茂の母親と嫡子が信茂の家臣の手引きによって逃亡を図った。笹子峠頂上まで勝頼の兵士が追跡したところ、峠には小山田の兵士が多数待機しており、逆茂木《さかもぎ》を配備した柵の中から鉄砲を撃ちかけてきた。勝頼一行逃亡の最後の伝手であった小山田信茂の裏切りが判明したのであった。勝頼一行には笹子峠を越え、東へ向かう道が封ぜられてしまった。織田の軍勢五千が背後から迫っていた。

この先は北へ向かって進むしか道はない。真田昌幸が「是非お越しくだされ」と言ってくれた岩《いわ》櫃《びつ》城へたどり着くことができれば、武田家の再起が可能かもしれなかった。しかしながら、勝頼を守ろうとする戦士は四十一人だけとなり、その後に五十人の婦女子が続いていた。行く手には在郷の夜盗、落ち武者狩り三千が山野に散開して攻撃の機会を待っていた。十日、天目山下の田野《たの》に到着した勝頼一行は、宿泊する農家を中心にして柵を設け敵の襲撃に備えた。織田軍は勝沼まで来ており、明日には総攻撃を仕掛けて来ることは確実であった。翌朝、勝頼一行を目がけて在郷の夜盗、落ち武者狩りが一斉に襲ってきた。敵の攻撃を何度もはね返し、北への道を切り開こうと勝頼一行は奮戦していた。そこへ河尻秀隆、滝川一益に率いられた織田軍五千が到着し、勝頼の首級を取ろうと攻めかかってきた。前方、後方からの大軍を田野の深い谷の地形を活かして勝頼一行は何度か押し返したが、遂に力尽き、襲い掛かる敵を家臣たちが防いでいる間に、勝頼・信勝親子は自害した。そして、奥方の北条夫人を始めとして婦人達も勝頼・信勝達が激闘を続けるのを確認しながら、自分達の命を絶って行ったのであった。

「なんと！　勝頼殿も奥方様もご自害なされたのか？」

松姫は遂に武田家滅亡の日がやって来たのかと悲痛な声を上げた。

「さようでございます。天目山下の田野という山里において織田の大軍に攻撃されてのことと聞いております」

武田勝頼自害の報は甲斐中に瞬く間に広まっていた。石黒八兵衛は栄吉の居ない間、同朋衆の竹阿弥を、向嶽寺で修行中の雲水達と一緒に村里へと巡らせ、情報の収集に当たらせていた。竹阿弥の集めてきた情報は武田家の悲惨なことばかりであった。三月十二日には、古府中の善光寺を本陣とする織田信忠のもとに勝頼父子の首級が届けられた。その首級は、木曽から伊那に入った織田信長のもとに届けられ、十五日には飯田でさらされ、更に京都に送られた後、仁科信盛の首と共に六条河原で獄門にかけられた。

三月十三日、勝頼・信勝父子自害の報を聞いた小山田信茂は母親妻子を伴い、織田信忠が本陣とする甲斐善光寺へ向かった。信茂は信長・信忠の書状を信じて、領土の安堵もしくはそれ以上の恩賞に与かれるのではないかと期待を持っていた。ところが、

「武田家累代の重臣でありながら、武田家滅亡の危機に主君を裏切るとは不忠も極まれり、武士の風上にも置けぬ卑劣漢なり。覚悟いたせ」

信茂には耳を疑うようなとんでもない信忠の声が響いた。

「騙したのか？」

そう信茂が言った時はすでに遅かった。信忠の家臣が信茂の母親と妻子に刀を振り下ろし、最後に信茂の首をはねた。

織田軍の残党狩りは、信長の「捕えた武田の者共は皆殺しにせよ」の言を守り苛烈を極めた。松姫の叔父にあたる武田逍遥軒信廉、一条信龍は斬首された。松姫の実弟・葛山信貞も殺害された。従弟の武田信豊は家臣に裏切られ自害。長坂釣閑斎を始めとする勝頼の重臣達、累代の武田家家臣達が続々と殺害されて行った。

「ああ何と惨いことが起きているのでしょうか。あまりにも酷い。降伏した者、戦う意志のない者を皆殺しにするなど、悪鬼の仕業としか思えませぬ。その張本人が信長であり、今甲斐で指揮する信忠なのですね」

松姫は、貞姫と香具姫にもそれぞれ父母の亡くなったことを話した。幼い姫君達も父母の死を理解したらしく松姫の袖の中で涙を流していた。松姫の悲しみは複雑であった。

もし、信忠との婚儀が成って織田家に嫁いでいたとしたならば、この姫君達の父母の仇は信忠であり、この自分であると松姫は思った。破談したとはいえ、一時は信忠を未来の夫と決めた松姫であった。織田と武田の和平の時が来るのをどれだけ待ち望んだことか。信忠が正室を置かずに松姫を待っているとの噂話に胸が騒いだこともある。信忠の弟の御坊丸をあれほどまでに世話をし慈しんだのも、信忠の姿を重ねていたからなのだ。

「松姫様、御聖道様の消息がわかりました」

三月二十日の夜のことであった。竹阿弥が蒼白した顔をして松姫の元にやって来た。

「で、御聖道様は如何されていましたか？」

「それが……」

竹阿弥は言いにくそうに口を開いた。松姫は最悪の結果を予期し、固く手を握りしめた。

「昨日の朝がた、御聖道様の居場所が織田方に判明してしまい、入明寺へ織田軍が突入しました。御聖道様は捕縛され、織田信忠の前に引き出されました。その時、織田信房も一緒だったそうです」

「えっ、信忠殿と御坊丸も一緒であったのか！」

松姫の悲鳴が上がった。

「信忠は松姫様と御聖道様の繋がりを良く知っていたようでございます。ですから松姫様がどこにいるのか逃げたのかを聞き出そうと、信忠は御聖道様を酷く責め立てたとのことです。御聖道様は松姫様の行方については一言も話しませんでした。怒った信忠が傍にいた信房に御聖道様を斬るように命じました。信忠は勿論、信房が御聖道様の世話になり成長したことを知っての上です。信房に御聖道様を斬れるかどうかで信房が織田家の人間になれるのか見定めるつもりだったのでしょうか。その時、『御坊丸、武田家もわたしの命運も尽きたのです。構わずわたしの首を打ち落としなさい。御坊丸、しっかり生きて行くのだぞ』と御聖道様は仰ったそうです。信忠が『斬れ！』と言うと、信房は白刃を御聖道様の首に打ち下ろしたとのことです」

竹阿弥は涙を流し、言葉をつかえながらやっとの思いで話していた。

松姫はおつまを見た。おつまは顔を袖で覆い咽び泣いていた。

「御聖道様は覚悟を決められていたのですね」

松姫は悲嘆の底深くに引き込まれていた。御聖道様は見えない目ですべてを見ていたのだと思った。御坊丸との再会がこのような形になることもわかっていたのではないだろうか？　憎しみも恨みもない、優しい顔を御坊丸の方に向け、御坊丸に決意を促したのだと思った。御坊丸は御聖道様の心を理解したはずだ。御坊丸はまた一つ大きな悲しみを背負い生きて行くことになる。信忠と言えば、父信長の威光を背景にして信長の如くに振舞い信長の後継者たることを世に明示して行くのであろう。すべてが信長の思うままに動き出していた。天下取りに邁進する信長は、邪魔する者はすべて打ち払い殺戮を続けて行く。殺戮の終わる日は近いのだろうか？　まだまだ悲しみは重く積み重なって行く。

「松姫様、古府中の残党狩りも終わりに近づいています。織田軍は徹底的に武田の残党を追い詰め殲滅するつもりです。二、三日の内にはこの地域にも織田の追手が現れ、しらみつぶしの捜索が始まると思われます」

「明日にでもこの寺を出なければなりませぬな」

竹阿弥の報告を受けて石黒八兵衛が苦渋に満ちた顔をして言った。

「だが、栄吉がまだ戻って来ないではないか。道案内なしで出発するというのですか？」

栄吉が武州八王子へ旅立ってから十日は過ぎていた。もう戻ってきても良さそうな頃ではないか、落ち着き場所を探すのに難儀しているのかと松姫の不安は募っていた。

「もう一日お待ちください。うちの旦那、必ず戻って来ますから」

部屋の隅に座っていた、栄吉の女房・お梅が声を上げた。お梅のお腹が一段と大きくなっていた。

二十一日は旅立ちの準備にかかった。向嶽寺に迷惑のかからぬように松姫一行が逗留していた痕跡を消した。栄吉はその日も戻って来なかった。

「明日にはこの寺を出発することにしましょう。栗原の開桃寺が今日、捜索されているとのことです。織田の輩は間近に迫っております」

石黒八兵衛は栄吉の案内がないのは不安だが猶予はないと思った。

「栄吉の安否が気がかりじゃ、何もなければ良いがのう」

「それだけにこの先何が起こるかわかりません。早い出発が肝心かと思われます」

「うちの旦那のことは心配ねえです。このお腹の子に会いたくて必死になって必ず戻って来ますだ。八兵衛様、わたしも八王子までの道なら行ったことがありますので少しはわかります。明日、出発しましょう」

お梅の健気な気持ちが伝わって来た。松姫も心を落ち着かせ、明日の出発を待つことにした。ところが、翌朝おつまが松姫の部屋へおろおろと泣き出しそうな顔をして入って来た。

「松姫様、大変でございます」

「如何した？　おつま」

織田軍が来たのかと松姫は瞬時にして身を固くした。

「姫様達三人ともが……。申し訳ありません」

「どうしたのじゃ？　熱でもでたのか？」

「さようでございます。皆さま熱がだいぶ高いのでございます」

松姫は冷や汗が背中をすっと落ちて行くのを感じた。重大な危険ではないが、これはこれでこの時になって面倒なことが起きたと思った。

「竹阿弥に診てもろうたのか？」

竹阿弥は武田家の同朋衆で医療の心得もあった。

「只今診てもらっております」

おつまがそう言い終わると、襖が開き石黒八兵衛と竹阿弥が松姫の部屋に入って来た。

「松姫様、出発の準備をなさってください。昼前には向嶽寺を出るように致しましょう」

八兵衛は追手の織田軍の動静が気掛かりで仕方がなかった。

「石黒様、今すぐの出発は無理でございます。高熱の姫君様達のご移動は危険でございます。特に督姫様は普段から丈夫ではないので熱が治まるまで安静にしていないといけません。薬が効けば明日の朝には熱も下がろうかと思います」

竹阿弥が難しい顔をして言った。

「織田軍は勝沼の里まで来ているという。一刻も早く寺を出た方が良い」

八兵衛も道理はわかっていたが、この危急な時無理を押しても出発したかった。勝沼の里から向嶽寺までは四里ほど、もう目と鼻の先であった。

「姫君達はわらわに託されました。姫君達の無事なくしては、われらが逃亡する意味も目的もなきに等しい。姫君達の熱の下がるのを待ちましょう。もしも織田の軍勢がこの寺に攻め入って来た時は、わらわは覚悟を決めて自害しましょう」

松姫は決然として言った。

「そのようなことを言われては困ります。松姫様、今の内なら大丈夫です。出発してこの寺から離れましょう」

八兵衛は松姫を守るための付き人である。松姫にこの寺で自害されるようでは何の役目も果たせなかったことになり、自分も腹を切らねばならない。何とか松姫を逃がそうと必死に説得した。

「大変でござる！　織田の残党狩りの軍勢が勝沼から進軍を開始しました」

物見に出ていた中村新三郎が駆け込んで来た。

「何と、動きが早過ぎるではないか！」

そこに居合わせた一同は顔色が変わり唖然とした。

「さあ松姫様、直ぐに出発せねばなりません」

八兵衛は覚悟を決め毅然として立ち上がった。向嶽寺の塀の外が騒がしくなっていた。

「八兵衛殿、お待ちください。織田進軍の目標は恵林寺《えりんじ》でございます。武田の落ち武者多数が恵林寺に逃げ込んでいるとの報を受けた模様です」

「新三郎、それを早く言え！」

八兵衛は気持ちを落ち着かせるように腰を下ろした。それにしても恵林寺とこの向嶽寺との距離は一里もなかった。恵林寺捜索の後は当然向嶽寺となる。

「八兵衛、少しは時があるようですね。出発の準備だけは怠りなくして、暫く姫君達の熱が下がるのを待ちましょう。それにしても外の騒ぎはどうしたのじゃ？」

「織田軍の進撃を恐れて上於曾、下於曾の村人が山中へ逃げ込み身を隠そうとしているのです。たくさんの村人で塀の向こう側の狭い道は大混乱になっております」

子どもの泣き叫ぶ声が聞こえて来た。

「姫君達ではないか？」

松姫は驚き、おつまの顔を見た。

「あれは塀の外からでございます」

「戦乱に巻き込まれ、子ども達は可哀想よな」

「では、松姫様のご指示通りに、姫君様達の熱が下がるまで出発は待つことに致します。新三郎、恵林寺へ向かった織田軍の動きから目を離すな。竹阿弥は姫君達が早く回復するように手をつくすのだ」

八兵衛はそう言うと、廊下へ出て本堂の彼方にある山門を見やった。山門の前に立っているのはお梅であった。未だ戻って来ない栄吉のことを心配しているのであろう。何をしているのだ、栄吉よ、早く戻って来ぬかと八兵衛は苛立ちを募らせていた。

その栄吉がその夜ようやく向嶽寺に戻って来た。

「遅くなりまして申し訳ありません。八王子の方は取り敢えず一行の落ち着き先は目途がつきました。八王子までの山中には土民の落ち武者狩り、野盗の類が出没しておりかなり危険ですが、安全な道を進みますのでご安心ください」

栄吉の報せに松姫は胸を撫でおろした。

「ずいぶんと大変だったのではないか？　ご苦労さまでした」

「いえ大丈夫でございます」

とは言うものの、栄吉は疲れ切っており、お梅に体を支えられないと松姫の前から立ち上がれなかった。夜もだいぶ更けてきた。丁度そこへ恵林寺の織田軍の動静探索に行っていた中村新三郎が戻って来た。

新三郎の報告によると、恵林寺は完全に織田軍に包囲されていた。恵林寺には、近江で信長に敵対していた六角承禎の息子義定、三井寺の上福院、足利義明の家臣大和淡路守等が逃げ込んでおり、織田側は寺に即刻彼等を引き渡すように要求した。寺側からの返答は未だないまま夜に至っている。

「如何様なことになるのやら恵林寺のことは心配ですね」

恵林寺は武田家の菩提寺であり松姫も仏事のある度に足を運んでいた。国師号を持つ住職の快川《かいせん》紹喜《じょうき》は美濃の出で織田家とも繋がりがあったので、信忠と松姫の婚約については両家の橋渡しの役も果たしていた。それ故に、快川和尚は松姫の行く末を気にかけ、松姫が恵林寺を訪れた時は心温かく迎えてくれたのであった。今また松姫にとって大切な人と織田信忠が対峙していた。松姫の心は更に重く苦しみの中に沈んで行った。

翌二十三日の朝、子ども達の元気な声が向嶽寺の奥の庵から聞こえて来た。

「松姫様、姫君達の熱が下がりました。朝ご飯もお腹が空いたといって食べております」

おつまの明るい声が松姫の鬱々とした気分を払いのけた。

「それで竹阿弥は姫君達の容態をどのように診ているのじゃ？　出発はできるのか？」

「はい、竹阿弥殿の診たてでは、貞姫様、香具姫様はもう大丈夫とのこと。督姫様はもう少し安静にしておいた方が良いのだが、出発もまあ大丈夫だろうとのことです」

向嶽寺の和尚一人だけが寺の裏木戸を出て行く松姫一行を見送った。松姫は和尚に向かって何度も頭を下げ感謝の気持ちを伝えた。春らしい穏やかな日の光が裏山の小道に射し込んでいた。登り路のあちこちに山桜が満開の花を咲かせていた。先頭を栄吉が進み、石黒八兵衛、竹阿弥と続き、市女笠を被った松姫が歩んで行く。その後ろを勝五郎の手を引いたお里、督姫を背負ったおつま、貞姫、香具姫は侍女二人が背負っていた。お梅、荷物を担いだ従僕二人、供の家臣が三人、しんがりは中村新三郎が務めていた。

「まずは笹子峠を目指して行きたいと思います」

「頼むぞ栄吉、おまえが頼りだ！」

そう言ってから、石黒八兵衛は後ろを振り返り、松姫を見た。

「心配はいりませんよ。皆の足手まといにならないよう歩いて行きますからね」

松姫は愈々甲斐の国と別れる旅が始まったのだと気持ちを新たにした。

一行は上於曾、下於曾の里の山端の道を選んで人目につかないように南へと向かった。西野原を過ぎ勝沼へ入り東に方角を変え、勝頼一行が宿泊した大善寺の裏山を通り抜けた。何度か姫君達を背負う者は交代しながら、ここまで二里半の道のりをやって来た。麓の里には春が訪れているが、山の頂きの樹木はまだ冬の厳しさを残していた。日川が足元の谷底深く流れ落ちて行く。鶴瀬の山里を人目につかぬように通り抜けて行った。

「あの辺りが天目山下の田野でございます」

栄吉が立ち止まり指をさした。

勝頼一行が織田軍の追撃を受け、最期を遂げてからまだ十二日しか過ぎていなかった。松姫は勝頼の息女貞姫をお里の背中から下ろした。

「あの山の方角に向かって手を合わせましょうね」

あの山の下から苦悶の叫び、断末魔の悲鳴が聞こえてくるようであった。貞姫は手を合わせたまま体を固くし、何かに憑依されたような虚ろな眼をしていた。熱がぶり返したらしく額が熱い。一行の皆も田野の方角に手を合わせ、身じろぎひとつしなかった。松姫も何か不思議な力を感じた。体が硬直し、息が苦しくなった。

「父上と母上がわたしを呼んでいるわ」

貞姫が道の端に向かって一歩を踏み出そうとした。その先は谷底まで落ちて行く急峻な崖となっていた。松姫は自分の体に絡みつく妖しい力を振り払い、貞姫を押さえた。

「さあ行きましょう」

松姫はできる限りの大きな声を発した。

「皆さん、もうひとがんばりですよ。駒飼の里で休憩を取りますからね」

栄吉が夢から覚めたような顔をして目をこすり、声を上げた。

「何かあったの？」

お里が不思議そうにお梅に訊いた。何かが田野の方から風に乗って訪れていた。全員の記憶の片隅に空白の時間が残っていた。死の淵へ誘う妖気が広く漂っていたのである。

「いえ、何も。何かあったのかしら？」

お梅は振り返り、後ろにいた侍女の一人に訊いた。

「えっ、何かあったんですか？」

侍女が逆にお梅に訊き返した。「何もないわよね」とその侍女が隣の侍女に言い、「そうよね」と答えたが、皆何か狐につままれたような顔をしていた。

松姫一行はどうにか昼前に駒飼の里にたどり着くことができた。村人の姿は見えない。戦乱に巻き込まれないようにまだ近くの山中に隠れているようだった。栄吉は一行を村のはずれにある鍛治屋へ案内した。鍛治屋の主人とその女房に数人の女が待ち受けており、一行の休息の世話を焼いた。昼食のおにぎりやお茶が運ばれ、開け放された住まいや庭先で一行は少しの時間、体を休めることができた。

栄吉はしばし鍛冶屋の主人と話をしていた。栄吉達鍛冶屋は鉄で繋がった鉄の民、即ちたたら仲間の一員であった。その繋がりは鉄製品の流通に関わる者達は勿論、たたら製造に必要な砂鉄採取や木炭作りの人達までに広がっていた。栄吉は甲斐の鉄の民の中心部にいた。栄吉に声をかければ、必要な錬鉄から各種の鉄製品まですべてが手に入った。金山の堀子、砂鉄取りを始めとして河川工事の人足まで仕事探しや人の手配も頼まれた。また、修験者、山伏、富士講の御師にまで栄吉の名は知られていた。

「笹子峠頂上の境界には、織田の兵士も小山田の兵士もいないとのことです。逆茂木や通行を妨害する物も取り外され、今の内なら安全に峠越えができます」

栄吉が鍛冶屋の主人から聞いた話を石黒八兵衛に話した。

「そうか、それなら安心だ！　暗くなる前に宿に着くことができそうだ」

八兵衛の声が明るく響いた。昼飯を食べ終え、ゆっくり休息を取っていた一行にも元気がよみがえってきたようであった。

だが、駒飼の里を出ると笹子峠へ向かう道は行けども行けども続く九十九折《つづらお》りの急な坂となり、一行は息を切らし足も重く辛くなってきた。暗い杉林が続き、不気味な風音が聞こえてくる。峠を越えれば国中から郡内に入り、ひとまず織田軍の追跡からは逃れられると一行は懸命に歩いた。峠の頂上に着いた時は、春の午後の暖かな陽射しが暑いぐらいに感じられた。山々の間に富士山がぽんやりと浮かんでいた。汗を拭き一休みしてから長い下り坂が一里ほど続き、峠下の追分に到着した。山中のことゆえ日の落ちるのも早い。

「もうすぐ宿に着きますからね」

先頭を行く栄吉の声に励まされ、一行は薄闇の広がる黒野田の里を通り過ぎた。

「あそこに阿弥陀堂が見えるでしょう。あの手前が泊まる宿ですよ」

黒野田から阿弥陀海道の宿場までほんの少しの距離であった。

「松姫様、お疲れでしょう。この周辺には追手や残党狩りの怪しい者はおりません。狭くてあまりきれいな宿ではございませんが、安心してお休みください」

松姫一行の武州八王子への旅の第一日目が無事に終わった。この宿の周辺には栄吉の仲間が物見に立っており、危険に対する用心は怠りなかった。

「遅れる者もなく予定通りに来ることができて良かった。栄吉のおかげじゃ、明日もよろしくお願いしますよ」

松姫一行は安心して旅装をといた。山中の宿で食事は粗末であったが、風呂に入ることもでき一行は旅の疲れを取ることができた。梟の鳴く声がずいぶん近くに感じられた。部屋の外は闇に沈む黒い森がどこまでも続いていた。

「姫君様達はぐっすり眠っておられます」

おつまが松姫の部屋に戻って来た。

「貞姫、香具姫は元気になったようじゃが、督姫は如何じゃ？」

姫君達の部屋には、お梅と侍女達が控えており、松姫、おつま、お里が同じ部屋であった。

「貞姫様、香具姫様はかなりの距離をお歩きになっていました。まあお疲れになると、おぶさっておりましたが、わたしどもは大分楽をさせて頂きました。督姫様は熱が下がったばかりゆえわたしどもの背中で大人しくしておられました。竹阿弥殿は先程も薬を処方して督姫様に飲ませておりました。一晩ぐっすり寝れば良くなりますよと言っておりました」

「ところでお梅は如何なものか？　出産も間近かのはず。大きなお腹を抱えてこまごまと皆の世話を焼いてくれている、有難いことじゃ」

松姫はお里の方に顔を向けた。お里には二人の子どもがいた。夫と子ども達と義母は安全な場所に隠れているという。松姫が一番信頼している侍女であった。

「お梅さんには無理しないようにと言ってあるのですが、『まだ平気ですよ』って元気に働いています。わたしもお梅さんのことはよく見守っていますのでご安心ください」

春の夜が更けて行く。朝早くから長いこと歩き続けたせいであろう、早くも男達の部屋からいびきが流れて来た。松姫がくすりと笑った。

三月二十四日、今朝も青空が広がっていた。督姫の元気な声が聞こえて来た。無理はさせられないが、貞姫と香具姫と手を繋いでうれしそうに歩いていた。笹子川の流れに沿って道を下り、初狩の宿場を過ぎた。

「この先は花咲、大月となります。もう少し行きますと岩殿城が見えてきます。急峻な岩山で難攻不落の城と言われていますが、今は混乱の最中で危険な状態です」

「それで栄吉、どうするのだ？」

石黒八兵衛と栄吉の話が松姫の耳に届いてくる。勝頼一行は岩殿城を見ることもなく、田野の地で非業の最期を遂げた。勝頼を裏切った小山田信茂も斬られたという。戦乱は続く。織田軍の残党狩りは迫っているはずだ。急ぎ安全な場所へ逃げ延びねばならない。それにしても季節の移り変わりが目にとまる。この辺りは気候も暖かなのか山桜も散り、山藤の淡い紫色が濃い緑の山々に見られるようになっていた。爽やかな風が吹き、松姫は心が少し和らいだように思えた。

「大月には向かわずに岩殿山を迂回します。遠回りの道をこれから選んで行きます。街道筋は織田の追手にも目につきますし、小山田兵と織田兵との戦闘に巻き込まれたら大変なことになります」

一行は間もなく道を北へ変え、山中へ入って行った。なだらかな坂道を登って真木の里に出た。真木川沿いに小さな集落があり、更にその奥へと進んで行った。橋倉を通り西奥山を抜け、道は険しさを増していった。姫君達を背負っての急な山道は辛く、全員で交代しながらゆっくりと進んで行った。

「この山の向こう側に岩殿城があります。逃亡を図る小山田の兵士に遭遇しないよう道を選んでいますので危険はないでしょう」

と言っている矢先に遠くの山の尾根に胴丸を着けただけの雑兵の姿が見えた。

「だいぶ距離がある。大丈夫であろう」

石黒八兵衛が不安気に首を伸ばしてその方角を見た。

「石黒様、身を隠してください。皆さんもしばし動かず、木の影に隠れてください。雑兵共が何人いるかもどんな奴らかもわかりません。感ずかれぬよう姿を隠してください」

栄吉が皆に指示を与えた。そして、栄吉が指を口にあてると鋭い鳥の鳴き声が空に響き渡った。しばらくすると、数ヶ所の山から微妙に異なった鳥の鳴き声が聞こえて来た。

「大丈夫かしら？」

おつまは督姫を抱きしめ草むらに隠れていた。

「心配することはないですよ。慎重に警戒しているのだと思いますよ」

大きなお腹を抱えどっしりと腰を下ろして、休んでいるお梅が言った。

栄吉が一行から離れ、岩陰に消えた。松姫が不思議そうな顔をして岩の方を見ていると、栄吉が時を置かずに岩陰から姿を現した。石黒八兵衛も怪訝そうにしていた。

「雑兵の奴等は五人、岩殿城からの逃亡兵です。こちらには気づいていませんな。浅利川の方に向かっていますのでまず心配はありません」

岩の向こうから鳥の甲高い声が聞こえ、それに応えるように栄吉が指笛を吹いた。

山道は一段と険しくなりもう息が切れて先へ進めないと思った時、峠の頂上に達し、広がる緑色の展望に一行は胸を撫で下ろしたのであった。山道を下って日影の里を抜け、大沢川の流れに沿って行くと、右手に畑倉の集落が見えた。大沢川は葛野川《かずのがわ》に流れ込み、葛野川は更に下って桂川に合流する。その合流点の先に猿橋がある。しかし、一行は道を遠回りして人目のつかない山道を進まねばならない。葛野川を上流に向かう。田無瀬という小さな山里の辺りで日が暮れ始めた。姫君達が疲れと空腹から悲しくなったのであろう、しくしく泣き出した。夕暮れ時の寂しさがおつまや侍女たちの心の中に忍び入り、姫君達に誘われるように涙をこぼしていた。

「もう少しで宿泊の寺に着きますよ。皆さん、がんばってください」

背にも両手にも荷物を持ち、大きなお腹を抱えたお梅が女子衆を励ました。

「そうですよ。後戻りはできないのですよ。前へ進むしか道はないのですからね」

松姫は皆を元気づけるつもりで言ったのだが、それは自分自身を励ます言葉として胸に戻って来たのであった。一行の足に力が入った。

葛野川に沿って更に山道を登って行った。漆黒の闇が広がろうとする直前に、灯りのともる下瀬戸という小さな集落に到着した。くねった坂道を上り、ようやく今夜宿泊する金竜寺という寺に着くことができた。金竜寺の和尚と集落の数人が出迎えてくれた。小さな寺ではあったが、一行は空腹を満たし、布団の上に体を休めることはできた。連日辛く厳しい旅が続いていた。

「督姫は元気になったようじゃな?」

松姫は三人並んでぐっすり眠っている姫君達の枕元に座って一人一人の頭を撫でた。

「はい、竹阿弥さんももう大丈夫と言っておりました」

おつまもこのような辛い旅になるとは思いもよらなかったのかもしれない。目から頬にかけてやつれが見えた。それがおつまの美しさを際立たせていると松姫は思うのであった。

七、

三月二十五日、松姫一行が寺を出て下瀬戸の集落の外れに来た時、ようやく山の影から日が差してきた。金竜寺の和尚と里人が一行の姿が見えなくなるまで見送ってくれた。葛野川沿いにしばらく進み、東方向から流れ込んでくる浅川の渓谷に入った。南に百蔵山《ももくらやま》と扇山《おうぎやま》の山並み、北に権現山《ごんげんやま》が聳え、その間の杣道を一行は歩んで行った。

鵯が近くで鋭く鳴いた。先頭を歩いていた栄吉が「しばらく休みを取りましょう」と言って、林の中に入って行った。木の間隠れに杣人らしき男達と栄吉が話をしているのが見えた。

「石黒様、ちょっと」

栄吉が石黒八兵衛を男達のいる林の中に導いた。

「落ち武者狩りというよりは、正に松姫様を生け捕りにしようと兵三、四十人が鶴川付近に屯しているとの報せが届きました。如何様にしてそ奴らから逃れられるか話しているのですが、話がまとまりません」

そこにいたのは猟師に炭焼きに木こりに木地師の四人であった。

「そうか、困ったな。戦って切り抜けることは難しいようだし、道を変えるか?」

八兵衛は栄吉とその四人の男の顔を見回した。たくましく山で暮らしを立てている男達であった。彼らの仲間を総動員して松姫一行逃亡の手助けをしていた。

「旦那、道らしい道はこの道しかありませんぜ。道を変えることはさっきから考えていたんですがねえ。武州八王子までこの山奥の更に奥の山を抜けて行けないことはないですが、険しい獣道を行くことになりますぜ。野宿も二度ほどしないと駄目ですし、食料の用意もできていません。人を襲う熊狼猪も多くいるし、断崖絶壁の危険な所も多いですよ」

その猟師は甲斐から奥多摩更に奥秩父にかけての山々を猟場としていた。

「うーん、難しいか、どうするべきか？」

石黒八兵衛は振り返って松姫一行を見た。力となるのは、中村新三郎と供侍の三人だけであった。松姫、おつま、お里に侍女二人、それにお梅、姫君三人と九歳になる勝五郎、この者達を如何にして敵から守れるのだろうか？　八兵衛は頭を抱え込んだ。

「石黒様、わっしの考えなんですが、松姫様の身代わりを立てたらどんなものかと思いまして。身代わりは鶴川へ向かいますが、必死になって敵から逃げてください。敵は松姫様の身代わりを捕まえようと追跡してくるでしょう。それをわっしの仲間が必死になって捕まらないように妨害します。その間に、松姫様達は別の山道を抜けて安全な所まで逃げるのです」

栄吉が八兵衛の顔をじっと見た。

「うーん、うまくいけばよいが。して、身代わりはどうするのだ？」

「松姫様とご相談を。それとこれをご覧ください」

「何だ、これは？」

栄吉が差し出した書付を八兵衛が見た。

「逃亡している松姫一行を捕らえた者には褒賞を取らした上、織田家の家臣として高禄にて召し抱えるつもりである。　織田信忠」

それは織田信忠の名によって出された触れ書きであった。

「松姫様、このような物が出回っております」

八兵衛が松姫にその書付を見せた。松姫の顔が見ている間に怒りで赤く染まった。

兄達・武田勝頼、仁科信盛、御聖道様の竜宝を殺し、甲斐の国を蹂躙して壊滅させた男の元に連れ出されるなど、何とおぞましいことか！　婚約者であったわらわを罪人扱いのこの触れ書き、側女にでもするつもりなのか？

「人をたぶらかし、煽り立てるいつもの織田の汚いやり方じゃ、行く手を阻まれて先には進めぬのか？」

「さようでございます。この先、鶴川に敵が待ち伏せております。山中の抜け道も危険この上ないとのことです」

「われらもいよいよ進退窮まったということですか？」

松姫の声が強く響き、おつまをはじめ供の者はただならぬ気配を感じた。

「そのようなことはございませんが……」

石黒八兵衛も栄吉の考えを何と切り出してよいのか戸惑っていた。

「覚悟はできています。敵・織田信忠の前に連れ出されるなどの恥辱は受けませせぬ」

松姫の気持ちが供の者達に伝わっていった。

「実は、姫様の身代わりを立てて敵を欺き、その間にこの危険を逃れようとの作戦を考えています。栄吉の鍛冶の繋がりの仲間達がわたし達を助けてくれています。今は栄吉の考えに従って突き進むしかないかと存じます」

八兵衛は何としてでもこの難局を乗り切って松姫を安全な所へ逃がしたかった。この山道を登りきると浅川峠の頂上に到達する。そこから見える相模、武蔵の山々はまだ遥かに遠い。後戻りはできない。先へ進まざるを得なかった。しばし沈黙が流れた。

「松姫様の身代わりを立てたい。是非ともどなたかにお願いしたい」

八兵衛が女子衆に向かって声を上げた。身代わりとなれば、身の危険は大きく、命の保証もなかった。身分の軽い侍女の二人が緊張し、身を固くした。

「わらわの身代わりなど要りません。皆一緒に進みましょう」

松姫は決然として言った。

「松姫様、姫様には何としてでも逃げ延びて頂かねばなりません。この幼い姫君達に勝五郎様を兄上様方から託されたのをお忘れではないでしょうね。姫様が無事安全におられることが一番大事なことなのです」

八兵衛は身代わりを頼むならおつましかいないと思っていた。竹阿弥も八兵衛の気持ちを察し、おつまのことが気になり落ち着かなそうであった。元気になった姫君達がおつまとお梅の間を動き回っていた。お梅はおつまの顔がきりりと毅然としたのを見て、姫君達をおつまから離した。

「わたしでよろしければ松姫様の身代わりに立ちます」

おつまの力強い声が響いた。

「おつま、それはなりませぬ。わらわの身代わりなどならなくてよいのですよ」

松姫はおつまをじっと見た。

「大丈夫です。しっかりお役目を果たしたいと思います」

おつまの意志は揺るぎなく固かった。

「松姫様、ここは重要な役目を引き受けてくれたおつまに感謝致しましょう。おつまは私達が必ず守り通し、姫様の元にお届けします」

八兵衛は胸を撫で下ろし、おつまに何度も感謝の気持ちを表し頭を下げていた。

「八兵衛様、必ずわたしを守ってくださいね」

おつまは重苦しい空気を取り払おうと微笑んだ。

おつまの身を案じ、その優しい気持ちを思い、松姫の眼から涙が溢れ流れ落ちていた。

「よくわかりました。おつまや、本当にありがとう、感謝しますよ！」

松姫はおつまに近づきそっと手を握った。

「姫様、わたしの役目は姫様をお守りすることです。父からも御聖道様からも命をかけて使命を果たすようにと言われて来ました。必ず姫様の元に戻ってまいりますのでご心配なさらないでください」

松姫とおつまは共に容姿端麗であり、体格も良く似ていた。二人共美女ではあるが、松姫には柔和で親しみやすい美しさがあり、おつまにはくっきりした目鼻立ちに華やぐような美しさが伴っていた。松姫は二十一歳、おつまは十八歳であった。

おつまの父は秋山虎康であり、武田二十四将の一人秋山虎繁の甥であった。秋山虎繁は岩村城を守るおつやの方と結婚し、養子としてもらい受けていた織田信長の五男・御坊丸を甲斐府中に人質として送らざるを得なかった。松姫が義理の姉として、おつやの方の代わりとなって御坊丸を育てていたことに、父とその叔父である秋山虎繁がどれだけ感謝していたかをおつまは知っていた。おつまは松姫のためなら何でもする覚悟であった。

松姫一行は浅川峠を越え、奥山という小さな集落まで沢の流れに沿って一気に下って来た。扇山から流れて来る沢が合流した辺りを棚頭という。川が緩やかな流れとなり、街道の宿場野田尻が近くなっているのがわかった。鳥の鋭い鳴き声に反応した栄吉がちらっと姿を消し、すぐに戻って来た。

「この先の長峰の砦に徒党を組んだ小山田の兵と野盗の五十人ほどが待ち構えているとのことです。われわれ仲間の準備はできており、いつでも大丈夫です。石黒様、とにかく走って走って逃げてください」

「何だ、栄吉！　敵の人数が増えているではないか？　身代わりのおつまを守る我らは、武士と言っても刀を振り回すのは不得意な蔵前衆だ。本当に逃げることしかできぬぞ！」

栄吉が林の中にいた二人の男を呼んだ。一人は上野原の鍛冶屋の正作で、もう一人は猟師の喜三郎であった。

「石黒様、この正作と他に五人が先導しますのでその後を追ってください。喜三郎は近在の猟師を集めましたので鉄砲で敵の動きを食い止めます」

「わかった、正作、喜三郎、よろしく頼む」

石黒八兵衛の顔が緊張で強張っていた。そして、後ろを振り返った。

「いよいよ敵中突破の時が来たぞ、皆覚悟はいいな」

八兵衛の声に、中村新三郎と供の侍三人が「おー！」と答えたが、元気はなかった。おつまの方がまだしっかりと出発の覚悟を決め前方を見据えていた。おつまには侍女が一人付き添っていたが、それは竹阿弥が女装した姿であった。

仲間川に沿った下り道が平坦になった時、先頭を行く正作が足を止めた。

「栄吉さん、そろそろですな」

この先に敵の物見がいるという。

「頼むぞ、正作、喜三郎、奈須部《なすぶ》で待っているからな」

栄吉の声に後押しされ、正作達五人が力強く一歩を踏み出した。

「おつま！」

松姫はおつまのことが心配で胸が張り裂けそうであった。

「松姫様、大丈夫ですよ。みんなが守ってくれますから」

おつまは振り返り、松姫と視線を合わせにこりと笑った。正作ら六人が先頭に立ち、おつまと竹阿弥が間に入ってその後を石黒八兵衛、中村新三郎と供の侍三人が続いた。

「おつまさんや八兵衛さんは先に行ってしまうの？」

督姫が松姫の手にすがりついてきた。

「そうよ、わたしたちは後から別の道を通って行くのです。大丈夫よ、夕方にはおつま達とまた一緒になりますからね」

残された松姫一行は姿の見えなくなるまでおつまや八兵衛達の背を見送っていた。足が速くなり、丘の向こうに姿が消えて間もなく銃声の音が響いた。松姫は凍りついたかのように立ちすくんだ。督姫も目を丸くして松姫の手を固く握った。

「仲間の猟師が威嚇の鉄砲を撃ったのでしょう。近くに小山田の残党が待ち伏せていたのかもしれません。喜三郎が猟師仲間を指図していますから心配ないですよ。相模の国境まで二里半、そこまで逃げればもう安心です」

猟師達の持っている火縄銃は武田軍から払い下げられたものであった。それを栄吉達鍛冶屋が猟師達の使いやすいように修理改善を加えていた。喜三郎は元からの猟師で武田の鉄砲隊に組み入れられ、戦場の場数を踏んでいた。今はまた猟師に戻っていた。

松姫達は集落の外れにある神社に身を隠し、出発の時を待っていた。時を置かずに栄吉のもとへ鍛冶屋仲間の者が走って来て状況を報告していた。

「栄吉、八兵衛達の様子はどうなのじゃ？」

「思った通りにうまく逃げていますよ。小山田の残党も松姫様の一行と信じて追っています。姫様をケガなく織田勢に引き渡さねばなりませんので敵も慎重のようですね」

栄吉の作戦は今の所うまくいっているようであった。

またしばらくして伝令の男が走って来て栄吉に状況を話していた。

「そうか、わかった！」

栄吉の声が力強く響いた。伝令の男が走り去って行くのが見えた。

「松姫様、出発の時が来ました」

栄吉が神社の拝殿の階段に座っていた松姫に歩み寄り言った。八兵衛達が出発してから一刻は過ぎたであろう。追跡してくる敵との距離は縮まらず何とか逃げていた。各重要拠点に配置している仲間の猟師が敵を狙撃していた。草むらには落とし穴が仕掛けてあるし、敵は注意しないと道にばらまかれた撒菱《まきびし》を踏んでしまう。鬱蒼と樹木の繁る道を進むと突然、大木が倒れてきて道が塞がれる。敵は運が悪いと大木の下敷きになってしまうのだ。

先程、一行は鶴川を渡って上野原に入った。敵との距離がだいぶ縮まって来た。敵が鶴川を渡ろうとした時、上流からたくさんの木材が押し流されてきた。せき止められていた堰が壊され、急な流れにのって木材が敵兵の集団に突っ込んで行った。鶴川を何とか渡河して、上野原の台地に取りすがろうとした時、今度は崖の上から木材が敵をめがけて滑り落ちて来た。周りの土や石をも巻き込み、土煙を上げて敵の頭上に襲い掛かった。鶴川の渡河地点で敵にたくさんの死人やケガ人が出たとの報告が栄吉に届いたのであった。

「皆さん、出発しますよ。がんばってくださいね」

松姫の声が力強く響いた。身代わりになってくれているおつまや八兵衛達と再び会うことができるようにと松姫は祈り続けている。くじけるわけにはいかない、体力の続く限り耐えぬいて行こうと自分を叱咤激励している松姫の声であった。

先頭に栄吉、続いてお梅と勝五郎に松姫が、お里と侍女の二人が姫君達の手を引き、最後に荷物を担いだ従僕二人が続いた。一行は目立たぬように山沿いの暗い小道を選んで進んで行った。遠くに長峰の砦が見えたが、栄吉の受けた報せでは今は全員がおつま一行を追っており、心配ないとのことであった。半刻は懸命に歩いていた姫君達もだいぶ疲れたようで、お里と侍女に背負われて進むことになった。大曾根の御岳神社で休息を取ったが、姫君達を背負っていたお里と侍女が音を上げてしまい、へたり込んでしまった。姫君達に歩いて欲しいと言っても「もう歩けない」と言うばかりで松姫は困ってしまった。

「松姫様、むさくるしくてもよろしければ、手伝いの者を呼びますが……」

栄吉からの指令を受けて三人の炭焼きがやって来た。炭俵を運ぶための背負子《しょいこ》を背負った髭だらけのいかつい山男達であった。姫君達にとっては珍しい物であったらしく背負子に乗せられると楽しそうにはしゃいでいた。こうして松姫一行は再び山沿いの道を歩み始めた。時々先頭を行く栄吉の姿が消えたりするがすぐに戻って来ており、現状では重大なことも起こらず進んでいるのだと松姫は得心していた。

一行は仲間川と鶴川の合流地点の手前で鶴川の浅瀬を渡った。八米《やごめ》天満宮の境内で小休止した後、新井から大堀へと進み、今日最後の山道大越路に取り掛かる所まで来た。

「松姫様、石黒様一行は国境を越えられ相模の国に入られたとのことです。関野の関所には津久井の地侍が待機していますので、もう大丈夫だと思います」

栄吉が安堵の顔をして松姫に報告した。吉野、小渕、関野等の集落は相模の国北条氏の領地であるが、甲州に接して武田の勢力が強い所であった。敵知行半所務と言い、税を半分ずつ二つの国に納めていた。関所と言っても農業を兼業としているその地区の地侍が守っていた。その時の状況によってどちらにでも靡いていた。今回は栄吉達の鉄の繋がりに加担してくれることになった。

松姫一行はその日の夕方、大越路の山道を踏み越えて、国境となっている境川に沿って点在する奈須部の集落に辿り着くことができた。

「奈須部は甲斐の国ですが、あの川の向こうは相模の国です。目的地の武蔵の国はあの山の向こうです。小山田の残党は追跡を諦めたようですが、まだ周辺にいるかもしれません。石黒様には敵の気配がなくなってから関野を出るようにと言ってあります」

栄吉は気を緩めず慎重を期して各所に仲間を配置して状況を窺っていた。

「そうですか。おつまと八兵衛達はケガもなく無事に逃げることができたのですね。良かったです、これで心が落ち着きます。栄吉達のおかげです。本当に感謝していますよ」

松姫は栄吉に向かって深々と頭を下げた。

その夜は栄吉が手配しておいた奈須部の名主の家に宿泊した。翌朝、栄吉から八兵衛一行が関野の関所を出発したと報告があった。小山田の残党の姿は消えており、安全が確かめられたのであった。何の手柄も収穫もない残党共は、今度は織田兵の残党狩りに追われることになる。どんな目に合わされるかわからない。安全な場所へと消えて行った。

その日の昼前におつま達一行が奈須部に到着した。

「松姫様、皆さんご無事で何よりです」

石黒八兵衛の眼が涙に濡れて光っていた。

「何を言っているの？　あなた達が無事で何よりなのですよ。ご苦労様でした。身代わりなどというとんでもない役を押し付けてしまって、本当に申し訳なく思っています。一時はどうなることかと心配していましたが、こうして皆に再会でき安心しました」

松姫もうれし涙で頬を濡らしていた。

「大変でしたね、怖かったでしょう、辛かったでしょう。おつま、ありがとう」

松姫はおつまの方を向き、手を取った。美しいおつまも髪は乱れ、汗と埃と泥濘で汚れに汚れひどい状態となっていた。

「何とかお役目を果たすことができました……」

おつまは声を詰まらせると、目から大粒の涙を流し、声を上げて泣き出した。松姫が大きく手を広げると、おつまはその胸の中に飛び込み体を震わせ、更に大きな声で泣くのであった。

松姫一行は出発の準備ができていた。おつまと八兵衛達は昼食と少しの休みを取ると、

「少しでも甲斐の国から離れた方がいい」

という栄吉の考えに従って再び歩き始めた。下岩の里を抜けきつい山道を登って、くらご峠を越えて案下道に出た。この日は雪が降ってきそうな寒さであった。暗い空ゆえ日暮れも早く感じられ、心細さと疲れが頂点に達した時、遠くに村里の灯りが見えた。

「あれが和田の集落です」

谷底を流れるのは沢井川、案下峠を水源としていた。目的地の武蔵の国はもう間近であった。和田の集落が松姫一行の最後の宿泊場所となる。しばらく進むと、灯りを照らして集落の男達が一行を迎えに出ていた。先頭を行く栄吉と言葉を交わした男達は一行を集落の中心にある名主の屋敷へ案内した。

「栄吉さん、ちょっと」

一行は各自に手配された部屋に落ち着くことができた。お里が屋敷の玄関先で荷物を片づけ、配下の者に指示を与えている栄吉を呼んだ。

「何か？」

「お梅さんの陣痛が始まったようですよ。まだ大丈夫だと思いますが、松姫様が心配なされて、栄吉さんに知らせるようにと言われましたのでね」

お梅が大きなお腹を抱えて山道を大儀そうに登って来るのを栄吉は何度も振り返って見ていた。栄吉は一行が武蔵の国へ入るまではお梅に何とかがんばってほしいと念じていた。

「わかりました。仕事が一段落したら顔を見に行ってみましょう」

栄吉はあっさり言った。

「親方、後はわっしらでやっときますので、おかみさんの所へ行ってやってください」

荷物を肩に担いだ若い男が言った。

「よけいなことを言うんじゃねえ」

野鍛冶仲間では栄吉が元締め格の指導者である。この若い男は栄吉の下で数年働いて鍛冶の仕事を習い覚えた一人であった。栄吉の家の事情も大体はわかっていた。前のおかみさんが亡くなり、若いお梅が後添えに入って来た辺りのことも良く知っていた。今、栄吉は四十五歳でお梅は二十歳であった。栄吉が若いお梅のことをどれだけいとおしく思っているかも知っていた。一緒に並んでいれば、知らない人はまず夫婦とは思わず父娘だと思うはずであった。栄吉と亡くなった前の女房との間には二人の息子がいた。兄を幸吉といい二十歳、弟を善吉といい十五歳であった。栄吉がそうであったように二人とも鍛冶屋の修業に出されて滅多に親の所に戻って来てはいなかった。新しい嫁と息子とが同い歳というのは栄吉にとっては気恥ずかしかったが、なによりしっかり者で元気なお梅を女房にして栄吉は以前にも増して仕事に力が入るのであった。

「お梅、大丈夫か?」

栄吉は障子の外からお梅に声をかけた。同室の侍女達は疲れ切ってぐっすり寝ているようであった。

「おまえさん、心配しなくていいですよ。まだ大丈夫です」

お梅の声がすぐ近くで聞こえた。障子一枚はさんでの向こう側に寝ているのであろう。

「安心した。じゃあ、行くからな」

「はい!」

漆黒の闇が広がる深夜であった。廊下を歩く音を消して栄吉はお梅の様子を見に行ったのであった。お梅は栄吉が必ず来るのがわかっていた。

松姫はふと眼が覚めた。栄吉とお梅の短い会話が闇を通して伝わって来た。姫君達が軽やかに寝息を立てている。おつまはぐっすり寝ているようだが、恐ろしかった逃避行の夢を見ているのか時折苦しそうな声を上げていた。松姫は皆のおかげでここまで来ることができた、本当に感謝していますよと手を合わせるのであった。

八、

翌三月二十七日、空は晴れわたり暖かな陽気に包まれていた。和田の集落の人々が松姫一行を見送りに出てくれていた。山奥の桜も盛りを過ぎ、さわやかな風に乗って花びらがゆったりと空に舞っていた。

「あっ、富士山が見える！」

督姫が元気な声を上げた。

「峠まで行くともっとよく見えますよ」

村人が指をさした案下峠までは曲がりくねったきつい山道が続いていた。それでも峠の向こう側が武蔵国だと思うと、一行はゆっくりだが力強く歩みを進めるのだった。

峠には物見の兵士がいたが、栄吉が二言三言話をすると何も咎めもせずに一行の通行を見過ごした。兵士はこの峠下の恩方の地侍で松姫一行が身を隠すことを知っていた。峠を越えるとやはり長い下り道がどこまでも続いていた。目の下には遥か遠くまで平らな大地が広がっていた。その大地を囲むのが関東山地であり、南の丹沢山塊から始まり、高尾山、陣馬山を含み奥多摩、秩父の山々へと続いていた。もう後ろを振り返る訳にはいかない、新たなる生活をこの大地で始めねばならないのだと松姫は深くため息をついた。

長い下り坂がようやく終わり、川の流れも緩やかになった。上案下という小さな集落に着いた。平坦な土地は少なく、山の斜面を切り開いた段々畑があちこちに見られた。人家が道沿いに十軒ほどが並び、後は集落の中に点在していた。

「あれが金照庵です」

畑の向こう側に金照庵の本堂の茅葺屋根が見え、栄吉が指をさした。

金照庵《きんしょうあん》はこの集落から一里ほど下った所にある興慶寺《こうけいじ》の末寺であった。興慶寺は向嶽寺の第三世峻翁令山が開山している。峻翁令山が開山した寺は、八王子の広園寺《こうおんじ》を始めとして武蔵、甲斐の国に数多くある。松姫一行が身を隠していた武田家ゆかりの向嶽寺の和尚が書いてくれた松姫を『宜しく頼む』という書状は、栄吉によってまず興慶寺に届けられた。興慶寺で松姫を預かることに関して、やはり北条氏照の動静が気になった。滝山城を本拠地として、北条氏の重責を担う北条氏照は甲斐武田対策として新しい八王子城建設を急いでいた。松姫が預かっている武田勝頼の息女貞姫にとって北条氏照は伯父にあたるので救援を頼んでもよいのだが、現在の情勢判断は難しかった。北条氏は織田氏に味方して武田攻撃に加わっていた。宿敵武田を滅ぼした織田信長は天下統一にまた一歩前進した。信長は北条氏が占領した武田の領地の領有など認めないし、北条氏が勢力を伸ばしていた北関東も滝川一益を管領として送り込もうとしていた。北条氏は織田氏と何とか同盟を締結しようとしていたが、関係はこの先どうなるかはわからなかった。

「ひとまず人里離れ、人目につかぬ所へ身を隠して様子を見た方が良い。それなら金照庵が適しており安全であろう」との興慶寺側の考えに従って、松姫一行は金照庵を逗留先としたのであった。喜州祖元という年老いた住職が松姫一行の迎えに出ていた。

「大変な旅でございましたな。もう心配はいりません、ゆっくり疲れをお取りください。人里離れた不便な庵ですので、滅多に人が訪ねて来ることもありません。ご一行がお暮らしするにはまずは安全でございます」

住職の他に小坊主が二人の庵であったが、本堂も庫裡も広く住居としては充分であった。松姫一行の逃避行はひとまず終わりを告げた。ここで供の侍三人と従僕二人、それに栄吉に従い一行の手助けをしていた者達が別れを告げ、それぞれの故郷に向かって帰って行った。

金照庵に到着したその夜、お梅の陣痛が激しくなった。庫裡の離れに床を敷いてもらい、お里の指導のもと出産の準備にかかった。夜半、静かな山里の寺に赤ん坊の大きな泣き声が響いた。

「姫様、丈夫な女の赤ちゃんが生まれましたよ」

松姫も落ち着かない夜を過ごし、お梅の出産を待っていた。おつまが障子戸の向こうから声をかけた。松姫の脇には三人の姫君が安らかな顔をして眠っていた。

「お梅は変わりないか？」

「はい、すこぶる元気でございます」

「栄吉には知らせたのですか？」

「栄吉さんは庭に控えて長い間待っておりました。母子共に丈夫ですよと言いますと大変喜んでいました」

「それは本当に良かった」

三月二十七日から日にちが変わった時には金照庵の灯りも消えて静寂が訪れ、時折近くの林からコノハズクの鳴き声が聞こえるのであった。

翌日、金照庵に上案下の集落の長である宮崎喜兵衛という地侍が訪ねて来た。栄吉とは以前からの顔見知りで、今回の松姫一行逗留の件に関しては喜兵衛にはだいぶ世話になっていた。

「この金照庵は山の中で何かと不便ではございますが、松姫様の身の安全を考えますとここにおられるのが一番だと考えられます」

宮崎喜兵衛の先祖は何代も前からこの地域に住みつき、戦場への出陣要請がない限りは殆ど農作業と山仕事に従事していた。多摩地方にはこのような地侍が多く居住しており、それぞれが昔から連携しながら行動を共にしていた。今は小田原北条氏の支配する所となっているが、以前と生活はあまり変わりなかった。強い者には従わざるを得なかったが、あまり難しく考えることもなかった。

本堂には、松姫を上座にして石黒八兵衛、喜州祖元和尚に喜兵衛と栄吉が控えていた。

「喜兵衛、面倒かけて済まないが宜しく頼みますよ」

長い困難な旅であった。目的地に到着した安心感から松姫はどっと疲れが出たようであった。熱も少しあるのかなと松姫は気怠さを感じていた。

「案下峠の守りは我々が任されております。北条直参の家臣はこちらには来ませんで、八王子城に近い小仏峠を厳重に警備しております。我らが領主北条氏照様は織田の侵攻に合わせて北関東から信州の武田領へ攻め入っているとのことです。氏照様の兄上氏政様は駿河の武田領に進軍しているとか、我らが知るのはこんな所でございます」

多摩地区の多くの地侍が氏照の配下に加わり進軍していたが、この地区の地侍は案下峠の守備を命じられ喜兵衛は安堵していたのであった。

「やはり北条は武田の敵なのでしょうか？　貞姫の母御前が氏照殿の妹でも救援の手を差し伸べてくれるとは限らないでしょうね」

「そこが一番の問題なのですよ。北条家は織田家と正式に同盟を結びたいと考えているようです。北条家五代当主氏直様は十八歳の若さで正室はまだいません。信長の娘との婚姻の話を氏政様と氏照様は何とかまとめたいと思っています。関八州を治めるのは信長の娘婿の北条氏直であるとの確約が欲しい所なのです。

武田家を滅ぼした織田の力は強大なものとなっています。西の毛利も織田に屈服するのは時間の問題です。武田と同盟を結んでいた上杉でさえ織田と事を構えようとはしなかった。関東で北条家に敵対する佐竹、宇都宮の大名も織田を味方に付けようと躍起になっています。氏照様は好戦的ではありますが、外交手腕も優れております。関八州領有へ北条家は着々と勢力を伸ばして来ました。それを確実にするにはどうしても織田信長との同盟が必要なのだと思います」

喜州祖元和尚が顎髭を撫でながら難しい顔をしていた。

「和尚、なかなかの政情分析ですな。そのような事実が進行しているとなれば、松姫様の身の安全は非常に危ういと考えられますな」

石黒八兵衛は、織田の脅威は喜州祖元の話の通りだと思わざるを得なかった。

「氏照様は北条家の安泰のためなら織田家と手を組むことは厭いませんでしょう。織田側も北条に対して色々条件を付けて臨んで来ると思われます。松姫様が武蔵国へ逃れたことは織田側も掴んでおります。その条件の一つに松姫様を織田に引き渡すことが含まれるはずです。織田北条同盟など、そう簡単にまとまる話ではございませんが、難しい所ですな」

和尚の話に本堂の中は重く暗い空気に包まれてしまった。

松姫は織田に追われる我が身の無常を感じていた。織田信忠と婚姻の約束を交わした時は、父信玄が強大な力を持って他国を圧倒していた。織田信長は信玄の力を恐れ、腰を低くして同盟を頼み込んできた。時は流れ武田は滅び、信長は強大な力を持って天下統一を果たそうとしている。北条は信長に近づき、その娘と当主氏直との婚姻をなすことによって同盟を実現させようとしている。婚約同盟のなったその時には、北条から祝いの引き出物のようにして松姫は織田家に引き渡されることになるのであろう。

松姫はそう思った途端、体の力が抜け、頭から血が引いていくような感じに襲われた。

「姫様、如何なされた？　大丈夫ですか？」

石黒八兵衛の声が遠くに聞こえた。傾いて行く自分の体を畳に手をつき支えた。

「お里を呼べ！」

八兵衛の声が響き渡った。

「姫様、お顔色が良くない、少々熱もおありです。旅の疲れが出たのですよ。お休みになられた方がよろしいですよ」

慌ててやって来たお里が松姫の容態を見て、その場から退出させようとした。

「少しめまいがしただけじゃ、大丈夫ですよ。話を続けなさい」

このようなことで負けるわけにはいかない。松姫は強く自分を力づけ、ぐっと背筋を伸ばした。

栄吉がその様子をじっと見ていた。

「その時はその時ですよ。わっしらがまた新しい隠れ家を探します。逃亡の旅を続けることになりますが、わっしらの仲間が守ってくれます。日本の中ならどこへでも逃げることができます。心配することはないですよ」

栄吉が松姫を元気づけるように言った。

松姫の顔に赤みがさし目に輝きが戻って来た。

「そうじゃな、今すぐに起こることでもあるまい。栄吉の言うようにその時はその時になって考え、行動すればいいことですね」

「姫様、その通りでございます。北条織田の関係も複雑そうですので、まずは様子を見てということに致しましょう。この金照庵にとにかく落ち着いて、心も体もゆっくりと休ませてあげるのが一番だと思います」

八兵衛は松姫の辛い胸中を察すると涙がこぼれて止まらなかった。

「ここは人目につかない山奥の庵でございます。北条がどう出るか今はわからない所だと思います。氏照様も北関東から信州へと兵を動かし、八王子へいつ戻って来るのかもわかりません。今しばらく様子を見ることだと思います。この庵に松姫様一行が秘かに暮らしているなどそう簡単にわかるものではありません」

喜州祖元和尚は悲観的な話をして松姫の心を動揺させてしまったと後悔した。和尚は八兵衛、喜兵衛、栄吉の目が冷たく自分に注がれているのに気がついた。

「松姫様、この先の下恩方に心源院《しんげんいん》という大きなお寺がありまして、そこに氏照様も帰依している卜山《ぼくざん》和尚という立派な方がおられます。松姫様が甲斐の国を脱出してこの地へ来る、如何ようにしたらよいかと栄吉さん共々皆で卜山和尚に相談に行きました。卜山和尚は、皆で松姫様をお守りしなくてはなりませんと開口一番おっしゃられました。北条と織田の難しい話も和尚は話してくれました。『世の中がどのように変わって行くかわからない、落ち着いて明日が来るのを待つことです。皆でしっかり松姫様を守ってあげることが大事だと思います。拙僧も松姫様をしっかりお守り致します』と卜山和尚は仰ってくださいました。この地域の者は松姫様をお守りすることで心を一つにしております。松姫様、どうぞご安心して金照庵でお暮らしください」

喜兵衛は松姫一行を守らなければとの思いでいっぱいであった。

「喜兵衛、本当に感謝します。皆さん、よろしく頼みます」

松姫は皆から話を聞いて状況の厳しさを感得したが、八王子恩方の人達が松姫一行を歓迎し守ってくれると思うと心穏やかになり、感謝の気持ちが溢れて来るのであった。

穏やかな日の光が金照庵の庫裡の縁側に射し込んでいた。お梅と栄吉の子は生まれて七日が過ぎた。赤子がお梅の豊かな乳房にむしゃぶりつき乳を飲んでいた。それを羨ましそうな顔をして督姫が見ていた。督姫は仁科信盛の娘で四歳になったばかりであった。

「督姫様、こちらの乳が空いていますよ。お飲みになりますか?」

お梅が片方の乳房を持ち上げからかい半分に言った。督姫がじっと見ている。父と母が亡くなりこの世にはいないことがまだ良くわかっていないようであった。母が恋しい、母の胸に抱かれたい、督姫の小さな胸が揺れ動いていた。

「お梅、督姫が困っていますよ」

庭を散策していた松姫がいつの間にかお梅の背後に立っていた。

「申し訳ありません」

お梅は慌てて片方の乳房を着物の中に隠した。

「ところで、この子の名まえは決めたのですか?」

「いいえ、まだなのでございます。このようなことをお頼みして良いものやら、松姫様、この子の名まえを考えて頂けますでしょうか?」

お梅は栄吉からも松姫様にお頼みしたらどうかと言われていた。

「そうですか、この子の名まえをですね……。考えて見ましょう」

「えっ、この子の名まえはキミちゃんでしょう!」

督姫が突然叫んだ。

「どうしてなの？　なぜキミちゃんなの？」

松姫が腰をかがめて督姫の顔を覗き込んだ。

「なぜって、キミはキミ、キミちゃんなのよ。みんなでキミちゃんて呼んでいる」

「みんなって、貞姫と香具姫とのことね！　なぜ三人でキミちゃんという名にしたの？」

松姫は姫君達が遊びの中で名まえを考えたのかと思った。

「わからない。山の方から『その子はキミちゃんよ』という声が聞こえてきたのよ」

「そうなのね、督姫。キミちゃんってとても良い名まえだこと」

「うん、そうだね」

みずみずしい緑が広がり、山が一段と近くに迫って来ていた。吹く風が木々の緑の香りと爽やかさを運んで来る。「キミちゃんってとても良い名まえだこと」松姫は心の中でもう一度言ってみた。するど、山の草木が返事をするが如くにさわさわと風になびいて音を立てた。

「お梅、キミという名まえはとても良い思うのだけれど……」

「はい、キミですね。とても良いですよ。ねえ、おキミ、良かったね、キミちゃんだよ」

お梅がうれしそうにおキミに頬を寄せた。すると、おキミの顔に笑みが浮かんだ。

「キミちゃんが笑ったわ！」

督姫が大喜びで声を上げた。

「良い名まえがついたわね。みんなの妹だよ、とても元気そうで、良い子だわ」

「本当にそうだ、うれしいな！」

督姫がうれしくてたまらないという顔をしてキミの周りを飛び跳ねていた。

「おキミ、あなたのおかげで皆元気になりますよ。良い子だね」

心配なことはたくさん残されているが、金照庵での新しい生活は穏やかな始まりを迎えられた。この緑豊かな自然と山里の人達の力が松姫達の暮らしを支えることになる。督姫を呼ぶ貞姫の声がすると、督姫は本堂の方に向かって駆け出した。お梅に抱かれたキミはすでに眠りの世界に入っていた。「良かったですわ」というお梅の笑顔に松姫は何度もうなずいていた。

九、

それから数日が過ぎた日の午後、しばらく姿の見えなかった栄吉が金照庵に駆け込んで来た。喜州祖元和尚が中村新三郎と竹阿弥を連れて、松姫と石黒八兵衛に栄吉の待つ本堂に入って来た。栄吉は各地を回って仲間から重要な情報を手に入れて来た。

四月十日に古府中を出発した織田信長は、徳川家康の接待を受け富士山見物などの物見遊山の旅をしながら安土へ向かっていた。織田信忠は現在諏訪に本陣を置き、甲州征伐の総括と混乱の収拾に向けて指揮を執っていた。滅亡した武田の領地の知行割が行われた。徳川家康が駿河国を、河尻秀隆が穴山領を除く甲斐国と信濃国諏訪郡を、木曽義昌が信濃国木曽郡、安曇郡、筑摩郡を、滝川一益が上野国と信濃国小県郡、佐久郡を領有することになった。北条は織田に味方して信州武田領と駿河国武田領へ攻め入った。北条側はこれで新たな領土が獲得でき、織田との同盟も成立すると期待していた。ところが、織田信長は北条の武田攻めに対して不快感を露わにした。恩賞はなし、その上今まで領有していた駿河国の一部、上野国も取り上げてしまった。滝川一益は東国奉行という関東管領の役職を担って上野国に入って来た。それは北条家が進めている関東支配という現実を否定するものであった。下野国の小山城返還も要求され、織田が北条家の力を削ぎ弱体化を目論んでいるのが明白になってきた。織田信長と縁戚となり関東支配を実現しようとしていた氏政、氏照の計画は完全に失敗し、窮地に追い込まれることとなった。

「信長が北条に対してそのような厳しい態度を取るのは、何故なのであろうか？」

松姫は急転回する織田と北条の関係に驚いていた。

「北条方は他の武将に較べますと動きは遅いし、懸命に武田勢と戦っている様子が見えないしで、信長の怒りを買ったようです。北条方としては、武田軍は強いと思い込んでいるので慎重に構えていたと思われます。それが織田軍の攻撃にあのように簡単に総崩れとなり滅亡してしまった。北条は武田軍の敗走に乗じて攻め入ったと信長は受け取ったようです。まあそれも信長の頭の中には、毛利、長宗我部征伐の後は北条攻めだとの筋立てがあり、今から北条の弱体化を図ろうとしたとも考えられます」

栄吉は各地の鉄の民の仲間を回り、色々と情報を集めていた。

「武田が強かったのは昔のこと、武田は滅びてしまい悲しい思い出ばかりが浮かんで来ます。それにしても織田は強大な力を持っています。北条も難しい立場に追い詰められていますね。どうなるのでしょうかね」

信長は安土へ向かって帰途についたが、信忠は残って戦後の処理を行っているという。信忠はまだ自分を追ってくるのだろうか？　御坊丸は信忠と一緒にいるのであろうか？　松姫は何ともいえない嫌な気分に襲われるのであった。

「北条氏照殿は今現在どこにおられるのであろうか？」

石黒八兵衛が膝を乗り出し栄吉に訊いた。

「滝川一益が上野国の中心である厩橋城に入りました。北関東の北条方に属していた有力領主の多くが織田の配下に入り、臣従を誓っていると聞いています。氏照様は北関東から兵を引き上げざるを得ない所ですが、踏み止まっています。織田との一戦も考えられる緊迫した状態が続いているようです」

「それでは今のところ、氏照殿が八王子に戻ることはないと判断して良いであろうな」

「さようですな。織田との危機的状況が続くと小田原へは足を運ぶでしょうが、八王子に戻って来ることはできないでしょう」

「八王子城築城の工事が急に忙しくなったようで、地元の農民達に工事手伝いの触れが回っていますよ」

喜州祖元和尚がこの山里にもその触れが届いたことを話した。

「今度は織田と北条の戦が始まるのであろうか？」

本堂の障子戸は開け放たれ、草木の濃い緑がまぶしく輝いていたが、松姫の気持ちは更に暗く落ち込んで行った。

「確かに信長の真意は北条征伐にあると考えて良いと思います。北条は織田との同盟を諦め敵対に向かうことになるでしょう。氏政殿、氏照殿は一戦を交えることを覚悟しているようですが、当主氏直殿や氏規殿は戦を避け、何としてでも和睦したいとの考えです。

八王子城は対武田を目的にしていましたが、今は対織田戦に備えて築城を急ぐ必要があります。すべては信長の出方次第だと思います。信長は信忠に東国を任せ、西国統一に力を向けますから今すぐに北条へ戦を仕掛けることはないでしょう」

栄吉は淡々と現状について話した。

「栄吉、織田と北条の難しい関係は良く分かった。ひとまず松姫様は北条側におるので織田の追及から逃れられることはできた。さて松姫様がこの金照庵に隠れ住んでいることを北条方は掴んでいるのだろうか？」

石黒八兵衛は栄吉の情報に信頼を置いていた。

「氏照殿は先程話しましたように織田対策一辺倒になり、他のことには注意が向いておられないようです。松姫様を是が非でも探せという命令も出ておりません。八王子城の家臣が松姫様探索に出ている様子もありません。和尚、どうですか？」

「そうですな、とにかく人手が不足しているのは確かですな。城の土木工事に多くの農民を徴集していますし、八王子城の侍は手一杯だと思いますな。松姫様探索の余裕はとてもないでしょうよ」

喜州祖元和尚が栄吉の方を向いて言った。

「八王子城の北条の家臣は大変に忙しいと思います。氏照軍の兵士としてかなりの人数が加わっていますし、築城工事は急を要します。甲斐からの侵入は小仏口が危険だと家臣が多数配置されていますが、この案下口は地元の侍衆に任せっきりです」

「すると現状では、松姫様がこの金照庵に隠れ住んでいる限り、まず安全ということだな！」

八兵衛は当座の心配事の一つが消えたと胸を撫でおろした。

「大丈夫だと思います。我らも各地の仲間と連絡を取り合い、情報を集めてまいります。松姫様が安心してこの金照庵で暮らせるよう細心の注意を払ってお守りいたします」

「栄吉すまぬな、宜しく頼みますよ」

松姫はこれで暮らしも少しは落ち着きそうだと気を楽にしようと思った時、

「その後の甲斐の恵林寺のことですが、実は大変なことになりまして……」

栄吉が重い口調で言った。

「どうしたのじゃ！」

松姫は再び不安の渦中に引き込まれた。

「四月三日のことでございます。織田軍は恵林寺を取り囲み、寺内で匿っているはずの六角承禎の息子義定や武田の落ち武者を引き渡すように要求していました。ところが、寺では、そんな者はいないと応じませんでした。長い間睨み合いが続いていましたが、結局逃亡させたことが判明しました。そして織田信忠が命令を発し、寺内にいた者、快川国師を含めて百二十名を山門の楼上に押し上げ、藁を積んで火をつけたのです。見る間に山門は猛火に包まれ、阿鼻叫喚の高熱地獄と化し、皆苦しみ死んで行きました。快川国師は騒がず『心頭滅却すれば火もまた涼し』と言って火炎の中に消えて行ったと聞いております。そして恵林寺の立派な堂塔すべてが焼け落ちてしまったとのことです」

「織田信忠は何と惨いことするのであろうか！　快川和尚は織田武田の同盟の折り、わらわと信忠の婚約の労をとってくれた方である。信忠がそれを承知の上での仕業だと思うと何と恐ろしいことであろう。信忠のわらわに対する執念なのであろうか？　それともそこまでしないと信長に認めてもらえないのだろうか？」

松姫は体を震わせ、うなされているかの如くにつぶやいていた。

「姫様、大丈夫ですか？」

「八兵衛、甲斐国は本当に織田に滅ぼされてしまったのじゃな。家屋敷は焼き尽くされ、山河は荒れ果て、これから甲斐の人達はどのようにして生きて行くのであろうか！　辛く悲しいことがまだ続くのであろうな」

八兵衛がその場に控えていた竹阿弥に松姫の容態を診るように指図した。竹阿弥が松姫のもとに行こうと立ち上がった。

「竹阿弥、心配ない、大丈夫じゃ」

松姫は自分の気持ちを立て直そうと、背筋を伸ばし大きく息を吸った。

「松姫様、もう少し話を続けますが、よろしいですか？」

「栄吉、構わぬ。わらわは大丈夫じゃ、心配せずに話すがよい」

松姫は聞きたくない話も聞かねばならないと覚悟を決めた。庭で遊ぶ姫君達の元気な声が聞こえてきた。流れる雲が陽射しをさえぎり、山の側面に大きな影を作っていた。

「織田信房のことですが……」

「御坊丸のことじゃな、何かあったのですか？」

まだ暗い話が続くのかと松姫は一瞬身を固くした。

「婚姻の話がまとまったと聞きました」

「ほうそれは良かった。それで相手はどなたじゃ？」

松姫の緊張は緩んだが、複雑な思いが流れ込んだ。気持ちとしては織田信房ではなく御坊丸であった。

「池田恒興《つねおき》の娘でございます」

池田恒興は織田信長とは乳兄弟であり、母の養徳院は信長の父・信秀の側室になっていた。また信長の弟で信長に殺された信勝の妻は池田恒興に再嫁していた。その娘が信房の妻となるのであった。恒興の妻には信長の弟・信勝との間に子どもがおり、その一人織田信澄《のぶずみ》には明智光秀の娘・京が嫁いでいた。

「武田から織田に返されて半年も立たぬのに、御坊丸は織田の人間としてしっかり生きているようですね。さすが信長の息子じゃ」

松姫は織田信房としての御坊丸を想像できなかった。優しく母親思いで武田の皆に愛され成長して行った御坊丸の姿が目に浮かんだ。

「それが信長は相変わらず信房には厳しく接しているようです。武田に長い間人質として暮らしていた息子を疑いの目で見ているようなところがあります。信忠の副将として信房が武田全滅に向けて本気で戦っているのかを信長は確かめています。信忠にしても信長の「武田憎し、武田を全滅せよ」の意を受けて戦闘に臨んでいます。信忠は残虐なまでの攻撃を仕掛け武田を追い詰めてきました。信房も兄・信忠に従いその戦闘に加わってきました。信長は息子達の様子をよく見ています し、息子とても容赦しない冷たい心を持っています。信房は織田の武将として懸命に戦っているのは明らかです」

栄吉は松姫の辛い気持ちがわかるだけに躊躇いながら話していた。

「わらわの心には御坊丸しかおりません。織田信房は織田信忠と同様に武田の敵です。それは仕方ないことだと思います」

許嫁者であった信忠、弟のつもりで愛しんだ御坊丸……。これらもすべてが過去となり、厳しい現実だけが松姫の眼前に広がっていた。

「あと一つ、信長についての気になる話がありますので聞いていただけますか?」

「何も知らずに山奥で暮らすのも良いが、そうも行くまいに。この戦国の世が如何に変わって行くか見極めるのもわらわの仕事です。亡き父母、兄弟そして武田の皆達の冥福を祈って経を詠み、報告したいと思っています。栄吉、構わぬ、話してください」

「諏訪の法華寺に信長が陣を取った時の話です。対武田戦の勝利を祝して、徳川家康を始めとして各武将が祝賀の挨拶に訪れていました。その夜、祝賀の宴が開かれました。

しかしその夜、信長はこめかみの静脈が引きつっているようで見るからに機嫌の悪そうな顔をしていました。明智光秀が信長の近くで同輩と語らい酒を飲んでいました。

『武田も滅び、それがしも骨身を惜しまず働いてきたかいがあるというものですな』

その時、光秀が何気なくつぶやいたその言葉が信長の耳に届いたのでした。信長が突然立ち上がり、血相を変えて光秀の前に歩み寄ったのでした。

『その方如きが何をしたと言うのか！　偉そうなことを言いおって、申してみろ！』

信長は大声を上げ、光秀を足蹴にしました。光秀は何度も蹴られ、広縁の欄干まで転がって行きました。信長は光秀の髷をつかみ欄干に頭を打ちつけました。光秀の額が切れ、血が流れ出しても止めません。大きく傷口が開き、血が滴り落ちてきました。そこへ供廻りの者、小姓がなんとか間に入りようやく信長を止めたのでした。

凍りついたように座は静まり返ってしまいました。信長は眉を吊り上げ憮然とした表情で首座に戻り、光秀はいつの間にか姿を消していました。その時信房は下座におり、その様子を震え上がって見ていました。隣には光秀の女婿でこれから信房の義兄となる織田信澄が座っており、悔しさと怒りを抑えじっと耐えていました。

翌日、信房は信澄に誘われ光秀の宿泊場所へ見舞に訪れたとも聞いております」

栄吉は諏訪の法華寺の現場に居合わせたかのように話した。

「そうですか、信長は相変わらず酷いことをするのですね、恐ろしいことです。その内に人の恨みつらみが折り重なり、信長が押しつぶされる日が来ると思いますよ」

四月も半ばを過ぎ日の光が強く汗ばむ日もあったが、おおむね穏やかな日が続いていた。この山奥の暮らしは平和で穏やかであった。栄吉の話したことは遠い別の世界のような気がしてくる。姫君達の元気な声が聞こえてきた。豊かな自然に囲まれたここの暮らしに松姫は充分満足していた。


北条氏照は上野国が滝川一益の領国となったために兵を引き上げ、下野国においても城を引き渡し、織田の意向に沿って戦線を縮小していた。氏照にとって戦い勝ち取った地域からの撤退は屈辱的なことであったが、今の織田と北条の力の差では耐え忍ぶより仕方がなかった。しかしながら、氏照は好機に恵まれればいつでも出撃できるよう国境の臨戦態勢を崩すことはなかった。八王子に戻り落ち着いた日々を送るなど現状ではとても無理なことであった。

そのためもあってか、松姫達の生活は平穏無事というところであった。梅林の梅の実が大きくなり収穫の時期が近づいていた。八王子城の築城工事の進み具合が速くなっていた。この山里には木材の切り出し運搬の作業が割り当てられていた。集落の全員総出でこの仕事に取り組まねばならなかった。農作業の忙しい時期でもあり、松姫の指示で石黒八兵衛、中村新三郎に竹阿弥までもが手助けに向かった。里の人達との触れ合いも多くなり互いに気持ちが通じ、野菜や川魚などの収穫物が金照庵に届けられるようになった。

栄吉はここ暫く姿を見せていなかった。おキミは生後二ヶ月になり、おっぱいをよく飲み健やかに育っていた。指や手をしゃぶり、目の前に動くものを追い、声がするを方を見たりするようになった。

「おキミが笑っている！」

姫君達がよく遊びに来ていた。日毎にキミが成長して行くのがわかるし、その可愛らしさは姫君達の心を和ませていた。

「あー、うー」

「おキミ、なあに？　何を言っているの？」

おキミが声を上げると督姫が返事をする。二人で何度も何度も繰り返していた。梅雨のはしりかどんより曇る日が多くなった。松姫はこうした姫君達とおキミの光景を見るのが好きであった。世の中の動きから隔絶された金照庵の暮らしは心穏やかに過ぎて行った。

十、

六月十日の朝、八兵衛達三人は里の男衆を手伝い八王子城まで材木を運んで行った。

「大変なことが起きました！」

昼近くになって、八兵衛が山門を駆け抜け松姫のもとに走って来た。

「如何したのじゃ？」

「織田信長が討たれました！　明智光秀が謀反を起こし、京本能寺を宿にしていた信長を襲撃したとのことです。また、織田信忠も二条御所において討死と聞きました」

「何と真のことか？」

松姫は一瞬呼吸が苦しくなった。ようやく言葉を発した。

「詳しいことはわかりませんが、六月二日の早朝に事件が起きたのは間違いないと思います」

「信長も信忠も共に亡くなったのですね！　これからどうなるのでしょうか？」

松姫は冷静に振舞おうと立ち上がり、西の空に向かって手を合わせた。

「八王子城には昨九日にその報せが入ったようです。氏照殿は上野国侵攻を狙って滝川一益の動向を監視しています。いつ戦端が切られるかわかりません。八王子城から今朝多数の応援部隊が出発しました。築城工事は暫く見合わせです。甲斐は河尻秀隆の領国ですが、武田旧家臣が各地で一揆を扇動し、混乱が始まっているそうです。小仏峠は北条家臣団が厳重な警戒態勢を敷いていますし、案下峠は地侍衆の警備を一段と厳しくするよう命令が出ています。天下の動きが如何様になるのかは今のところまったく不明ですな」

「本能寺にて信長死す」の報せは全国各地に伝わって行った。羽柴秀吉は翌三日には本能寺の変の悲報を知り、交戦中の毛利氏と直ちに和議を結び撤兵にかかった。七日には姫路に到着し「中国大返し」の軍団大移動は順調に進んでいた。柴田勝家は四日に信長の悲報に接したが、上杉景勝軍に足止めされて動けずにいた。徳川家康は五月二十九日に安土で信長に歓待された後、京、大阪、堺へと足を延ばしていた。六月二日、徳川家康は堺から京へ戻る途中、信長の悲報を知った。危機的状況を察知し、家康は「伊賀越え」を決行し、六月五日には岡崎城へ戻ることができた。そして、甲信地方の手配を済ませ、岡崎から京へ向かう軍勢を整えていた。

武州八王子の山奥にある金照庵にもその後の天下争乱の趨勢は伝わって来た。六月十三日に羽柴秀吉軍と明智光秀軍が摂津国と山城国の境にある山崎において激突した。結果、主君の弔い合戦という大義と数に勝る秀吉軍が謀反人明智の軍勢を圧倒し敗走させた。明智光秀は逃走中、山城国小栗栖の竹林で殺害された。

梅雨が明け、一度に陽射しが強くなった。案下峠の警備に中村新三郎と竹阿弥が集落の地侍と共に出向いていた。峠を越える人は相変わらず少数で、甲斐側からの攻撃もなく逃亡してくる者もいなかった。事件らしい事件も起こらず、八王子城築城工事の徴用もなく山里はいつもより平穏であった。

松姫が三人の姫君達を並べて手習いを教えていた。日毎に暑さが増し蝉の声も聞こえるようになったが、山の中ゆえに吹く風は涼しく障子戸は開け放たれていた。貞姫が飽きてきたのか大きなあくびをした。

「貞姫！」

松姫の厳しい声が響いた。姫君達の背筋が緊張でぴしっと伸びた。

「はい、申し訳ありませんでした」

貞姫が謝り、姫君達は顔をこわばらせ神妙に手習いを続けた。

「栄吉が戻ってまいりました」

石黒八兵衛が慌てた様子で庭先から声をかけた。

「八兵衛、少し待つように」

「これは姫君様達の手習いの最中で、申し訳ございません」

松姫は姫君達の手習いが一区切りつくまで八兵衛を庭に待たせた。

「今日はこれでおしまいにします。あとをきちんと片付けておくのですよ」

姫君達は松姫に感謝の言葉を述べた後、文机の上を片づけ始めた。控えている侍女は手伝わずに姫君達の片付けを見ていた。

「松姫様、ただ今戻りました！」

庭には八兵衛の横に栄吉が控えていた。

「栄吉、お梅とおキミには会ってきたのですか？」

「はい先程！」

「おキミが可愛くなっていたでしょう？」

「二月も見ないとずいぶんと大きくなっていましたので驚きました」

長旅のせいで頬もこけ目は窪んでやつれが目立っていたが、おキミの話になると栄吉の顔に生き生きとした笑みが浮かぶのであった。

「長い旅であったのう」

「はい、京まで足を延ばしておりました。ちょうどその時に本能寺の事件が起こりました。京の町は大混乱になりました。明智光秀が謀反を起こし、信長が自害したとの話はすぐに町中に広まりました。また、嫡男の信忠も二条御所にて自害したことも伝わって来ました。そのこと以外はよくわかりませんでした。織田信房がどうしているのかが一番気がかりでしたが、なかなか消息はつかめませんでした」

「わらわが知りたいのはそのことなのです。信長、信忠が死に多くの家臣も討ち死にしたとは聞いていました。御坊丸も供として従って京に行っていたのは確からしいので、きっと死んだのであろうと思ってはいました。何かわかったことがありますか？」

御坊丸こと織田信房については、松姫のもとに何も伝わって来ていなかった。信忠に従って京に入ったのは確かなことだと言われていた。この事件で御坊丸が死んだとすれば、これも御坊丸の運命だったのだと松姫は思っていた。

「わっしの鉄を扱う仲間は日本全国どこにでもおりますが、京の都にはそれこそ大勢の者が鉄の商いに従事しています。今回の旅も鉄商いの仕事で京に入ったわけです。

事件当日の織田信房の消息を仲間に徹底して調べてもらいました。すると、本能寺、妙覚寺、二条御所に仕事で出入りしていた者が結構おりました。仏師、鎧師、研師や大工などが泊まり込んで仕事をしていました。明智勢が攻め寄せて来た時、女房衆、侍女、下男等は逃げることができましたので、職人達も一緒に逃げました。そのような中に逃げ遅れた者もおりました。その者達に仲間の伝手で話を聞くことができました」

「織田信房について何かわかりましたか？」

「はい、信房が信忠の供をして妙覚寺に投宿したのは確かです。そして、二条御所において信房は信忠と共に亡くなっているのも確かなことです」

「やはりそうでしたか！」

松姫は御坊丸の生存は難しいだろうとは思っていたが、こうして栄吉に御坊丸の死を告げられると胸に大きな衝撃を感じるのであった。その時、松姫は縁側の先に人影を感じた。おつまが心配そうにこちらを見ていた。松姫は手を挙げてこちらに来るよう合図した。

「おつまや、御坊丸の死は間違いないようですね」

「生きていて欲しかったのですが、やはりそうでしたか！」

おつまはがくりと首をうなだれた。松姫は悲しみを共にしようとおつまの手を取った。御坊丸を躑躅ヶ崎の館で見送ったのは半年と少し前のことであった。

「実は、仲間達の話を聞いていますと何か妙な光景が見えてくるのですが……」

「それはどういうことですか？」

「本能寺において信長と最後に一緒にいたのは森蘭丸ではなく、違う若い侍だったというのを二人の大工職人から聞きました。『小姓の蘭丸からは良く指図を受けているので顔はわかっている。一瞬信忠かと思った。その若い男に抱えられて傷ついた信長は寝所へ向かって行った。本能寺は火炎に包まれ、信長の家臣は侵入した明智軍に次々と打ち取られて行った。本能寺は焼け落ちてしまったが、わっしらは何とか逃げることができた』と二人の職人は言っておりました。気になる話です」

「信長は寝所にて自害したと聞いています。そして、本能寺は焼け落ちてしまい、信長の遺体は焼失してしまったのだろうと言われていますよね」

松姫は不可解な面持ちで首を傾げた。

「そのようにわっしも聞いています。今一つ、二条御所でのことですが、二人の研師と馬丁から不思議な話を聞きました。信忠は妙覚寺に宿泊していましたが、二条御所にて明智勢を迎え討とうと手勢千五百を引き連れ移動しました。明智勢は一万五千、激戦となりましたが衆寡敵せずして敗北は必至となりました。既番の家臣に命令されて馬丁が馬を引いてきました。『信忠は安土へ逃げるようにと家臣達に言われ馬に飛び乗った。その場に明智勢がどっと押し寄せ織田の家臣と乱戦になった。その時、若い男が信忠の乗った馬を引き止めた。その男は信忠の弟の信房ではないかと思った。激闘の最中、わっし達は身の危険を感じ後ろなど振り返りもせずに懸命に逃げた』と馬丁は言っていました。

その時逃げ遅れた研師二人が縁の下に隠れていました。信忠と信忠によく似た男が激しく言い争っているのを見ていました。『男は右手で信忠の乗る馬のたづなを掴んで出発させまいとしていた。片方の手には白い布で包んだ何か首級のような物を持っており、それからは血が滴り落ちていた。その包みを信忠に見せるように持ち上げ、男は激高して何か叫んでいた。信忠が急に言葉を失い、天を仰いだ。信忠は馬を下り、その男と共に御所の中に入って行った』と研師の二人はその時の光景を話していました。

その後の信忠と信忠に似た男の姿は誰も見ていません。信忠に似た男が信房だとの確たる証拠はありませんが、二条御所で信忠と信房は自害して死んだと言われていますそれは間違いないと思います」

「御坊丸のことを色々調べてくれたのですね、栄吉、感謝していますよ。御坊丸は死んだのです。そして、信長も信忠も死んだのです」

松姫はおつまの手を離して立ち上がり、西の空の彼方を見て手を合わせた。頬に涙が流れ落ちていた。

「御坊丸様が、信長と信忠を討ったのですよ。御坊丸様が実母同然のおつやの方を殺し、恩ある竜宝様を殺させた、信長と信忠に対する恨みを晴らしたに違いありません」

おつまが眼に一杯の涙を溜め、胸の思いを叫んだ。

松姫もおつまと同じような思いが頭を巡った。復讐の鬼と化した御坊丸こと織田信房が信長と信忠の首を落として自分も自害したのだと思えるような栄吉の報告であった。

「おつまやそれはわからないことですよ。栄吉の話を推測すれば、そう考えられるかもしれない。でもそれは真実だと確信できるものではありません。信房と信長、信忠の間に何が起こったのか、また何も起こらなかったのかはわからないことです。真実は焼け落ちた本能寺と二条御所と共に消え去ってしまったのです。

栄吉の話からわらわは信房の心を感じました。信房は武田のこと、わたし達のことを忘れてはいなかった。わたし達に御坊丸を忘れないでほしいと伝えて来たのだと思います」

松姫はおつまの気持ちがよくわかった。非情な織田家の世界がどれだけ信房を苦しめたかと思うと辛かった。心の優しい御坊丸であった。信忠の松姫をいつまでも追い続ける恐ろしいほどの執念を信房は知っていた。信長と同じ性格を受け継いだのか、信長が教え込んだのか、その殺戮の残虐性と狂気と思える執着心が信忠に備わっていた。信忠がいつまでも松姫を追い続けることは明白であった。

信忠が生きている限り、松姫は逃亡生活を送らねばならない。信房の養母・おつやの方を殺し、武田家を壊滅させた信長の狂気は信忠に受け継がれ、永遠に続くのであろうか？

織田家の異常な野望を断ち切ろうとする思いは、明智光秀も信房も同じであった。

信忠の偏執的な捜索は松姫の心に暗い影を落としていた。それが消えた。松姫は信房が消し去ってくれたのだと思った。

信忠は二条御所を離れ安土に逃亡し、再起を図ろうとしていた。信長恩顧の大名・家臣を結集すれば、光秀討伐は容易であった。信忠は馬に飛び乗り、安土へ向かって出発しようとしていた。それを信房は遮ったのであった。

『織田に帰っても信房は武田で育てられた御坊丸であったのです。信房は、おつやの方や御聖道様そしてわらわのことを忘れることはなかったのです。信房はこの日が来るのを待っていたのでしょう。明智光秀と繋がりがあったのかもしれません。そして、本能寺の変でその思いを実行する機会を得たのでしょう』

松姫はその考えを口にすることなく心の中で何度も繰り返した。御坊丸が躑躅ヶ崎の館を去ってからのこの半年の間に数多の悲しい出来事が起こった。今こうして松姫は武州八王子の恩方の山奥で暮らしている。山の方から甲高い鳥の鳴き声が聞こえてきた。松姫は顔を上げ、鳥の姿を探した。青空高く鳥が飛び立って行く。その先に心優しい御坊丸の顔が浮かんでいるのが見えた。

八王子城落城

一、

武田滅亡から三月も経たないうちに本能寺の変が起こり、信長・信忠親子が死んだ。信長の遺臣・上野の滝川一益、甲斐の河尻秀隆、信濃の森長可、毛利秀長は信長の仇を討たんと京を目指して出発せねばならなかった。京へ向った滝川一益軍は上野・武蔵の境を流れる神流川《かんながわ》において北条軍と激突した。この戦いは北条軍の一方的な勝利となり、滝川一益は上野を諦め何とか窮地を脱して自領の伊勢長島へ戻って行った。旧武田領の甲斐信濃では暴虐を極めた織田の統治に対して武田遺臣による国人一揆が各地で勃発した。森長可、毛利秀長は信濃の領地を棄て美濃へと帰還してしまった。甲斐統治を任されていた河尻秀隆は徹底した武田殲滅作戦を実行した首謀者として武田遺臣の激しい憎しみをかっていた。信長の後ろ盾がなくなった河尻秀隆は武田遺臣の猛攻撃を受け、討ち取られてしまった。

織田の去った甲信地方へ北条氏、上杉氏、そして徳川氏が領有を狙って侵攻を開始した。六月末に北条軍は碓氷峠を越えた。北条軍四万は佐久を制圧し北信濃へ軍を進め、南下を図る上杉軍と川中島で対峙した。

山崎の戦いで明智軍が敗退し、光秀も討ち取られたとの報を聞いた徳川家康は、京へ進軍するのを止め、甲信地方平定に方針を変更した。六月二十七日に清須会議行われ、羽柴秀吉が擁する信忠の嫡男三法師が織田家の家督を相続することが決定した。甲信へ進軍を開始した徳川家康は瞬く間に甲斐の八代、巨摩、山梨の三郡と南信濃を制圧し、七月九日には古府中へ入った。家康は武田勝頼の菩提を手厚く弔うなどして旧武田家臣の人身掌握に努め、着々と甲斐平定への道を歩み始めた。

徳川の甲斐平定の早さに危機を感じた北条軍は、川中島で対峙する上杉軍に和睦を申し入れた。北条は上杉と信濃北部四郡を所領とし、川中島以南へ軍を進めないとの約定を取り交わした。北条軍は徳川軍を駆逐せんと佐久から甲斐中央部を目指して、須玉の若神子《わかみこ》城に着陣した。それに対して八月十日、徳川家康は古府中を出て新府城に入った。こうして北条、徳川は甲斐の国の領有をめぐって八ヶ岳山麓の若神子で対峙することになった。

一方、郡内を抑えた北条軍は御坂峠《みさか》に御坂城を築き、徳川軍を挟み撃ちにする作戦を取った。八月十二日、御坂城の北条軍は甲府盆地へ進撃を開始し、黒駒にて徳川軍と衝突した。この戦いは徳川軍の大勝となり、その後北条軍は攻め手を欠いて戦線は膠着状態に入った。その状態が十月まで続いた。北条軍背後の北信濃、上野、下野において敵対勢力の反攻が目立ってきた。冬も近づいて来ており、北条軍は不利な状況に陥り始めていた。信長の次男・織田信雄《のぶかつ》による徳川と北条の和睦の調停が進められた。

「甲斐国、信濃国は徳川領とし、上野国は北条領とする。

徳川家康の次女督姫を北条氏直に嫁がせる」

十月末、徳川・北条の和睦と同盟が成立し、北条軍は甲斐から撤退した。

高い山々の紅葉は終わり、里に赤や黄の鮮やかな美しさが広がっていた。虫の鳴き声も微かになり、吹く風も冷たく感じられるようになった。金照庵の庭に落ち葉が舞いはじめ、池に映る艶やかな紅葉の木が揺れ動いていた。

「長い戦が終わり良かったですね。氏照様もお戻りになられたと聞きましたが……」

朝の勤行を終え、松姫が廊下に佇み庭の紅葉を愛でていた。

「はい、氏照様は八王子城の御主殿《ごしゅでん》のお屋敷に入られ、久し振りにお比佐の方様とお寛ぎのご様子です。城下もいつになく活気に溢れ、戦場から戻られた家臣の方々もご家族と一緒の時間を楽しく過ごされていると聞いております」

傍におつまが控えていた。庭の隅にある銀杏の木が朝日を浴びて黄金色に輝いていた。

「ところで、氏照様はわらわ達がこの金照庵に暮らしていることを存じているのであろうか?」

「わかりませぬが、金照庵に暮らして八月が経ちます。ひっそりとこの山里に暮らしていますが、自然と金照庵の噂は城下の方にまで流れているようでございます」

「そうであろうな。こうして北条の領内で落ち着いて暮らしができているわけです。北条側がわらわ達のことを知らぬことはないであろう」

松姫が足元に舞い落ちてきた紅葉の葉を拾い上げた。

「見て見ぬふりでしょうか？」

「氏照様はわらわ達のことをそのようにしているのかもしれませんね」

松姫は手のひらにのせた紅葉の葉をおつまに見せた。

「まあなんときれいなのでしょう！」

金照庵の秋色の景色は燃えるような赤と輝くばかりの黄に彩られ、格別の美しさであった。紅葉を背景にして松姫もおつまも若く一段と美しかった。今年の金照庵の紅葉はこの世のものとは思えない優美な世界を作り出していた。

静寂を破り赤子の泣く声が響いた。

「おキミはどうしたのかしら？　先ほどは満足そうにお梅の乳を飲んでいたのに」

「今、姫君達が朝ご飯を取っています。おキミが姫君達と一緒に遊びたくて食事の邪魔をするので、その場を出されて泣いているのだと思います」

松姫とおつまが庫裡の方を見ると、縁先でお梅がおキミを抱いてあやしていた。

「おキミは大きくなりましたね。生まれてもう八ヶ月になるのですね」

「良く太ってとても元気です」

「そう、おすわりもするし、はいはいもできるようになった。もうすぐに立って歩きだしそうですね。姫君達もおキミの成長を楽しみにしていますよ」

松姫は泣き声の止まないおキミの方を見た。

その時、庭の木戸を開けて石黒八兵衛が息せき切って入って来た。

「松姫様、今朝、八王子城よりどなたかの乗った輿が金照庵に向けて出発したと栄吉から連絡が入りました。総勢三十人ほどが列をなして城門を出て金照庵の方へ向かっているとのことです」

「どういうことなのでしょうか？」

金照庵に緊張が走った。山里の人達が時々米や野菜を届けに来るぐらいで、外部との接触は栄吉の仲間以外は殆どなかった。

「どなたかが松姫様にお会いに来るのでしょう。後一刻もすればここに到着すると思われます。如何なされますか？」

八兵衛も何の目的があってのことかと不安に駆られていた。

「八王子城から来るお方なら会わないわけにはいかないでしょう。匿っていてくれた金照庵の和尚や案下の里の人達に迷惑をかけてはいけません」

銀杏の木から山鳩が音を立て飛びたった。松姫は驚いた風も見せず、黄ばんだ葉が一度に重なり舞い落ちてくるのを見ていた。すると、葉の影にいたもう一羽の山鳩が後を追って飛び立った。山鳩は向かいの山へと飛んで行く。

「二羽もいたのですね！

わらわは本堂でお待ちしています。おつまや、迎えに出て案内してください」

「はい、承知いたしました」

おつまは松姫が意外なほど落ち着いているので胸を撫で下ろした。

「松姫様、お客様がお見えです」

おつまの声が聞こえ、襖が開いた。

「お松、息災であったか？　変わりはないか？」

松姫の姉で亡き穴山信君の正室見性院が立っており、松姫の姿を見るなり声を上げた。

「えっ、真のことですよね、お佐喜様ですよね」

松姫はじっと見性院を見た。そして、見性院の胸の中に飛び込み、互いに抱き合い涙を流した。

お佐喜の方は夫・穴山信君が亡くなり落飾し、見性院の法号を受けていた。穴山信君は武田を裏切って織田に味方し、その所領を安堵された。しかし、本能寺の変後の混乱に巻き込まれ、落ち武者狩りの郷民に殺害されてしまったのである。

「お松のことをずっと心配しておりました。無事な姿を見て本当に安心しましたよ」

見性院は武田信玄の二女で母は正室の三条夫人であった。見性院は嫁いだ後も躑躅ヶ崎の館で暮らすことが多くあった。松姫のことを特に可愛がり、その美しく成長して行く姿を楽しみに見守っていた。松姫も実母の油川夫人を十歳の時に亡くしてから見性院を母のように慕っていた。

武田家滅亡の際に穴山の裏切りがあったが、見性院が責められることではない。互いの運命が激しく変転して行ったその時の様子と心情を二人は尽きることなく話していた。

「甲斐の国は徳川家康殿の所領となっていますが、穴山領の河内・江尻はそのまま安堵され、嫡男の勝千代が跡目を継ぐことを許されました。勝千代はまだ十歳ですので、家康殿の庇護を受けねば穴山家を維持していけません。家康殿には何から何までお世話になっております」

見性院は家康の話になると急に緊張した口ぶりになった。

「それはなによりのことです。家康殿は、織田の河尻秀隆が混乱させた甲斐国を平穏な状態に戻してくれました。武田の旧臣達の多くが徳川家に召し抱えられたと聞いております。家康殿が甲斐に入られて何事も落ち着いて来たようですね。

また、北条と徳川の間には戦がありましたが、今は同盟が成立し安定した関係を保っております。この状態がいつまでも続くと良いですね」

武田が滅亡し織田が去った後、徳川家康は三河、遠江、駿河、甲斐、信濃の五ヶ国を領有する大大名にのし上がった。家康は関東に君臨する北条氏とは同盟を結び安定した関係を保ち、西国の動向を注視しながら新しく領有した甲斐信濃の支配を着実に進める政策を取っていた。家康の動きに関しておおまかのことは松姫も理解していた。

「お松、実は家康殿から頼まれたことがありまして！」

見性院が茶を飲み一呼吸おいて言った。

「何か？」

松姫は軽く言葉を返した。そして、松姫は見性院の湯飲みが空になったのを見て、傍に控えていたおつまに目配せした。

「家康殿がお松、そなたに是非とも会いたいと言っておるのじゃ」

見性院は家康の意図している事を会うという言葉に置き換えた。家康にはすでに四人の側室がいたが、新たに所領となった甲斐国から阿牟須の方、お竹の方の二人を側室として迎え入れた。家康は、信玄の五女に美しいお松という姫君がおり、武田家滅亡の混乱の最中、武州へ逃げて行ったとの話を聞いていた。由緒ある武田家の血を徳川家に組み入れたかったのである。織田信忠の婚約者であった松姫を迎え入れることにより、五ヶ国を領有する大大名としての家康の評価は高まるであろうし、甲斐の統治も容易になるであろうと思った。

「家康殿は今どこにいらっしゃるのでしょうか？」

「浜松の城にいます」

「二度とここには戻って来られないような遠い所ですね」

松姫は見性院がこのような山奥を訪ねて来たわけを理解した。

「家康殿がそなたをお望みなのです」

見性院は家康の目的をはっきり言ったが、それを押し通すほどの強い気持ちはなかった。世の中が変わったとはいえ武田信玄の娘である。家康なんぞのこのような要求を受けることはないと思った。ただ、穴山家の運命は家康に握られているのは確かであった。見性院はこめかみの辺りに痛みが走るのを感じた。

松姫は難しい顔をしたままうつむいていた。おつまはお茶を入れ替えに立ち上がったのであったが、身を固くして動くことができずにいた。

「お佐喜様からこのようなお話を聞くとは思いもよりませんでした。とても驚いて困惑しております。この地に来てから八ヶ月が経ちます。和尚も集落の人達もとても良い人で、この地にずっと暮らして行くものと考えていました。幼い三人の姫君と勝五郎殿を立派に成長させるのと、亡き人達の菩提を弔うのがわらわの務めと覚悟を決めております。そのお話お断りしたいと思います」

松姫は短い時間であったが熟考できたと思った。松姫は顔を上げ、ためらうことなく見性院に告げたのであった。

「でも、もう少し考えてみてはくれないだろうか？　氏照殿もこの話、とても喜ばれていました。北条が間に入ってのこの話がまとまれば、徳川と北条の結びつきは更に強くなるし、武田家の再興も可能であろうと言っておりました」

昨夜、見性院は八王子城に宿泊し、御主殿において氏照夫妻の接待を受けた。八王子城は築城中であったが、領主夫妻の居住する屋敷・御主殿は早いうちから工事にかかり去年の暮れに落成したのであった。

甲州での北条・徳川の戦が膠着状態から和睦となり、同盟が成立した。そして、家康の娘・督姫と北条氏直の婚約が取り交わされた。徳川と北条の結びつきが強くなる中で、家康から氏照の元に「武田の松姫が武州に潜伏しているとの話を聞いたが、姉の見性院が妹を心配してしている、是非探して欲しい」との書状が届いた。氏照は領内の上案下にある金照庵に松姫一行が逗留していることを家臣から聞いて知っていたが、何かの折に役に立つことだと今まで放っておいた。そして、家康からの今回の書状であった。家康が権力者の常で好色であることは氏照も承知していた。家康の目的は松姫であることは間違いない。家康と松姫の仲を取り持つことができれば、北条家安泰は保証されると氏照は確信した。

「氏照殿はやはりわらわ達が金照庵に逗留していることは知っていたのですね。こういう機会にわらわのような女人を利用するのは戦国の世を戦う武将としては当然のことだと思います。武田信玄の娘として生まれたのがわらわの宿命です。ですが、政略の流れに飲み込まれるような生き方はもうしたくはありません。幼い姫君達と勝五郎の育成と亡き人達の菩提を弔うことが、これからのわらわの生きる道だと思っております」

松姫は強い意志を持って男達の野望の世界を断ち切ろうとした。

「お松、どう考えても無理なようじゃな。致し方ないことですね」

見性院は松姫の決意のほどを考えれば、あえてこの話を進めることはないと思った。松姫の信念を曲げない毅然とした態度に見性院は感心した。武田家滅亡から逃亡生活の辛い苦労の連続が松姫をたくましくさせたのだと思った。

されど、これでは見性院が家康に頼まれて松姫に会いに来た役目はまるで果たせなかったことになる。穴山家の見性院の嫡男・勝千代に武田家を再興させてやろうと家康は言っていたが、まずこの話はなかったことになるであろう。家康の怒りを買い、最悪の場合はどうなるであろうか考えると見性院は背筋が寒くなるのであった。

「困ったのう！」

見性院はつぶやき、虚ろな感じで顔を上げた。おつまはその時、話が耳に入り動けずに立ち止まったままであった。おつまと見性院の眼が合った。

「申し訳ありません。お話を聞かせて頂きました。差し出がましいでしょうが、わたしの考えをお話して宜しいでしょうか？」

おつまはそのまま座り頭を下げ謝罪した。

「おつま、構わぬ、そなたの考えを話してごらんなさい」

見性院はあらためておつまの気品のある美しさに目をとめた。見性院は弟の竜宝の屋敷でおつまには何度も会っていた。若さが輝き匂い立つような美しい娘だと思った。眼の見えない竜宝が「きれいな娘でしょう」と言っていたのを見性院は覚えている。

「わたしは御聖道様からも父からも松姫様をしっかりお守りするよう言われてまいりました。松姫様のお考えからすれば、家康様の要請をお断りするのは当然なことと思われます。ただそれですべてが無事に収まれば良いのでしょうが、そうは行かないだろうと見性院様はお困りのご様子です。家康様の意向を受けて見性院様はこの金照庵にいらっしゃったわけですから、穴山家の行く末に影響が出る心配があります。また、別の機会に家康様からの要望を受けた氏照殿が、力づくで松姫様をお連れするということも考えられます。そこで、わたしが……」

「おつま、わらわの身代わりになろうというのか？　駄目じゃ、許さぬ！」

松姫におつまの健気な気持ちが伝わって来た。これではいくら何でも哀れだと松姫は声を荒げておつまをじっと見た。

「おつま、お松の身代わりとなってくれるのですか？それなら何とかこの話をまとめることができると思いますよ。ありがたいことです」

見性院が良い考えだというばかりに口をはさんだ。

「お佐喜様、それはなりませぬ！」

松姫は強く言い張った。

「お松、この話を無下に拒む訳にはいかないと思いますよ。良からぬことが起きぬよう方策を考えねばなりません」

「お佐喜様、おつまは甲斐国から逃亡する時、危険を顧みずにわらわの身代わりになってくれました。今度もまた身代わりとは、おつまがあまりに不憫で可哀想です。わらわは毛頭家康殿の元へは行きませんし、おつまも行かせません。この金照庵に居住することが危ういなら、栄吉に頼んで誰にも知られないような地へ逃れて行きましょう」

姫君達のにぎやかな声が庫裡の方から聞こえてきた。甲斐からの逃亡は姫君達にとって辛い旅であった。今、姫君達は皆に見守られながら楽しく暮らしている。皆で必死になって逃げてようやくたどり着いた金照庵である。松姫は強い言葉とはうらはらに気持ちが急に揺れ動き出すのを自覚した。

「松姫様、わたしのことはお気遣いなく心配はいりません。先程も申しましたようにわたしは松姫様をお守りするために父や御聖道様から遣わされたのです。松姫様は姫君様達と勝五郎様の成長を見守り、亡くなられた方々の菩提を弔うことが使命だと言われました。その通りだと思いますし、姫様以外に誰ができましょうか？姫様は自分の志を貫き通して下さい。わたしが家康様の元に行って参ります」

おつまの覚悟は堅固であった。おつまは再び逃亡の旅に出るのは無理だと思った。北条氏照は家康から松姫奪取の要請があれば断り切れないであろう。果たして身代わりとなり家康の元に行ってどうなるかはわからない。見性院が頼りであるが、命を賭けて松姫を守るのが自分の仕事である、何としてでもやり遂げねばならないとおつまは思うのであった。

「おつま、そなたの秋山家は武田家から別れた家です。そなたの中には武田家の血が流れています。そなたは立派な武田家の女人として家康殿の元に行ってください。わらわからは家康殿に秋山家に養女に行った松姫の妹と話しておきます。そして松姫はすでに落飾して仏門に入っておりましたと話せば、家康殿も納得すると思います。おつま、すまないがそうしてください。お松のためだけではありません。武田家の皆がそなたに感謝しますよ」

見性院にとっておつまは希望の光であった。涙を流し、おつまの手を取ってよろしく頼むと何度も頭を下げていた。

松姫は苦悩した。このようにおつまを犠牲にして良いのだろうか？　あまりにおつまが哀れであった。自身の安泰とおつまの身代わりは表裏一体であった。いくら考えても、おつまを救う手立てを見出すことはできなかった。松姫は激しく自分を責めた。

「おつま、すまない、このような目に遭わせて本当に申し訳ないと思っています。わらわがすべての原因です。また今度もわらわの身代わりとなるのですよ。家康殿の元に行くことになるのですよ。許してくださいね。おつまの優しい心に感謝します」

松姫はこの状況ではどうすることもできないと思った。自分が情けなかった。涙が溢れ出て頰を流れて行く。涙に霞む眼の前におつまがいる。

「松姫様、勿体ないお言葉です。そのお気持ちをありがたく頂戴いたします。わたしは姫様の役に立ちさえすればいいのですから。家康殿の元へ行き、しっかり役目を果たしてまいります。姫様は安心して自分の道を進んでください」

「おつま、ありがとう……」

松姫は悩み苦しみ考えた結果が、やはりおつまを身代わりに出すことであったのかと気持ちが暗く沈んだ。おつまからこの難局を乗り越えようとする強い信念を感じた。だが、松姫はおつまの瞳の奥に深い悲しみを見るのであった。

「お松も納得したようじゃ。本当におつまにはすまないが、身代わりとなってもらいましょう。きっとこれでうまく行くと思います。良かったですよ」

見性院は家康から出された難題をこれで何とか乗り切れるだろうと胸を撫でおろした。見性院は立ち上がり、本堂の障子戸を開けた。空は青く紅葉の燃えるような赤色が庭に満ち溢れていた。冷気は感じるが、風もないのに紅葉が舞い落ちてくる。すぐ近くに迫る山も黄と赤に染まり輝いていた。

「ここはなんと良い所なのでしょう。機会があればまた来たいですし、長く逗留してもいいですね。わらわが難題を持ち込んで、お松にもおつまにも本当に申し訳ないと思っています。これで何とか解決できます。わらわはこれからいったん八王子城に戻ることにします。氏照殿もお比佐の方様も心配されていることでしょう。そして明朝、家康殿がいる浜松へ向かって旅立つつもりです。何事も早い方が良いでしょう。きっとうまく行くと思いますよ」

日が少し傾きかけた頃、見性院は輿に乗り元来た道を帰って行った。

それから半月が過ぎ上案下の山里に初雪が舞った日のこと、見性院から書状が届いた。

「家康殿もおつまに早く会いたいと申しております。近々八王子城より迎えの輿が参りますので、浜松城への旅立ちの準備をしてください」

しんしんと冷え込む日が多くなり本格的な冬の訪れを感じるようになった。年の瀬も迫りこの小さな山里も何かとせわしなくなってきた。明日八王子城から愈々迎えの輿が来るという夜、金照庵の庫裡でおつまとの別れを惜しみ、皆が集まってささやかな宴を開いた。山里の人達から野菜や川魚が差し入れられ少しの酒もふるまわれたが、どうしても暗い雰囲気に覆われてしまう。松姫とおつまは上座に並んで座っていた。おつまは苦労を共にしてきた松姫の供の人達一人一人の顔を記憶に焼き付けていた。

「おつまさん、あなたは勇気ある人だ。あなたがいたからこそこの金照庵にたどり着くことができた。今回もあなたのおかげで穏やかに暮らすことが約束された。ここにいる皆がおつまさんに感謝している。別れは辛いが皆でおつまさんの幸せを願っていますよ。ここにいる全員の気持ちです。みんな、そうだな！」

石黒八兵衛が大きな声でおつまに呼びかけ、振り返り皆に同意を求めた。

「そうですよ。おつまさんのおかげですよ。幸せになってください！」

お里やお梅達女衆の声が一段と大きく響いた。

「皆さん、ありがとうございます。元気に行ってまいります。わたしはいなくなりますが、くれぐれも松姫様のこと宜しくお願い致します」

おつまはきっと胸を張り、暗さを拭い去るように元気な声で応えた。

栄吉、お梅の夫婦も末席に控えていた。

「おまえさん、松姫様は元気がないわね。おつまさんのことが心配なんだね」

梅が栄吉に声を小さくして言った。

「それはそうだよ、おつまさんは松姫様の身代わりで徳川様の所へ行くんだからな。おつまさんは皆に心配かけまいと明るく振る舞っている。それがわかるだけに松姫様はよけい辛いのだと思うよ」

栄吉は数日前に松姫に呼ばれたことを思いだしていた。

「わらわとおつまが一緒に逃げて隠れるような所はあるだろうか？」

栄吉は松姫にそう訊ねられて驚いた。栄吉はしばらくの間考えた。

「ないわけではありませんが、この金照庵のように安全な場所は他にはありませんよ。どうしても危険がつきまといます。幼い姫君達はどうするのですか？　松姫様が何としても探せというなら新しい隠れ家を探します。この金照庵はあの本能寺の変という突発事件があったから織田の追跡を遁れることができたのです。今度は徳川、北条から追われることになりますね」

栄吉は松姫の身代わりとしておつまに家康の元に行ってもらうのが一番の選択だと思っていた。松姫の気持ちがわかるだけに栄吉は辛かったが、この場合は危険な道は避けるべきだと思った。栄吉の頭にはお梅とおキミとの平穏な暮らしが浮かんでいた。

「難しいですか、そうですよね。また困難な旅をして皆に苦労をかけることになりますよね。栄吉、わかりました」

松姫からの反論はなく素直に栄吉の意見に従った。栄吉に対する期待が外れたというより、やはり無理なことだと悟ったのだと栄吉は思った。

少しの酒であったが酔ったのか、竹阿弥が立ち上がった。そして昔から甲斐国に伝わっている祝の田楽踊りを踊り始めた。足元がふらふらしていながら上手に踊る。見ている皆の手拍子が響き、歌が口をついて出てきた。躑躅ヶ崎の館での暮らしが懐かしく思い出される。お里もお梅も二人の侍女も立ち上がり、一緒になって踊り出した。竹阿弥が一段と酔った感じで女子衆と調子を合わせて踊っている。笑い声が庫裡一杯に響き渡っていた。おつまは声を立てて笑っていたが、松姫は無理に笑みを作っているかのようであった。夜も更け北風が庭の木々を揺すり部屋の空気が急速に冷え込んできていた。


山里は晴れ渡り民家の屋根が霜で覆われ、池の水が凍りついていた日、昼前に北条氏照から遣わされた迎えの輿が金照庵に到着した。山里の人達が物珍しそうに金照庵の門前に集まって来ていた。先日の見性院の来訪時より遥かに多くの警護の武士が門前に待機してた。庫裡から旅支度をしたおつまが、氏照の妻・比佐の方から差し向けられた侍女四人に付き添われ出て来た。

「おつまさん、遠くへ行ってしまうの？」

督姫がおつまの傍にぴたりと寄って来た。慌ててお里が督姫を離そうとした。

「いいんですよ、お里さん。督姫様、こっちへいらっしゃい」

付き添いの侍女に待ってもらい、おつまは督姫を抱き上げた。抱き上げられた督姫はうれしくてたまらないとばかりにキャッキャッと笑い声を上げた。貞姫、香具姫も傍によって来て督姫の得意げな様子をうらやましげに見ていた。督姫はまだ四歳で、貞姫、香具姫は五歳になったばかりであった。

「貞姫様、お別れですよ。元気でいてくださいね」

おつまは次に貞姫を抱き上げた。

「おつまさんはお嫁に行くんでしょう？」

貞姫が言うと、おつまは一瞬言葉に詰まり考えていた。

「そうです、お嫁に行くのですよ。ちょっと遠い所ですけれどね……」

おつまが少し頬を染めて貞姫に微笑んだ。

「香具様、おつまさんはお嫁に行くのですよ。恐い所へなんか行きませんよ」

香具姫は松姫の前に立っていた。松姫は香具姫の肩にそっと手を置いていた。

「そうなの？　お松様。誰かが恐い所へ連れて行かれるんだって言っていたわ」

香具姫が松姫の顔を見上げた。

「誰でしょうね、そのようなことを言うのは、困りましたね……。おつまはお嫁に行くのですよ。遠い所ですよ、恐い所ではありませんよ」

松姫とおつまはじっと顔を見合わせていた。そして、おつまが貞姫を下ろすと、松姫が香具姫の背を押した。

「香具様、どうぞ」

おつまが香具姫を抱き上げた。

「おつまさん、おめでとうございます」

「香具様、ありがとうございます」

おつまが香具姫をぎゅっと抱きしめた。松姫は流れ落ちる涙を手巾で押さえていた。松姫の後ろにはおキミを抱いたお梅が涙をボロボロと流していた。

「おキミもおいで」

おつまがお梅からおキミを受け取った。おキミは八ヶ月になる。おキミはおすわりもハイハイもできるようになり、言葉にならないような言葉も発してよく笑う子であった。おキミが一生懸命におつまに笑いかけている。

「おキミはいい子ですね！　おキミや、早く大きくなって松姫様をお守りしてくださいね。お頼みしますよ」

おつまがおキミに話しかけると、おキミがウンウンとうなずいた。おつまはおキミの頬に頬をすり寄せ、大切な人達との別れを実感し悲しんだ。

「お世話になりました。わたしは大丈夫ですから心配なさらずにいてください。松姫様、お元気にお暮しください。ありがとうございました」

「感謝するのはわらわの方です。おつま、すまないね、本当にありがとう」

おつまと松姫は最後の挨拶を交わした。そして、おつまが輿に乗り込み、出発の合図とともに隊列は動き出し金照庵から次第に遠くへと離れて行った。おつまは輿の御簾を上げいつまでも手を振り、金照庵の門前で松姫達はその輿が遥か遠くに見えなくなってもまだ暫く見送っていた。おつまを乗せた輿は下恩方でおだわら道に入り、一路小田原へ向かう。足柄峠で駿河国に入り徳川家の迎えの輿に乗り換え、家康の待っている浜松に向かって出発する。山に囲まれた金照庵からは富士山を望むことはできないが、案下峠へ登れば可能であった。駿河国、遠江国はその富士の向こう側であった。

二、

翌天正十一年（一五八三）、山里にも春が訪れ梅の花が咲き始めた頃、見性院から書状が届いた。

「家康殿はおつまを気に入り大層満足しています。おつまも明るく元気にして、浜松城の暮らしに少しずつ慣れてきています。わらわは家康殿から感謝され、もてなしも以前より厚くなり穴山家は安泰だと確信しています。お松様も安心してお暮らしください」

松姫は胸をなでおろし、皆におつまが浜松城で元気に暮らしている旨を報告した。一年前の今頃、松姫一行は織田に追われて必死の逃亡の最中であった。武田が滅び松姫にとって大切な人達が死んで行った。その後も混乱は続き、織田信長、信忠に御坊丸の信房も死んだ。甲斐、信濃は徳川の領地となり、北条は全関東支配に向けて力を伸ばしている。西では、織田信長亡き後の天下を巡って戦乱は必至であった。

松姫は出家し仏門に入り、松姫にとって縁の深かった人達の冥福を祈り菩提を弔う覚悟であった。おつまは松姫の身代わりとなって家康の元へ行ってくれた。松姫は仏門に入る時が来たのだと思った。金照庵の喜州祖元和尚はこのところ病で寝込むことが多くなっていた。山里の静かな金照庵に隠居して余生を送るつもりが、松姫一行を迎え入れてこの一年何かと多忙で老身を酷使したことが原因であったのかもしれない。また、石黒八兵衛、中村新三郎、お里に二人の侍女の家族達が甲斐国からこの地に定住するつもりで次々と訪ねて来た。金照庵では対処がとても無理な状態になっていた。

栄吉は色々と世話をして住まいを探したりと駆けずり回っていた。松姫から仏門に入りたいとの決意も聞いていたし、喜州祖元和尚の病のことも栄吉は心配していた。やはりこれは心源院の卜山和尚に相談するのが一番だと栄吉は考えた。

「栄吉や、それは色々と大変なことじゃな。今更松姫様も山奥の金照庵に隠れ住んでいることはないであろう。家康殿とおつまさんの話はわしも聞いておる。氏照殿はその橋渡しをしたわけで、家康殿からは丁寧な礼状と贈り物が届いている。徳川と北条の結びつきを強くすることができたと氏照殿も大変喜んでおる。松姫様のことも気に掛けられており、心源院で世話をしてあげたらどうかと言っておるのじゃ。

栄吉の話からすると喜州祖元和尚の具合はあまり良くないようじゃ。心源院は金照庵に較べたら遥かに広いし大きな寺じゃ、松姫様一行を世話するのに何の心配もいらない。松姫様が仏門に入りたいという願いも叶えることができる」

卜山和尚の回答は正に栄吉の待っていたものであった。卜山和尚はいずれ松姫を心源院に迎え入れる時が来るであろうと考えてくださっていた。今、それが許される状況になったのであった。

栄吉は早速松姫の元に走り、卜山和尚の話を知らせた。

「卜山和尚がそうおっしゃられたのですか？　それは有難いことです。この金照庵はとても良い所ですが、これ以上喜州祖元和尚に迷惑をかける訳にはいきません」

松姫は病に臥せっている喜州祖元和尚を気遣いながら、心源院に居を移すことを決めたと皆に伝えた。心源院は金照庵から案下川に沿った山道を一里半ほど下った下恩方の里にあった。栄吉は卜山和尚に頼み込み、寺の周辺に松姫の家臣や侍女の家族が生活できる土地と家を確保することができた。こうして松姫一行は卜山和尚を頼って金照庵から心源院へ移って来たのであった。

心源院は関東管領である上杉氏の武蔵国守護代であった大石定久が創建した。鎌倉街道山の道と甲州脇街道の案下道の交わる地も心源院の近くであった。また大石氏初期の居城である浄福寺城も近くにあり、その辺りは古くからかなり大きな集落がつくられていた。滝山城に移った大石氏は川越合戦で北条氏に敗れた上杉氏から離れ、北条氏の傘下に入った。そして、大石氏は北条氏康の三男・氏照を養子に迎えることになった。

卜山は正式には随翁舜悦《ずいおうしゅんえつ》という。この心源院から少し離れた楢原の里で生まれたが、父親のない子として生まれたため大変苦労したと言われている。卜山は十三歳の時に出家し、厳しい修行の世界に入った。仏法の教えをきわめようと日本各地を行脚修行し、三十五歳の時偶然にも遠州にて心源院の第三世傑山道逸《けつざんどういつ》和尚にめぐりあった。卜山は故郷に戻り心源院の傑山道逸和尚の侍僧として更なる修行に励んだ。四十五歳の時から六年間、卜山は悟りの境地を深めるために山中に籠った。北条氏照は卜山の修行に打ち込む姿に感銘を受け、弟子入りし信仰を篤くした。また、卜山は氏照の要請を受け廃寺となっていた宗関寺を復興開山した。六十七歳の時卜山は心源院第六世の住職となり、七十八歳になった天正十一年の春、松姫を心源院に迎え入れたのであった。

「松姫様、心源院にようこそいらっしゃいましたな。お待ちしておりましたよ。北条氏照殿からも松姫様のこと宜しく頼むと言われております。このような寺ですが、どうぞ安心して心置きなくお過ごしくだされ」

卜山は本堂で松姫を待っていた。卜山は高齢とは思えぬほど元気で溌溂としていた。

「ありがとうございます。このような身の上のわれらを引き受けて頂き本当に感謝しております。栄吉から卜山和尚様のことはよく聞いております。いつかはお会いできる日が来るものと思っておりました。和尚様に教えを請い精進修行し仏の道に進んで行く覚悟でございます。宜しくお願い申し上げます」

松姫は本堂に入った途端さわやかな風を感じた。卜山和尚がにこやかな顔をして松姫を見ていた。松姫は細々と今までのことなどを説明するつもりでいたが、その必要のないことをすぐに悟った。卜山和尚は松姫の悲しみを即座に理解してくれたのであった。

それから三日後、松姫の剃髪得度の儀式が卜山和尚を導師として執り行われた。卜山和尚が本堂の御本尊の釈迦牟尼如来を前に経を誦み、白装束に身を包んだ松姫がその後ろに端座した。松姫は瞑目合掌し経を唱えていた。石黒八兵衛を始めとして松姫の家臣、侍女達が背後に控え得度の儀式をじっと見ていた。黒髪が落とされ、松姫の頭に剃刀が当てられた。お里やお梅は涙を流し、侍女達からは悲鳴のような声が上がった。松姫の経は止むことなく続いた。剃髪が終わり卜山和尚の経も止んだ。卜山和尚が立ち上がり、釈迦牟尼如来を背にして松姫の方に向いた。そして、「信松尼」と大きく書かれた紙を指し示し言った。

「得度の儀式は無事に終わり、松姫は仏の弟子となりました。信松尼の『信』の字は父君・信玄公の『信』をいただきました」

暖かな日が続き、心源院の裏山の桜が満開になった。朝の勤行を終えた信松尼が寺の境内を通り抜け庫裡に向かって歩いていた。朝日に当たり桜がまぶしく輝いていた。空は青く澄んで遠くの山から鶯の鳴き声が聞こえて来た。

「信松尼様、お話がございます」

庫裡の前で栄吉が跪いて待っていた。姫君達のかん高く賑やかな声が庫裡の奥から響いてくる。お里や侍女が朝餉の仕度にかかっている。かまどの煙が少しの風に揺れていた。

「栄吉、朝早くから如何したのですか？」

「皆さんの心源院での暮らしも大分落ち着いてきたようでございます。わっしの役目も一区切りついたかと思います。八王子城の城下の町で良い家があるから、そこで鍛冶屋の仕事を始めたらどうかと仲間が勧めるのです。お梅もそれはいいことだと言ってくれまして、わっしもその気になりました。腰を据えてお梅とおキミとゆっくり暮らすのもいいなと思いまして、近々引っ越しをいたします」

栄吉も四十六歳になり大分白髪も増えてきた。松姫一行が武田家より持参してきた金品は金照庵の暮らしで殆ど使い切ってしまった。信松尼と姫君達に勝五郎の暮らし向きぐらいは心源院で面倒を見てくれるが、他の者達は自活の道を探さねばならなかった。石黒八兵衛達家臣は広い心源院の一画を借りて畑仕事を始めたし、お里や二人の侍女は姫君達の世話をしながら養蚕をして糸を紡ぎ、機織りをしながら生計を立てた。栄吉は鉄の商い取引で各地を回り収入を得ていたが、体力の衰えを感じるようになり一つの場所に腰を落ち着かせ、お梅とおキミと一緒に暮らしたいと思うようになっていた。

「そうですか、皆一緒に暮らせれば良いのですが、卜山和尚様にあまり迷惑をかけるわけにはいきません。皆に色々面倒をかけて申し訳ないと思っています」

尼姿になっても松姫の美しさに変わりはなかった。信松尼と呼ばれるのにも慣れてきた。

「城下の町から心源院までさしたる距離ではありません。御用があればすぐ駆けつけますし、ちょくちょく顔を出すようにします。お梅も手伝いに来させますので信松尼様ご安心ください。それと奉公に出していたせがれの善吉が仕事を手伝うために一緒に暮らすことになりました。少しは役に立つと思いますので使ってやってください」

栄吉には亡くなった前妻との間に二人の息子がいた。お梅と再婚する前に二人とも鍛冶屋修業の奉公に出していた。長男の幸吉は二十一歳、徳川家臣となった大久保十兵衛の手代として戦乱で荒れ果てた甲斐国の復興再建の仕事についていた。善吉は十六歳、栄吉は鉄の商い取引から鍛冶屋仕事まで自分の仕事を善吉に習得させようと手元に呼び寄せた。

「栄吉には大変世話になりました。感謝していますよ。八王子の城下に落ち着いて家族団欒の暮らしをするのは栄吉にとって良いことだと思います。おキミがとても可愛くなりましたね。姫君達が寂しがるでしょうから時々は顔を見せに来てください」

「時々などとおっしゃらずに、お梅のやつは毎日のようにおキミを連れて心源院に来るつもりになっていますので……」

「有難いことです」

風に吹かれて桜の花びらが舞っていた。まだ暫くは裏山の桜の見頃は続くであろう。新しい主人を迎えた躑躅ヶ崎の桜は今年も見事に咲いているのだろうか。武田滅亡から逃亡の辛い日々は一年と少し前のことなのに何か遠い昔のことのように思えてくる。栄吉には本当に世話になった。信松尼は栄吉家族の幸せを願い合掌した。

それから暫くして北条氏照の妻の比佐の方が卜山和尚を訪ねて心源院にやって来た。氏照も比佐の方も卜山和尚を師と仰ぎ、仏の道の教えを請い信仰を篤くしていた。信松尼と比佐の方の出会いも卜山和尚の心遣いであったのであろう。信松尼に是非会って何かと相談に乗ってやりたいと氏照から卜山和尚は話を聞いていた。だが、氏照は北条の領土安定のために北関東の戦場を駆け巡っていた。八王子城の築城工事は重臣の横地監物《けんもつ》や中山勘解由《かげゆ》に任せ、氏照は小田原と北関東の行き来の途中、八王子に寄ることさえままならなかった。

雄大な山城となる八王子城の築城工事はゆっくりと進んでいた。城主氏照の住まいとなる御主殿の館は完成したが、要害となる城山の工事は進捗が遅かった。安土城の如くに石垣をしっかり積み上げ、敵が攻めにくく味方は守りやすい、鉄砲攻撃にも耐えられる造りを目指していた。御主殿の館で氏照の帰還を待っている比佐の方は卜山和尚の教えを守り日々の勤行を怠らなかった。氏照から信松尼の話は聞いていたし、甲斐国から一緒に逃げて来た姫君の一人、貞姫は武田勝頼の娘で母の北条夫人は氏照の妹であった。織田軍に攻められ、田野で北条夫人は勝頼と共に自害した。十四歳で勝頼のもとに嫁いで行った妹を氏照はとても可愛がっており、その死を知らされた時の悲しみは深かった。

氏照と比佐の方の間には照姫という娘が一人いた。この秋には小田原北条の重臣中山氏に嫁ぐことになっていた。『照姫が嫁ぐと寂しくなるであろうな』氏照が何度となくつぶやくのを比佐の方は聞いていた。比佐の方は心源院を訪れた時、信松尼と貞姫の行く末について話す必要があると考えていた。

「ご不自由はしておりませんか？　困ったことはございませんか？　何なりとおっしゃってください。夫の氏照からもでき得る限りの援助をするようにと言われてきました」

比佐の方は城主氏照の意向を伝えた。比佐の方は信松尼の姉の見性院からも宜しく頼むと言われていた。武田滅亡後のこの一年の苦労が偲ばれるが、信松尼はその影を見せることなく美しい尼御前として微笑みをたたえ端座していた。

「こうして心源院で落ち着いた暮らしを送ることができますのも氏照殿の庇護があるからだと日頃より感謝しております。戦乱で亡くなられた方々の菩提を弔い、今の世の平和と皆様の幸せを願うのがわたしの務めだと思っています。姫君達も勝五郎も丈夫に育っていますし、充分な暮らしを送ることができております。この先何かあれば比佐の方様のご厚意に甘えさせて頂きます」

すでに氏照からの援助が心源院に届いているのはわかっていた。信松尼は修行の最中であり、節制した厳しい生活を送らねばならない。信松尼は暮らすに足りるだけの物があれば良いのだが、育ち盛りの姫君達や勝五郎には不自由をさせるわけにはいかなかった。皆が元気に明るく暮らしていられるのは氏照のおかげであると信松尼は感謝していた。

姫君達の庭で遊び興じる賑やかな声が聞こえてきた。おキミが歩き出し、姫君達の後を一生懸命に追っていた。

「姫君達ですか？」

「そうですね。貞姫の声も聞こえました。どうぞお会いしてください」

信松尼が比佐の方を案内して庭に面した本堂の廊下へ出た。

「みんなこちらへ来なさい」

ト山和尚が大きな声を上げて姫君達を呼んだ。裏山から風に運ばれ桜の花びらが心源院の庭いっぱいに舞い飛んでいた。その中を姫君達が走ってくる。比佐の方が眼を細めて姫君達を見ていた。

後から子守役のお里もお梅親子も追って来て、全員が本堂の廊下の前に並んだ。風が本堂の障子をコトコトと鳴らし、姫君達の髪に花びらを髪飾りのように散りばめていた。

「あの姫君が貞姫ですね」

比佐の方が信松尼に囁いた。

「そうですよ。よくおわかりですね」

比佐の方は一目見て貞姫だとわかった。娘の照姫の幼い時にそっくりであった。貞姫は氏照の姪であり、照姫とは従妹であった。

「このお方は、八王子城主北条氏照公の奥方の比佐の方様でござる」

卜山和尚が大きな声で皆に比佐の方を紹介した。姫君達は何だかわからないという顔をしていたが、お里とお梅は顔が強張っていた。卜山和尚が今度は一人一人を比佐の方に紹介した。

「貞姫、こちらへお出でなさい」

信松尼が貞姫を呼んだ。

「そなたの伯母君ですよ」

信松尼が貞姫の肩を抱き、比佐の方の前にそっと押し出した。貞姫は戸惑っていた。

「貞姫は元気で良い子ですね。寂しくないですか？」

比佐の方がそう言って貞姫を抱こうとしたが、貞姫はするりと手をすり抜けた。

「みんなと一緒だから寂しくないです」

貞姫はおキミを抱くお梅の後ろから顔だけ出して言った。比佐の方は少しがっかりした感じで苦笑した。

「信松尼様、もう向こうへ行っていいですか？」

三人の姫君の中で年長の貞姫は六歳になったばかり、香具姫はこれから六歳になり、督姫は三月に五歳になった。貞姫は元気がよく頼りになる姉的存在であった。

信松尼が卜山和尚を見た。卜山和尚がうなずいた。

「行っていいですよ」

信松尼が言うと、姫君達はいっせいに駆け出しその後をおキミがよちよちと歩き出した。

「お梅、ちょっとお待ちなさい」

「何でしょうか？」

お梅はおキミと姫君達を追うのをお里に任せ立ち止まった。

「これなるお梅の夫栄吉にわたしどもは大変世話になりました。この度、栄吉家族は心源院を離れて城下に鍛冶屋の店を開きました。何か用事がありましたらお声をかけてください。わたしどもにも直ぐに連絡もつきますし何かと役に立つと思います」

「比佐の方様、よろしくお願い致します。何でも言いつけてください。何でもやりますので」

お梅がていねいに頭を下げた。

「そうですか。八王子城の築城工事はこれからが大事なところです。城下の町も整い賑やかになっています。大きな城と大きな町ができると思いますよ。仕事はたくさんあります。近いうちにわらわを訪ねて来なさい」

「ありがとうございます」

姫君達を追っていたおキミが転ぶのが見えた。大きな泣き声が響いた。お梅が駆け出し、姫君達が戻って来ておキミを抱き上げた。

「比佐の方様、貞姫のことは自然の成り行きに任されたほうが良いのかと思います。姫君達はそれぞれが両親を失った辛い過去を背負っていますが、まだ良く理解はできていないようです。あのように明るく元気に振る舞われています。信松尼を始めとして皆の優しさに包まれ健やかに育っておられる。姫君達は慎ましく清貧に仏の道に沿ってこの心源院にて暮らしているのです。比佐の方様は貞姫様を引き取り自らの手で育てたいとお思いでしょうが、今はこのままにしておいてやるのが一番だと思います」

太陽は中空に昇り、光におおわれた山々が明るく輝いていた。卜山和尚は山の彼方の更に遠くを見ているようであった。

「そのようですね」

比佐の方は残念そうな笑みを浮かべた。信松尼はひとまず心を落ち着かせることができた。新府城を離れる時、貞姫との別れを惜しみ悲しんでいた北条夫人の姿が目に浮かんだ。「お松なら命がけで貞姫を守ってくれると勝頼殿はおっしゃっていました。貞姫のことを宜しく頼みます」と北条夫人は信松尼の手を固く握った。勝頼と最後まで共にする決意が感じられた。実兄の仁科信盛の場合も同じであった。勝五郎と督姫を松姫に託し、自分達夫婦は高遠の城を最後まで守ろうと覚悟していた。香具姫の父・小山田信茂は勝頼を裏切り、恩知らずの不忠者と罵られ織田信忠に夫婦共々成敗された。戦国の世の定めとはいえ生きて行くことの難しさを感じさせる。信松尼の許嫁であった織田信忠が武田家滅亡の首謀者であり虐殺の張本人であった。信忠もその父親の信長も今はいないが、戦国の世は続き未だ戦火の止む日は来そうにもなかった。

姫君達が春の日を浴びて天真爛漫にはじけるように遊んでいる。十歳になる仁科信盛の嫡男勝五郎は既に仏門に入り、卜山和尚の弟子として修行に励んでいた。この幼い三人の姫君が健やかに育ち、幸せになることが願いであり自分の使命であると信松尼は思った。卜山和尚も戦国の世を生き抜くことの難しさを充分承知していた。信松尼が三人の姫君を育て上げるのは修行であり、姫達の平穏と安全を守る方法でもあった。

三、

羽柴秀吉が天下人への道を歩み始めていた。天正十一年四月に賤ケ岳の合戦で勝利した秀吉は、北ノ庄の城を包囲し柴田勝家とお市の方を自害させた。合戦後、徳川家康、毛利輝元、上杉景勝等の各地の有力大名が使者を送り秀吉の勝利を祝した。

一方、関東では北条氏が着実に勢力を広げ、上州の中心厩橋《まやばし》城を手中に収めた。八月には徳川家から家康の娘・督姫が北条氏直の許に輿入れしてきた。徳川と北条の同盟関係は更に強いものとなった。北条氏に敵対する北関東の佐竹氏を始めとする諸将はその脅威から秀吉に北条の侵略暴虐を訴える。秀吉は信長の安土城を遥かに上回る大坂城の築城工事を開始し、三十余国から三万人の人夫が集められた。そして三年後に五層八重の大天守閣を持つ豪華絢爛な大坂城が竣工することになる。秀吉は各地の諸大名を臣従させ最高権力者の地位へ着実に近づいていた。

「ここが栄吉の鍛冶屋か！」

先頭の石黒八兵衛が立ち止まった。

間口三間ばかりの鍛冶屋の作業場から鉄を打つ鎚音が響いてきた。薄暗い作業場の中から炭の臭いと鉄の火を吸った酸味を帯びた臭いが混ざって流れてきた。

「トッテンカッテン、トッテンカッテン」

八兵衛が家の中をのぞくと、栄吉が横座に座りやっとこで掴んだ真っ赤に焼けた地金を金床の上に置いた。すぐに若い男がその地金に向かって大鎚を振り下ろした。火花が飛び散りそれを受け栄吉が小鎚で叩く。順序良く大鎚、小槌が繰り返す。

「トッテンカッテン、トッテンカッテン」

栄吉の合図で大鎚が止まり、地金は火床の中にくべられる。栄吉がフイゴから火床に風を送り込むと炎が激しく燃え上がり地金が真っ赤に輝いてくる。頃合いを見て栄吉が再びやっとこで掴んで地金を取り出し二人で叩き始める。

栄吉がちらっと八兵衛の方を見たが、二人の作業は続いた。

「よっし、いいだろう」

焼き入れが終わり打っていた鍬が完成した。

「作業中だったもので、お待たせして申し訳なかったです」

栄吉が八兵衛に向かって声をかけた。

「信松尼様がご一緒です」

「えっ！　お梅、お梅、信松尼様がお出でだ。早く来なさい！」

栄吉が慌てて家の奥に向かって叫んだ。

「栄吉、いいのですよ。構わないでください。仕事中を邪魔して悪かったですね」

信松尼は比佐の方が病に臥せっていると聞き、八王子城まで見舞いに来たところであった。心源院を出発しておだわら道を進み小さな山をひとつ越え、八王子城内に入る中宿大手門前を曲がり城下の町に入って来たのであった。

「信松尼様、お疲れでしょう。むさ苦しい所ですが、奥の住まいの方で一休みしてください」

お梅がおキミの手を引いて作業場の奥から飛び出して来た。おキミは三人の姫君達の姿を見つけ、お梅の手を振り払い駆け出した。

「気遣いは要りませんよ。以前とは違って足腰も丈夫になっています。皆と一緒に紅葉を愛でながら歩いて来ました。八王子城を訪ねる前におまえ達の店を見ておきたいと思いましてね。鍛治屋も忙しいようですね。栄吉もお梅もおキミも元気だし安心しました。そこにいるのは善吉なのですか？」

信松尼は店内に足を一歩踏み入れ作業場の様子を見た。

「左様です。次男の善吉です」

栄吉の横で善吉が膝をつき、信松尼に向かって頭を下げていた。栄吉に似てがっしりした体型で身長はすでに父親を越えていた。栄吉の師匠である鍛冶屋へ早くから修業に出されていたため腕も上がり、鉄の商いに関しても詳しくなっていた。

「栄吉の立派な後継ぎになれそうですね」

信松尼はゆっくりと店の中を見回していた。壁には出来上がった大鎌、小鎌、鉈が並び鋤や鍬が立てかけられていた。栄吉は暮らしに必要な鉄の道具なら何でも作ることができる野鍛冶であった。包丁、農具、漁具、山林刃物の製造から修理も行い、関東甲信越の農山村を巡り回っていた。

「いえ、まだまだこれからの修業が肝心ですよ」

「そうですね、何事も日頃の修練鍛錬が必要です。わらわも同じです。仏の道は長く遠くまで続いております」

「信松尼様、秋の日は短いのでそろそろ城へ向かった方が良いかと思われます」

「わかりました」

石黒八兵衛の声に、信松尼は店の外へと出て来た。

「隣はずいぶんと大きな屋敷ですね。どなたの屋敷なのですか？」

信松尼は振り返り栄吉に聞いた。

「刀匠の山本一族の屋敷なのです。この辺りは鍛冶屋が、それも刀鍛冶が多く住みついていまして、その中でも北条家からの信頼厚く苗字帯刀を許されている山本新七郎殿の屋敷でございます」

八王子城の城下町は滝山の城下から移転され、北から八幡宿、横山宿、八日宿と町が続いていた。八日宿の中宿大手門に近い所に鍛冶屋村が造られ、北条家の武器武具製造に当たっていた。栄吉は野鍛冶を業としていたが、腕の良いのを見込まれて緊急の仕事が入り手伝いが必要になると山本家に呼ばれていた。

この山本家は大石氏の招きにより相州から下恩方の下原《したはら》に移り住み、刀剣を製作した。その刀剣類は地名から下原刀と呼ばれるようになった。南北浅川の合流点から良質の砂鉄が採取でき、恩方の山からは大量の木炭が供給された。名刀としての誉れ高く、一族は繁栄して横川村に、そしてこの八日宿にも分家が刀剣製造の拠点を新たに作った。

栄吉は鉄の流通にも関係していたので、山本家との付き合いは長かった。山本家から刀鍛冶になるように栄吉は何度も勧められた。刀匠の地位は高かったが、栄吉は庶民農民のために働く野鍛冶のままで良いと断っていた。

「信松尼様、お梅をご一緒させて頂けませんか？　比佐の方様より頼まれておりました南蛮鋏ができましたので、お届けしたいのですが……」

栄吉はちょっとした道具の類は一目見れば作ることができた。比佐の方が住居とする御主殿には広々とした庭園が配されており、四季折々に風景の美しさを楽しむことができた。比佐の方は草木の手入れが好きであった。

八王子城城主の居住する御主殿はできあがったが、築城の工事はまだまだ続いていた。中宿大手門をくぐってすぐの中宿の根小屋地区には家臣達の住居が立ち並んでいた。中宿の中央を通る道は御主殿へ入る大手門と八王子城の外郭の入り口となる中宿大手門を結んでいた。中宿を挟むように走る両側の山の尾根にも防衛のために曲輪《くるわ》が構築されていた。目の前に聳える深沢山が八王子城の要害地区であり、本丸を中心として各曲輪が配置され決戦に備えていた。屹立する周辺の山々は美しい紅葉で彩られていた。

「お庭をぜひ見て下さい」

比佐の方が御主殿の座敷から信松尼達を庭に面した廊下へと案内した。比佐の方の病状は既に回復しており、床に臥せることもなかった。信松尼達を迎え、比佐の方の声も明るかった。姫君達が早速庭へ飛び出して行った。

空は青く風もない穏やかな日であった。燃えるような赤色の紅葉が池一杯に映し出されていた。姫君達はそのあまりの美しさに声も出ないようであった。

「何と美しいのでしょうか！」

信松尼も紅葉の時期にこの庭園を訪れた幸福感に満たされていた。空の青、紅葉の赤が池に異次元の世界を作っているかのようであった。この御主殿は足利義晴の柳の御所に似せて造られたという。

氏照と比佐の方の娘・照姫が嫁いでからまだ間もなかった。夫の氏照は北関東制覇の戦を続けており、八王子城に戻り比佐の方とゆっくり過ごす時間などなかった。比佐の方は心寂しい日々を過ごしていた。御主殿の周辺では戦に備えた砦造りが進んでおり、工事の音が山にこだまして響いていた。

「信松尼様、お暮らしの方でご不自由なことはございませんか？　何なりと仰ってください。夫からも信松尼様への支援を怠らぬよう言われております」

比佐の方と信松尼は池の向かいにある東屋への玉砂利の小道を歩いていた。

「心源院において充分な暮らしをさせて頂いております。姫君達も明るく健やかに育っています。卜山和尚様に従い日々の勤行に励むこともできます。氏照殿の庇護があるからこその平和で穏やかな暮らしだと感謝しております」

信松尼は、心源院は修行の地だと思っていた。清貧で質朴な暮らしの中で、戦乱に巻き込まれ亡くなった人達の菩提を弔うのが第一の勤めであった。それは姫君達も同様で、現在の平穏を感謝し日々精進する暮らしを送るべきだと信松尼は考えていた。

「香具姫様も皆と仲良く遊んでいらっしゃる。どの子も素直で良い子ばかりですね。信松尼様のお躾けがよろしいのでしょう」

比佐の方は香具姫の父親・小山田信茂が武田勝頼を裏切ったことを思い浮かべているようであった。日陰は寒いくらいだが、日の当たる所は小春日和の陽気であった。

「姫君達は皆それぞれの両親と、武田滅亡の戦乱の中で死に別れました。両親を失い、悲しく寂しくないはずはありません。わたし達は皆一緒に辛い逃亡の旅を続けてまいりました。互いに励まし元気づけて明るくその場を乗り越えて来ました。姫君達は戦国の世に生まれてきたその運命をよくわかっていると思います。人を恨んでも親達は戻って来ません。怨恨は輪になって終わりがありません。姫君達はわたしと一緒に卜山和尚様の教えを受け、経をよむことを日課としています」

「やはり卜山和尚様の教えと信松尼様のお気持ちが自然と姫君達に伝わっているのでしょう。あのように姫君達は明るく楽しそうに遊んでいますものね」

東屋に着いた比佐の方は信松尼に腰掛けるよう勧めた。新築されたばかりの御主殿の館が静止した池面に映り壮麗に輝いていた。たくさんの人達が出入りしていた躑躅ヶ崎の館の賑わいを信松尼は思い出していた。それは遥か遠い昔のことのように思えた。

突然、姫君達の悲鳴が上がった。

池面に映っていた御主殿が揺れ動いた。

「大変よ、おキミが池に落ちた！」

対岸に姫君達の姿が見えた。信松尼と比佐の方は立ち上がり、対岸の姫君達の所へ急いだ。お梅が走っているのが見えた。山から流れ出している池の水は冷たかった。

香具姫が池に飛び込んだ。池はさして深くはないが、小さなおキミにとっては危険であった。香具姫が素早くおキミをすくい上げると、おキミが抱きついて火がついたように泣き叫んだ。お梅が到着し、おキミを池の中にいる香具姫から受け取った。貞姫、督姫が香具姫に手をさしのべたが、ずぶ濡れになった小袖の着物が重く岸の上に引き上げることができない。お里が駆けつけ、ようやく香具姫を池の中から引き上げることができた。

「ありがとうございました、香具姫様」

泣き止まないおキミを抱きかかえながらお梅が言った。

「お梅、おキミは大丈夫ですか？」

その場にたどり着いた信松尼が心配そうにおキミの様子をうかがった。

「少し水を飲んだようですが、平気ですよ。驚いて大泣きしているだけですよ」

お梅は意外とあっさりしていた。おキミは元気が良過ぎた。注意していないと転んだり衝突したりしてケガをすることが多かった。

「さあこのような所にいては風邪をひきますよ。早く館の中に入って体を温め、着替えをしないといけませんよ」

比佐の方が優しく声をかけ館の中へ導いた。御主殿の侍女達が、水に濡れ寒そうにしていた香具姫とおキミを手早く湯殿へと連れて行った。

「咄嗟の判断でしょうが、幼いのに香具姫様は勇気がありますね」

「心の中に香具姫は思うところがあるのかもしれません。貞姫や督姫とは自分が違う立場にあることがわかっているのでしょう。誰も香具姫を特別な目で見たりはしません。三人とも同じ武田の姫君達として接しています。香具姫は優しい子です。辛いこと大変なことには一番積極的に取り組んで行きますね」

「そうなのですか」

比佐の方は信尼が言っていることの意味を良く理解したようであった。

姫君達が廊下を軽やかに走って来た。「走っては駄目ですよ」と声を上げているのはお里であった。比佐の方の居室に姫君達が入って来た。

比佐の方が香具姫を見てにこやかな笑みを浮かべた。比佐の方は香具姫の着替えに娘の照姫が幼い時に着ていた小袖を用意した。その小袖が香具姫にとても良く似合っていた。貞姫が近づき、比佐の方の顔を物欲しそうにじっと見た。

「どうしたのですか？　貞姫様」

「いいなあ、香具様は！」

貞姫が香具姫の着ている小袖を指さした。甲斐の国から逃亡して二年近くが過ぎようとしていた。さしたる荷物を持たずの旅であった。姫君達はいつも身ぎれいにしていたが、躑躅ヶ崎の時とは違う粗衣粗食の生活を強いられていた。姫君達の成長も早い。お里や侍女が着物の仕立てや直しをするのだが、充分な誂えができるわけではなかった。

香具姫は御主殿の姫君の如くに輝いて見えた。督姫も羨ましそうに香具姫を見ていた。

「信松尼様、照姫の幼き時の小袖等はまだございます。どうぞお持ちになってください」

「ありがとうございます。子ども達は素直です。良いものは良くきれいなものはきれいに目に映るのでしょう」

信松尼は姫君達の気持ちを思うと辛かった。幼い者に修行生活といっても無理なところがあった。信松尼は素直で優しい姫君に育って欲しいと願っていた。切り詰めた暮らしは楽ではなかった。人の誠意を素直に受けるのも必要なのだと姫君達の顔を見て信松尼は思った。

織田家の後継者であるはずの織田信雄は、天下取りに進む秀吉からないがしろにされていた。信雄は成り上がり者の家臣である秀吉の下に立たされることを侮辱と感じていた。信雄は徳川家康に近づいた。家康は西国の混乱には巻き込まれずに、三河、遠江、駿河、そして新しく領土となった甲斐、信濃の統治支配に専念していた。だが、家康は信雄の頼みを入れ、信雄の後ろ盾として秀吉に対抗することを決めた。信長の死後、秀吉が主家である織田家を軽んじる専横は明白であった。

徳川と北条は家康の娘・督姫が氏直に嫁いで来てから更に結び付きが強くなった。北条は西に向かっての危惧がなくなり、北関東制圧に全力を注ぐことができた。上野国も敵対するのは真田昌幸だけとなり、北条は下野国へと圧力を強めていた。しかしながら、順調に進展していたはずの北関東戦線が混乱に陥った。北条に反旗を翻す領主が続出したのである。佐竹による調略が功を奏した結果であるが、その背後には秀吉が控えていた。家康は四国の長宗我部元親、北陸の佐々成政、紀州の雑賀・根来一党と手を組み、秀吉包囲網を構築しようとしていた。それに北条が加わることは確実であり、それは秀吉にとって非常に不愉快で面倒なことであった。下野、常陸の国を地盤とする佐竹、宇都宮、佐野の諸侯は北条の領土侵犯を何とか阻止しようとしていた。信長にも訴えていたし、秀吉には更に強く危険を訴え援助を求めていた。北条は秀吉のことを軽く見ており、その態度を秀吉は非常に不快に思っていた。秀吉と家康の力の差は大きく、戦になれば家康にとって北条の援軍は是非ともに必要であった。北関東のかく乱は秀吉の戦術であり、北条は釘づけとなって動きが取れなくなっていた。

見性院から預かった書状を持って栄吉の倅・善吉が信松尼を訪ねて来た。

「おつまが男の子を産んだとの知らせじゃ！」

信松尼が声を上げ皆を呼び集めた。

「おつま殿が家康殿の御子を、それも男の子を産んだとは、それはお手柄でござるな！」

石黒八兵衛の渋い顔が相好を崩した。

おつまが上案下の金照庵を離れ、浜松の家康の元に側室として迎えられ一年になろうとしていた。見性院の書状では、おつまは家康の寵愛が深く大層大事にされているとのことであった。男の子は家康の五男として生まれ、万千代丸と名付けられた。母子ともに元気で、子煩悩の家康にとって何よりの喜びであった。

「信松尼様、おつまさんも幸せそうで良かったですね」

お里の声も弾んでいた。

「そうですね。家康殿の浜松の城へ行って、おつまはどうなるのかとても心配でした。男の子が無事に生まれたと聞いて本当にうれしく思いますよ。有難いことです」

天正十一年の十二月も日数が少なくなってきていた。心源院のどこもが冷え冷えとしていた。皆が去った後、信松尼は本堂の釈迦如来に向かって手を合わせ、おつまのことを深く考えていた。信松尼は自分がこうして今在るのはおつまのおかげであり、八兵衛や栄吉達皆の援助があってこそなのだと感謝の思いを巡らせた。おつまが松姫の身代わりになってくれたから織田信忠の手から逃れることができたし、徳川家康の側室にならずとも済んだ。おつまは松姫・信松尼のために今も身代わりとして家康の元で暮らしているのだと思った。家康に精魂込めて尽くすゆえに寵愛の度も深くなるのであろう。おつまは信松尼の心配し気遣う気持ちが良くわかっていた。それ故に幸せであらねばならないと、おつまは家康の側室としての役目を果たすのであった。おつまが我が子を抱き、家康が目を細めてその様子を見ている幸せな光景が目に浮かぶ。信松尼の頬に涙が伝わり流れてきた。申し訳ないと思う。おつまの健気な気持ちを考えると辛くなり、悲しみが募ってくるのであった。おつまが幸せであること、それは信松尼が一番願うことであった。本堂の障子を北風がカタカタと揺する。火の気のない本堂は一段と冷え込んできた。信松尼は涙をぬぐい、障子戸を開け庫裡へ向かおうと廊下へ出た。

廊下の高欄の下に善吉が畏まって待っていた。

「善吉、そのような所で寒かろうに」

「信松尼様、お話がございます」

善吉は父栄吉の命令で野鍛冶仲間の商いの様子を見聞するようにと旅に出ていた。相州から甲州へと足を運んだ時、古府中にいた兄の幸吉を訪ねた。幸吉は大久保十兵衛長安が頼みとする手代の一人であった。大久保十兵衛は徳川家康の重臣大久保忠隣《ただちか》に認められ、その庇護のもと大久保姓を名乗るようになった。武田家に仕えていた頃は、蔵前衆の地方巧者として甲斐国の民政を担い手腕を発揮していた。織田の過酷な甲州制圧と対照的に徳川は武田の旧制を維持し、現地の状況に合った穏やかな支配体制を取った。徳川家に仕えるようになった大久保十兵衛は年貢の割付から河川の土木工事とその技能を活かし、中堅家臣として重要な役割を果たしていた。また、武田の旧臣達の徳川への登用にも協力を惜しまず、甲州の治安の安定化に貢献した。

「大久保十兵衛様から信松尼様への伝言でございます。御聖道様の嫡男・信道様は元気に暮らしております。今は出家して顕了道快という名で信濃国安曇の犬飼村に潜んでいます。心配は要りません。大久保様が必ずお守りするとのことです」

「そうですか、わかりました。甲斐国も織田から徳川に代わり随分と落ち着いてきたようですね。十兵衛のように徳川家に仕官する者も多くなり良いことだと思います」

大久保十兵衛長安は、御聖道様がいた入明寺で会った時は土屋と名乗り、それ以前は大蔵という能楽師だったと聞いていた。目鼻立ちの整った顔から穏やかな印象を受けたのを覚えている。信松尼は信道のことは十兵衛に任せておけば安心だと思った。

空はどんよりと曇り、今にも雪が降って来そうなほど心源院は凍てついていた。いつもは見えるはずの陣馬の山々も灰色の幕に覆われていた。

「見性院様も皆様のことを心配しておられました。信松尼様、三人の姫君様も心源院にて元気に暮らしていると申しますと安心しておられました」

「姉上も息災のようで良かったです。勝千代殿は如何でしたでしょうか？」

善吉は大久保十兵衛から浜松の見性院を訪ねるように言われた。十兵衛も信松尼達が無事に暮らしていると善吉から聞いて安心していた。信松尼達の近況を見性院にも話してやって欲しいと善吉は頼まれたのであった。大久保十兵衛と見性院は武田家旧臣の徳川家仕官を勧める上で何かと労を取り合っていた。浜松へ訪ねて来た善吉に会った見性院は大層喜び、信松尼宛の書状を認めたのであった。

武田信玄の娘達のうち、北条氏正室であった長女の黄梅院は武田、北条、今川の三国同盟が破綻した時、離縁されて甲斐国へ帰され、寂しく亡くなった。次女が穴山信君室の見性院である。信君は武田を裏切り徳川に味方して武田を攻めた。だが、信君は本能寺の変の混乱に巻き込まれ殺された。徳川家康は見性院と嫡子勝千代を庇護し穴山領を安堵した。勝千代は武田家再興の折には武田の後継者となることが約されていた。

三女が木曽義昌室の真理姫である。木曽義昌も武田を裏切った。真理姫は夫・義昌を許さず木曽の山奥に隠遁してしまった。四女は上杉景勝に嫁いだ菊姫である。五女が信松尼の松姫であり、その妹としておつまは家康の側室になっていた。

「勝千代君の顔を見ることできませんでしたが、侍女の方から聞いたところによりますと病弱のようで、見性院様は心を痛めているご様子だとのことです」

「そうですか、姉上も心配がつきませんね」

信松尼は穴山信君が武田勝頼を裏切った遠因のことを思った。信玄の側室であった諏訪御寮人を母とする勝頼に対して信君は不満を持っていた。見性院は信玄の正室である三条夫人の娘であり、その子の勝千代の方が武田の跡取りとしては相応しいと信君は思っていた。長篠の戦で一番に戦線から逃亡を図ったのは信君であった。勝頼は信君に腹を断らせろと激怒した。勝千代に嫁ぐ約束であった長女を勝頼は約束を破って武田信豊に嫁がせてしまったのである。元から仲が悪かった勝頼と信君の間に決定的な亀裂が入ってしまった。見性院は周章狼狽して精神的に不安定になり躑躅ヶ崎の御聖道様の屋敷を訪れることが多くなった。

徳川からすれば穴山信君の裏切りのおかげで対武田戦は楽な戦となって甲斐に侵攻することがで

きた。武田勢の総崩れは穴山信君の裏切りが大きな要因となっている。それ故に徳川家康は穴山信君を功労者として評価し、織田信長にも信君の領地を安堵するように頼み込んだのであった。信君の死後も穴山武田氏として徳川家康の傘下に入り、武田の名跡を継ぐことを許されていた。

「信松尼様、浜松では近い内に羽柴秀吉と徳川様の戦が近いともっぱらの噂でした。刀鍛冶から野鍛冶まで総動員で武具の製造に掛かっていました。鉄はいくらあってもいいから運んで来いと言われました」

善吉は早くから奉公している親方に連れられ各地を旅して、流れ鍛冶の仕事を習得していた。父親の栄吉の名は各地の鍛冶屋仲間に知れ渡っており、善吉が訪ねると良い後継ぎができたと喜ばれた。

「羽柴秀吉という人はあまりよくは知りませんが、今や天下人に一番近い人物と聞いています。父信玄も天下統一を成し遂げ、戦のない世にするのだと戦い続けました。家康殿も天下人を目指しているのでしょうか？　戦国の世はまだ続くようですね」

「信松尼様、雪が……」

善吉が暗い空を見上げ、手のひらを広げた。舞い降りた白い雪の結晶が見る間に溶けて行った。信松尼も顔を上げた。大粒の雪が空一杯に広がり、次から次へと舞い落ちてきた。

四、

翌天正十二年（一五八四）の三月、織田信雄は自分の三人の家老が秀吉に通じているとして処刑した。それを待っていたかのように秀吉は信雄攻撃の大軍を尾張に展開させた。秀吉に味方した池田恒興が犬山城を占領し、そこへ秀吉が本陣を敷いた。信雄の後ろ盾になった家康が小牧山城に入ると秀吉は楽田城に本陣を移し、互いに対峙した。功を焦った池田恒興一族が、家康の本拠地三河岡崎城攻略を企てた。秀吉は甥秀次を大将として隠密裏に進軍を開始したが、徳川軍の察知するところとなり、尾張の長久手で挟撃を受け羽柴軍は散々の負け戦となってしまった。池田恒興・元助の父子と、女婿の森長可は戦死した。小牧長久手の戦いは家康側が優勢に戦いを進めた。その後、秀吉軍と家康軍は膠着状態が続いた。その間に秀吉配下の武将達が信雄所領の尾張・伊勢の諸城を攻め落として行った。八月に再び互いに出兵し対峙したが、合戦には至らなかった。講和の調停もうまく行かないまま十一月となった。秀吉の調略が巧妙に進められて織田信雄との和睦の講和が成立し、信雄が戦線を離脱した。家康は戦争の大義名分を失うこととなり、三河国へ撤退する。十一月末、ようやく秀吉と家康の間で和睦が成った。

「兄者の話では甲州勢も出陣して尾張の戦場まで行ったとのことです。初戦は徳川軍が優勢でしたが、後は羽柴との大きな合戦はなく睨み合いが続いていたようです。兄の仕える大久保十兵衛様は甲州勢の兵站を担っており、なかなかの苦労だったと言っていました」

今年もまた善吉は流れ鍛冶と鉄の商いをして各地を巡って来た。話を聞きたいという信松尼からの伝言があり、善吉は心源院を訪ねていたのであった。

「そうなのですね。羽柴と徳川の争いが北関東にも影響しているのでしょう。北条にも徳川から尾張の戦場への援軍要請があり、出陣準備に掛かっていたのです。ところが佐竹を始めとして、上杉、真田が秀吉の要請を受けて北条の背後を狙って攻め入って来ました。氏照殿は北関東の戦場を駆け巡り、とても八王子城に戻ってくることができません。比佐の方様も病になるほどに心を痛めておりました。見舞いをかねて元気づけ励まそうと姫君達と何度か御主殿を訪ねました。その時は、とてもうれしそうに明るくしておられました」

信松尼は善吉の話から概ね世の中の動きを知ることができた。羽柴秀吉による天下統一が進んでいるのが少しはわかった。戦国の世が終わりに近づいているのだろうか？　平和な世が早く来て欲しいと思うが、徳川、北条の命運を考えると武田の滅亡が思い出され重く暗い嫌な気分に襲われるのであった。

「信松尼様、比佐の方様が御主殿に機織り場を作られましたのは御存じですか？」

善吉は父の栄吉から御主殿の機織り場について信松尼へ話すよう言われていた。

「はい、比佐の方様から機織り場の話は聞いておりましたが、出来上がったのですか？　それは良かったです。以前、滝山城におられた時に比佐の方様は滝山紬という織物を織っていたと聞いていました。心源院でわらわ達が機を織って姫君達の小袖を誂えている話をしましたところ、比佐の方様は滝山紬のことを懐かしく思われたご様子でした」

北条氏照は城を滝山から八王子城へ移し終えようとしていた。滝山城の城下にあった横山、八日市、八幡の町も今は八王子城の城下に移されていた。滝山の城下では甲州道に沿って町は造られており、そこに鎌倉道が一部重なり、近くには小田原へ通じる川越道も走っていた。近在の村々からたくさんの人が集まり、六斎市も開かれ、滝山城下の町は賑わっていた。その市で格別の扱いで売られていたのが滝山紬であった。ふっくらした柔らかな手触りが喜ばれ、遠方よりそれを求めに来る者も多かった。

以前は山内上杉家の城代であった大石氏がこの一帯を治めていた。小田原北条氏の関東侵攻が進むに連れ山内上杉家は後退して行き、この地の大石氏も北条氏の傘下に入るようになってしまった。それが比佐の方の父親の大石憲重の代であり、北条家から氏照が十四歳の時に養子に入り、八歳の比佐の方の婿となった。氏照は長ずるに及び北条の名を名乗り、関東制覇を目指す北条氏の先鋒として戦場を駆け巡ることとなった。

滝山城は大石氏により造られたのだが、氏照によって大きく広げられ、堅固な城に造り変えられた。比佐の方は幼い頃より母親から機織りを教わり、養蚕、糸繰りと一通りのことは習得していた。戦国武将の姫君達は政略結婚を強いられるのだが、花嫁修業として礼法、歌道、茶道と教養を身につける必要があり、機織りもその一つであった。比佐の方は滝山城で機を織った。その織物はやがて城下の村や町に伝わり、技術を習得した女達が滝山紬として六斎市で売り出し評判を得ることになった。

「大工も織機の番匠も皆うちの親父が作った工具を使っている仲間なので、機織り場造りについて比佐の方様からの相談を親父は受けていました。おっ母さんもおキミを連れてお城にお手伝いに行っております」

木枯らしが庫裡の障子戸を揺らし、隙間風が広間の温度を一段と冷たく下げていた。善吉は首をすくめ手をこすり合わせた。

「善吉、もそっと火鉢の傍に寄って体を温めなさい。来年になれば、いよいよ御主殿で機織りが始まるのですね。比佐の方様もお喜びのことでしょう」

「八王子城下の町もこのところ活気づいてきました。お城もだいぶできあがりましたので、家臣の家族もほとんどこちらへ移ってきました。日常必要な物は城下の商家に取り揃っています。六斎市も開かれるようになり、近在の村々から色々な物が運び込まれ売られています。戦に備えてなのでしょうか、領内のたくさんの若い者が集められ、兵隊の訓練を受けています。それで武器が必要なので、刀鍛冶から武具作りまで大変忙しくなっています。仕事はたくさんありますから、城下の町へと人々が寄り集まっている状態です」

善吉も刀鍛冶を手伝えと隣の屋敷の山本家から声が掛かっていたが、父の栄吉が比佐の方から仕事を頼まれていると言って断ってくれた。栄吉は町の商いが盛んになり野鍛冶の仕事が忙しくなったし比佐の方に呼ばれることも多かった。栄吉は刀鍛冶としても充分通用する腕の良い鍛冶屋だが、人殺しの道具を作るのはどうも好きになれなかった。

「そうですか、商いも盛んになり町は賑やかなようですね。比佐の方様は、滝山紬をもっと広めたいと言っていました。村の女たちに機織りを習得させようと考えています。滝山紬を売ったお金で少しでも村人の暮らしが楽になればと思っているのです」

永禄十二年（一五六九）、松姫の父・武田信玄は碓氷峠を越え上野国から武蔵国に入り、小田原北条を殲滅せんと大軍を進めた。北条氏照は滝山城の守りを固め武田軍を迎え撃った。だが戦闘能力の高い武田軍の前に氏照は苦しい戦いをせざるを得なかった。滝山城は落城寸前までに追い詰められたが、武田軍は突然軍を引き上げ小田原へ向かった。滝山城は三の丸まで攻め寄せられ、城下の町はすべて焼き払われてしまった。また、甲州へ帰還途中の武田軍に氏照は復讐戦を挑んだが、またしても惨敗を喫してしまった。そうして滝山城の弱点を悟った氏照は、対武田を考えて八王子城築城計画に着手したのであった。

その後天下の情勢は激しく動いた。武田信玄は死去し、天正三年（一五七五）に長篠の戦いで勝頼率いる武田軍は織田徳川連合軍に完膚なきまでに打ち負かされてしまった。そこで織田徳川に対して北条と武田は手を結び甲相同盟が成立した。八王子城築城は情勢を見ながらゆっくりと進んで行った。

戦乱に巻き込まれて家を焼き払われた滝山城下の人達は散り散りにどこか遠くへ逃げて行ってしまったが、時が経つと商いをする場所を求めて戻って来た。氏照は八王子城の城下に八幡、横山、八日市の宿を移し、六斎の市を開いて町の賑わいを復活させようとした。八王子城の築城工事が進むにつれ町も一緒に形成され、今では滝山城下にあった時より人も多く集まり商いも盛んになった。近在の村々の暮らしは少しずつだが良い方向に向かっていた。

「比佐の方様は町が賑やかになり、町や村の女たちの顔が明るくなったと喜んでおります。親父も、この頃比佐の方様は元気になったと言っていました。糸も六斎市で手に入りますので機織りがいよいよ始まります」

善吉は旅をしてたくさんの町を見てきた。戦で焼き払われた町はみじめであった。小田原や浜松のように戦火から逃れている町は活気に溢れ人々は一生懸命商いに精を出し、町はどんどん大きくなって行くようであった。善吉がまだ行ったことのない京や大坂は更に大きな町だという。

「比佐の方様にお会いしたいのですが、今年はもう押し迫って来ました。正月早々には伺えると思います。どのような機織り場ができているか楽しみです。姫君達に機織りの仕方を教え始めるのに良い機会になるかもしれません」

庫裡の奥から姫君達の明るい声が聞こえてきた。夕餉の仕度ができたのであろう。野菜汁の味噌の香りが漂ってきた。お里を始めとして侍女達は、このところ正月を迎えるために掃除から料理の仕度まで忙しく働いていた。城下の町が正月の準備をする人達で賑やかだという話を信松尼は聞いていた。

「善吉、たいした物はないが、夕餉を皆と一緒に食べて行ったらどうじゃ？」

「いいのですか、ありがとうございます。そうさせていただきます」

年が明ければ善吉は十八歳になる。信松尼は美しくまだ二十四歳であった。信松尼にじっと見つめられると、善吉は頬がほてり赤くなっているのではないかと落ち着かなくなる。こうして傍にいるだけで気持ちが高揚して幸福な感覚に包まれるのであった。

「トントンカラリ、トンカラリ……」

機織りの音が御主殿の外れにある板葺きの家から聞こえてきた。

「比佐の方様は機織り場にてお待ちでございます」

比佐の方の侍女とお梅がおキミを連れて信松尼一行を迎えに出ていた。

天正十三年の一月も寒さの峠を越え、梅の蕾も大きく膨らんできていた。おキミが姫君達を先導して御主殿の廊下を走り出した。長い廊下の一番端に機織り場があった。

「トントンカラリ、トンカラリ……」

機織り場はかなりの広さで五台の織機が据えられていた。五台のうちの一台に比佐の方が座り、機を織っていた。その後ろの二台には、侍女が二人手際よく織機を動かしていた。そのまた後ろには村の娘が二人、まだ始めて間もないのであろう、覚束ない手つきながらも一生懸命に機織りに取り組んでいた。

「信松尼様がお見えになりました」

侍女が比佐の方の間近まで行き声をかけた。機織りに集中している比佐の方に侍女の声が届くまで少し時間がかかった。比佐の方の顔は明るく輝いていた。

「あっ、ごめんなさい。信松尼様がお出でになってくださったのですね」

比佐の方が機織りの手を止め立ち上がろうとした。

「そのままでどうぞ、お仕事をお続けください」

信松尼は比佐の方の機織り姿を美しいと思った。

「せっかく信松尼様に来て頂いたのに、これではお話もできませんよ」

比佐の方は機織りの最中は口もきかずに心を集中して作業に打ち込んでしまう。

「姫君達を呼びますので、比佐の方様の機織りの様子を見せてやって頂けませんか？　姫君達に機織りを教え始めているのですが、今一つ身が入りません。比佐の方様の仕事ぶりはきっと姫君達の目を開かせると思います」

「そのようなこととてもおこがましいですが、切りの良いところまで続けてみましょう」

比佐の方は台座に座り直し、機織りを始めた。踏み木を踏んで綜絖《そうこう》という木枠を上下させ、経糸《たていと》の口を開け杼《ひ》に巻き付けた緯糸《よこいと》を右へ左へとすばやく飛ばす。そして、上糸と下糸の高さ揃えて筬《おさ》をトントンと打ち込む。それをよどみなく滑らかに繰り返す。その仕事は比佐の方にとても明るくさわやかな印象を与えた。

「トントンカラリ、トンカラリ……」

姫君達が目を丸くして比佐の方の機織りを見ている。

「信松尼様よりずっと上手ですね」

貞姫が信松尼の法衣の袖を引いて言った。

「そのようなことを言ってはいけませんよ」

お里が貞姫をたしなめた。

「確かにそうですね。比佐の方様は格別に優れた技術を持っていらっしゃる。貞姫はそれがわかったのですね。素晴らしいことですよ」

比佐の方の手が優美に杼を飛ばし筬を打つ。踏み板を踏む様子も軽やかであった。比佐の方の技術と比較すれば信松尼はまだまだ初歩の段階といって良かった。

「さあ一区切りつきました。皆さんに見つめられて緊張して、いつもより力が入った感じでした。でも良い布が織れそうですよ」

比佐の方は一日機織り機に座れば一反、根を詰めれば二反の布を織ることができる。比佐の方は地域の領民の暮らしが少しでも良くなるようにと心掛けていた。大石氏もそれを引き継いだ北条氏も、領民に対しては税率を低くするなど民政に重きを置いていた。比佐の方は滝山城では滝山紬を織り、領民の女達に広くその作り方を教え、生産された織物を六斎市に商品として売り出すことに成功した。滝山城より遥かに堅固で大きな城ができあがりつつあった。町も八王子城に比例してたくさんの商家が並び人も多く集まり賑やかであった。だが、領民達の暮らしはなかなか良くはならない。戦乱が続けば、働き盛りの男達が徴用され、残された家族は貧窮生活に苦しむことになる。

「あの娘さん達は？」

後ろの二台の機織り機に座る娘について信松尼が比佐の方に訊ねた。

「上案下の農家の娘達で機織りを習い始めて間もないのですよ。山仕事も農作業もするのですが、食べるだけで精一杯です。少しでも暮らしが楽になるようにと、娘達に機織りを教えているのです」

比佐の方はこの八王子城周辺でも機織りが盛んになるようにと願っていた。

「上案下ですか！　金照庵にいました時には村の人達に大変世話になりました。それにしても上案下からここまでは遠いですよね」

「信松尼様もご存じのように半日はかかりますよね。しばらく泊まり込んで機織りを覚えてもらいます。しっかりした娘さん達ですよ。まだ始めて間もないですから大変そうですが、大丈夫ですよ。栄吉が是非機織りを教え込んで欲しいと言ってきた娘さん達ですから」

比佐の方は信松尼に色々と説明しながら機織り場の中を案内した。比佐の方の思いが叶えられた機織り場なのであろう。明るさと活気に満ちていた。

「このような機織り場ができて本当に良かったですね。比佐の方様の機織りに熱心なお姿を見て感心しました。村の娘達が機織りを覚えて、村の暮らしが少しでも楽になってくれると有難いですね」

「この向こうの丘には桑畑を造っているのですよ。栄吉とその仲間達が以前から準備をしてくれていました。機織り場を造りたいとわたしが相談したと同時に計画を立てたようです。氏照殿に話したところ、あの場所なら城の防備に影響はないとお許しが出ました。

春になれば早速お蚕を育てる準備をしたいと思います。お蚕の卵は栄吉が手配してくれます。滝山城でもお蚕を育てて繭を作り、糸を取りました。今度はもっと大がかりにして村の女達に養蚕、糸繰り、機織りを教えたいと考えています」

冬枯れの野山がやがて芽吹き、春の訪れと共に新緑におおわれていく。今は眠っている桑の木もたくさんの葉を繁らせる用意は整っているようであった。

「わたしたちも心源院で養蚕、糸繰り、機織りをしていますが、なかなか大変で思うようには捗りません。侍女達に苦労ばかりかけております」

信松尼の侍女達も一通りの養蚕機織りの技術は習得していた。故郷の甲斐国は甲斐絹の産地であり、たくさんの桑畑が造られ蚕が育てられていた。だが、心源院では世話になっている手前どうしても限られたことしかできなかった。

「信松尼様、大丈夫ですよ。わたしが卜山和尚様にお話してみます。心源院の一角を借りての養蚕機織りでは限られてしまいます。心源院の近くに養蚕所を建てましょう。その中に機織り場も糸繰り場も造れば良いでしょう。そして、桑畑も造りましょう」

比佐の方はこの地域に養蚕機織りを広めるには信松尼の協力が欲しいと思っていた。八王子城城主北条氏照夫人の意向であればそれは可能なことであった。

「そのようなこと、本当に良いのでしょうか?」

信松尼はできるだけ北条家の援助を受けずに暮らしを成りたせようと思っていた。氏照の姪にあたる貞姫も信松尼を母の如くに慕って成長していた。信松尼は自分だけの仏道修行なら簡素清貧な暮らしも平気であったが、姫君達や供の者達に窮乏生活を強いるのは無理があり辛かった。それ故に、信松尼は比佐の方が貧しい暮らしを送る村人を救おうとする考えに心を動かされるのであった。

「信松尼様が同意なさって下されば早速栄吉達に頼んで準備をさせますよ」

栄吉にしても比佐の方からの命令ならば金銭の心配も要らずに仲間に色々と頼むことができた。

比佐の方は、村人の暮らしが良くなることは北条家の安定に繋がるのだと考えていた。侍女と村の娘達の機織りの音が軽やかに響いている。

「トントンカラリ、トンカラリ……」

姫君達とおキミがその光景を興味深く見ていた。

「とてもうれしいお話です。是非ともお願いしたいと思います」

信松尼は新しい道が切り開かれて行く感じがした。希望が沸き上がって来た。信松尼は比佐の方に向かって深く頭を下げた。

五、

天正十三年（一五八五）春、桜も散り野山は新緑でおおわれていた。八王子城の一画に造られた桑畑の桑が青々と繁ってきた。日射しがまぶしく気温も高くなり、谷を渡って吹いてくるそよ風が心地良く感じられた。

「お蚕さんを見に来てください」との伝言を受けて信松尼一行は心源院を朝早く出て、八王子城の御主殿へ向かった。御主殿奥の機織り場の先にもう一棟の板葺きの家屋が建てられていた。

「ここが養蚕所なのですよ」

比佐の方が信松尼達を案内して中に入った。

「あれっ、雨が降ってきたのかしら」

香具姫が屋外の空模様を気にする素振りを見せた。

「香具様、違うでしょう。忘れたのかしら、お蚕さんが桑を食べている音ですよ」

貞姫に言われた香具姫はまだ怪訝な顔をしていた。

四十坪はある広さの養蚕所であった。真ん中の通路を挟んで両側に九段に組み立てられた蚕棚が続いていた。「貞姫様、よくおわかりですね」

比佐の方が蚕棚で桑を食べている蚕を手に乗せ貞姫に見せた。

「可愛い！」

貞姫が比佐の方から渡された蚕を撫でていた。

「何？　可愛いですって！　ああ、わたしは嫌だ、気持ち悪いわ！」

香具姫が一歩後ろへ下がって首をすくめた。

「香具様はなかなかお蚕さんには慣れないのですね」

信松尼は養蚕所が想像していたより広いのに驚いた。蚕棚《かいこだな》を覗くと、蚕箔《さんぱく》の中で元気に太った蚕達が桑を食べていた。心源院で信松尼達が片手間にしている養蚕とは規模が違っていた。信松尼は香具姫の小さな肩を優しく押さえて微笑んだ。

「お蚕さんは五齢に入りました。後七日もすると繭を作ります。今が一番桑を食べる時ですね。このように太って、きっと良い繭が取れると思いますよ」

比佐の方の声には張りがあり、顔色も晴れやかであった。蚕は卵から孵化して繭を作るまで三十五日ほどかかる。その間に桑を食べ続け、四回の眠りと脱皮を繰り返す。初眠の前を一齢、それから二眠、三眠、四眠と経て五齢となり、桑をたくさん食べる時期が八日から九日続き愈々繭を作る。

「まあ本当にお蚕さんが桑をよく食べますね。たくさんのお蚕さんが桑を食べる音が、まるで雨が降っているように聞こえますね」

風が室内をほどよく通っている。蚕には快適な環境が必要であった。信松尼は室内を見回し清掃が良く行き届いているのに感心していた。奥の戸が開いた。

「桑の葉が来ましたよ」

比佐の方が姫君達に声をかけた。すると、

「わーい、貞姫様、香具姫様、督姫様が来ている！」

おキミが桑の葉を一杯詰めた小さな籠を背負い、養蚕所に入って来た。続いて、お梅、栄吉とその仲間達に侍女達が、背中に桑の入った籠、手にも桑という出で立ちで入って来た。

「さあ、これから新鮮な桑をお蚕さんに差し上げましょう」

比佐の方が言うと、栄吉達は真ん中の通路に給桑台《きゅうそうだい》をずらっと並べた。そして、二人して蚕棚から蚕のいる蚕箔を下ろし、給桑台に置いて行った。蚕の食べ残した桑のカスや糞を手早く取り除き、新しい桑を蚕に与える。蚕箔の中で三百程の蚕が桑を食べている。その蚕箔の数は六百を超えていた。

「みなでお手伝いしましょう」

信松尼は傍に置いてある蚕箔に手を入れ、桑のカスや糞を取り除き始めた。供のお里、侍女に竹阿弥が直ちに各給桑台で手伝いを始めた。栄吉とお梅が手早く掃除と餌遣りをし、次の蚕箔を運んでくる。おキミが姫君達を手招きした。

「おキミ、上手にできるね！」

おキミが蚕を除けながら食べカスの桑を掃き集めていた。貞姫と督姫は新しい桑を蚕に与え始めた。香具姫はやはり蚕に抵抗感があるようで足が蚕箔の前に進まない。

「おキミ、気味悪いでしょう！　恐くないかい？」

香具姫がおキミの様子をじっと見ていた。

「平気ですよ、ほら、こんなに可愛いですよ」

お梅がつまんだ蚕をおキミの手のひらにのせた。おキミの小さな手の中で蚕がもそもそと動いていた。おキミが優しく蚕の頭を撫でた。蚕の動きが止まり、眠ってしまったかのようだ。おキミがまた手を放すともそもそと動き出した。

「どうしたの？　おキミ」

香具姫が興味深げに見ている。

「この蚕の口の先を触れてあげるの。そうすると静かになってしまうのよ」

おキミはだいぶ口が回るようになっていた。

「お蚕さんには口が二つあるのですよ。上にあるのが桑を食べる口、その下にあるのが糸を吐く口なのですよ。下の口をそっと撫でてやってください」

お梅が蚕を手に取って香具姫に示した。すると香具姫がおそるおそる手を出し、その口に触れた。もそもそ動いていた蚕が静かになった。

「眠ってしまったのかしら、可愛い！」

思わず、香具姫は声を発した。

「もうすぐお蚕さんは、その口から糸を吐いて繭を作りますよ。よく太ったお蚕さんです。立派な繭を作るでしょうね。もっとたくさん桑を食べてもらいましょう」

お梅がその蚕を蚕箔に戻した。香具姫は籠から桑を取って蚕達の上にそっと置いてやった。蚕達が食べだすとサアーサアーと時雨が降っているかのような音が心地よく香具姫の耳に聞こえてきた。

「お蚕さんが繭を作ると今度は糸繰りになりますね」

「そうです。きれいな糸がたくさん取れそうです。村の娘さんに大勢来てもらって糸を繰りたいと思っています。そして、次は夏蚕の世話です。同じようにお蚕さんに桑を与え、繭を作ってもらいます。また糸繰りと続き、秋になり秋蚕を育てます。年に三回、桑の葉が青々と繁っている間はお蚕さんを育てて繭を作らせ、糸を繰ろうと思っています」

比佐の方は領内の村人の暮らしが少しでも良く、豊かになることを望んでいた。蚕を育て糸を繰り機を織るという技術を、村の若い娘達に習得してもらいたかった。田畑の少ない山がちの村が多く、娘達も辛い仕事に従事せざるを得なかった。きれいな着物を着るなど夢のまた夢であった。若い娘達がきれいな着物を着ることのできるような暮らしが必要だと比佐の方は考えていた。

「とても忙しくなりますね。お手伝いに参りますよ」

信松尼は比佐の方の思うところが理解できた。来年の春には心源院の近くに桑畑と養蚕所が造られ、信松尼達も本格的に養蚕に取り組むことになる。それは比佐の方が信松尼の頼みを聞いてというより協力を求めてのことであった。養蚕から糸繰り、そして機織りという仕事をこの地方に定着させるには、まずたくさんの女達にこの仕事を覚えてもらう必要があった。八王子城の一画に造られた養蚕所だけでは間に合わず、是非もう一ヶ所と、そして指導者が求められていた。

「ありがとうございます。皆で力を合わせてお蚕さんを育て、良い糸、良い布を作りだしたいと思います。今年が期待通りに行くなら来年はもっと良くなるし、その先の見通しはとても明るくなります」

比佐の方は夫氏照の目指す理想の実現を可能にしたいと思っていた。関東が北条の下に平和で豊かな国になるよう氏照は戦い続けていた。『禄寿応穏《ろくじゅおうおん》』とは、財産と生命が穏やかである平和な暮らしを願った北条家の朱印である。氏照はその理想の思いが叶うようにと『如意成就《にょいじょうじゅ》』の朱印を使用していた。氏照は比佐の方に、「平和で穏やかな世にするために今は戦わねばならない。そなたはその願いが叶うようにわしを支えてほしい」と語るのであった。氏照は領民の暮らしが豊かになることを願っている。比佐の方が養蚕、機織りを領内の女達に広めようとしていることを何より喜んでいた。

山々の紅葉が里に下りて来たなと思っているうちに木枯らしが吹き始めた。心源院から山よりの所に養蚕所が建てられていた。山の側面が段々に切り開かれ、桑の木が植えられていた。春が来れば青々した桑の葉でおおわれることであろう。

比佐の方が父・大石憲重の墓参りに心源院を訪れた折、信松尼と一緒に板葺きの屋根がついたばかりの養蚕所へ足を運んだ。

「だいぶ出来上がりましたね。春が待ち遠しいですね。この養蚕所がお蚕さんでいっぱいになり忙しくなりますよ」

「比佐の方様のおかげで養蚕所の準備が順調に進んでおります。ありがとうございます。御主殿の養蚕所でお手伝いしながらご指導を受けてまいりました。習得したものを活かしてこの仕事を成功させたいと思っております」

信松尼は御主殿で比佐の方を始めとして多くの人達から養蚕、糸繰り、機織りに関してたくさんのことを学んだ。信松尼は比佐の方の信頼に応えねばならないと思った。

「信松尼様、よろしくお願いしますね。

久し振りに氏照様より書状が届きました。今は下野国に在陣しております。毎日が戦ですが、ケガもなく息災だとのことです。正月には八王子城に帰還できそうだとうれしい知らせでした」

比佐の方に笑みが浮かび思いがけず氏照の消息を話した。氏照は八王子城の築城防備に関しては城代横地監物や重臣狩野一庵に任せ、自身は北条氏に敵対する勢力を殲滅せんと最前線で指揮を執っていた。下野国平定を目指し、北条軍は攻勢を強めていた。窮状極まる下野国衆は常陸国の佐竹義重の救援を得て必死に抵抗した。厳しい戦況が続いていたが、北条の勢力は徐々に下野国に浸透して行った。

東北では家督を相続した伊達政宗が勢力拡大を目指し、蘆名《あしな》氏への攻撃を激しくしていた。佐竹氏と蘆名氏はその時同盟関係にあり、互いに援助して敵対勢力である伊達氏、北条氏に立ち向かっていた。それ故に北条氏は伊達氏との繋がりを強くすることになった。北条氏は徳川氏と同盟関係にあり、更に伊達氏が加わるならば関東制覇を確実にし、領国支配を安定させることができると考えた。氏照が久し振りに八王子城へ帰還できるのも先行きの見通しが明るく見えたからなのであろう。

寒さが厳しくなり雪の舞い落ちる日があり、今日も雪もよいのどんよりした曇り空であった。遠くの山々は雲におおわれ姿が見えなかった。信松尼は姫君達に手習いを教えるために庫裡の居室に向かおうとしていた。

「信松尼様、少しお時間を頂けますか？」

善吉が庭の植え込みの前に座り、信松尼が来るのを待っていた。

「善吉、久しく見えませんでしたね。忙しいのですか？」

「はい、急ぎの用事が多くてなかなか八王子に戻る機会がありませんでした。ご無沙汰して申し訳ありませんでした」

昨夜、善吉は鉄の用材を届けに城下の栄吉の店に帰って来た。善吉は京の都まで足を運ぶようになって、天下の動きが一段と見えるようになっていた。長居ができないと一晩泊まっただけであったが、栄吉から信松尼に是非会って行くようにと言われた。

「善吉、色々と話を聞きたい。わたしの居室へ参ろう」

「信松尼様、居室には姫君様達がお待ちですが……」

傍に控えていたお里が言った。

「お里、姫君達に今日の手習いは止めにすると言って来てください」

お里が足早に信松尼の居室に向かった。姫君達の喜ぶ声が響き、廊下をバタバタと本堂へ走って行く音が聞こえてきた。

「よろしいのですか？」

「かまいません、たまにはお休みも良いでしょう」

居室に入り、信松尼は向かい合う善吉に笑って答えた。

「信松尼様、美濃・尾張を中心に大きな地震が起きたことは御存じですか？」

善吉は威儀を正して一呼吸おいて話した。

「聞いてはおるが、詳しいことはよくわかりません」

天正十三年十一月二十九日の深夜、飛騨を震源とする大地震が起きた。飛騨白川郷にあった内ヶ島氏の帰雲《きうん》城とその城下町が山崩れのため一瞬にして崩落し、地表から消え去った。美濃の大垣城は全壊し火災となり焼失した。近江長浜城も全壊、城主山内一豊の息女が圧死した。さらに砺波《となみ》の木舟城が崩落陥没し、前田利家の弟・前田秀継夫妻が死亡した。伊勢長島城崩壊、三河岡崎城が大破した。京都では三十三間堂の仏像が倒れ、八坂神社の拝殿、鳥居が破損した。その他、中部から西日本にかけて被害が続出した。その時、秀吉は琵琶湖畔の坂本城で地震に襲われ、這う這うの体で大坂城に逃げ帰った。

「わたしも京におりましたが、凄まじい地震の揺れに驚かされました。屋根瓦は落ち、倒壊した家は無数で火事も起こり、たくさんの死人やケガ人が出ていました」

善吉はこの大惨事に遭遇し、被害にあった京都の人達の救援に当たっていた。その後は被災地を回って鍛治仲間に援助の手を差し伸べていた。色々の情報が各地に入り乱れ流れていた。善吉はその情報の中で天下の動きを大筋で理解することができた。八王子に戻って来る途中、甲斐にいた兄の幸吉に会って天下の動きのことを話した。すると、幸吉が主人の大保十兵衛様も同じようなことを言っていたと感心していた。父の栄吉にも話すと、信松尼様にその話をしてやってくれと言われた。

「して、今の天下の動きとはどのようなことになっているのでしょうか?」

信松尼はじっと善吉の眼を見つめた。善吉は頬が火照ってくるのを感じながら話した。

小牧長久手の戦いで家康に苦汁を舐めさせられた秀吉は、翌年になると家康に対する包囲網を強め政治的圧力をかけて行った。秀吉は家康に味方する陣営の切り崩しを図り、三月には徹底抗戦する紀州の根来《ねごろ》・雑賀《さいか》衆を撃滅した。六月から八月にかけては四国の長曽我部氏を降伏させた。八月には越中の佐々成政が降参して、家康と連携しようとする西日本の勢力は消えてしまった。秀吉の力は増々強くなり、その流れを押し止めることはできなかった。四月に大坂城の天守閣が完成、七月に秀吉は関白に就任した。

それに較べて家康は、秀吉によって仕組まれた茨の道を歩むことになった。八月、真田氏の上野沼田領を北条氏へ引き渡すという約束を実行するために家康は上田城を攻撃した。ところが、真田の巧妙なる作戦に巻き込まれ、徳川方は散々な敗戦を蒙ってしまった。これも秀吉が越後の上杉氏を動かし真田の救援に向かわせたためであった。秀吉は得意の調略作戦によって家康を追い詰めて行った。徳川方から刈谷の水野忠重、木曽の木曽義昌、信濃の小笠原貞慶が秀吉側に移って行った。そして、家康の右腕ともいうべき重臣の石川数正が出奔し秀吉の配下となった。石川数正は家康の密命があって秀吉側に投降したとの話もあるが、徳川家の軍事力から政治経済までが相手方に漏洩したのは確かであった。

徳川家が弱体化しているのは明らかであった。それに引きかえ秀吉は日の出の勢いであった。家康は秀吉に臣従するつもりはなかった。秀吉は家康追討を表明して、戦の準備を開始した。美濃の大垣城には戦に備えて大量の兵糧を運び込んだ。尾張、美濃、伊勢の大名には戦闘の準備を整えるよう命令を発した。

ところが十一月二十九日の深夜、天地がひっくり返るような大地震が起こったのであった。来年早々には家康討伐軍を進軍させようとしていた矢先であった。今度の戦で必要な兵糧から武器までの大量な物資を収納してあった大垣城が全壊し、焼失してしまった。前線基地となるはずの美濃・尾張・伊勢の諸大名の城の殆どが崩壊した。一般領民も大変な被害を受け、飢餓と凍死の恐怖にさらされていた。とても戦争をする状態ではなくなってしまったのである。秀吉はひとまず家康追討を中止することになった。

「そうなのですか、驚きました。天下は激しく動いているのですね。秀吉は大地震のせいで一旦は戦を中止しましたが、その後は如何にするのでしょうか？　現在の家康殿の力ではとても秀吉へ太刀打ちはできないでしょうね。北条は徳川と同盟を結んでいると安心していますが、秀吉が北条を放っておく訳はないでしょう。心配ですね」

信松尼は善吉の話一つ一つを理解しようと真剣に耳を澄ましていた。

「秀吉と家康の関係がこの先どのようになるかは予測できません。兄者の話ですが、大久保十兵衛様は、家康殿は失敗をしない男だからうまく切り抜けて行くはずだと言っていたそうです。あの大地震で被害を受けた地方の復興には時間がかかるでしょうが、秀吉は充分に金を使うはずです。秀吉は人気取りが上手ですから……」

善吉は信松尼の様子が次第に陰鬱になって行くのがわかった。

「善吉、秀吉は天下人と言っても良いのでしょうか？　信長がすんでの所で逃したことを成し遂げたということですね。父・信玄も天下人を目指し懸命に戦い続けたが、力つきてしまった。世の中は激しく変化しているようですね」

信松尼は北条氏に守られた八王子でのこの穏やかな暮らしが果たして長く続くのかと不安に襲われた。比佐の方は氏照を信頼し、皆が平和で豊かな暮らしのできる日が来ると思っている。だが、天下人の考え方次第で何事も変わってしまう。

「今の天下の流れは確かに秀吉に向かっております。先程申しましたように大地震の影響がございます。家康討伐はしばらく先に延ばされると思いますし、秀吉、家康ともに時代を読み取る力のある人物なので如何なことになるか予断を許しません」

「わかりました。とは言ってもわからないことばかりですが、しばらくは秀吉と家康殿の戦は避けられるということですね。北条がこの地方を守り、そのまた西に向かって徳川が守りを固めている。何とも安心とは言えませんが、穏やかな日々が送れることに仏様に感謝しいたしましょう」

信松尼は目を閉じ、手を合わせた。時が止まったかのような静けさであった。信松尼は身動き一つせず深い祈りの世界に入っているようであった。善吉はその美しい横顔をじっと見ていたが、心の臓の拍動が信松尼に聞こえはせぬかと目をそらすのであった。

六、

天正十四年（一五八六）の春が近づく頃には、心源院に接した養蚕所も出来上がり、桑畑の桑も芽を吹きだした。

「五月になりましたら、お蚕さんを始めましょうと比佐の方様が言っておりました」

お梅がおキミを連れ、栄吉が拵えた鍬を運んで心源院を訪れた。

「はい、こちらも準備はできておりますと比佐の方様に伝えてください。色々とわからないことも多いので、お梅やよろしくお願いしますよ」

心源院の山門を通るお梅親子の姿を見た信松尼は、庫裡の入り口でお梅が来るのを待っていた。おキミは境内に入るや、鞠つきをして遊んでいる姫君達を見つけお梅の手を振り切り夢中になって駆け出して行った。

「主人もわたしも信松尼様のお手伝いをすることになっていますので安心してください。御主殿の養蚕所は比佐の方様がしっかり段取りをつけていらっしゃいます。養蚕の仕事を覚えたいと村の女達もやって来ることになっています」

「そうですか、心源院に養蚕所が造られたことは恩方の村々で評判になっているようで、こちらでも仕事を覚えたい、手伝いに来たいという相談が来ていますよ。

あれ、おキミが上手に鞠つきをしている。器用ですね」

おキミが姫君達に囲まれ膝をつき手鞠をついていた。

「ところで、八兵衛さんはどこにいますかね？　この鍬を渡したいのですが……」

「その鍬ですね、八兵衛が頼んでいたのは。八兵衛や竹阿弥は村人と一緒に案下川近くの丘の開墾を進めています。もう少しで何とか農地として使えそうなところまで来ました。手伝ってくれる村人が増えて鍬が必要なのですね」

心源院での信松尼達の暮らしも四年目に入り、村人達とも打ち解け互いに助け助けられたりの親密な付き合いができるようになっていた。新しい開墾地は村人と一緒に使える共同の畑となるはずであった。

丁度心源院の裏木戸が開き、農作業姿の八兵衛と竹阿弥が境内に入って来た。

「八兵衛さん！」

思わずお梅が大声を上げて八兵衛を呼んだ。

あまりの大声に姫君達が遊びの手を止めこちらを見ていた。

本堂の扉が開き、卜山和尚と弟子の僧侶達が何事が起きたのかと顔を出した。

山門横の楠の大木から椋鳥が一斉に飛び立って行った。

「お梅、よくそのような大きな声が出ますね！」

信松尼が驚きあっけに取られていた。

「お梅、その声、山にこだまして城下の栄吉の所まで届いてしまうからな！」

呼ばれた八兵衛は照れくさそうに黙っていたが、竹阿弥が口をとがらせ言った。

「そんなことあるわけないでしょう、竹阿弥さん」

「あるって、お梅のばかでかい声が今頃栄吉に届いているぞ、『八兵衛さん！』ってな。そりゃあ、栄吉びっくりするわな！」

竹阿弥がお梅を面白半分にからかっていた。

「やめておけ、竹阿弥。お梅が新しい鍬を届けてくれた。感謝しなければいけないのに、からかってはまずいだろう」

八兵衛がお梅から受け取った鍬をじっと見ていた。

「さすが栄吉の腕は確かだ。いい鍬だ。もらった者は喜ぶであろう。無理な力を入れることなく土を耕すことができる」

八兵衛は刀を腰にさすより鋤鍬を手に持ち土を耕している方が多くなった。村人の中に溶け込むことは信松尼の勤行生活の信条であった。八兵衛や栄吉はその良き理解者であり実践者であった。

「栄吉には何から何まで助けてもらっています。本当に感謝していますよ」

信松尼はお梅の方を向いて手を合わせた。
「ありがとうございます」
お梅も信松尼に向かって手を合わせた。

野山が緑に輝き、花々が色鮮やかに咲き乱れていた。吹く風は汗ばむ肌を爽やかに通り抜けて行く。八王子城の御主殿と心源院に蚕種が届けられ、愈々養蚕の仕事が始まった。すぐに孵化した蚕に桑の葉を与え続ける。最初は日に四回、食べ頃には日に八回から十回も新鮮な桑を与えねばならない。蚕は一月近く桑を食べ続け、四回脱皮をして成長して行く。五齢になると蚕は繭を作る準備をする。熟蚕という状態になるとエサも食べなくなり、体も小さくなって黄色く透き通ったようになる。そして、頭を動かしながら糸を吐き出し始める。蚕は成虫になる前の蛹の期間を安全に過ごすために自分の体を包むようにして糸を吐いて繭を作って行く。その繭から蚕が吐き出した繭糸を引き出し、生糸を作る。

心源院では春秋二回、御主殿では春夏秋の三回蚕を育て糸を取った。忙しい日々が続いたが、信松尼は仏道修行も怠ることなく精進に励んだ。信松尼の色白で丸みを帯びた優しい顔が日焼けして、頬がいくらか細り健康的な美しさに変化していた。

比佐の方も同じように忙しい日々を過ごしていた。夫・氏照はやはり一進一退の戦況は相変わらずで、なかなか八王子城には戻ってくることができなかった。戦場は遠く離れた下野国にあり、八王子の城下は平和で各地から集まった人々で活気づいていた。御主殿の機織り場で織った布も六斎市で評判が立ち、村の女達の仕事が増えていた。村人の暮らしが良くなってきていると誰もが思った。

紅葉が散り木枯らしが吹き小雪が降るようになった。風が雨戸をカタコトと鳴らしている。寒さが一段と厳しくなり、信松尼は手を火鉢にかざし、今年・天正十四年を振り返っていた。卜山和尚の教えに従い仏道修行に熱心に取り組んだ。今年から始めた養蚕、糸繰り、機織りの仕事は大変であったが、初年度にしては上手にできた。信松尼は充実した年であったと思った。冬の季節に入り、ようやくゆったりとした時間を取ることができた。

信松尼は善吉に、旅から八王子に戻った時は心源院に寄って旅先で見聞きしたことを話してくれるようにと頼んでいた。善吉は今年も旅に出ることが多く、その都度信松尼のもとを訪れた。以前は話に来るだけであったが、最近は旅先で手に入れた珍しい物を土産に持って帰って来た。何と言っても善吉は信松尼の喜ぶ顔を見たかったのである。

浜松城にいる姉の見性院からも何度か書状が届いていた。信松尼の無事を案じての書状であったが、浜松城の内情や愚痴が無頓着に書き連ねてあった。

信松尼の身代わりとして家康のもとに行ったおつまの方は、家康の五男になる万千代を産んだ。その万千代も今年四歳になり元気に育っていた。おつまの方に対する家康の寵愛は深く、他の側室達の嫉妬もそれにつれて強くなっていた。おつまの方の居室は浜松城の西の丸にあった。その西の丸には甲斐武田に関係した家康の側室・お須和の方、お竹の方、お牟須の方の三人も居室を持っていた。そして、見性院はその側室達の取りまとめや相談役として同じ西の丸に住んでいた。

家康の正室であった築山殿は武田との内通を疑われ、織田信長の命令により処刑された。その時、長男信康も自害を命ぜられた。それ以来家康は正室を置いていなかった。次男秀康は小牧長久手の戦い後、秀吉のもとに養子として送り出されていた。三男秀忠、四男忠吉の母は西郷の局であり、五男万千代の母がおつまの方であった。

秀吉は天正大地震が起こらなければ、家康討伐の大軍を送り込み今度こそ家康を屈服させようと計画していた。ところが、大地震で中部地方は戦争どころの話ではなくなった。家康に運が味方した。秀吉は戦を諦め、平和の内に家康を臣従させることに方針を変えた。この時期、島津氏が九州平定を目指し北上を続け、豊後の大友氏が秀吉に救援を求めて来ていた。秀吉は九州停戦令を出し戦を停止するよう命じたが、島津氏は「成り上がり者の言うことなど聞けるか」と秀吉を関白として認めない旨を表明し、侵略戦を続行した。こうして秀吉は攻撃の第一目標を九州の島津に変えたのであった。

秀吉は家康懐柔策を進めた。秀吉は妹の朝日姫を家康の正室として無理矢理徳川家に嫁がせた。朝日姫は佐治日向守と仲の良い夫婦であったが、強制的に離婚させられた。佐治日向守は自害したと言われている。元は普通の尾張の百姓の夫婦であった。この時、家康は四十五歳、朝日姫は四十四歳であった。

家康は浜松城に新御殿を造って朝日姫を迎え入れたが、秀吉の待っている大坂城には行こうとはしなかった。秀吉は家康にとって義兄であり、宮廷の官位では関白で大納言の家康より上位にあった。秀吉は家康に何とか臣下の礼を取らせたかった。秀吉は母の大政所《おおまんどころ》を朝日姫の見舞いと称して岡崎城へ送り込んだ。秀吉が母と妹を人質として家康に差し出したことになる。秀吉がここまでして家康の上洛を望んでいるのに拒否し続けることは難しかった。十月、ついに家康は上洛し、大坂城にて秀吉に対面して臣従を誓ったのである。

岡崎城城代の本多重次は、家康にもしものことがあればと大政所の屋敷の周囲に柴の薪を積み上げた。大政所と朝日姫を館ごと燃やしてしまうつもりであったという。家康が秀吉の傘下に入り臣従を誓ったことが天下に広く行き渡り秀吉は大いに喜んだ。秀吉は九月に豊臣の姓を賜り、十二月に太政大臣に就任した。

一方、北条氏は家康が秀吉に臣下の礼を取ったことに驚愕した。同盟して秀吉に対抗するとの約束を裏切られたと憤慨した。北条氏政、氏照は秀吉の力を認めようとはせず、成り上がり者などには負けられぬと受けて立つ姿勢を見せていた。北条氏五代の当主・氏直は家康の娘・督姫を正室に迎えており、家康の仲立ちによって北条氏の存続を図るべきだとの考えを持っていた。

この年、越後の上杉景勝が秀吉に臣従して、北条氏は関東領国を秀吉臣下の武将に囲まれることとなった。遠く陸奥の伊達政宗との同盟など何の足しにもならない。やはり北条氏にとって家康が秀吉に繋がる一筋の希望の光であった。

家康は本丸御殿の完成した駿府に居城を移した。家康の側室達も見性院もこぞっての移動となった。豪華な御殿には家康の正室朝日姫が居住し、駿河御前と呼ばれた。見性院は武田穴山の領地近くに住むことができたと喜んでいたが、武田穴山の当主である息子勝千代が病弱であることが非常に気掛かりなのです、と書状に書いてあった。

見性院の書状と善吉の報告を合わせると、信松尼はおおまかに世の動きはこのようなものかと得心した。天下の動きもさることながら自分の運命の変転に深く思いを走らせた。多くの人に助けられここまで来られたのであった。二度も信松尼の身代わりとなってくれたおつまのことは決して忘れられないし、忘れてはならなかった。おつまは家康の側室として幸せに暮らしていると見性院は書いていた。きっとおつまは幸せなのだと信松尼は思った。それは信松尼の身代わりとして家康のもとに向かったおつまの使命でもあった。おつまは幸せでなければならなかった。秀吉の妹が家康の正室となって入って来ようが、家康がたくさんの側室に囲まれていようが、おつまは幸せであった。信松尼が安心して仏道修行に励むことができるようにと、おつまは願っているのであった。そのおつまの健気な心が信松尼に伝わって来る。おつま有難うと信松尼は手を合わせた。

こうして信松尼の一年は瞬く間に過ぎて行く。仏道修行を怠ることなく、養蚕も年三回となり、糸繰り機織りもそれにつれて忙しくなった。村の娘達も信松尼や比佐の方のもとで養蚕糸繰り機織りを習得して、自宅で仕事ができるようになった。畑仕事や山仕事の少ない現金収入だけに頼らなくてもよくなり、村の人達の暮らしも楽になって来た。その話を聞いた遠方の村々からも娘に養蚕糸繰り機織りの技術を仕込んで欲しいと、山を越え川を渡り娘達が信松尼や比佐の方の所へやって来るのであった。心源院や御主殿の養蚕所、機織り場、そして桑畑にはいつも若い娘の明るい声が響いていた。

機織り技術の研鑽も熱心に行われ、甲斐絹の流れを取り入れた新しい織物も作られるようになった。八王子城城下の六斎市は一段と賑わいを見せ活気づいていた。おだわら道、鎌倉道、川越道を往来してたくさんの人達が城下の町に訪れて来た。

蒸し暑い日が続いて心配であったが、夏蚕《なつご》の生育は思ったより順調であった。新鮮な桑が蚕に与えられ、みるみる内に育って五齢を迎えていた。心源院に接して建てられている養蚕所は山から吹く風の通り道に当たり、冬は寒いが夏は涼やかな風が吹き抜けて行く。

「ここは本当に風通しが良く涼しいですね」

お梅がおキミを連れて、桑を摘み蚕に与える手伝いに来ていた。

「こんなに太って可愛いね！」

キミが蚕を手に取って信松尼に見せた。

「そうですね。その蚕ももうすぐ桑を食べなくなって繭を作り始めますよ」

向かい側の棚の蚕は、蔟《まぶし》と呼ばれる蚕が繭を作る場所へ入って糸を吐き出していた。梅雨が明けたのか空は青く日射しも強くなっていた。養蚕所の中では蚕の桑を食べる音がいくらか静かになり始めていた。

「おキミの体の具合はどうですか？」

見習いの娘から受け取った桑を蚕に与えながら、信松尼はお梅に訊いた。

「こんなに元気になっていますからもう大丈夫だと思いますよ。はしかも軽かったので助かりました。信松尼様から頂いた薬が良かったのだと思いますよ」

信松尼は卜山和尚から漢方医学の教えも受けていた。姫君達も健やかに育っているが、督姫が病弱の傾向があり、信松尼には気がかりであった。

「そうですか、良かったですね。おキミ、姫君達は今お裁縫の稽古をしています。もう少しで終わるでしょう。そうしましたら遊びに行っていいですよ」

信松尼の墨染の法衣が風に揺れる。頭巾はこの養蚕所で取れた繭から紡がれた絹糸で織られていた。お梅は汗を拭き拭き桑を運んでいた。風が一瞬強く吹き信松尼の頭巾を押し上げたが、額に汗は浮かんではいなかった。

「信松尼様、見性院様から書状が届いております」

心源院から急いで来たのか、お里が息を弾ませながら書状を差し出した。

「お里、姫君達の裁縫の稽古は終わりましたか？」

信松尼は書状を法衣のたもとに入れながら言った。

「いえ、まだ途中でしたが、信松尼様に早く書状をお渡ししようと思いまして、稽古は続けておくようにとは言ってあります」

「わかりました。お里は残って皆と一緒に蚕の世話をしていてください。おキミ、一緒に心源院に戻りましょう」

信松尼が寺の裏口から中に入ると、庭で遊んでいた姫君達が信松尼の姿に気づき庫裡の中に慌てて入って行くのが見えた。

「お稽古は終わったのですか？」

信松尼の厳しい声が姫君達の頭の上に響いた。

「いえ！」

小さな声が聞こえた。

「きちんと最後まで仕上げなさい。遊ぶのはそれからですよ」

「はい！」

姫君達は信松尼が現れると思っていなかった。緊張した顔つきで針を動かしている。おキミは姫君達の縫い物をする手の動きをじっと見ていた。一時、山鳥の甲高い鳴き声が聞こえたが、静けさが寺の境内を覆っていた。日射しが強く地面が熱せられ、山門の辺りがぼんやりと揺れ動いていた。

信松尼は法衣のたもとから書状を取り出した。

「えっ、勝千代殿が！」

声には出さなかったが、信松尼の動顛した様子は姫君達に察知された。不思議そうにした顔が並んで信松尼を見ていた。

六月の初めに見性院の一人息子の勝千代が天然痘に罹って亡くなったと書いてあった。幼い時は病弱なのでと心配していた見性院が、「勝千代は今年十五歳になり元服の式を挙げます。ずいぶんとたくましくなってきました」とうれしそうに春先書状を送って来ていた。突然のことであったようだ。生きて行く張り合いがなくなりましたとも書いてあった。見性院のずいぶんと落胆した様子がうかがえた。

夫・穴山信君は本能寺の変後の混乱に巻き込まれ惨死を遂げた。武田の旧臣からは裏切者の穴山とそしられ、肩身の狭い思いをしてきた。それでも徳川家康の庇護のもと、見性院は武田穴山を残し守って来た。今年勝千代は元服を迎え、武田穴山として武田家の再興を果たすことができ、後継者として認められるはずであった。

それが一転して、跡取りがいないために再興どころかお家断絶の危機に陥ってしまった。如何なることになるのであろうか？　武田家の血を引く男子では仁科信盛の嫡男勝五郎がいるが、心源院で得度し僧籍に入った。そして今は京に上って修行勉学に励んでいる。御聖道様・竜宝の嫡男信道も出家し、甲斐の山奥の寺に身を隠している。大久保十兵衛が責任をもって身の安全を確保している。武田が滅びてまだ五年である。甲斐の国が徳川の領地となり統治が円滑に進んでいるとはいえ、一揆、反乱の恐れはつきまとっていた。

『この後の穴山武田家のことは家康殿の考え方次第なのでしょうね』

そう思うと、信松尼は見性院の悲嘆した顔が目に浮かんだ。何と慰めと悔やみの書状を書いたらよいのだろうか、思い悩んでふと信松尼は顔を上げた。それを待っていたかのように、

「信松尼様、お裁縫終わりました。遊びに行っていいですか？」

姫君が一斉に叫んだ。

「丁寧にできましたか？」

信松尼は一人ひとりの出来具合を見ていた。

「まあ良いでしょう。お裁縫のお稽古はこれで終わりにしましょう。皆さん、きちんと片付けをしてくださいね。ごくろうさまでした」

姫君達はそそくさと片付け終わり、「ありがとうございました」と大きな声を上げた。

そして、敷石に揃えてあった草履を履き、一斉に庭に飛び出して行った。その背をおキミは一生懸命に追いかけていた。


この年の五月、島津義久が降伏して秀吉の九州征伐が成し遂げられた。西日本を制圧した秀吉にとって残る攻撃目標は、関東の北条氏と奥州の伊達氏となった。秀吉の九州平定の報せを受けた北条氏は、今までは和戦両様の構えで秀吉に対していたが、一挙に臨戦態勢を強くし、武蔵・相模の村々の十五歳から七十歳までの男子を徴発する総動員令を発した。

秀吉は北条氏に臣従を誓わせようと氏政・氏直親子の上洛を要求していたが、北条側は動こうとしなかった。間に入り苦慮するのが徳川家康であった。秀吉からすでに関東・奥惣無事令《そうぶじれい》が発せられていた。惣無事令とは領土紛争などの大名間の私闘を禁じたもので、これに違反する大名は厳罰に処すという法令であった。家康は秀吉から第一の家臣として東日本の支配実現に向けての統括を任されていた。秀吉は関東における惣無事令の実現徹底の責任を家康に負わせていたのであった。

家康は北条家に何度も上洛して秀吉に臣従するようにと要請した。北条家当主氏直夫人は家康の二女督姫であったが、家康は北条家との同盟を維持して共倒れするより、巨大化した力を持つ天下人秀吉に与する方を選んだのであった。

八王子城内にも軍役で徴発された農夫の姿が目立つようになった。もとから築城工事には労働力として駆り出されていたのが、今は竹槍を持たされての軍事訓練までするようになった。農夫達は誰を相手に戦うのかも良くわかっていなかった。

心源院の周辺は八王子城の搦手《からめて》にあたり、寺の西側に曲輪が造られ歩哨に立つ兵士の姿が見られるようになった。その兵士達はよく見かける近在の村人であった。心源院にしては今のところは変化はないにしても万一の時には要塞として使用されるのは確実であった。

日の短さを感じるようになった秋の夕暮れ時、善吉が久し振りに現れた。京の都を中心に鉄商いをしてきたと言っていた。京の土産だという香を善吉は顔を赤くして信松尼に渡した。信松尼は「本当に京の都の香りがするのでしょうね」と喜んで手に取った。

九月、秀吉は京の都に聚楽第《じゅらくだい》と呼ぶ豪華絢爛な城館を竣工させ大坂より移って来た。十月には北野天満宮にて貴賤貧富に関係なくたくさんの人を集め大茶会を開催した。九州平定を祝い、天下人秀吉の実力と権威を京の朝廷と民衆に誇示したのであった。

秀吉は絶頂の時を迎えているようだと善吉は言った。残る敵対者は北条と伊達ぐらいのもので、焦ることなく屈服させる機会を待っており、今すぐ兵を動かす様子はないようだ。兄の幸吉から聞いた話では、家康は領国の統制管理を徹底し始めているとのことであった。領民からの年貢と夫役を確保するために領国内の総検地を近々実施の予定だという。幸吉の主人の大久保十兵衛が奉行の一人として計画を立てている。これも秀吉の北条征伐の号令が発せられた時すぐに対応できるようにとの家康の考えからであった。北条征伐軍は二十万を超える大軍勢となるであろうし、その先鋒は徳川が務めざるを得ない。家康は北条が上洛して秀吉に臣従してくれるのが何よりだと思っているが、先は暗いと判断しているのは確かであった。善吉は落ち着いた口調で話し、信松尼は難しい顔をしてうなずいた。

善吉は翌日の朝早く旅に出て行った。その昼時、見性院から書状が届いた。未だ見性院は我が子を亡くした悲しみの中にいるのだろうか？　武田穴山家は断絶となってしまったのだろうか？　信松尼は急ぎ書状を開いた。

信松尼はさっと書状に目を通した時、見性院の安堵のため息が聞こえたかのように思えた。それに答えるように「姉上様、良かったですね」と信松尼はつぶやいた。

武田穴山家は家康五男の万千代を世嗣として継続させることになった。万千代が元服の折には正式に武田家を復活させ、その後継者とする。万千代は家康とおつまの方との間に産まれた男子で、現在五歳になっている。

家康は武田家に対しては特別の思いがあった。宿敵武田信玄に家康は苦杯をなめ、手ひどい目に合わされていたが、その戦略戦術には学ぶべき面が多くあった。信玄が病死せずに元気でいたら徳川は生き残れただろうかと家康は思った。織田が武田憎しで武田を徹底的に殲滅させようとしたのと違って、家康は武田の遺臣を懐柔し、徳川の戦力に加えようとしてきた。徳川領となった甲斐の国を掌握し安定的な支配を実行するには、武田の名称と血流が必要であった。松姫を探し求めたのもそのためであった。おつまは松姫の妹ということで家康のもとに来た。家康がそれをどこまで信じていたかわからないが、おつまは武田信玄の六女ということになっていた。家康とおつまの方の間に産まれた男子が武田家を継承するのは当然のことであった。そして、その後見人を見性院としたのであった。

信松尼は、これで見性院は心を落ち着かせ嫡子勝千代の菩提を弔うことができるであろうと思った。心源院の境内を北風が砂塵を吹き上げ通り抜けて行く。すっかり葉を落とした裸木が細い枝を震わせていた。卜山和尚が弟子の僧侶二人を引き連れ、渡り廊下を進んで来た。本堂の戸口の前で止まり、庫裡の縁側に立っている信松尼をちらっと見た。信松尼は手を合わせ、目を閉じ頭を下げた。

「寒いですぞ、これからもっと寒くなりますぞ。でもすぐに正月ですな。

信松尼、風などひかぬようにな！」

卜山和尚が笑い声を立て本堂へ入って行った。

信松尼は手を合わせ瞑目したまま本堂の戸の閉まる音を聞いていた。武田家後継者万千代の生母はおつまである。松姫の身代わりであったおつまが武田の女として最高の地位に上りつめるのであった。小枝がビシッと折れる音が聞こえ、風が一段と強さを増した。信松尼の合わせた手が凍りつくようであった。目を閉じたまま心を静かに落ち着かせようとする。枯葉が風に舞い、つむじ風に巻かれ、なすがままに空を飛び遠くへ消えて行く。

「この絵の方が信忠殿ですよ」

松姫お付きの侍女が一枚の絵を差し出した。織田家から婚約祝いの品々が数多く届けられ、その中に織田信忠を描いた絵が入っていた。

「お松様はこの信忠殿に嫁ぐのですよ」

松姫七歳の時であり、武田家は栄耀栄華の最中にあった。昔のことであった。

信松尼はあの絵を良く覚えている。武田の人質になっていた信忠の弟・御坊丸の顔が浮かんだ。その絵と御坊丸はよく似ていた。

「信松尼様、凍えてしまいますよ。中にお入りください」

お里の声が聞こえ、信松尼は瞑っていた眼を開けた。光が反射してまぶしかったが、眼をじっと凝らすと青い空が更に透き通り、どこまでも高く際限なく続いていた。

七、

正月になると一転して春の訪れを感じさせるような日が続いていた。何か今年は良いことがありそうなと思えるのは城主・北条氏照が在城しているせいであった。この数年は戦乱に明け暮れる上野、下野の軍事拠点の城塞で指揮を取り、正月に八王子城に戻ることなどできなかった。ただ今年は、年末から年初にかけて九州の一揆騒動に秀吉の目が向いていた。また北条が豊臣に臣従する様子を見せ始めたこともあった。そのため豊臣側の対北条戦線は全体的に緩くなっていた。

「氏照殿から拙僧にお呼びがかかっておる。信松尼、そなたも八王子城へ一緒についてきてはどうじゃ？　氏照殿が城にいるのは珍しいのでな」

明後日には氏照は小田原へ向かって出発しなければならない。氏照と共に戦場を駆け巡っている兵士達も久し振りの帰郷を楽しんでいるようであった。城下の町も、家臣たちの住居のある根小屋地区も、明るい声が満ちていた。

「和尚、急にお呼びたてして申し訳ありません。久し振りに我が城でゆっくり寛ぐことができました。兵士達も休養を取り、家族と良い正月を過ごすことができたと思います」

氏照にとって卜山和尚は仏道のみならず学問や人生についての師であった。御主殿の仏間において先祖供養と法話を終えた後、比佐の方の居室に席を移し、ゆったりとした時を過ごしていた。

「氏照殿、難しい時節が到来しています。八王子城にいる時は心を楽にし、体に休息を与え、時の過ぎゆくまま任せるのが良いです。八王子は貴殿にとって一番大切な場所です。城内も城下も活気に溢れ、皆ここに住み暮らしていることを感謝しています。この穏やかな暮らしが続くことを皆が望んでいます。氏照殿、思いのままにならぬのがこの世の定めでござる。無理はなさらぬことです」

御主殿の庭に植えられた早咲きの梅の蕾がふくらんできた。雪の降るような寒さの日が遠くなっていた。池の水ももう氷ることはないのかもしれない。信松尼は氏照の顔に笑みが浮かぶのを見た。

「さようですな。和尚の言う通りだと思います」

言葉とは裏腹に氏照は行き着く所まで行かねばならぬと覚悟はできていた。氏照の諸動作はもの静かで穏やかであった。比佐の方の傍に座り、氏照は落ち着き払って悠然としていた。時折、比佐の方に愛情のこもった眼差しを投げかけていた。

「信松尼様と比佐は村の娘達に養蚕、糸繰り、機織りを一生懸命に教えているようですな。とても良いことだと思いますよ。信松尼様が来られてから比佐はずいぶんと明るくなり、顔の色つやも良く元気になった。安心しましたよ。

見事な絹織物ができるようになり、村の者も喜んでいる。村々にその技術が広まり、暮らしが豊かになったと聞くし、城下の町も商いが盛んになり、たくさんの人が八王子に集まってきている。小田原の町のようにしたいものですな。信松尼様、よろしくお頼みしますよ」

「いえ、養蚕場や機織り場ができたのは何と言っても氏照様のおかげでございますし、比佐の方様にどれだけご指導頂き励まされたかわかりません。わたしの方こそ感謝し、お礼を申し上げねばなりません」

信松尼は氏照の優しさに触れた感じがした。氏照は猛将として敵に恐れられていた。戦場に出れば鬼神の如くに振舞い、容赦なく敵を攻撃するのであろう。今はそのような姿は想像もできなかった。仏道に厚く帰依し、雅な歌等の伝統文化の世界にも通じ、学問を探究する心も強い。氏照は穏やかな口調で話し、信松尼にはとても話がわかり易かった。卜山和尚は終始泰然として話を受けていた。比佐の方はうれしそうに話の輪の中に加わっていた。

信松尼は実の兄・仁科信盛のことを思い出していた。優しい兄であった。信松尼が躑躅ヶ崎の館を離れたいと言った時、信盛は喜んで高遠の城に迎え入れてくれた。高遠は甲斐武田防衛の要であった。織田信忠率いる大軍が高遠に押し寄せて来た。武田勝頼の救援もなく孤立した戦いとなった。

「敵は近くまで来ている。武田を守るために一歩も後へ引くわけには行かないのだ。お松、さあ行きなさい。息災を祈っている」

城門の櫓から信盛夫婦がいつまでも手を振って松姫一行を見送ってくれていたことが思い出された。兄信盛と氏照を重ねるつもりはないが、重なってしまう。九州を平定し今や天下人となった豊臣秀吉の力は巨大になっていた。徳川家康でさえも秀吉に臣従を誓い、ひれ伏していた。この正月、北条と豊臣の戦は遠のいたとの噂が流れているが、果たしてどうなのだろうか？ 今はこうして氏照は八王子城で久し振りに休息し、団欒を楽しんでいる。

高遠の城では、信盛の家族達との心の触れ合う安らぎも一時のものであった。高遠の落城が緒となり武田は瞬く間に滅亡してしまった。

「あっ、あれは！」

信松尼が一瞬耳をすました。

「鶯の早鳴きですね。まだあのようにぎこちない声ですよ」

比佐の方も同じように耳をすました。八王子城の本丸を防備する曲輪の辺りから聞こえてきたようであった。

「確かに！」

氏照が思いがけずに大きな声を発した。くすりと信松尼が笑い、法衣の袖で口を隠した。あきれた顔をして氏照を見ていた比佐の方からも笑いがこぼれた。

その時であった。口元の緩んでいた氏照の顔が見る間に変わり、緊張した鋭い目付きになった。御主殿の廊下を氏照のもとに走り寄る音が響いた。

「殿！」

襖が開き、重臣の狩野一庵が跪いていた。

「何事じゃ、一庵」

今までの和やかな雰囲気は吹き飛んでしまった。氏照は厳しい口調で言った。先程までの氏照とは別人の如くの、近寄り難い恐い顔付きに、信松尼は胸を締めつけられた。

「小田原から早馬が到着しました。使者に直接お会いしてください」

「わかった、すぐ行く！」

氏照は立ち上がり、卜山和尚と信松尼に黙礼するなり狩野一庵を従え、使者が待っている会所へと急いだ。

「何事かが起きたのかもしれない。比佐の方も心配でござろう。信松尼、我らは辞去いたすことにしましょう」

比佐の方の見送りを受け御主殿を出た卜山和尚と信松尼は、大手門辺りに今まで影を潜めていた兵士達多数が険しい顔をして立ち並んでいるのを見た。

結局、その日の内に氏照は小田原へ出発することになった。小田原では徳川家康から届いた書状について緊急の評定を開くことが決定されていた。

家康の書状によると、四月十四日から五日間にわたって後陽成天皇の聚楽第行幸が執り行われることになり、豊臣秀吉がその儀式に全国の諸大名を招待することを決めたとあった。天皇が臣下の屋敷へ行幸するのは百五十一年振りのことであった。十五日には後陽成天皇と豊臣秀吉に諸大名が忠誠と服従を約束する誓紙を提出する式典が行われる。北条家では是非とも秀吉の招待に応えて、氏政及び氏直を上洛させ、臣従を約束する誓紙を提出してほしいと家康は記していた。

九州を平定した秀吉は天下統一達成に今一歩と近づいた。残るは関東と奥州であった。北条氏に対しては何度も上洛して臣従の礼を取るようにと要請してきた。関東の雄で在り続けようとする北条氏はそれを拒否し、秀吉との戦いを辞さぬ構えを崩そうとはしなかった。家康は両者の間に入り苦しい立場にあった。天下統一直前の秀吉の力が強大であることを家康は良く理解していた。場合によっては、秀吉は徳川、北条共々攻め滅ぼそうとするかもしれない。

四月十四日、予定通り後陽成天皇の聚楽第行幸が行われた。だが、秀吉に忠誠を誓うために参列した全国の諸大名の中に北条氏の姿はなかった。秀吉は激怒し、直ちに北条征伐軍を出陣させようとした。家康は何とか秀吉の怒りを抑えようとした。家康は北条家に対し直ちに氏政・氏直父子が上洛して誓書を差し出すこと、秀吉に出仕しないならば氏直の妻である娘の督姫を離別するようにとの起請文を送りつけた。北条側はようやく氏照の弟・氏規を上洛させることを決めた。家康は氏規の出仕をもってなんとか秀吉の怒りを静め、北条征伐出陣を見合わさせることができた。

信松尼は北条氏が次第に苦境に陥って行くのを善吉の話から感じることができた。暑い夏の盛りであった。養蚕所の蚕が暑さで弱ってしまわないようにと絶えず注意を払っていた。風の流れを良くし、養蚕所の周囲や屋根にも水を撒いて気温の上昇を防いでいた。そのような時に善吉が訪れ、世の中の動きについて信松尼に話をしてくれたのであった。

「秀吉の母親の大政所が病に倒れまして、娘の朝日姫が看病のために駿府城を去り、聚楽第に入ってそのままだと聞いています」

「そのままというのは？」

暮れ方になり日中の暑さも後退し、山から涼しい風が吹いて来た。ひぐらしの鳴く声がもの寂しく耳に届いた。信松尼は興味深げに善吉の次の話を待っていた。

「朝日姫は大政所看病を名目に駿府へ戻らないということです。家康もそれを認めており、人質を秀吉のもとに帰したわけです。家康は次男の結城秀康を秀吉の養子として差し出しています。それに今、三男の長松丸（後の秀忠）は朝日姫の養子となっています。養母を慕って聚楽第へ行きたいと言っているとか聞いております」

「天下人としての秀吉の力を家康殿ははっきり認めているのですね。家康殿は秀吉の臣下であり、豊臣家の全国の諸大名の内の一人ということになりますね」

信松尼は家康の認める秀吉の力を想像することができた。

「それについこの間の話ですが、浅井家の長女・お茶々が秀吉の側室になられたと聞いています。秀吉は五十二歳、お茶々は十八歳ですし、お茶々はお市の方に似ているとかで京雀がやかましく騒ぎ立てています」

「そうですか」

信松尼はそっけなかった。善吉は信松尼が興味を示さないのが意外であったようだ。京の町では小田原攻めの話より、艶福家の秀吉が若いお茶々を側室に迎えたことの方が耳目を集め噂の種となっていた。秀吉は以前、お茶々の母親のお市の方を恋慕していた、その望みを娘で叶えたのだと。

八月、北条氏規が上洛し、秀吉に臣従の誓紙を提出した。秀吉は「関東・奥惣無事令」を遵守すること、氏政と氏直が上洛し、正式に臣下の礼を取ることを命じた。氏規は懸案の上野国沼田領の問題に関して裁定を受けたいと申し出で、秀吉はそれを認めた。こうして氏規は近い内に必ず氏政・氏直を上洛させることを約して小田原へ戻って行った。

北条征伐の話は収まっているかのように、年末から正月にかけて平穏な日が続いた。氏政・氏直の上洛に関しては一向に話が進んでいなかった。お茶々の懐妊が明らかになり、秀吉は歓喜して産所として淀城を築かせていた。

二月末に秀吉は沼田領問題の裁定を下した。上野国沼田領は現在、真田の支配下に入っているがもとは北条の領地であった。その時々の混乱に乗じて真田は沼田領に進出してきた。本能寺の変後の徳川と北条が争った「天正壬午の乱」で両者和睦の際に上野国は北条が領有するものであると約束が取り交わされた。真田は徳川から信濃国に新たな領地を提供されることになった。ところが、真田は沼田領から撤退することなく頑強に抵抗して領地を固守した。徳川は真田の本拠地上田を攻めたが敗退した。真田と北条の戦いはそれ以来続いており、下野戦線で苦戦を強いられている状況と合わせて北条の関東制覇は一歩手前で足踏みをしていた。それに加えて豊臣政権から「関東・奥惣無事令」の厳守の命令が下されていた。

裁定は、沼田城を含む沼田領の三分の二を北条のものとし、残る三分の一の名胡桃《なぐるみ》の地を真田のものとするとあった。また真田の失った沼田領三分の二は徳川家が代替地を用意することになった。北条としては上野国すべてを領有したわけではないので不満は残るが、秀吉の裁定に従うこととした。だが、その後も氏政、氏直の上洛は実現されなかった。

「淀殿が男の子を出産されたのは、五月のことでした。待望の我が子の誕生に秀吉は大喜びでした。京、大坂は誕生を祝ってお祭りのようでした。淀城には天皇を始めとして公家、全国の諸大名、家臣、町人から届けられた数多の祝賀の品々が各部屋に山積みされていたと聞いています」

秋の日が山の端に消え、機織りも一段落着いた夕餉の前のひと時、善吉が心源院を訪れていた。信松尼は二十九歳、善吉は二十三歳になっていた。

「御子の名を『棄て』というそうですね」

「捨て子は良く育ち長寿だという昔からの言い伝えがあると聞きましたが……。よくはわかりません。九月十三日に秀吉は淀殿母子を大坂城に迎え入れました。豪華絢爛とした大行列が繰り広げられ、我が後継者ができたことを天下に知らしめました」

「そうですか。天下人の後継者が誕生なされたのですから上方ではお祝いでさぞ賑やかなことでしょうね。北条は秀吉に臣下の礼を取ることが決まりましたし、沼田領のことも落ち着きますので豊臣と北条の戦の心配はないのでしょう。秀吉の天下となり世の中が平和になるならば良いことではありませんか！」

信松尼は比佐の方の明るい笑顔を思い浮かべた。

「確かにそうですね。七月には沼田城が北条側に引き渡され、城代に氏邦殿の家臣・猪俣邦憲《いのまたくにのり》殿が入りました。これで北条側が「関東・奥惣無事令」を守り、氏政殿と氏直殿が上洛して秀吉に拝謁すればすべて落ち着くのかと思いますが……」

善吉は気持ちがすっきりしないのか顔が曇っていた。

「善吉、如何した？　何かまだ不安なことがあるのですか？」

「兄・幸吉の話ですが、家康は以前から準備していました自領五ヶ国の検地を実施しました。同時に年貢の取り立てや夫役に関する取り決めを定めた七ヶ条定書を出しました。これは秀吉から北条攻めの先鋒を務めよとの命令が来ることを予期したもので、領内を万全な戦時態勢に切り替える準備だと兄は言っていました。家康は北条攻めが間近に迫っていると見ています。家康は北条を見捨て豊臣軍の先鋒となって小田原に攻めて来るのでしょう」

「北条は秀吉の裁定に従いました。臣下の礼も取ると言っている。それで長年の問題は解決したはずですよ。何故平和が来ないのですか？」

信松尼は苛立ちを隠さず善吉の眼を見つめた。善吉は視線を逸らして呼吸を整えた。

「真田の間者に親しい者がおります。新しい武器を考えてはわたしに作れないかと相談に来るのです。その男が言うには、近い内に沼田領で難事件が勃発する。そして、それを口実に秀吉は北条に宣戦を布告し、大軍を差し向けて北条を攻撃し、滅亡させる。事態は動き出している、止めることはできないだろうとその男は言っていました」

「真田ですね。真田昌幸が何か企んでいるのですね！」

信松尼は真田昌幸の一筋縄ではいかない老獪な顔を思い出していた。武田家の重臣として勝頼に仕え、松姫も何度か会ったことがあった。武田勝頼は小山田信茂の裏切りに遭遇し、天目山の田野にて自害したが、真田昌幸は勝頼を自領の岩櫃《いわびつ》城に逃れるよう勧めていた。だが、真田昌幸のもとに勝頼が逃れたとて無事に生き延びることができたかは怪しかった。武田家の重臣で生き延びた者は数少なかった。真田昌幸は武田から巧妙に、織田に北条に徳川に上杉にと主を変え、戦国の世を生き抜いてきて、今は豊臣秀吉と主従関係にある。


十一月三日、沼田領の三分の一に当たる真田側の名胡桃城において事件が勃発した。名胡桃城城代鈴木主水《もんど》宛に上田の真田昌幸から書状が届いた。上杉が怪しい動きをしているので兵を引き連れ岩櫃城に向かえとの命令であった。ところが、岩櫃城に着いてみると戦の気配など微塵もないし、真田昌幸からは書状など出していないという。その頃、沼田城の猪俣邦憲へ名胡桃城から内応する者がおり、城代鈴木主水が撤退したとの知らせが入った。猪俣邦憲は軍勢を率いて空になっていた名胡桃城へ向かい、楽々と占領したのであった。鈴木主水は慌てて戻ったが、時すでに遅く名胡桃城は数多の北条軍に占拠され、近寄ることもできなかった。鈴木主水は責任を取り自害し果てた。

真田昌幸は直ちに、北条の攻撃を受け名胡桃城を奪われたとの報を秀吉に送った。秀吉は待っていたとばかりに「関東・奥惣無事令」を無視した北条に対して怒りを爆発させた。氏政、氏直上洛の約束をも守らない北条側の弁明には一切耳を傾けず秀吉は、十一月二十四日に宣戦を布告し、北条征伐軍出陣決定を全国の諸大名に通達した。


天正十八年（一五九〇）正月、北条側は秀吉軍の襲来に備えて昨年末から戦闘態勢が整えられ、緊張が高まっていた。秀吉軍は二十万を超える大軍になるであろうと思われた。北条が動員できる兵士は農民等の一般人を徴集して合わせても三万五千ほどであった。北条は小田原城をより堅固で広大な総構えの城に造り替える大普請を行っていた。兵糧を充分貯えて小田原城に立て籠もり戦えば、一年ぐらいは持ちこたえることができる。その間に秀吉軍は兵站も尽きるし厭戦気分が広がり、撤退するか停戦講和ということになる可能性が高くなる。上杉謙信も武田信玄も小田原城を包囲したが、兵站が尽きて結局撤退を余儀なくされた。北条側が今回もその作戦を取ればうまく行くのではないかと考えても不思議ではなかった。

「氏照殿は小田原に行ったきり戻って来られないと聞いています。去年の正月はゆっくり八王子城で比佐の方と過ごされていましたが、今年は余裕などないのでしょう。豊臣との戦いは相当厳しいものになるのでしょうね」

信松尼とお梅が炊事場の囲炉裏端で暖を取りながら話していた。

「信松尼様、今日も城内から小田原へ出発した部隊がおりました。小田原城には各地から兵士が集結して来ているようですね。おだわら道もこのところ小田原へ向かう兵士が多く通って行きます。八王子城の精鋭部隊の殆ども氏照様に従って小田原城に入ったと聞いています。どうなるのでしょうかね？」

お梅は比佐の方から信松尼宛の届け物を頼まれ、心源院に来たのであった。おキミも一緒だったが、寺へ着くなり姫君達のいる部屋へ向かって走って行った。

「八年前のことを思い出してしまいますね。よくこの八王子の地に逃げて来られたと思いますよ。苦しいことの連続でしたね。多くの人が死んで行きました。わたし達はこうして平和で穏やかな日々を過ごしてこられました。ありがたいことです。これからのことを考えますと本当にどうなるかわかりませんね。

善吉が来て世の中の動きをよく話してくれます。秀吉が天下人となり、その支配を揺るぎのないものにしようとしているのがよくわかります。秀吉の攻撃を北条は耐えきれるでしょうか？　武田があのようにもろく簡単に滅びるとは思いませんでした。二度とあのような経験はしたくないですが、恐ろしいことがまた起こりそうな気がします」

信松尼は難しい顔をしながらも比佐の方からの届け物の包みを開けて中を見た。信松尼の曇った顔が一転して陽が差したように明るくなった。

「まあ美味しそうな物がたくさん入っていますよ」

比佐の方の手作りの菓子が箱一杯に詰まっていた。

「比佐の方様が大事に持って行ってくださいと言ったわけがわかりました」

お梅が箱の中をのぞき込むと、形も崩れずにきれいに菓子が並べられていた。

「比佐の方様はなんでもおできになられる。このようなお菓子も作ることができるのですね。是非作り方を教えてもらいたいものです。養蚕、機織りのことも色々と指導して頂きました。今は何事も困難な時期に入ってしまいました。心源院の養蚕所も機織り場も、武具や兵糧の品物が運び込まれて倉庫になっています。今年は養蚕も機織りも無理でしょうね。それにしても何ともきれいな上生菓子ですこと」

信松尼は箱から上生菓子を一つ取り出し、手のひらにのせて上から横からと眺めていた。

「お梅、好きなのを取っていいですよ。食べましょう」

信松尼は菓子の入った箱をお梅の前に出すと、自分は手に持つ上生菓子を口に入れた。

お梅の話では、御主殿は家臣の妻女や子供が避難する場所になっており、比佐の方の居室の周辺も何かと騒々しくなっているとのことであった。そして養蚕所も機織り場も、城下の女達の緊急避難場所として使われることになっていた。

「信松尼様、ご存じのように心源院も搦手の砦として兵士が配備されることになっています。いつ戦乱が起きるかわかりません。心源院を退去し、他の地に住まいを移すことを考えた方がいいかと思います。比佐の方様もその点を心配していました」

「そうなのです。卜全和尚様も、ここは寺ではなくなる、ここにいても仕方がないし危険であると言っておりました。どこか安全に暮らせる所を探さないといけないですね」

「信松尼様、夫の栄吉も心配しております。ここからあまり遠くでなく安全な場所はないかと調べています。もう少しお待ちください」

「栄吉にはいつも面倒をかけてすまないですね」

信松尼は栄吉を今でも頼りにしていた。栄吉に任せれば新しい安全な住まいとなる所を見つけてくれるであろうと思った。

「比佐の方様は御主殿に来たら如何かとおっしゃっていましたが、うちの旦那は別の場所が良いと言っていましたし、倅の善吉は豊臣軍の圧倒的な強さに八王子城は持ちこたえられないとの判断でした」

八王子城は築城して初めて敵を迎え撃つことになる。城主北条氏照はその精鋭部隊を率いて小田原城に入っているが、八王子城に残された家臣達の戦闘意識は高く、決死の覚悟が窺えた。比佐の方も留守を預かる城主夫人として落ち着き払い堂々としていた。

「難しいところですね。でもやはり姫君達の安全が何より大事です。善吉の話では豊臣の有力大名が北条攻めの準備を整え、出陣を始めたというではありませんか。あのような甲斐からの辛い逃亡の旅は二度としたくはないです。身を隠す安全な場所を是非探してほしいと思います。よろしくお願いしますね」

信松尼は兄・仁科信盛の高遠の城のことを思った。辛い思い出の始まりであった。後詰のない孤立無援の戦いはあまりに悲しかった。

「はい、信松尼様のお気持ちはよくわかりました。栄吉も急を要することですから一生懸命に探すと思います」

「お梅たちも一緒に安全に暮らせる場所が見つかると良いですね」

「それが……」

お梅から明るさが消え、珍しく影が走った。

「どうしたのですか？」

「城下の町は一番最初に戦場となり、敵に焼き払われるかもしれません。刀鍛冶、大工番匠、米屋、八百屋、桶屋を始めとして城下で商いをしていた者は皆城内に入るよう命令されています。徴集された農民もいますし、その家族も城内に入るよう言われています。小田原城と同じように籠城して敵を迎え撃つつもりなのでしょう。城内で暮らしが成り立つよう町を移すのだと思います。栄吉は城内に入り、同じように鍛冶屋をするつもりでいます。善吉が信松尼様をお守りいたします。万一落城の時は栄吉とわたしが比佐の方様をお守りして城から脱出させますのでご安心ください」

お梅も城内に夫と共に籠城する覚悟であった。八年もの間、八王子城城下の町で暮らしを立てて来た栄吉夫婦であった。比佐の方には大変世話になったし、町の人達とも助け、助けられして鍛冶屋の仕事を続けて来た。おキミの成長に目を細めながら栄吉は落ち着いた日々を過ごしていた。比佐の方のためにも皆のためにももうひと頑張りしようと栄吉は決心した。栄吉は五十三歳になろうとしていた。お梅は栄吉と共に生きようと心に決めていた。

「比佐の方様は城主氏照殿の代わりを務め、城を守る家臣、兵士、住民の心の支えになっています。無理をなさらずにと思いますが、もしもの時は何とか逃げて延びてほしいものです。お梅や、大変でしょうが宜しく頼みます」

「信松尼様、おキミのことをお頼みしたいのですが……」

「それは大丈夫です。是非おキミを預からせてください。善吉も姫君達も一緒にいますし、おキミのことは心配は要りません。任せてください」

日の当たる梅の木にちらほら花が付き始めていた。梅の香は外からであろうか、比佐の方から送られた上生菓子からも香が立ち上がっていた。

庫裡の廊下を軽やかに歩む足音が伝わって来た。いくつもの声が弾むように混じりあい聞こえてきた。

「入っても良いでしょうか?」

貞姫の声であった。

「何かご用ですか?」

「信松尼様のお呼びになった声が聞こえたような気がしましたので」

「いえ、呼んだ覚えはありませんよ。何かの間違いですよ」

信松尼はクスリと笑い、法衣の袖で口を覆った。

「お部屋へ入って良いですか?」

今度は香具姫の声であった。

「駄目です！」

信松尼は笑いを堪えて強く言った。

「ずるい！　二人で内緒でお菓子を食べているのでしょう」

おキミのかん高い声が聞こえた。

「誰ですか、そのようなはしたないことを言うのは？　美味しい物は内緒で食べるともっと美味しくなるものなのですよ。どうぞお入りなさい」

信松尼が笑いを堪えながら言うと、サッと障子戸が開き姫君達とおキミが居室に飛び込んで来た。


同じ正月、徳川家康は聚楽第において病気療養中の正室朝日姫を見舞うために三男の長松丸を上洛させた。

朝日姫は我が子以上に長松丸を愛情深く慈しんでいた。しかし、朝日姫は亡くなり、葬儀は戦時態勢に入っている最中のことゆえ、簡素に執り行われたという。長松丸は聚楽第で秀吉に謁し、元服して秀忠と名乗った。家康は人質のつもりで秀忠を上洛させたのだが、朝日姫の意向を受けた秀吉が秀忠の帰国を許した。

家康は北条征伐の先鋒の役目を果たさねばならない。秀吉の不興を買うようなことはできず、街道の整備から宿泊所の手配まで準備に怠りはなかった。二月十日に駿府を出発した徳川軍三万は北条との国境に着陣した。三月一日、秀吉率いる主力軍七万が京都を出発した。二十日に駿府城において秀吉と家康が対面し、二十八日から秀吉による北条征伐が本格的に開始された。

一方北条側は兵力では劣るとはいえ、小田原城に各支城の精鋭部隊を集結させて籠城戦を挑み持久戦に持ち込もうとしていた。前田利家、上杉景勝、真田昌幸らが率いる北国勢三万五千に対しては、松井田、箕輪《みのわ》、厩橋《まやばし》の城を最前線として防御に当たる。次に北条氏邦が采配を振るう鉢形《はちがた》城を中心に忍《おし》、館林の各城が迎え撃つ。その後に松山、河越、岩槻《いわつき》城が待機し、八王子城が最後に控えて北国勢の侵攻を防ぐ作戦であった。

三月二十九日、豊臣軍は北条の最前線に構える山中城を一日で陥落させたが、北条氏規が守る韮《にら》山《やま》城だけは落とすことができずに放置して、鷹巣《たかのす》城、足柄《あしがら》城、根府川《ねぶかわ》城を攻撃、落城させた。四月三日には徳川軍を始めとして諸大名の軍勢が小田原城を包囲し、所定の位置に陣を構え、秀吉は早雲寺に着陣した。相模湾には毛利、長曽我部、九鬼《くき》の水軍が到来して海上を封鎖した。その上、秀吉は小田原城を一望できる笠懸山に一夜城と後に呼ばれる石垣山城の構築を命じてそこを本陣とした。

信州の北条側の諸城を掃討した北国軍は三月十五日、碓氷峠を越えて関東平野に雪崩れ込んだ。直ちに北条の重臣で主戦派の大道寺《だいどうじ》政繁《まさしげ》の守る上州の防衛拠点松井田城攻略にかかった。北国軍は松井田城の必死の抵抗に遭い持久戦となり、周辺の諸城攻略を優先とした。四月に入り、周辺諸城の落城が続いて十九日には厩橋城が陥落した。二十二日、北国軍の猛攻の前に孤立無援の戦いを貫いていた松井田城が降伏開城した。それ以降、大道寺政繁は北国軍を案内し、北条方諸城攻略に先頭を切って進むことになる。

小田原城包囲軍の中から徳川軍を主力とした部隊が相模、武蔵の東部方面の諸城攻撃を開始した。二十六日には北条氏勝の守る玉縄《たまなわ》城が降伏し、二十七日には江戸城、葛西《かさい》城が開城した。五月に入り、籠城戦法を取る北条側に対して堅固な包囲網を敷く豊臣軍との間で散発的な鉄砲の打ち合いはあるものの戦らしい戦はなかった。秀吉は千利休を招き毎日のように茶会を開いていたし、淀君等妻女を大坂から呼び寄せ、お伽衆と共に娯楽に興じる余裕があった。河越城、松山城と降伏開城し、二十日、小田原城に匹敵する大構えの城郭を築いて農民町民を囲い込み、豊臣軍に戦いを挑んでいた武蔵国の要衝・岩槻城が落城した。館林城を落とした石田三成軍は忍城を取り囲み堤防を築いて水攻めの作戦を取っていた。六月九日、伊達政宗が秀吉に従属するために石垣山に出頭した。これで北条家の期待していた伊達政宗の後詰の救援はなくなってしまった。愈々北条家は命運の尽きる瀬戸際まで来てしまった。

八、

豊臣軍の別動隊の北国軍は上州を制圧した後、武蔵国に侵攻し次から次へと北条の諸城を降伏開城させて行った。残るは忍城、鉢形城、八王子城というその地域の最大拠点の城だけとなってきた。

信松尼達が居住する心源院は八王子城の搦め手に当たり、敵襲に備えて要塞化する必要に迫られていた。土塀を補強し、櫓が造られ、武器兵糧が運び込まれ、心源院に兵士の出入りが激しくなった。心源院が要塞として使われるという話は以前から聞いていたので、栄吉が信松尼達の新しく移り住む場所を探していた。栄吉は横山丘陵の一画にようやく御所水という地を見つけた。豊臣軍の来襲が近づいていた。栄吉は番匠大工仲間の力を借り急ぎそこに草庵を建てた。そうして六月初めに信松尼達は心源院を出て御所水の里に移り住むことができたのであった。

栄吉の手配もあり、近在の農家から手伝いが駆けつけてくれた。米や野菜も届けられ、信松尼達はまずは順調に御所水の里の暮らしを開始することができた。石黒八兵衛や中村新三郎はすぐに近くの平坦地の開墾にかかった。草を刈り、その草を燃やし、その地を耕し始めた。お里や侍女達も荷物の片付けや整頓など目まぐるしい日々が続いていた。

御所水の里に移り住んで十日目、日中は雨が降っていたが夕方になり日が差し始めた。気温が一気に上がり蒸し暑さが増した。日が傾き、少しずつ静かに宵闇が広がり始めていた。御所水の池の畔で蛍が飛び交うのが見えた。

「信松尼様、よろしいでしょうか?」

夕餉が終わり、信松尼は涼風を求めて草庵の縁側に座っていた。お里が蚊遣りを縁側に置きに来たのと入れ替わりに善吉が現れ、信松尼の前に膝を折り頭を下げた。

「構いませんよ、善吉、何か良くないことでも起きましたか?」

善吉は急いで信松尼のもとに駆けつけてきたようであった。善吉の吐く息の乱れがなかなか収まらない。信松尼はこのところ善吉の姿が見えないと気になっていた。

「鉢形城のことですが……」

「如何した？」

鉢形城は武蔵国の最前線となる戦略上の重要拠点の城で、氏照の弟・氏邦が一ヶ月以上も籠城し、北国軍に対し必死の抵抗を試みていた。北国軍三万五千に更に応援が加わり、五万の大軍となって鉢形城攻撃は激しさを増した。

「昨日落城しました。城内の将兵の命を助けることを条件に、氏邦殿は降伏して開城しました。降伏の条件は受け入れられ、北条方の将兵は無事に城を退去したとのことですし、氏邦殿も自害することなく近くの寺で謹慎していると聞きました」

「そうですか。鉢形城が落ちましたか！　豊臣軍はいよいよ八王子城を目指して進撃して来るのですね」

予想外のことではなかったが、信松尼は心の臓が締めつけられ息をするのも辛そうであった。鉢形城は六月十四日に落城した。北国軍は翌日には八王子城へ向かい進軍を開始したので、この近辺に到着するのにさしたる日数はかからない。北国軍は五万の大軍となって八王子城に押し寄せてくる。

「北国軍の先遣隊が近々現れると思われます。この辺りは八王子城から離れていますのでまずは安全とは思いますが、用心するに越したことはありません。

小田原城では鉢形城落城の報せが入ると、当主氏直殿は落胆の色を隠せず、北条家の最後が近づいているのを実感した様子とのことでした。前々から氏直殿や氏規殿は豊臣の強大な力には対抗できない、早くの内に臣下の礼を取るべきだと主張していました。先代の氏政殿や氏照殿の主戦派も鉢形城落城には衝撃を受け、困り果てているようです。小田原城の降伏開城が評定で論議されているのは確かなことです」

「八王子城は北国軍の攻撃にどれだけ耐えられるでしょうか？　城を守る家臣の方々の士気は高いそうですが、何といっても北国軍は五万を超える大軍です。落城は必至です。兄・信盛のことを思い出します。織田の大軍に決死の覚悟で挑みましたが、炎上する高遠の城と運命をともにしました。豊臣軍は織田軍のような殺戮全滅を目的としているわけではなく、降伏すれば城も兵も無事だというではないですか？」

夜の闇が広がり池の畔に飛び交う蛍の数も増したかのようであった。大きく光る火は人の魂の如くに信松尼には思えた。

「豊臣軍の戦いを見ていますと大軍を擁して相手の戦闘意欲を失わせ、降伏開城させるという形が多いように見えます。八王子城に北国軍の大軍が迫っています。八王子城城内は主戦でまとまっているかのようですが、比佐の方様とその側近の方々は戦を避けたいとの意向を示しています。全体から見ると少数派ですが、八王子城の降伏開城はあり得ると思われます。父・栄吉は楽観的で北国軍の大軍を見たならば、八王子城の重臣達は戦意を喪失し、敵の降伏勧告に応じるのではないかといっていました。父のことですから比佐の方様を無事城外に連れ出す段取りは整えているのだと思います」

草庵の微かな灯火に信松尼と善吉の姿が浮かんでいた。住居の方から時折り明るい姫君達の笑い声が聞こえてきた。善吉は話し終わると耳を澄ました。

「おキミは元気にしていますよ。お梅によく言い含められてきたのでしょう、寂しそうな様子も見せません。わがままもいわずに皆の言い付けを守って暮らしていますよ。心配は要りませんよ、姫君達もよくおキミの世話をしていますからね」

信松尼は妹のおキミを気遣う善吉の気持ちを感じ取った。善吉は近所の農家の納屋を借りてそこで寝泊まりしていた。仕事もあるし、情報収集も忙しかったし、八王子城内にいる栄吉との連絡も頻繁に行っていた。

「妹のおキミのことよろしくお願いします」

「大丈夫ですよ。お梅と栄吉が心配しているでしょうが、おキミは元気に皆に可愛がられて暮らしていると伝えてやってください。

それにしても北国軍の動きも心配ですし、小田原の評定が長引くのも困ったものです。八王子城を守る将兵は徴発された農民、町方の者合わせて三千というではないですか。北国軍は五万の大軍です。堅固な八王子城とはいえ、結果は眼に見えています。ただ北国軍は今まで無理な攻撃はせずに降伏勧告をして城を開けさせてきました。今回もそのような方法を取って来ると思いますよ。栄吉のいうように八王子城の重臣達が早く降伏勧告に応じてくれると皆の命が助かり安堵します」

今までの北国軍は北条側の城を大軍で取り囲み、降伏勧告の使者を送り込んで開城を勧めた。それに北条側が応じず合戦となっても押し寄せる大軍にすぐに士気は衰えてしまう。降伏開城すれば将兵の命は助けられ、城主も自害しなければ生き延びることができた。信松尼も善吉も八王子城はそうなるのではないかと思っていた。城内の栄吉、お梅は城を豊臣方に明け渡し、比佐の方を安全な場所に移す日が来ることを期待していた。

豊臣秀吉は二十万の大軍をもって小田原城を包囲し石垣城まで造り、北条方の戦意を喪失させて降伏開城を一気に進めさせようとしていた。調略がめぐらされ、内応者、離反者、謀反人の存在が表面化していた。それでも小田原城の評定は結論が出ずに長引いていた。苛立つ秀吉は、北国軍の前田利家、上杉景勝を呼び寄せその攻撃の手ぬるさと甘さを叱責した。

「八王子城を全滅落城させよ。小田原に豊臣の恐ろしさを見せてやれ」

秀吉の怒りは前田利家、上杉景勝を震え上がらせた。秀吉の厳命を守らねばならない。八王子城の城兵を皆殺しにするほどの攻撃を仕掛ける必要があった。

その頃、小田原評定はまだ続いていた。


六月二十二日、北国軍は八王子城の第一防衛線である南と北の浅川を越えて陣を構えた。降伏勧告はせずに力攻めに攻めて殲滅落城させる作戦であった。午後十時頃、進軍を開始したが、濃い霧で味方の姿もわからない状態となり攻撃は一旦停止となった。守る城方も霧のために状況はよくわからなかったようである。

翌二十三日午前三時を回り、霧が晴れてきたのと同時に夜の闇も少し薄れてきた。大手口から前田利家、真田昌幸ひきいる一万五千が、その側面となる太鼓曲輪を上杉景勝軍八千が進撃を開始した。突然の敵の襲来と守備兵の少なさで城方は苦戦に陥り、防衛線を確保できないままずるずると八王子城の中核地域まで撤退を余儀なくされた。

また心源院のある搦め手方面には、前田利長、直江兼続、真田信之ら一万五千が配置され総攻撃にかかった。搦め手口は険しい山道となっており、複雑に道も入り組んでいた。城方は少数ながら精鋭が迎え撃ち地の利を活かした戦いを挑んでいた。しかしながら北条方から出た内応者が前田利長軍を手引きして一気に山を駆け上がり、中腹にある高丸を激しく攻め立てた。高丸は三の丸の小宮曲輪の真下にあたり、城方は何としてでも敵を食い止めなければならなかった。一進一退の激戦が続いていた。

大手口を進撃する前田利家軍の先鋒となったのは大道寺政繁隊であった。大道寺政繁は北条方の主戦派として松井田城を守っていたが、降伏して北国軍の先鋒に組み入れられた。先鋒は敵と最前線で戦わねばならない一番犠牲の多く出る戦闘部隊である。城方は裏切り者の大道寺隊に対して猛攻撃を仕掛けてきた。大道寺隊としても引き下がれば前田軍から再度の裏切り者として攻撃を受けざるを得ない。八王子城の中核地域である山下曲輪で凄絶な白兵戦が展開された。

山下曲輪の死闘は続いたが、ついに守将・近藤綱秀が討ち取られ山下曲輪は陥落した。前田利家軍は続いて金子家重の守る金子曲輪に総攻撃を仕掛けた。金子隊は必死の抵抗を試み何度も前田軍を押し返したが、午前七時、金子曲輪も陥落した。これで山麓の中核地域にあった北条方曲輪は壊滅し、前田軍はいよいよ八王子城本丸を目指して、数段に渡って構築されている山岳曲輪突破の総攻撃を開始した。

一方、御主殿では降伏勧告もせずに豊臣軍が攻撃を仕掛けてきたことに驚愕し混乱していた。そこへ城方曲輪の壊滅の報せが次々と届けられた。御主殿からは山麓にある曲輪が打ち破られ、炎上する光景を望むことができた。御主殿に通じる大手門にも前田軍の別動隊が殺到していた。御主殿の守備兵の殆どが大手門に駆けつけ、寄せ来る前田軍を迎え撃ち激闘を続けていた。太鼓曲輪の尾根を進撃してきた上杉軍が城兵を敗走させ、御主殿の太鼓曲輪虎口《こぐち》に迫っていた。御主殿の中では比佐の方とその侍女達、避難してきた家臣の家族達が不安そうに状況を見守っていた。栄吉とお梅はいつでも比佐の方を連れて逃走できるようにと準備を整えていた。御主殿の別棟から庭園にかけては、籠城を強いられた農民や町方の者達多数が恐怖に怯え肩を寄せ合っていた。

栄吉はあまりに速い北国軍の進撃を予期していなかった。比佐の方が退避している居室の前庭に立つ栄吉は御主殿の周辺を見回していた。東の大手門、南の太鼓曲輪堀切では北国軍の猛攻に耐えていた。北側には山頂の本丸に通じる道があるが、まさに敵軍の目指す所であった。脱出口は西の城山川上流の沢道と栄吉は目星をつけた。

「比佐の方様、出発いたしましょう」

栄吉は比佐の方を促した。比佐の方は戦支度に身を整えて慌てることもなく落ち着いて周囲の状況を見定めていた。

「栄吉、わらわ達は後で良い。まずは村里の者達から先に逃がしなさい。皆が無事に逃げ終わったならば、わらわ達も脱出する。敵がいつ御主殿に突入して来るかわかりません。急ぎなさい」

「それではあまりに危険です。寸刻を争う時です。いますぐに出発しませんと……」

大手門から火が上がり、敵の喊声が轟いた。

「栄吉、わらわの命令です。何よりも領民の命が大切です。北条と一緒に亡びることはありません。大地と共に生き延びてもらわねばなりません。さあ行きなさい！」

比佐の方は毅然として言い放った。御主殿に繋がる引き橋の辺りから銃砲の音が響いてきた。戦仕立てをした家臣の妻女の一団が、残る守備兵と御主殿正門へ向かった。比佐の方の必死の覚悟が伝わって来た。

「わかりました。皆を安全な所まで逃がします。その後、必ず比佐の方様をお迎えに参りますのでそれまでお待ちください」

「待っております。栄吉、皆をよろしく頼みますよ」

比佐の方の眼に涙が光っていた。比佐の方の優しさが栄吉の胸を震わせた。

栄吉は比佐の方に頭を下げるとすぐさまお梅を伴って御主殿西境門の方へ走って行った。栄吉は大声を上げて恐怖に慄く領民達を立ち上がらせると、西境門から城山川上流に繋がる道を先頭に立って突き進んで行った。栄吉の後に八王子城に集められた千人ほどの領民が続いた。栄吉は敵軍に遭遇しない道を選び、領民を安全な場所まで導いて行った。

正午を少し回った頃、栄吉夫婦は走り続けて西境門の前にある高台まで戻って来た。

「御主殿に火の手が上がっている！」

お梅が叫んだ。

「急ぐのだ！」

栄吉は猛然と高台を駆け下って行った。その後をお梅が続く。御主殿正門が突破され、前田軍が雪崩を打って突入して来るのが見えた。北条の城兵は総崩れとなり、四方八方に散り散りとなって前田軍に追われていた。太鼓曲輪の尾根からも上杉軍が御主殿に突入を開始していた。御主殿内に入るとまだ敵の姿はなかったが、白煙が立ち上がり、奥の居室の方に燃え上がる炎が見えた。栄吉とお梅は奥の居室へ向かって行った。逃げ惑う侍女や家臣の妻女とすれ違うが、声をかけても返事もなく混乱は極まっていた。

奥の居室の前に比佐の方に古くから仕えているお峰という侍女が、息も絶え絶えに座り込んでいた。

「比佐の方様は？」

栄吉がお峰の肩を揺すった。

「おお、栄吉さんか！　よく戻って来てくれた。先程、比佐の方様はご自害なされた」

「えっ、ご自害なされたと！」

「比佐の方様、お覚悟の上です。最後まで領民達が無事に逃げることができたか心配していました。して如何でしたか？」

「それは大丈夫です。今頃は小仏の峠を越える辺りまで行っています」

「栄吉さん、比佐の方様はあなたに感謝していましたよ」

お峰は比佐の方の最期の気持ちを栄吉に伝えた。

「比佐の方様！　皆は無事に逃げることができましたよ！」

栄吉は比佐の方の居室に向かって叫び、無念とばかりに涙を流した。栄吉は比佐の方の気持ちを考えると辛く心が重く沈んで行った。

「あんた、逃げないと焼け死んでしまうよ！」

お梅が打ちひしがれている栄吉の背中を叩いた。次にお梅はお峰の手を引いて立ち上がらせた。

「わかった、行こう！」

栄吉の目に輝きが戻った。火勢が増してきた。三人は廊下を走った。

「あれは？」

お梅が立ち止まり、生垣の彼方を指さした。城山川が急激に落下する御主殿の滝と呼ばれる場所にたくさんの婦女子が寄り集まっていた。滝の落下口に人影が立つと、すっと落下して滝壺に吸い込まれて行った。次から次へと御主殿の滝に城内に住む女や子どもが身を投げて行く。御主殿の廊下を逃走する城方の兵士が「邪魔だ」と言って栄吉達を追い抜いて行った。後方から敵方の前田軍が追って来ていた。

「急ぐのだ！」

栄吉達は前を行く城方兵士と一緒になって懸命に走った。内玄関を抜ければすぐに西境門であった。火薬の臭いが漂っていた。栄吉は危険を感じたが、前進するしか逃げ道はなかった。中庭に出た途端であった。前田軍の足軽鉄砲隊が御主殿から逃げて来る北条方兵士を待ち受けていた。一斉に轟音が響き渡り白煙が上がった。

御所水の里の高台に信松尼達や里の者達が集まり、不安そうに八王子城の方角をじっと見ていた。朝も暗い内はこの辺りも霧が立ち込めていた。霧も晴れて日が上り始めた頃、善吉が信松尼のもとにやって来た。

「北国軍の八王子城攻撃が始まりました」

「えっ、降伏勧告の交渉もせずにですか？」

信松尼は戦をすることなく八王子城の降伏開城を願っていた。これまでの北国軍の戦略からすれば力攻めはないと考えていた。

「すでに火の手が上がっています。高台に上れば八王子城を望むことができます」

信松尼達が立つ高台は小比企丘陵の北端になり、その下に浅川のつくった扇状地が広がっている。対岸には舟田丘陵が連なり奥に八王子城のある深沢山がそびえていた。八王子城の城下町は舟田丘陵の北側に形成されており、その辺りからも煙が立ち上がり東に流れていた。今見える炎ともうもうと立ち昇る黒煙は確かに御主殿の方角であった。正午になろうとしていた。おキミが信松尼の手を固く握って傍に立っていた。

「おとうとおかあはどうしているんだろうか？」

おキミは心配で泣き出しそうな声をあげた。

「心配はいらない、おキミ！　親父とおふくろのことだ、無事に戻って来るから！」

おキミの兄の善吉は様子を見に行ったが、五万人もの北国軍に包囲攻撃されている八王子城にはとても近づけなかった。おやじとおふくろのことだ、何とか逃げおおせると善吉は思った。だが、あの大軍にはただならないものを感じ、善吉は背筋が薄ら寒くなった。

「おキミや、善吉もそう言っている。栄吉とお梅は無事に戻って来ますよ。皆で栄吉とお梅が無事に戻って来るように仏様にお願いしましょう」

空を震わせるような激しい銃声音が伝わって来た。真っ赤な炎が黒煙の間から噴き出していた。信松尼は不吉な予感を打ち消すかのように手を合わせ、二人の無事を祈った。比佐の方様は如何したであろうか？


本丸のある山頂曲輪へ向かって前田軍、上杉軍、真田軍は猛然と攻撃を開始した。守る八王子城の各曲輪は決死の覚悟で勇猛果敢に敵を迎え撃った。各所で一進一退の攻防が続いていた。しかし搦め手から攻め上って来た直江兼続、真田信之の部隊が奇襲に成功し戦いの均衡を破った。八王子城側は一挙に守勢一方となり、押し寄せる大軍を支えきれずに各曲輪は総崩れとなってしまった。金子家重は討ち死にし、狩野一庵、中山家範は自害、本丸を守っていた大石照基も館と櫓に火を放ち凄絶な最期を遂げた。


六月二十三日の夕刻、八王子城は一日の激しい攻防戦の末に落城した。山が炎に包まれていた。日の沈んだ後の残光が西の山に広がっていた。赤く染まった煙が雲となって八王子城の方から東に向かって流れていた。

「戦いは終わったようですね」

信松尼は落城した八王子城に向かって暫くの間手を合わせ黙祷していた。おキミ、貞姫、香具姫、督姫、善吉にそこにいた総ての者が信松尼にならって手を合わせ黙祷した。城方の死者は三千名を超えたという。一方北国軍側も千三百名の死者を出し、八王子城の攻防戦が如何に凄惨なものであったかがわかる。八王子城内には死屍累々とした光景がそこかしこに広がっていたという。

「心源院も養蚕所も機織り場もみな燃えてしまったのでしょうか?」

貞姫が信松尼の顔を覗き込んだ。

「そうだと思いますよ。あの火炎の勢いからすれば何もかもが焼き尽くされ消えてしまったでしょうね」

信松尼は皆で一生懸命に蚕を育て、繭を作り、糸を繰り、機を織って過ごした日々を思い出していた。御主殿の側に造られた立派な養蚕所と機織り場で比佐の方が熱心に近在の農家の娘達にその技術と方法を教え込んでいた。あの物凄い火勢ではすべてが灰になってしまったであろう。夜の闇が広がり、信松尼達は高台を下り住まいへと戻って行った。八王子城はたくさんの命が消えてなくなるのを惜しむかのように未だ火炎を噴き上げていた。おキミが力なくとぼとぼと信松尼の前を歩いていた。すると兄の善吉がおキミに近寄り、肩を抱いて二言三言話しかけた。八王子城の方角から吹く生暖かな風が信松尼の背に悲しみを貼り付けて通り過ぎて行く。

小田原に八王子城落城の報せが届き城内が動揺している最中、合戦で打ち取られた八王子城将兵の大量の首が船に乗せられ、堀に浮かべられた。また捕虜となった妻女子どもが城門の前に晒された。小田原城内の士気は著しく低下して、六月二十八日には開城・降伏の交渉を開始せざるを得なくなった。三十日に交渉は妥結し、秀吉に北条氏の降伏が伝えられた。当主北条氏直は徳川家康の女婿であったため命は助けられ、高野山へ蟄居となった。開戦の責任は前城主氏政と主戦派の氏照にあるとされ、二人は切腹を命じられた。その首は京都に運ばれ、聚楽第の橋に晒されたという。

落城した八王子城には前田軍と上杉軍が暫く駐屯して治安の安定に務めていた。城下の町も焼失してしまっており、復興は難しい状態であった。城内のそこかしこに散乱していた遺体は、前田・上杉の兵士に近在の農民達が加わり何日にもわたって片付けられ埋葬されて行った。呼び集められた僧侶達の読経する声が丸焼けになった山に谷底から響き渡り、線香の匂いがいつまでも漂っていた。

七月になっても栄吉とお梅はおキミと善吉のもとには帰って来なかった。善吉は何度も八王子城の御主殿から山頂本丸までの焼け跡を、両親と比佐の方の痕跡を探し求めた。御主殿はすっかり焼け落ちてしまっており、判別のつかない焼死体がたくさん散乱していた。八王子城に籠城を強いられていた農民や町方の者を逃がした後、栄吉とお梅が再び北国軍の攻撃に晒されている城内に戻って行ったのは確かであった。

善吉は信松尼に焼け落ちた八王子城城内の話をした。

「父と母が生きていて欲しいと思いますが、あの城内の有様では生きていることはないと思います。御主殿は焼け落ち灰になっていました。父と母のことですから、比佐の方を逃がそうと一生懸命だったのでしょう。残念なことです……」

善吉は涙を流し、声を震わせ言った。

「よくわかりました。生きていてほしかった……」

信松尼はまぶたを閉じ、手を合わせ暫くの間動かずにいた。

それから三日後、八王子城落城の話を聞いて心配したおキミの長兄の幸吉が御所水の里を訪ねて来た。幸吉は大久保十兵衛の配下として、戦乱で荒廃した甲斐国の復興に取り組んでいた。幸吉は父親の栄吉に背格好も顔立ちも良く似ていた。幸吉が御所水の里に現れた時、誰もが一瞬栄吉が生きて帰って来たのかと思った。特におキミは「おとう！」と声をもらした。幸吉は二十八歳になっていた。

「親父もおふくろも駄目だったか！」

弟の善吉の話を聞いた幸吉はがくりと力を落とした。おキミが悲しみに満ちた眼をして幸吉を見上げていた。

「小田原では降伏開城したと聞いたが本当なのだろうか？」

善吉が幸吉に訊いた。

「氏直殿は高野山に追放され、氏政殿、氏照殿は切腹を申し渡された。北条家は確かに滅んでしまった。早く小田原が降伏していれば、八王子城が根絶やしになるような戦は起こらなかったと思う。残念で仕方がないよ。おキミが可哀想だ！」

幸吉がおキミの頭を撫でようとすると、おキミは幸吉にしがみつき泣きじゃくった。幸吉も善吉も涙が止めどなく流れ落ちた。みなしごになった兄妹達の悲しみの時間が静かに過ぎて行った。

「幸吉、よく来てくれましたね」

いつの間にか信松尼が傍に来て幸吉達を見守っていた。ふと気配を感じ、顔を上げた幸吉の前に信松尼が立っていた。

「信松尼様、お久しぶりでございます」

幸吉はおキミを遠ざけると改めて膝を折り頭を下げた。

「あなた達には申し訳ないことをしたと思っています。わらわの考えが甘かったのでしょう。八王子城があのような悲惨なことになるとは思いもよりませんでした。栄吉とお梅を何故引き止めなかったのか悔やまれてなりません」

信松尼は体をかがめて幸吉に向かって頭を深く下げた。

「信松尼様、そのようなことをなさらずお立ち下さい。父母に信松尼様のお気持ちは充分に伝わっています。致し方のないことが起こったのだと父母は思っています。

おキミのことを宜しくお願い致します。それが父母の一番の願いだったと思います」

日脚がいくぶん短くなってきていた。夕暮れになると日中の猛暑が嘘だったかのように涼しい風が吹いて来た。ひぐらしの鳴く声が物悲しく御所水の里をおおっていた。

「おキミのことは心配ないです。わらわが責任を持って育て、見守って行きますよ」

「ありがとうございます。おキミのこと宜しくお願いいたします。

わたしはこれから小田原にいる家康様の陣に戻らねばなりません」

幸吉は弟の善吉に父母の弔いなどの後事を託しておいた。夜のうちに発てば、明日中には小田原に到着することができる。主人・大久保十兵衛からも落城後の八王子の様子を早く知りたいと言われていた。

「そうですか、幸吉も忙しいですね」

「実は重大なお話を信松尼様にお伝えしておかねばなりません」

「何事なのですか?」

幸吉の低く抑えた声が、信松尼の緊張を誘った。

「徳川家が北条後の関東を領有することになります。明日、小田原征伐の論功行賞が秀吉から正式に発表されますが、既に内々に家康様には秀吉から話がありました。徳川家は江戸城を居城として関東を治める準備を開始しています。細かなことはまだ決まっていませんが、この地は我が主人の大久保十兵衛が任される模様でございます」

幸吉は話し終えると、ちらっと信松尼の顔を見上げた。

「それは真のことなのですね?」

信松尼は御所水の高台から炎上する八王子城を見て、自分達はこの先安全に暮らして行けるのかと憂慮していた。北条氏滅亡後に八王子はどのように変化するのであろうかと心配は尽きなかった。

「これは関白秀吉の考えです。家康様は断ることはできません。三河、遠江、駿河、甲斐、信濃の旧徳川領を離れ、関東へ移ることを決めたのです。徳川家の家臣は関東支配に向けて動き出しています。近い内にわたしは主人の大久保十兵衛を案内して信松尼様をお訪ねすることになるでしょう」

「幸吉、よくわかりました」

この八王子の地は徳川領となるのだと信松尼は何度も心の中で確認した。幸吉の姿が夜の闇に消えて行くのを信松尼は見送っていた。夜風は少しずつ秋の気配を運んで来ているように思えた。信松尼は新しい領主が徳川と聞いて少し安堵した。戦国の世が終わりに近づいているのかもしれない。多くの大切な人達がこの世から旅立って行った。理不尽な辛い別れであった。信松尼は悲しみがこみ上げてきたが、何かいつもと違う感情が膨らむのを感じた。それは幸吉の消えた闇の向こうにちらっと灯りのようなものが見えたからであった。

夕焼けの空

一、

落城後の八王子城には前田軍上杉軍の一部が駐屯し、戦場の後片付け、治安の維持、町の復興に対処していたが、あまりに壊滅的な状態にどれもが思うように進展しなかった。浮浪の徒となった北条の落ち武者や傭兵崩れが八王子に集まり、野盗のような集団を作り乱暴狼藉を働いていたが、その取り締まりもままならなかった。

「散田の十二社の農家が野盗に襲われたそうだ。米麦の食料が盗られた上に娘二人がさらわれたと聞いている」

中村新三郎が近くの集落で聞いてきた話を石黒八兵衛に伝えていた。

「われらは人目につかぬように暮らしているつもりだが、野盗の奴等、いつどこでこの御所水の地を探し出し襲って来るかわからない。警戒監視を一層厳しくすることだな」

「と言っても、野盗に目星を付けられたら防ぎようはないですよ。野盗は二十人、三十人とか言っていますよ。こっちは八兵衛さんに新三郎さん、それに善吉でしょう。それも武芸の腕はたいしたことはないですからね」

竹阿弥が自分のことはさておいて心配そうに口を挟んだ。

「それはわかっておる。だから余計に警戒を厳しくして、野盗の奴等に隙を見せないことが肝心なのだ」

八兵衛が竹阿弥を睨みつけ言った。お里や侍女達の方が日頃から力仕事をしているし薙刀も使えるので竹阿弥よりずっと頼りになるのだと八兵衛はあきれていた。

その夜から御所水の信松尼の庵では不寝の見張りを立て警戒に当たることになった。善吉はもしもの事が起きた時のための逃げ道や隠れ場所を探し出し、信松尼や姫君達に逃亡の手立てを教えていた。七月も末になると豊臣軍に開城された小田原城から追い立てられた兵士達の帰郷を急ぐ姿がおだわら道に多く見られるようになった。中には荷車を引き女子どもを連れた商人、農民の一団もあった。守る兵士が付いていればよいのだが、そうでない場合は不幸にも野盗の襲撃に遭い皆殺しにあったという話も聞こえてきた。とにかく八王子近辺は治安の状態が非常に悪くなっていた。

その夜は中村新三郎が見張りに立っていた。夜になっても日中の暑さが残り、新三郎は流れ落ちる汗を何度となく手拭いでぬぐい取っていた。昼間畑仕事をしていたお里が見たことのない男二人が立ち止まり御所水の池の方を見ていたと話していた。

信松尼には怪しい男の件はお里から伝えてもらってある。信松尼から「油断しないように用心しましょう」との注意が皆に伝えられた。姫君達やおキミは気持ち良さそうに寝ていたけれど、その夜は大人達は緊張してなかなか寝付かれなかった。

「そこにいるのは何者だ?」

新三郎の大きな声が深夜の御所水に響き渡った。石黒八兵衛と善吉がとび起き、すぐさま信松尼の居室の前に立ち警戒態勢を取り、お里と侍女達は姫君達の寝室に向かった。

「怪しい者ではござらぬ」

銀杏の木の横に男の影が立ち現れた。

「深夜にそのような所にいて怪しくないはずはないであろう！」

男から攻撃的な様子は感じられなかった。新三郎は灯りをかかげて男に近づいた。

「大久保長安殿から信松尼様の警護に当たるよう命令を受けた者でござる！」

「何と？」

新三郎はぐいと灯りを男の顔に近づけた。見たような顔であり、更に確認しようと大きく目を見張った。相手も驚いた顔をして顔を寄せてきた。

「えっ、民之助か？」

「新三郎か？」

同時に二人が叫んだ。

山本民之助は新三郎の母方の従弟であり、この十年来会っていなかった。年齢は新三郎より二歳若い三十六であった。

「民之助、今確か大久保長安殿の命令だと言ったな！」

「そうだ、我ら同心は甲斐国境を守る九筋衆として徳川の家臣団に組み入れられ、大久保長安殿のもとで働いている」

山本民之助も中村新三郎も、甲斐武田家では土屋藤十郎を名乗っていた大久保長安の配下としてよく駆り出されていた。民之助は甲斐の国境を警護する九筋衆の小人頭配下の小人同心として農耕に従事しながら職務をこなしていた。新三郎も同じ同心職であったが、算術に秀でていた点を土屋藤十郎に認められ、黒川金山で働くようになっていたのであった。

「それで信松尼様の警護に来たという訳なのだろうが、民之助、どうもまだ良くわからない。説明してくれないか？」

「待ってくれ、今警護役の者達が到着したようだ」

民之助が背後の闇にじっと目を凝らした。十人ほどの旅姿の武士が次第にこちらへ近づいて来るのが新三郎にも判別できた。

「新三郎、如何した、大丈夫か？」

石黒八兵衛も多人数の人の気配を感じ取り刀の柄に手をかけた。

「心配は要りません。お味方です。甲斐の九筋衆の者が警護に来てくれました」

新三郎が振り返り言うと、八兵衛から驚きの声が洩れた。

民之助の属する九筋衆は、甲斐国に入って来る重要な九つの国境の出入り口を守っていた武士団であった。武田が滅び、徳川領となっても旧来と同じ仕事についていた。徳川が関東に移封されることになり、甲斐国は豊臣系の大名領となることが決定された。九筋衆は徳川家家臣として認められ働いてきた。このまま甲斐国に残るのかどうかの時、大久保長安の力が大きく動き、長安の配下に組み入られることになった。

大久保長安は戦乱で荒廃した甲斐国の復興に尽力し、実績を上げ、家康から高い評価を得た。関東移封が決まると大久保長安等は直ちに新領国の検地を命じられた。そして、その土地台帳をもとにして家康は江戸周辺に百万石の天領を設け、残りの百五十万石を家臣に分配したのであった。その百万石の直轄地の支配経営を命じられたのが伊奈忠次、大久保長安、彦坂元正で関東代官頭と称された。大久保長安はそのうちの八王子を含む西関東地区の治政を任されることになった。

長安は信松尼の消息に関して幸吉から話を聞いていた。八王子城落城後、野盗が出没するなどして八王子近辺の治安が非常に悪くなっており、信松尼の周りも危険であるとのことであった。徳川家の西関東支配には八王子が重要拠点となるのは明らかであり、八王子の復興を急がねばならなかった。徳川家臣団の関東移動に伴い、前田軍上杉軍は八王子を撤退する。その移動の間に治安警備が疎かになり、野盗や不逞浪人の狼藉が増加することが懸念された。長安は九筋衆を八王子復興と治安の回復に活かそうと考え、家康の同意を得た。先遣隊の意味も含めて、山本民之助達は幸吉の進言により御所水の信松尼の庵の警備に駆けつけて来たのであった。

幸吉も後から到着し、山本民之助達と信松尼の居室の前に控えた。

「わらわ達の警護に来てくれたとのこと、有難いことです。宜しくお願い致しますよ」

石黒八兵衛から事情を聞いた信松尼が居室から出て来た。

「畏れ多いことです。命にかけて信松尼様をお守りいたします。どうぞご安心ください」

山本民之助を始めとして十人が身を固くして平伏していた。皆が旧武田家の家臣であった。武田信玄の息女にこうして対面することができた。皆が感無量という感じであったが、武田家隆盛の時を思うと忍び難く、涙が自ずと流れ落ちるのであった。

八月に入ると、本格的に徳川家の関東への移動が始まった。八王子城に駐屯していた前田・上杉軍は去り、甲斐から大久保長安配下の九筋衆が入って来た。九筋衆には九人の小人頭がおり、その下に各三十人の小人・中間の雑兵が付いていた。徳川家に従い八王子に到着したのは良いが、見知らぬ土地であり、要領もえず九筋衆の同心達は苦労の連続となった。

初め元の八王子城とその城下町の復活を目指したが、廃墟となった城に各地から集まる不逞の浪人達も多く治安回復は困難を極めた。他所から入って来た同心衆に対して地元の人々は冷たく協力を得ることも難しかった。このような状態であったから元の城下で商いをしようと戻って来る者は少なかった。時代は中世から近世に変わろうとしていた。大久保長安は関東における徳川の新しい支配体制を確立するために日々忙しく、任地である八王子までなかなか足を延ばすことができなかった。秋風が吹き、長雨が続くと浅川が氾濫し、住居を押し流された人達の疲弊困窮する姿が目立っていた。八王子城城下を追われた人達もまだ落ち着き先が見つからず流民となり彷徨っていた。

横山の高台にある御所水の里で信松尼達は、同心達の警護や援助の下で日々安全な暮らしを続けていた。高台から望む浅川の扇状地は荒れ果てた土地が続き、八王子城のあった深沢山から東方にかけては炎上して黒焦げになった丘陵が連続していた。

「信松尼様、お願いがあります」

庵での勤行を終えた信松尼が庭に下りるとおキミが待っていた。

「どうしたのじゃ、おキミ?」

「千代ちゃん、おいで!」

おキミが振り返り、木の影にいた幼い女の子を呼んだ。麻の小袖はすり切れ、手足から顔まで薄汚れていた。

「おキミ、この子は?」

「信松尼様、この子をこの家においてやってくれませんか?」

おキミはまだ八歳、自分が何を言っているのかわかっているのだろうか? でも、おキミは真剣な眼差しであった。

「あなたは千代というのですね。どこから来たのですか?」

信松尼は腰を低くして千代の顔を正面から見つめた。

「あっち!」

千代は先程まで立って待っていた木の方を指さした。信松尼は法衣の袖を口にあてて笑った。その時、おキミの兄の善吉とお里が慌てて駆け寄って来た。

「どこへ消えたかと思ったら、信松尼様の所に来ていたのですね。向こうへ行きましょう」

お里がキミの手を引いて連れて行こうとした。

「これはどうしたことなのですか?」

信松尼が善吉の方を見て言った。

「申し訳ありません。おキミが何か申していましたか？」

「そうです。この千代という子をこの庵においてくださいと言っていましたよ」

「お里さん、すみません。わたしから信松尼様に説明します」

善吉が言うと、お里はキミ達を連れて立ち上がった。

「八王子城落城の戦が終わり、親を亡くしたたくさんの孤児が残されました。あれから二ヶ月近くになり親戚や親切な農家に引き取られて行った子ども達もいましたが、まだひもじい思いをして行く当てのない子ども達も多いようです。甲州から来た警備の同心衆には、子ども達を大事に避難させ保護する余裕はとてもありません。

荒廃した八王子城の辺りは相変わらず不穏な空気に包まれています。北条の浪人、流れ者、野盗共が山中に逃げ込み隠れているのです。孤児達はそんな北条の浪人や野盗に付いてまわり、食べ物をもらっているとも聞いています。孤児達を何とかしてやりたいとは誰もが思っているのですが、戦の後の苦しい生活のため余裕はありません。そのような時に人買いが現れ、子どもをさらって売り飛ばしているという話が伝わって来ました。

あの千代という子も数人の子ども達と一緒にこの周辺を物乞いして歩いていました。おキミとはいつの間にか仲良くなったのでしょう。おキミが千代をここに連れて来たのは二日前のことでした。千代に『何かあったのか？』と聞くと、恐いおじさん達が仲間の子どもを捕まえ連れ去ったと言うのです。千代は必死になって逃げておキミのもとにやって来たのです。子どもが縄に繋がれ、とぼとぼとおだわら道を南に向かって歩んで行くのを多くの人が見ています」

「そうなのですか、わかりました。千代のことは皆で面倒を見てやってください。それにしても人買いのことは困ったことですね。子ども達を救えないなんて悲しいことです」

信松尼は暗澹たる思いを深くして空を仰いだ。

「人買いはおだわら道を南に向かって進み海に出ます。そこから孤児達を船に乗せて西国へ運んで行くのだと思います」

「何とか孤児達を人買いから守ってやりたいです。孤児達に必要なのは安心して寝食のできる住居なのでしょうね。この御所水の庵と住居ではわたし達が暮らすので手一杯で余裕などありません。でも、何としてでも孤児達を救ってあげたいと思います」

池の方から千代の明るく笑う声が響いて来た。おキミや姫君達と一緒なのであろう。信松尼は孤児達のことを考えていた。信松尼の眼が次第に輝きを増して来た。


それから数日後、善吉は兄の幸吉に会い、八王子の孤児の現状について話した。信松尼の孤児達を守ってやりたいとの熱い思いを代官頭の大久保長安殿に伝えられないだろうか、できるものなら援助がほしいと善吉は率直に言った。

中村新三郎、石黒八兵衛は甲州九筋衆の仲間が多い同心衆を訪ね、八王子の治安の回復の進み具合について話を聞いた。徐々に良くなってきてはいるが、目立った進展はなく、同心衆も八王子だけではなく、関東西方面の整備調査に出かけねばならず忙しいとこぼしていた。このような状態だから孤児達の保護はおざなりとなっていた。今、保護している孤児が十人いるのだが、同心衆にとってはこれが面倒な仕事となっていた。子ども達のためを思ってなどという余裕はまったくなかった。捕縛した野盗や不逞浪人を収監する牢屋があり、その隣に孤児達を保護している小屋があった。人手が不足しているから牢屋の番人に孤児達の世話までやらせていた。食事も囚人と同じ牢屋飯であった。孤児達は囚人ではないから普通の人間として扱わなければいけないと番人にはいってあるのだが、どう見ても区別はできていないように思える。

囚人扱いでは子ども達は、寝食が確保されているとはいえそこを嫌がり逃げ出したくなる。親を亡くして行くあてもない子ども達を保護し、教育するのが本来の目的なのだが、それがまったく実行されていない。孤児達は脱走する、同心衆は孤児を見つければ牢屋同然の小屋へ放り込む、その繰り返しが続くと増々囚人らしくなってしまう。母親を恋しく思う年齢の子ども達が多い。何とかしなければと思案しているのだが、忙しさに追われついおざなりになってしまう。代官頭にも書状で孤児の問題について訴えているが、応答はない。長安殿も徳川の新領土の基礎を固めるために躍起となっておられる。孤児のことまで考える時間はないのであろうと、窪田正勝は旧友の石黒八兵衛に語っていた。

「信松尼様がいたく孤児達のことを心配しており、特に人買いが出没して孤児達をさらって行く話を聞いてからは、どうにかして子ども達を救いたいとの思いを強くしているのでござる。同心衆は忙しくて頼りにはできないと聞いたら、信松尼様はがっかりするであろうな。どうしたら良いであろうか？」

「とにかく現状では我らはこのようなことしかできない。関東に移封された徳川家は新領国の経営に乗り出したばかりである。徳川の新しい根拠地となった江戸を中心とした国造りを始めねばならない。我らの担当の西関東は北条家の安定した治政が長く続いた所で、多くの北条浪人が住み暮らしている。彼らが徳川家に不満を持つことなく忠実に支配下に入るよう勧めるのが我らの仕事だ。だが、野盗や不逞浪人はびしびし取り締まって行く。とにかく忙しい。孤児の保護育成に関しては本当に申し訳ない。大事なこととわかっているが余裕がまったくない。

だが、信松尼様のお気持ちだけは大久保長安様に書面で伝えておくことにしよう」

豊かな秋の実りも今年は訪れることなく、荒廃した野山のまま木枯らしの吹く季節が近づいてきた。信松尼達の暮らしは何とか持ち堪えられていたが、八王子とその周辺の住民は厳しい生活を強いられていた。ましてや、流民や孤児達は冬の寒さと飢えに果たして耐えて生きて行けるのだろうか？

信松尼の姉の見性院は徳川の関東移封に伴い江戸城へ移って来た。その見性院から信松尼へ家康の五男である武田信吉が下総国小金城三万石の城主となり、母のおつまの方も小金城に入ったとの書状が届いた。おつまの方は駿河から江戸へ、また下総国小金へと移動の旅が続き、心身共に疲れ果て床に臥せっているとも書かれていた。

「あんなに元気で溌溂としていたおつまが如何したのでしょうか？　武田家の再興が成るのもまさにおつまのおかげだと思います。幸福な暮らしを送っているとの話を聞いていたのに、やはり徳川の奥御殿では難しいことが多いのでしょうか、心配です」

信松尼は御所水の里に移ってはじめての冬を迎える。心源院のあった下恩方の里よりいくぶん暖かな感じがする。ようやくこの里での暮らしにも慣れてきたが、半年前の戦の痕跡はあちこちに残っており、胸を痛める出来事もまだ多く見られた。

同心衆の取り締まりが厳しくなり、人買いの姿は見られなくなった。だが、相変わらず孤児達は安心して寝泊まりする所もなく、腹を空かせ、さ迷っていた。

「毎日は無理でしょうが、五日に一度ぐらいはかゆの一杯でも炊き出しはできないでしょうか？」

信松尼は毎朝の勤行の後に石黒八兵衛に訊ねてみた。

「我らもまだ粗末な暮らしをして食べるのが精一杯でございます。とても人に施しのできる状態ではございません。なあ、お里！」

八兵衛は傍にいたお里にそれとなく話を向けた。

「信松尼様のご慈悲のお気持ちは良くわかりますが、とても余裕はございません。これから冬に向かって食料の貯えは絶対に必要でございます。この冬を乗り越え、春になれば戦乱の傷跡も癒え、世の中も落ち着いて来るでしょう。今は難しいです」

お里は信松尼に向かってはっきり言った。

おキミの連れて来た孤児の千代が呼び水になったわけではないが、その後三人の孤児を預かり育てることになった。お里や侍女達は世話をする子ども達が増え、息つく暇のない忙しさとなった。絶えず衣食住の心配をしなければならなくなった。

御所水の庵で孤児の面倒を見てくれるとの噂でも立ったのであろうか、里の辺りをうろつくみすぼらしい姿の子どもが目についた。庵の中庭に見知らぬ子どもが立ち入っていることもあり、お里や八兵衛達は鬼のような顔をして追い立てていた。同心衆や近隣の農家から提供される食料といってもわずかな物でとにかく厳しい生活を強いられ、これ以上の数の孤児を養うことはできなかった。

「信松尼様の慈愛の心は尊いものです。仏に帰依する篤い信仰心と日頃の修行の賜物だと思います。傍に仕えるわたし達も心が温かくなります。でも、信松尼様の言う通りに困窮する流民や孤児に施しをすれば、わたし達御所水で暮す者は飢えて命を危うくすることになります。わたし達は信松尼様と姫君様達を支え守って行かねばならないのです」

お里は強い信念を持ってこの現実に立ち向かうつもりであった。それは石黒八兵衛も中村新三郎も同様であった。

天正十九年（一五九一）の正月、徳川家康は奥州の大崎・葛西の遺臣が起こした一揆鎮圧を豊臣秀吉から命じられた。奥州はその他に九戸政実《くのへまさざね》が不穏の動きを見せ、伊達政宗も混乱を引き起こしそうな気配があった。関東に移って来たばかりでの奥州出陣は新領国経営に力を注ぎたい家康にとって面倒なことであったが、秀吉の命令とあらば致し方なかった。その間、家康の意向を受けた大久保長安以下、関東代官頭は関東領国体制の掌握と強化のために懸命に職務を務めたのであった。

厳しい寒さも峠を越したかと思われる日のことであった。同心衆の小人頭の窪田正勝が御所水の里を訪れて来た。

「信松尼様、今日は良い知らせを持って参りました。信松尼様が戦災で親を亡くした子ども達を救おうとしている話が大久保長安殿にようやく伝わりました。孤児の救済は八王子治安回復のために是非必要なことだし、信松尼様は色々とお困りのようである、援助をせよとの下知がございました。何なりと申し付けください」

窪田正勝は大久保長安から、家康もこの話は承知しているし、信松尼の願いを聞くようにと言われていた。この機会を得て、大久保長安は小人頭を一名増やし、同心衆を十組の武士団に編成変えし、部下もこれまでの三十人から公募した北条浪人や地侍の二十人を加え五十人とした。総計で五百人となり、停滞気味であった八王子の復興と治安の回復を急ぎ達成できるよう態勢を整えた。

信松尼はまず最初に御所水の庵の近くに孤児達が住むための家を建ててもらった。桜の咲く頃に孤児達の家は完成し、八王子城跡にある囚人の牢屋に隣り合って造られた小屋に収容されていた孤児達が移って来た。また路頭にさ迷っていた孤児達も呼び集められ、二十人ほどの子ども達がその家で生活を始めたのであった。

貞姫と香具姫は十三歳、督姫は十二歳、信松尼を助けて幼い孤児達の世話ができるようになっていた。孤児達は十歳以下が殆どであった。おキミは姫君達の手伝いをしているつもりが、いつの間にか子ども達と遊びに興じてしまうことがしばしばあった。

「おキミ、お手伝いはどうしたのですか?」

信松尼が目を細めて元気に遊ぶ子ども達を見ていた。

野山が濃い緑に覆われる頃になると、孤児達も規則正しい生活に慣れてきた。子ども達のために読み書き手習いの時間を作り、信松尼自ら指導に当たった。厳しいながらも愛情のこもった信松尼の教えであった。子ども達は信松尼を母親のように慕っていた。

信松尼が孤児達を預かり育てている話が村の中に広まり、協力を申し出る村人も多く出て来た。自分の子どもにも読み書きを教えて欲しいと頼みに来る村人もあり、御所水の庵の台所に収穫された農作物が届けられるようになった。また名主や裕福な農家では孤児を里子として預かろうという人達もいて、互いに連携を取りながら孤児達の育成に余裕をもって取り組むこともできた。成長した孤児達は同心衆のもとで働くことも、人手の不足している農家でも働くことができた。働き場所は治安の安定と共に広がっていた。

家康に対する備えとして、秀吉は甥の羽柴秀勝を甲斐国に配置していた。家康は甲斐に接する西関東の領国管理の代官頭として大久保長安を任命していた。戦災で甚大な被害を受けた八王子の復興と、甲斐に対する自衛対策の確立は緊急の課題であった。徳川の関東支配体制を確固たるものにするため奔走していた大久保長安がようやく八王子を訪れた。

信松尼が子ども達に手習いを教えている最中であった。窪田正勝が案内して美丈夫な中年の武士が庭へ入って来るのが目に入った。代官頭が昨日八王子に到着したと聞いていたので、信松尼はすぐに大久保長安だなと確信した。

「お客さまが来ました、今日はこれでおしまいにしましょう」

信松尼が言うと、子ども達は歓声を上げてすばやく後片付けをするなり、庭へ飛び出し長安の横をすり抜けて野原の彼方に走って行った。

「元気の良い子ども達ですなあ！」

大久保長安は思わず感嘆の声をもらした。そして、縁側に立つ信松尼に向かって平伏した。

「信松尼様、大久保長安でございます。長い間ご無沙汰して申し訳ありませんでした」

武田滅亡時の天正十年、信松尼は御聖道・武田竜芳が匿われていた甲斐入明寺で大久保長安と出会っていた。長安は今、四十六歳になっていた。

「面を上げてください。いつぞやは長安には大変世話になりました。感謝しております」

信松尼は大久保長安に向かって手を合わせた。

「滅相もないことです。信松尼様からのそのようなお言葉、勿体ないことでございます。徳川家に仕え、代官頭の重職に任ぜられまして忙しい毎日を送っており、なかなかご挨拶にも参ることもできませんでした。こうしてお会いして、信松尼様のお元気なお姿を拝見して安堵しております」

「子ども達はあのように元気に明るく育っております。徳川家の援助のおかげで、こうして孤児達の家もできました。衣食住に困ることはもうありません。有難いことです」

「いえ、これは信松尼様の優しい御心の賜物でございます。孤児達の問題が解決しますと、殺伐としていた八王子の民の気持ちがほぐれ、同心衆とも打ち解けるようになったとのことです。同心衆が強制的に農民を労働に従事させせなくとも、村人にとって必要なことであれば協力を惜しまなくなっています。同心衆による八王子の復興と治安の回復が人々に理解されてきたようです。徳川が関東に移って来て一年と経っていません。徳川の統治が受け入れられるまでまだ時間がかかるでしょう。信松尼様のこうした孤児に対する慈愛の心が村々に伝わり、人々に優しく穏やかな心が蘇って来ているように思われます」

「わらわはただ孤児達が親を亡くし、路頭に迷っている姿が哀れで悲しかったのです。子ども達をそのまま放っておくことは仏の道に外れることです。その一心からしたまでのこと、何より長安、家康殿の援助でできたことです。皆さんの協力がなければ、わらわは何もできませんよ」

信松尼は庭の垣根越しにおキミと千代がこちらを覗いているのがわかった。

「おキミに千代、そのような所から覗いてはいけません。こちらに来なさい！」

信松尼の声が鋭く響いた。大久保長安と窪田正勝も驚いて後ろを振り返った。二人の女の子が首をうなだれ信松尼のもとに歩いて来た。

「人が話しているのを盗み見したり聞いたりしてはいけません。悪いことです。わかりましたか？」

信松尼の二人を叱る声は穏やかだが、心を揺するものがあった。大久保長安は感心してその様子を見ていた。野山の樹木の緑が一段と濃く輝きを増していた。

「はい、わかりました、ごめんなさい」

二人が謝ると、信松尼は二人に横に並ぶよう肩に手を回した。

「長安、話を中断させて申し訳なかったです。この子がおキミで、この子が仲良しの千代。二人とも両親はいません。おキミは、栄吉とお梅の子どもです」

「えっ、あの栄吉とお梅の子どもですと！」

長安は一瞬声を詰まらせ、おキミの顔をじっと見た。大久保長安は土屋十兵衛と名乗っていた頃、甲斐の黒川で筆頭手代として金山を管理していた。そこで十兵衛の下で工具作りの鍛冶屋をしていたのが栄吉で、お梅と所帯を持って間もない頃であった。信松尼が御聖道様を頼って入明寺を訪ねた時、十兵衛がいた、おつまもいた。お梅はその時妊娠しており腹の中にはおキミがいた。

「栄吉とお梅は八王子城落城の時、戦に巻き込まれ亡くなりました」

「幸吉から聞いております。無念なことでございます」

幸吉はおキミの長兄であり、大久保長安の手代として働いていた。幸吉の弟が善吉で、善吉は父・栄吉の「信松尼様をお守りするのだ」という言いつけを守り、骨身を惜しまず信松尼に仕えていた。

「この子は九歳になりました。御聖道様とお別れした時から九年が経ちました」

信松尼はおキミの頭を撫でながら感慨深そうに武田滅亡の時を思った。御聖道様やおつまの姿が懐かしく目に浮かぶ。土屋十兵衛はあの時、御聖道・武田竜芳から奥方と息子の信道を託された。二人は遠い信州の山奥の村で無事に暮らしていると幸吉が言っていた。

「御聖道様の奥方様も信道様も元気に暮らしております」

「何よりのことです。これも長安、そなたのおかげです。感謝しております。信道様は何歳になられましたか？」

「十七歳になられましたが、今は出家し顕了と名乗り、仏道修行に励んでおります」

「そうなのですか。御聖道様の願い通りに平穏無事にお暮らしのようでわらわも安心いたしました。長安、これからも信道様のこと宜しくお頼みしますよ。

さあ、あなた達は向こうへ行っていいですよ」

信松尼はおキミと千代の背をそっと押した。

大久保長安が二人の後ろ姿を見送っていた。庭の先に広がる野原から子ども達の明るい声が聞こえて来た。

「同心衆の活動で治安は良くなってきましたが、町の復興に関しましては一向に前へ進みません。八王子城再建を計画しているところに無理があるのではないかと拙者は思うのです。今回の検分で八王子城落城時の戦いが如何に激しかったかがわかりました。それにより城の崩壊崩落の具合が明確になりました。城の再建は断念することにいたしました。それに従って城下の町を復活させることも諦めます」

山に囲まれ広大な敷地を持つ八王子城を再建する価値はないと長安は思った。徳川家の拠点となる江戸を中心とした関東の国づくりを考えねばならなかった。

「して長安、八王子をどのようにして復興するつもりなのじゃ?」

信松尼は元の八王子に戻るつもりであった。焼け落ちた心源院は卜山和尚が再建に当たっていると聞いていた。再びあの地に戻って、養蚕所、糸繰り場、機織り場を建て皆で仕事のできる日が来ると考えていた。「この御所水の里は仮の住いです。再び八王子の地に帰ってきますから」と栄吉が言っていた。信松尼はそうなると思っていた。

「徳川家の発展は江戸の町を繁栄させることだと考えられます。江戸から各地に街道を延ばししっかり結びつけ、防御を固めると共に商いの流れを頻繁にして行けば自ずと江戸は大坂と並ぶ大きな町になります。この八王子の地は甲斐国へ繋がる重要拠点であります。甲斐国に対する防衛が必要であり、交易も盛んになると思われますし、この地域の大中心地となるは必定でございます。元の八王子の町ではそれは維持できません。それ故に新しい町をつくり上げねばならないと考えております」

大久保長安の言葉に熱がこもっていた。

「そなたのいうことは良くわかりましたが、新しい町はどこに造るつもりですか？」

信松尼は関東において新しい徳川家の政治体制を作り上げようとする長安の情熱を感じ取った。代官頭を筆頭にして小代官、手代達は徳川の支配する関東の領地の農業、工業、交通、司法を整備し、新しい時代が来るのに備えていたのであった。

「ここから見える浅川の流れをご覧ください。丘陵を削り、大地を広げとうとうと東に向かって流れています。あの東に江戸はあります。江戸と直接に結ぶ新しい街道を造り、この下に広がる大地に新しい八王子の町を造ろうと考えています」

南北の丘陵に挟まれ、盆地状に広がる浅川の扇状地は砂礫の多い氾濫平野であった。平坦な土地が続くが、浅川の流れはしばしば変わっていた。濃い緑に覆われた荒れ野原が広がっていた。大久保長安は立ち上がり、信松尼に眼の下に広がる大地を指し示した。

二、

天下統一を成し遂げ戦国の世を終わらせた豊臣秀吉にとってこの年、天正十九年（一五九一）は黄金時代の幕開けといって良いはずであったが、晩節のつまずきの始まりのような年となってしまった。一月、秀吉を諫め制御できる調整役ともいうべき弟の豊臣秀長が病死した。二月、秀吉から厚い信任を受けていた千利休が秀吉の逆鱗に触れ切腹させられた。「唐入り」の野望を抱いている秀吉が朝鮮出兵を計画していたが、それを利休が批判したために秀吉が激怒したとも言われている。八月、秀吉の嫡男である鶴松が死去する。三歳であった。秀吉の嘆き悲しみは異常と思われるほどであった。十月、秀吉は九州の諸大名に朝鮮出兵の前線基地となる肥前名護屋城築城を命じる。十二月、秀吉は養子にした甥の秀次に関白職を譲った。自分は朝鮮出兵に専心し、国内統治は秀次に任せるつもりであったようだ。

一方家康はというと、この年は奥州の乱鎮圧のために出陣しており、江戸に戻ったのは十月であった。翌年一月に第六子忠輝が生まれ、二月上洛のため江戸を出発した。三月、肥前名護屋城に到着した。四月十二日朝鮮侵略軍が釜山に上陸し、文禄の役が始まった。家康は文禄二年（一五九三）の八月まで名護屋に在陣しており、停戦となったので十月に一年九ヶ月ぶりに江戸城に戻った。

八王子の同心衆も家康に従って肥前の名護屋まで出陣していた。代官頭の大久保長安も名護屋まで行ってはいるが、家康の留守中に領国の統治管理体制を築き上げることが大事と早々に戻って来ていた。腰を落ち着かせる暇がないほどの忙しさに追われている中で、長安は八王子の町造りに着手した。

浅川の流れに沿って広がる扇状地は周囲を丘陵に囲まれ、盆地状になっていた。そこは絶えず浅川の氾濫に脅かされ荒地が広がっていた。人々はそのような所で小さな集落を造り、少ない畑地を耕して暮らしを成り立たせていた。その中央部を北から鎌倉へ向かう道と、東から甲州へ向かう道が通り抜けていた。

大久保長安の考えはこの地に西関東の中心となる町を造り、江戸としっかり結びつけることであった。甲州は現在豊臣系の大名の領国となっているため、この新しい町は軍事上重要拠点であり、交通、交易の中心となるはずであった。

荒地や街道に沿った交通の要衝に新しく町を建設することを「町立」といい、その町に計画的に複数の道路を整備し区画を造り、武家地をどこに、寺社地をどこに、町人地をどこにと区割りをすることを「町割り」という。新しい町の真ん中に道幅九間（十六・三m）の広い道路を東西に走らせた。その道沿いに東から横山、八日市、八幡の三つの宿を配置し、小門宿には大久保長安の広大な陣屋が造営された。その陣屋から東に向かって関東十八代官の陣屋が続いた。寺社地も町の区割りに従い設置されて行った。街道沿いの屋敷地は百姓身分の屋敷より武士身分の拝領屋敷の方が多く、町は単なる在郷の町と異なり、城下町的な様相の方が強くなっていた。

文禄二年も押し迫り、同心衆が現在の千人町の辺りに屋敷地を拝領し定住することで「町立」は完成を見た。町は代官屋敷に関係する武士達と同心衆の生活を支えるために商いを盛んにし、更に周辺農村地域の生産品売買の場を提供することによって貨幣経済を活発化させ、西関東の中心地として発展して行くことになった。

その八王子の町を造成している最中の天正十九年（一五九一）の秋のことであった。見性院から信松尼に書状が届いた。

「下総小金城の武田信吉《のぶよし》様の母君・おつまの方様が昨年来病に臥せっておりましたが、本年十月六日にお亡くなりになられました。小金城城下の本土寺にて葬儀盛大に執り行われ埋葬されました。

信吉様は八歳になられたばかりですし、病弱なところもあります。これから再興なった武田家を無事永続させて行かねばなりません。上様も心配なされていますので、わらわは養母となり、信吉様が健やかに育つようにお見守りいたします」

おつまが亡くなってしまったと、信松尼は書状を手に持ったたまま呆然としていた。体の具合が良くないと聞いてはいたが、おつまがまさか亡くなるとは思いもよらなかった。「松姫様を命をかけてお守りするのがわたしの役目です」と言って二度も身代わりになってくれたおつまであった。信松尼はおつまに対して申し訳ないと心を痛めていた。家康はおつまとの間の子・信吉を武田家の後継者としてくれた。かって「幸せに暮らしています」と書かれたおつまの文を読み、信松尼は心を落ち着かせることができた。でも、それもおつまの心遣いなのかとの思いを深くした。おつまは二十七歳であった。

「おつま様、ありがとうございました」と信松尼は手を合わせた。

江戸から甲州へ向かう街道は浅川を渡り八王子の町に入る。北側は浅川に仕切られ、南は御所水のある小高い丘陵が連なりその間に八王子の町が造られて行った。御所水の高台から見下ろすと町が見る見るうちに大きく広がって行くのがわかった。その後、信松尼達は大久保長安や同心衆の援助によって安定した暮らしを送ることができた。

「信松尼様、ご無沙汰しておりました」

大久保長安が久し振りに八王子の陣屋に戻り、信松尼のもとを訪ねて来た。

「八王子の町が出来上がったようですね」

「ようやくですが、町の形が整いました」

長安は、朝鮮出兵の基地である肥前名護屋から江戸に帰り、家康の命令通りに江戸城普請工事の差配を行ってきた。江戸に妻子の住む屋敷があり、八王子の陣屋は長安の用人や手代が取り仕切っていた。

「長安のおかげで、孤児達はあのような家に住むことができました。皆、健やかに明るく良い子に育っています」

信松尼は丘の中腹に立つ孤児達の家を指さした。音も聞こえず静かであった。この頃は姫君達が子ども達を指導するようになった。今は習字の手ほどきをしているはずであった。

「信松尼様、今日はお願いがあって参りました」

「えっ、長安が願いごととは？　頼みごとをするのはいつもわらわの方なのに」

信松尼は驚き、長安の顔をじっと見た。長安は四十八歳になるはず、元能役者であっただけに背筋は伸び堂々としていた。きりりとした眼に笑みが浮かんだ。

「信松尼様のお力を是非ともお借りしたいと存じます」

長安は自信に満ちていた。

「どういうことじゃ、長安？」

信松尼は何事かと思い巡らすが見当がつかなかった。

「信松尼様は以前、心源院におられる時に養蚕場を造り蚕を育て、糸繰り、機織りまでなさったと聞いております。そして、近隣の農家の娘達を呼び集め技術を習得させ、滝山織りや甲斐織りの織物を作らせては八王子城城下の市で評判を取ったと聞きました。

新しい八王子の町の形はできましたが、商家はまばらで陣屋の用人達や同心衆の家族も不満の多い暮らしぶりのようです。他所の地域からたくさんの人が集まって来る賑やかな町になるにはどうも時間がかかりそうです。

そこで信松尼様に滝山織りや甲斐絹の織物を是非作って頂き、新しい町の名産品として売りに出せば評判が立ち、八王子城城下の町と同じように繁盛するかと思われます」

「長安、その考えはわかるが、わらわ達は子ども達の世話で手一杯ですよ。養蚕場も機織り場を造る場所も余裕もありません」

信松尼は皆で一生懸命に蚕を育て、繭を作り、糸を繰り、機を織って過ごしていた日々を思い出していた。御主殿の傍に造られた立派な養蚕所と機織り場で比佐の方が熱心に近在の農家の娘達にその技術と方法を教えていた。

あの頃の充実した日々を思い出す。そして、比佐の方、栄吉とお梅をはじめとして多くの人達が亡くなり、あの日々が灰燼に帰してしまった。信松尼は悲嘆と空虚の辛い生活を送っていたが、子ども達の明るい声に励まされ自分の中で気力と勇気が広がって来るのを感じるようになっていた。

「信松尼様、小門の代官屋敷から遠くない所に広く良い土地がございます。町割りとしては丁度、寺が配置される場所でございます。この御所水の庵は隠れ家としては良いですが、武田の姫君様がこの先お住まいになられるには相応しくありません。是非そちらに移って頂きたいと存じ上げます」

「えっ、なんと！」

信松尼は驚くと同時に長安の考えがよくわかってきた。

「新しい八王子の町をつくるには信松尼様のお力が是非とも必要なのでございます。武士だけの力では新しい町はできませんし、ましてや新しく徳川の領国となった関東の地はすべての人々の協力があってこそ繁栄が確実になるのだと思います」

欲得抜きの長安の一途な気持ちが表れていた。民の暮らしが良くなければ、為政者としての武士の存在は危ういものになるし、これからは戦乱のない世に入って行く、国は戦では富むことはないとの認識を家康は持っており、長安はその考えに共感していた。

「長安の気持ちは良くわかりました。そのように期待されてもうまくいくかわかりませんが、できうる限りのことはやってみたいと思います。戦乱で荒れ果てた村や町が早く復興し、今まで以上に豊かになる日が来て欲しいと思います」

文禄二年（一五九三）の暮れのこと。厳しい寒さはまだ訪れず、穏やかな日が続いていた。信松尼達は大久保長安が新たに建ててくれた草庵の地に引っ越して来た。その場所は小門の長安の陣屋から四町ほどの所にあり、御所水の里からも近かった。町の南に広がる丘の下は、東から寺院が立ち並んでおり、その一角ともいうべき場所であった。

門を入ると本堂とそれに付随して信松尼と姫君達の居宅が建てられていた。その横に台所と食事場所のある大きな庫裡が控えており、孤児達の寝起きする家はその真後ろにあった。そして、本堂の横の道を少し上がった所に広い敷地があって三軒の家屋が立ち、養蚕所、糸繰り場、機織り所として使用できるようになっていた。その敷地は広くまだ数軒の家屋を建てる余裕があった。

「蚕種の手配はできましたか？」

信松尼は善吉を呼び止めた。新しい草庵の地に移って瞬く間に正月も終わり、鶯も鳴き始め梅も満開の時期になった。御所水の庵からの引っ越しは思いの外手間取り、ようやく新しい環境に慣れてきたところであった。善吉は信松尼の前に跪いていた。

「はい、八王子の地域だけでなく津久井や甲州の方まで蚕種の注文を出しております。四月にはたくさんの蚕種が届くはずです。桑の葉につきましても、この地は浅川の流れに沿って桑がたくさん自生しておりまのでまず不足はないと思いますが、この丘の南斜面を開墾いたしまして桑畑を造成しております」

善吉はこのところ鍛冶屋の仕事、鉄の商いをして各地を周ることもしていなかった。今はもっぱらこの新しい草庵への引っ越しと次に控える養蚕の準備に時間を割いて働いていた。

「そうですか、いよいよ養蚕の仕事を始めることができるわけですね。心源院で養蚕を始めた頃を思い出します。比佐の方様から養蚕、糸繰り、機織りとしっかり教えて頂きました。十年も昔のことになるのですね」

信松尼は三十三歳になっていた。信松尼の美しさはいつまでも変わらないと善吉は思った。そう思った途端、自分の顔が熱くなるのを善吉は感じ、目を伏せた。

「兄、幸吉から聞いた話を少々お聞かせしたいのですが、信松尼様よろしいでしょうか？」

善吉は顔を上げずに白足袋を履いた信松尼の足元を見ていた。

「幸吉は元気なのですか？　是非幸吉の話を聞かせて欲しいです」

「兄は先日八王子の陣屋に戻って来ました。肥前名護屋におりました兄は朝鮮での戦いが休戦となったので去年の秋から京・大坂に拠点を移し、情報の収集にあたっていました。朝鮮王国との休戦協定はなかなか進展を見せないようです。

去年の八月、秀吉の側室淀殿が男子を生みました。秀吉は鶴松を失い落胆していたのが嘘のように喜びに浸っています。甥の秀次を養子とし、関白の官職を譲ったばかりのことでしたので、巷では今後どのようなことが起こるかと心配しております。秀吉は太閤になりましたが、最近急に衰えが見えるようになったとの話も聞こえるようです」

朝鮮出兵を命じられた西国大名達にとってこの軍役は過大な重圧となっていた。出兵に必要な武器、弾薬、兵糧から戦夫までの多くが大名の負担であった。その負担は大名の領内の家臣や農民に押し付けられ、更に戦夫として農民が動員された。西国大名達は財政難に襲われ疲弊する一方であった。

徳川家康は肥前名護屋まで出陣していたが、朝鮮半島に渡ることはなかった。家康に付き従う軍勢には八王子の同心衆も加わっていたが、さしたる数ではなかった。関東の領国では、大久保長安達代官頭の指揮のもとに開発開墾が進められ、物産の流通も活発化し、富国強兵の国づくりが行われていた。

「秀吉は朝鮮国へ攻め入り、更に明国にまで侵略の手を伸ばそうとしているのでしょうか？ ようやく戦国の世が終わり、平和が訪れたのですから、もっと国内を安定させ人々が安心して暮らせるようにすべきだと思います。何か秀吉一人が他国を征服したいと思っているだけで、他の大名は仕方なく従っているように思えます。秀頼というお子を授かったのですから後の世の安泰を図った方が良いでしょうに」

天下統一を成し遂げ、更にまだ国外に侵略の手を伸ばす秀吉の野望に信松尼は父・信玄や織田信長の盛衰の姿を見ていた。

「そう思います。秀吉から秀次、そして秀頼へと政権交代が繋がるようになれば、安定した穏やかな世の中になるのではないでしょうか。秀吉が、秀頼誕生の二ヶ月後に関白秀次の娘と秀頼の婚約を考えていたとの話も聞こえてきます。

ただ気になるのは、秀吉の衰えが急に進んでいるとの噂です。秀吉の鋭い観察力や判断力に狂いが生じていると思えることが確かに増えています」

「再び戦乱の世に戻るようなことは困りますね。平和で平穏になった村や町だからこそ人々は安心して働くことができるのです。後戻りだけはしたくないものです」

秀吉の力によって戦国の世は終わり、天下統一がなされた。この平和になった世の中がいつまでも続くようにと人々は願っていた。この考えは家康もその家臣達も同じであった。ただ同時に、世の中が不安定になる危険が起こった時、安定に導くのは自分だと家康は思っていた。

風が微かに梅の香りを運んで来た。信松尼は空を見上げ雲の流れを見た。青空に動きがあるかないかの雲が高尾の山の上にあった。子ども達の声が本堂の裏庭の方から聞こえてきた。子ども達も落ち着いた生活を送ることができていた。

「高尾の梅は今が満開です。先日、高尾で養蚕をする農家に話を聞きに行きました。その農家の庭から小仏川に沿って梅林が広がっており、きれいに梅が咲いておりました。その梅林とは反対側の日のよく当たる山裾には桑畑があります。桑には新芽がついていまして、今年も順調にお蚕様に合わせて桑の葉が収穫できるだろうと農家の主が言っていました」

「本当に後一ヶ月もすれば養蚕が始まりますね。早速桑の葉が大量に必要になり、忙しくなるでしょう。養蚕や機織りを習いたいという娘さん達はいましたか？」

養蚕場には蚕架や蚕箔等の養蚕に必要な道具が運び込まれていた。桑つみ籠は高尾の農家から譲ってもらい、かなりの数が集められていた。信松尼は蚕が桑を食べ丸々太って行く姿を思い描いていた。機織りの音も聞こえてくるような気がした。

「信松尼様の草庵で養蚕や機織りを始めるという話を聞いた近在の農家の娘達が是非働きながら仕事を覚えたいと頼みに来ていますし、同心衆の娘達からも教えてほしいと言って来ています。心配はないと思います。

それと、染物のことですが、新しい八王子の町で紺屋を始めようという者がおりました。誰だとお思いですか？　比佐の方様がお使いになっていた紺屋の作兵衛が生きていたのですよ」

「紺屋の作兵衛とな！」

紺屋とはもともと藍染を専門におこなう業者のことだが、他の染物屋も紺屋と呼ばれるようになっていた。紺屋の作兵衛は以前、八王子城城下の町で紺屋を営んでいた。比佐の方が作兵衛の藍染の技術を見込んで、仕上がった糸の染色を頼んでいた。また、その繋がりで信松尼も糸を染めてもらっていた。豊臣軍が八王子城に迫った時、多くの農民や町方の者が城に立て籠もるよう命令された。作兵衛家族も城内に入った。八王子城は豊臣の大軍の猛攻撃を受け一日で落城してしまい、たくさんの人達が殺された。作兵衛家族の消息もわからなくなり、あの惨状だったからてっきり一家全員死んでしまったのではないかと思われていた。

「はい、紺屋が八幡宿にできると聞きまして訪ねてみました。すると紺屋の主は作兵衛だったのです。わたしは作兵衛を覚えていましたし、作兵衛もわたしが栄吉の息子であることを知っていました。そして、『あんたの親父さんのおかげで落城する八王子城から逃げることができたのだ』と感謝されました。わたしの父と母が死んだことは知っていました。

暫くの間、作兵衛の女房の実家がある丹波山村に隠れ住んでいたらしいです。そして、関東が徳川領になり新しい八王子の町ができるという話を聞いて『また紺屋の商売をやろうと出てきたのだ』と言っていました。信松尼様が養蚕や機織りを再開すると聞いて作兵衛は大変喜んでおり、是非お手伝いさせてほしいと言っていました」

「作兵衛が生きていたのですね、本当に良かったです！　作兵衛が糸の染付をやってくれるならこんな有難いことはないです。安心して任せられますね」

八王子城城下の町で商いをしていた人達が新しい八王子の町に移って来ていた。知っている顔が目に浮かぶ。新しい町は以前の町より遥かに広い場所に造られており、これからもっと大きくなる可能性があった。町は活気に溢れ、人々の暮らしは豊かになり、平和な世を感謝する日が目前に迫って来たと信松尼は期待で胸を膨らませた。

三、

同じ頃、信松尼のもとへ姉の見性院より書状が届いた。おつまの子であり見性院が養母となっている家康の五男・武田信吉が、下総国小金城三万石から佐倉十万石に転封になったとのことであった。これは武田信吉と、秀吉の正室・北政所の甥である木下勝俊の娘と結婚が決まったからであった。家康は秀吉に対して政治的配慮をしたことになる。武田信吉十歳、木下勝俊の娘八歳であった。

「見性院様は大変喜んでいらっしゃいました。信吉様によって再興された武田家は今や十万石の大名となりました。元の穴山の家臣はもちろんのこと、武田の旧臣達も召し抱えられました。上様も豊臣と徳川の良好な関係を願っておりますので何よりのことです」

大久保長安が養蚕や機織りの準備の整った新しい草庵を訪ねて来た。

「見性院様がお喜びとのこと本当に良かったです」

信松尼は自分の身代わりで家康のもとに行ってくれたおつまに心の中で手を合わせ感謝した。徳川と豊臣の政略的なやり取りだとわかっているが、致し方ないものだと信松尼は思った。織田信忠との婚約時は、松姫は七歳で信忠は十一歳であった。

「今日は他ではありません。信松尼様がお育てになられた姫君様達のことで参りました。姫君様達はお幾つになられましたか？」

長安は信松尼に会う前に孤児達の家をちらっと覗いてきた。手習いの稽古をしている子ども達の間に入って、三人の姫君が手を取り書き方の指導をしていた。小袖姿の美しい姫君達であった。

「貞姫と香具姫は十五歳になり、督姫は十四歳になりますね」

信松尼は姫君達の年齢を言ってから自分で驚いた。同心衆の若侍が柵の向こう側から呆けた顔をして姫君を見ていることがあった。姫君達の将来について考えなければと信松尼は思っていたが、忙しさにかまけてつい後回しにしてしまった。

「お年頃でございますね。武田家の姫君様達のことは上様もご存知で、そろそろ嫁ぎ先を決めねばなるまいと心配なさっていました。下野国足利郡に所領を持ち、足利家の系譜に連なる宮原義久という者がおります。古河公方様とも縁が深く、朝廷との繋がりもございます。宮原義久は当年二十六歳、上様もこれから名家として徳川家を支えるにふさわしいとお考えでございます。武田家の姫君との婚姻がなれば宮原家の格式は一段と高くなり、君主としての徳川家の権威に重みがつくというものでございます」

「そのように家康公はお考えなのですね」

信松尼は少し首を傾げた。

「いえ、なんと言っても姫君様と信松尼様のお考えが第一です。上様はこの縁談をことのほか喜ばれているのは確かでございます」

長安は信松尼の顔に表れた影を見落とさなかった。徳川家のためではなく姫君のための婚姻であると、長安は慌てて取り繕った。

「長安、いいのですよ。姫君達の将来について考えねばならない時期に来ています。このままわらわと同じような暮らしを送らせるわけには参りません。しかるべき家柄の名家に嫁がせ、幸せな人生を歩ませてあげたいと思います。

感謝しております、お話を進めましょう」

「ありがとうございます。拙者も話を持ってきたかいがございました。

さすればどちらの姫君様にお話をお持ちするのがよろしいでしょうか？」

長安はじっと信松尼の顔を見た。信松尼は深く思いを巡らせているようであった。信松尼は三十三歳になると聞いていた。まだ若くて美しいと長安は思った。信松尼の光り輝くような眼が長安を見た。

「貞姫であろうな」

貞姫の父は武田勝頼、母は北条氏康六女の北条夫人であった。明るく活発な性格は三人の姫君達の中で長女的な役割を果たし、信松尼からの信頼も厚かった。香具姫も督姫も姉の如くに甘え慕っていた。孤児達の世話から読み書きの指導まで楽しそうに行っていた。これからの養蚕や機織りの仕事では、信松尼は貞姫の手助けが増々必要になると思っていた。

「拙者も是非、貞姫様にお願いしたいと思います」

長安はまずは胸を撫でおろした。武田家直系の姫君であるし、家康も貞姫を想定していた。先程の孤児達の家での様子を思い浮かべた。中で背も高く、声も大きく、元気に指導していた少女を子ども達は「貞姫様」と呼んでいた。

「長安、この縁談はこれで良いと思いますのでよろしくお願いいたします。さて、香具姫のことになりますが、知っての通り香具姫の父親は勝頼殿を裏切って武田を滅亡に追い込んだ小山田信茂です。小山田の名が出た時、相手側が承知するでしょうか？　香具姫も貞姫に劣らずとても良い娘に成長しました。幸せな人生を歩んでほしいと思います」

信松尼は香具姫が時折寂しい顔をするのを知っていた。信松尼に香具姫の悲しみが伝わって来る。草庵の者も同心衆も誰もが香具姫に優しく接してくれる。香具姫はそれに応えて明るく優しい愛らしい娘に成長した。信松尼は香具姫の心の奥底に大きな悲しみが沈んでいるのを理解していた。婚姻となれば、裏切者の小山田信茂の娘であることを隠す訳にはいかないであろう。

「香具姫様のことはお任せください。拙者が良いお相手を見つけてまいります」

長安はさっと香具姫の話をかわして、

「督姫様は如何でしょうか？　良いお話がございます」

長安の頬が少し緩んだ。

「何と！」

督姫にまで話が及ぶとは思っていなかったので信松尼は驚いた。

「これはまだ上様もご存知ないお話でございます。信松尼様のご承諾が頂ければ進めてみたいと考えております。　拙者の寄親でございます大久保忠隣殿が督姫様のことをいたく気にかけておりまず。督姫様のお父上・仁科信盛様が武田家臣の裏切り逃亡の多い中で高遠城において最後まで誇りを捨てず、織田と戦って討ち死になされたことに大久保忠隣殿は心を揺り動かされ敬服しております。そして、仁科信盛様の息女督姫様のご縁談のことを何とかまとめてやりたいと申しております。上様は京、大坂への在留が長く、江戸城は秀忠公が留守を預かっております。その秀忠公を支える後見ともいうべき家老職を大久保忠隣殿は昨年より仰せつかっています。秀忠公は上様から後継者として認められているからこそ関東領国の統治を任されているのだと思います」

「長安、ちょっと待ってください。督姫の縁談の相手というのは何と秀忠公なのですか？」

信松尼は慌てて呼吸を整えた。

「さようでございます。大久保忠隣様は秀忠公のお相手に督姫様は如何かと考えております。秀忠公は十五歳、督姫様は十四歳と伺いました。話を進めるには丁度良い年齢かと思います」

長安は力を込めて言った。

信松尼はあまりに思いがけないことであったので冷静になるまで時間がかかった。信松尼はおつまのことを思った。ケガや病気もせずに元気いっぱいであったおつまが、信松尼の身代わりとなって徳川家康のもとに行き、十年も経たずして死んでしまった。幸せに暮らしていますとの文を何度かもらったが、やはり辛いことがあったのだろうか？

「わらわは督姫の幸せを願っています。督姫は病気がちのところがありましたので、愛情細やかに大事に育てられてきました。二人の姫君と較べるとどうしても繊細で弱々しく感じられます。ですが、兄の仁科信盛に似て芯は強いものを持っています。わらわは督姫が気持ちの優しく美しい姫君に成長したと思っています」

兄・仁科信盛夫妻から託された督姫も輿入れして良い年齢になっていた。病弱なところはあるが成長するに連れ大人の体になり女性らしくなってきていた。徳川の領国の中で暮らす限りはその力を頼り、守ってもらうことは大事なことであった。家康はまだこの話を知らないという。長安と大久保忠隣は用意周到に話を進めて行くのであろうが、時間が掛かるだろうし、そう簡単にはいかないと思う。信松尼は政略的な臭いを感じ取っていた。

「信松尼様、お話を進めてもよろしいでしょうか？」

この話は大久保忠隣の考えというよりは長安自身の構想であった。関東領国統治の礎が築き上がると共に、長安の評価は高くなってきていた。更に高い地位と権力を求めるのは人の常である。

「良いでしょう。ただ督姫にはこの話をまだしませんので、他の者の耳には決して入れないでください。はっきり決まるまで、わらわと長安の間だけのことにしましょう」

「承知いたしました。本日はありがとうございました。大久保忠隣様も大変お喜びになられると存じます。これから愈々養蚕の忙しい季節へと入って行きます。信松尼様、どうぞ無理をなさらずにお体を大切になさるようお願い申し上げます」

長安は深々と信松尼に向かって頭を下げた。信松尼は、草庵の庭を抜け、出口に向かう長安の背を見送った。新緑がまぶしく輝いていた。草庵の後ろに建つ養蚕場、糸繰り場、機織り場を、長安はぐるりと首を回して見た。そして、草庵から見送る信松尼に頭を下げるなり、胸を張り肩をそびやかし堂々とした足取りで門を出て行った。

大久保長安はこの時四十九歳であった。息子は六人、娘は二人、この先四年後にまた男子が誕生する。江戸の屋敷に妻と幼い子ども達が住み、八王子の陣屋には長男・藤十郎十七歳と藤二郎十六歳が長安の代理として仕事に従事していた。


野山の緑が一層濃くなり、桑の柔らかな葉が風にそよぐようになった。

「お蚕さんがきましたよ！」

草庵の門前に立ち、待ち構えていたおキミとお千代の声が響いた。蚕種が信松尼の草庵に届いたのであった。その日から草庵は忙しくなった。農家や同心衆の家から養蚕、機織りを習いたいという娘達がやって来ていた。蚕種は孵化し、蚕になった。すぐに蚕に桑を与えねばならず、最初は日に四回、食べ頃には日に八回から十回、新鮮な桑を与える。それが一ヶ月は続く。そして、蚕が繭を作り、繭から糸を繰る。紺屋に糸を運び、染め上がった糸で機を織る。娘達に養蚕、糸繰り、機織りの技術を習得させながらの作業で、信松尼は休む暇もないほど忙しかった。春から夏へと過ぎ一段落終わったかと思うと、すぐに次の秋の作業を始めねばならなかった。

朝鮮の戦況は膠着して停戦状態になり、講和の交渉が始まったが進展はしていなかった。秀吉が昨年誕生した我が子秀頼を溺愛し、関白の座を譲って後継者と認めたはずの秀次を遠ざけるようになった。

「豊臣秀次、乱行の噂が上方では広まっているそうです」

善吉が大久保長安の陣屋で兄・幸吉から聞いた話をした。

「何か不吉なことが起こらなければいいですが、それにしても嫌な噂話ですね」

信松尼は機を織る手を止めて、善吉の話を聞いた。去年の暮れにこの新しい草庵に移って来てから一年が過ぎようとしていた。木枯らしに追われ、枯れ葉がカタカタと音を鳴らしていた。正月が近づき、機織りの見習いに来ていた娘達もそれぞれの里に帰って行った。

「大久保長安様は相変わらず忙しいようです。年内に何とか関東領国の検地を終えるところまできました。八王子の陣屋は、毎日夜遅くまでかかってその集計に取り組んでおります。太閤の命令で全国的に検地が行われています。戦乱の世が終わった証拠だそうです。農民は軍役に取られることがなくなり、安心して農業に専念できます。

長安様は、関東の徳川領の石高は予想していた以上だと喜んでいるそうです。安定した統治が行われ、徳川家の国力が増していくのが明白なだけに、代官頭としての長安様の評価は高くなっているようです」

「検地のことは良くわかりませんが、安心して働くことのできる世の中は有難いと思います。八王子の町も賑やかになってきたようですね。春から頑張ってきたかいがありました。お蚕さんからたくさんの繭が取れ、糸にして機を織りました。良い絹織物が出来上がり、八王子の町の市に出したところ評判を呼んで、瞬く間に売り切れましたね。秋も皆で頑張りました。こうして新しい年を迎えることもできますし、春にはまた養蚕を始めることができます。善吉達皆のおかげで最初の一年を無事に乗り切ることができました。感謝していますよ」

冬の日の落ちるのは早く、機織り場は薄暗くなってきた。庫裡では夕餉の仕度ができる頃であろう、機織り場に微かに魚の焼ける匂いが漂って来ていた。

「信松尼様、もうすぐ夕ご飯になりますよ。庫裡の方に来てくださいね」

機織り場の扉が開き、おキミが顔を出した。

「わかりましたよ。すぐに機織りを片付けて行きますからね」

「おキミ、わしの夕食もあるかな？　今日はゆっくりできるのだ！」

「善吉兄さんはここにいたのですね。八兵衛さんが兄さんを探していましたよ」

おキミは母親似なのだろう、背は低いががっしりした体型で明るく元気であった。おキミは十三歳になり、姫君達を手伝い孤児の世話もするようになっていた。

「おキミ、この織物を見てご覧なさい。もうすぐできあがりますよ」

「まあきれいな織物が出来上がりますね。貞姫様のお嫁入りのご衣裳になるのですね」

「そうですよ。来年の春には貞姫は下野国の宮原家に御輿入れされます。すぐに春は来てしまいます。あと二反は織って小袖に仕立てて持たせてやりたいと思います」

信松尼は明朝早くから仕事にかかるつもりなので簡単に片付けを終えた。

「暗くはないですか？　灯明皿に火を入れましょうか？」

日が落ち、足元が瞬時に暗くなった。善吉が信松尼を気遣い言った。

「機織り場や養蚕所はどこに何があるかわかっています。目を瞑っても歩いて行けます。心配はいりませんよ」

機織り場を出て、落ち葉を踏みながら三人は庫裡へ向かった。

「貞姫様が御輿入れしてしまうと寂しくなりますね」

「そうですね。でも、貞姫のためですし、わらわに負わされた役目です。三人の姫君の親達はあの世から娘達の幸せを願っています。わらわは三人の姫君が幸せになるようにと親達から託されたのです。

貞姫はきっと幸せになってくれるでしょうし、香具姫も督姫もやがてこの草庵を出て幸せになってくれると思います」

本堂から庫裡までの庭を子ども達が掃いて集めた、落ち葉の山に火がつけられ、煙が立ち上っていた。竹阿弥が子ども達を指図して清掃にあたっていた。竹阿弥は子ども達を集め並ばせて信松尼を迎えた。

「みなさん、ごくろうさまです。竹阿弥、だいぶ暗くなってきましたし、もうお掃除は終わりですね」

「はい、丁度終わったところです。後はわたしが落ち葉焚きの火の始末をいたします」

「さあでは、皆さん一緒に庫裡へ行って夕ご飯を食べましょうか！」

信松尼の声に、

「ワーッ、ゴハンだ！」

喊声を上げ、子ども達が甘えるように摺り寄り信松尼の法衣に触れようとした。

「待って！　みんな手を見せて！」

おキミが子ども達の前に立ちふさがった。落ち葉掃除をして汚れた手が並べられた。

「こんなに手が汚いでしょう。みんな、手を洗い、うがいをしてから庫裡へ行くのですよ」

おキミが湧き水の方を指さすと、子ども達はすぐさま方向を転換して水場へ向かった。孤児の家に寝起きしている子どもは今十二人であった。八王子城落城時はたくさんの孤児がいたが、あれから五年が過ぎた。養子にもらわれて行った子どもも多かったし、成長した子ども達は同心衆や代官所の手代や女中となって仕事に励んでいた。

「子ども達はおキミのいうことを良く聞きますね。おキミは子ども達の気持ちが良くわかるのですよ。面倒見の良いお姉さん先生ですね」

信松尼が善吉に向かって言った。

「おキミは母親似なのでしょう。しっかりしていますよ。父親、母親がいなくてもあのように元気で明るい子に成長しました。兄としてもうれしいです。これも信松尼様に教え導いて頂いたおかげだと思います」

おキミは素早く子ども達より先に水場へ行って、ひしゃくで水をすくっては子ども達が手を洗い口を漱ぐのを手助けしていた。信松尼と善吉はその光景を見て眼を細めていた。

庫裡の中は夕食の準備で大忙しであった。板の間に置かれた大きな食卓の上に順序良く食事が並べられていた。貞姫と督姫は料理の手伝いを、香具姫はお里の指示に従ってお千代と一緒に食卓に食事を運んでいた。石黒八兵衛と中村新三郎は早々と席に着いていた。

やがて食事の準備も整い、信松尼も子ども達も全員が食卓を囲んだ。信松尼が手を合わせると、全員が手を合わせ、今日一日が無事に終わったことを仏様に感謝した。

四、

文禄四年（一五九五）の春が来て、貞姫は信松尼が織った絹で仕立てられた小袖、打掛を身に着け、下野国の宮原家に輿入れした。桜が散り、汗ばむような暖かな日が続き、桑の葉が青々としてきた。今年も蚕種が到着し、忙しい養蚕の時期がやって来た。貞姫がいなくなり、寂しいと思っていたのもほんの少しの間だけで、桑の葉を摘み蚕に食べさせる作業の毎日に誰もが飲み込まれて行った。貞姫が取り仕切っていたことも自然と香具姫が跡を引き受けるようになった。今年は蚕の量を去年より増やしていた。養蚕、機織りの技術を習得しようとする新しい娘達もやって来た。去年来ていた娘達の中には、自分の家で養蚕、機織りを始める者も出ていた。

夏の盛りの頃、都から嫌な話が流れてきた。

「善吉、その話、真なのであろうか？」

「陣屋ではもっぱらその話でもちきりです。家康公も早速、都に向かって旅立たれたとのことです。この後すぐに大久保長安様も出発いたしますので、兄も従者として行ってくると言っておりました」

信松尼は善吉の話を聞き、気分の悪そうな顔をしていた。善吉は代官屋敷で兄・幸吉から話を聞き、至急草庵に戻って来たところであった。

豊臣秀次が謀反の疑いで、秀吉から高野山に登って隠棲するよう命じられた。秀吉の側室淀殿に息子秀頼が誕生すると、秀吉は秀頼を溺愛、後継者である秀次を疎んじるようになっていた。その頃から秀次の殺生、乱酒、荒淫の噂が絶えることはなかった。秀頼の誕生によって淀殿とその側近の力が強くなってきたことが秀次の立場を危うくしていた。六月に秀次が反秀吉派の大名を糾合して謀反を企てているとの噂が流れた。七月にその謀反の真偽について秀次が詰問され、誓紙を差し出すよう要求された。それでも秀吉の勘気は解けることなく、秀次は高野山に追いやられることになった。

江戸城にいた家康はその報を聞き混乱収拾のために急いで京へ出発したが、到着した七月十五日に秀次は高野山にて切腹を命じられ果てた。八月二日に秀次の首が三条河原にさらされた。その首が見下ろす前で秀次の幼い子ども四人が最初に斬られ、次々と妻側室侍女に乳母まで三十九名が斬首された。またそれまでに家老七名を始めとして秀次縁故の人物多数が斬首されたり自害した。秀吉は狂気に取りつかれたように秀次の痕跡を消し去ろうとした。老耄も進んでいたのであろう。聚楽第や近江八幡城まで破却した。

「もうそのような話は聞きたくはありません」

八月末には信松尼の耳にも秀次事件の結末が届いた。

家康が京入りしていたおかげで秀吉の不興を買っていた大名が何人も難を逃れることができた。朝鮮出兵で莫大な出費に困り、秀次から金を借りていた大名達の借金返済にも家康は救援の手を差し延べた。結局この事件の真相は解明されることなく、豊臣家家臣団の分裂と弱体化を進めただけであった。

酷暑の夏、督姫はもとから体が弱かったのだが、無理したせいか体調を崩した。食欲不振に陥り高熱が出る日が続き、涼しい風が吹き始めても体力は回復しなかった。

「督姫様、もう少しご飯をお食べください。これでは力がつきませんよ」

おキミは督姫が床をとって休んでいる部屋に食事を運んで来ていた。

「もういいわ。これ以上食べられないわ。おキミが食べてくれない?」

庫裡の方から夕食時の子ども達のにぎやかな声が聞こえてきた。おキミは早く夕食の場に行きたいと思っていたし、お腹は確かに空いていた。督姫の肌が一段と白くなり、指もか細くなっていた。元気のない憂い顔が目鼻立ちをはっきりさせ、美しさを際立たせていた。おキミも督姫を見てうっとりすることがあった。督姫は十七歳になっていた。

「あれ、お代官様がこちらを見ているわ」

庭に人の気配を感じたおキミが驚いた。お里が大久保長安を案内して本堂に向かう途中であった。本堂には信松尼が待っていた。

「大久保長安殿は家康公に従って京に上られていたと聞いていましたが、帰って来られたのですね。何か大事なお話でもあるのかしら?」

督姫は以前から勘が鋭いと言われていた。病んでからその勘が研ぎ澄まされてきたようであった。長安はお里から督姫の具合が良くないと言われ、督姫の部屋の方を見たのであった。督姫とおキミが部屋の中にいるのが見えた。そして、複雑な顔をしたまま信松尼が待っている本堂に入って行った。

督姫は長安が自分のことについて話に来たのだと直感した。良いことなのか悪いことなのか、何だかわからないけれど不快な空気を察知した。増々食欲がなくなった。

「督姫様、もっと食べて頂かないとわたしが叱られてしまいます」

「だからどうぞ、おキミが食べてよ!」

おキミは一瞬考え、決断したように督姫の残した食事を食べ始めた。おキミは自分でも胃袋が満たされ、気持ちが落ち着くのがわかった。督姫はおキミのことなどどうでもよかった。本堂の中が気になって仕方がなかった。督姫は神経を集中すると、本堂の中の信松尼と大久保長安の会話が聞こえてくるような気がした。

「信松尼様、誠に申し訳ありません。秀忠公と督姫様のご縁談の話はなかったことにして頂きたいと存じます」

大久保長安は御本尊を背にして座る信松尼に平伏していた。

「長安、面を上げてください。この話は内々のこと故、この草庵ではわらわだけしか知らないことです。大久保忠隣殿がどのように話を進めたかは知りませんが、話はなかったこと、それで良いと思います。長安、何も謝ることはありません」

徳川秀忠と督姫縁談の話がなくなったと聞いて、信松尼は残念と思うより先に胸のつかえが取れた感じがした。長安は信松尼が落胆するかと思っていただけに、安堵の顔色を見て人心地ついたのであった。

「大久保忠隣様がこの縁談の話をどのように進めようかと算段していました折、上方で関白秀次に謀反の疑いが生じたと大騒ぎになりました。上様は直ちに上洛し、忠隣様も拙者も同道いたしました。上方の混乱は酷いものでした。この事件に巻き込まれないよう大名達は戦々恐々としていました。大名達の頼りは上様でしたので、忠隣様も拙者もその取次や情報の収集で寝る暇もないほどでした。上様は苛立ち、神経過敏で怒りっぽくなっていたので、秀忠公縁談の話などとてもできる雰囲気ではありませんでした。

そうこうするうち、九月になった途端に太閤から上様に秀忠公婚姻の話が持ち込まれました。それもお相手は淀殿の妹で、太閤の養女となっていますお江与様でした」

「えっ、なんとお江与様ですと！　それで如何なりました？」

信松尼は、お江与が信長の妹・お市の方と浅井長政の娘で、淀殿の下の妹であることぐらいは知っていた。だから信松尼は驚き身を乗り出して長安に問うた。

「太閤からの申し出です。断るわけにはまいりません。上様は平和な世を望んでいます。関白秀次の事件直後ですし、朝鮮侵略の戦も終わってはいません。これ以上の世の混乱は避けるべきだと上様は申しておりました。太閤に承諾の旨を伝えますと、婚儀は九月十七日に伏見城にて執り行うことに決められました」

「九月十七日とは今日ではないか！」

「さようでございます。まさに本日、婚儀が執り行われました」

「督姫のことに関しては、わらわはそう簡単にことが運ぶとは思っていませんでしたので、落胆もしておりません。ただ、秀忠公とお江与様の御婚儀がなされたとの話には驚かされました。確かお江与様は二度の結婚をなされ、姫君もいると聞いています。何故急にこの結婚が決まったのか不思議でなりません」

お里が燭台を運んできて灯りをともした。本堂の中が明るくなった。信松尼の前に影のように座っていた長安がくっきり浮かび上がった。

「太閤が我が子秀頼公を溺愛するあまりに、この婚姻の話は進められたのだと思います。太閤は自分の人生が残り少ないのがわかっています。秀頼公のことが心配でならないのです。徳川と豊臣の間に更なる強い繋がりを作って我が子を守る必要があると考えたのでしょう。関白秀次の事件が太閤の気持ちを急かしたのだと思います」

「太閤の焦りがよくわかります」

「秀忠公は十七歳、お江与様は六歳上の二十三歳です。お江与様はまだ小さな姫君を豊臣家に置いて徳川家に嫁いで参りました。太閤の意志に逆らう訳にはいかないのは、お江与様も上様も同じでございます。『秀忠とお江与の間に女の子が生まれたならば秀頼に嫁がせてほしい』と太閤が上様に頼んだとも聞いております」

「そうなのですか！　この婚儀には政略的にそのような深い意味があるのですね。家康公も同意したのですから、それはそれで良かったのだと思います。とても督姫の幸せなど求める場所でないことが良くわかりました。これでこの話はおしまいにしましょう」

「ただ……」

長安はまだ残念そうであった。長安の顔に軽い感じの笑みが浮かんでいた。

「長安、何でしょうか？」

「秀忠公に拙者がちらっと督姫様のことを話しました。『武田の美しい姫君がいるのですが』と。すると秀忠公は『今更遅い！　早くその話を進めておけば良かったのじゃ、お江与は六歳も年上で子持ちなのだぞ』と悔しそうに仰っておりました」

「長安、この話はなかったことなのです。そのような話は聞きたくもないです」

信松尼は顔をこわばらせ、厳しく長安に向かって言った。

本堂の障子戸に映る影が揺れ、信松尼の荒げた声が聞こえると、督姫は心の臓が波立つような嫌な気分に襲われた。おキミも箸を止め本堂の方を見た。一瞬のことであった。すぐに静けさが戻り本堂の障子戸が開き、大久保長安が出て来た。背筋を伸ばし音も立てずに廊下を進む様子は能役者であった名残りであろう。長安が立ち止まり、こちらを見ているのが督姫にはわかった。督姫は急に体が震えるほどの寒気に襲われた。

「おキミ、寒いわ。障子戸を閉めて！」

「督姫様、大丈夫ですか？　顔色が良くないですよ」

初秋の夜ではあったが、穏やかな気候で空には上弦の月があった。

その冬の間、督姫は熱が出て寝込む日が多くなった。それでもおキミがかいがいしく世話をしたおかげで、春になると督姫は少しずつ回復の兆しを見せた。

養蚕の季節がやって来て、忙しい毎日が始まった。督姫も養蚕場へ行ってはみたが、皆と同じようには体は動かなかった。香具姫が中心となり蚕に桑を与えていた。すぐに休みを取る督姫を見て香具姫が心配そうに声をかけた。

「督姫様、あまり無理してはいけませんよ」

貞姫が輿入れしていなくなった後、香具姫が信松尼の補佐をして何から何まで一生懸命に立ち働いていた。やはり裏切者の小山田信茂の娘という素性が災いしてか、香具姫への縁談の話はなかった。本人もそこのところは承知しており、信松尼を手助けして働くことを心の支えとしていた。いつも明るく世話好きな香具姫は皆から慕われていたのであった。

その年閏七月十三日、山城国伏見を中心とした大地震が発生した。伏見城の天守、天龍寺、方広寺の大仏等が倒壊し、たくさんの死傷者が出た。被害は大坂、堺、兵庫、淡路島の広い範囲に及んだ。この伏見大地震の四日前に伊予国で、前日には豊後国で大地震が起こっており、人々は天変地異の恐怖に戦慄した。この天災の凶事を断ち切るために、十月二十七日、元号が文禄から慶長に改元された。続いていた朝鮮との和平交渉が決裂し、秀吉は朝鮮再出兵を決定した。慶長二年（一五九七）の正月、加藤清正と小西行長が先鋒として朝鮮に渡海した。朝鮮再出征軍は十四万人を超え、朝鮮侵略の慶長の役が開始された。

四月十一日、伏見城においてお江与の方が千姫を出産した。

信松尼達が新しい草庵へ移って来て四年目になった。養蚕、機織りも手馴れて技術も向上してきた。八王子の町に立つ六斎市での評判も高くなり、各地から買い取りの商人が集まるようになっていた。草庵で技術を習得した娘達は家に戻り、それぞれの技術を活かして養蚕、糸繰り、機織りの仕事を始めていた。同心衆や農家の暮らしも少しずつ良くなって来ていた。

おキミの兄・幸吉は大久保長安の命令で、日本全国の金銀鉱山の採掘状況を調べるための旅に出ていた。徳川家康は関東領国内流通の武蔵墨書小判の製造を開始していた。家康は豊臣秀吉亡き後の天下統治を考えるようになっていた。幼い豊臣秀頼を支えるための政治体制ができるにしても、その中心には家康が座るはずであった。大久保長安には家康の進む方向が見えてきた。長安は今から準備にかからねばと考え、幸吉を旅に出したのであった。

幸吉が若い女を伴い、久し振りに信松尼の草庵を訪ねて来た。女は一人の子どもを背負い、もう一人の子どもの手を引いていた。

「幸吉、達者であったか？　ずいぶんと長い旅であったそうですね。長安からも話を聞いておりました。それでそこにいるのが幸吉の嫁御なのですね」

信松尼がおキミに呼ばれて本堂の前へ行くと幸吉家族が待っていた。

「信松尼様、お久し振りでございます。無事家族を連れて八王子に戻ってまいりました」

「幸吉の女房の八重といいます。この子は久美、背中の男の子は健吉といいます。信松尼様、これからよろしくお願いいたします」

幸吉の女房の八重がしっかりした口調で信松尼に挨拶した。幸吉は石見銀山で八重と知り合った。八重の父親は全国の鉱山を渡り歩いてきた経験豊かな山師であり、金掘師であった。幸吉の父親の栄吉のことも良く知っていた。幸吉は石見に二年ほど滞在して八重の父親から鉱山の知識技術を学んだ。そして、父親に気にいられた幸吉は娘の八重を嫁にもらってくれないかと頼まれたのであった。

「石見から武蔵の八王子までは遠くて長い旅だったでしょう。それに小さな子ども二人を連れてですから大変苦労したのではないですか？」

信松尼は八重の背中でにこにこと笑っている健吉を見ていた。ぽっちゃりした健康そうな顔をしている。

「はい、大変でしたけれど、わたしも幼い時から父母と一緒にあちこちの鉱山を巡っていましたので何とかなりました。わたしの父や幸吉さんのお父さんの知り合いという人が各地の鉱山にいまして色々手助けをしてくれました。親子四人、無理せずゆっくり旅して八王子に辿り着くことができました」

八重は二十五歳だという。日焼けして健康的な肌がはじけそうであった。

「これからは八王子に住むことになるのでしょう?」

「陣屋の中にある長屋に丁度空き部屋がありましたので、そこに寄せてもらうことにしました。わっしも長安様の命令次第で八王子に落ち着いている訳にいかないと思います。上方では太閤秀吉の健康状態がどうも思わしくないとの噂が流れています。長安様もわっしをのんびりなどさせてくれないと思います。でも、八王子で家族が安全に暮らしていると思えば、わっしは心配なく仕事に励むことができます。善吉もおキミもいますし、何より信松尼様が控えておられる。信松尼様、よろしくお願い申し上げます」

幸吉は深々と信松尼に頭を下げた。

「幸吉、八王子にいる限りはわらわ達がついています。心配は要りません」

「ありがとうございます」

「久美、わたしはあんたの叔母さんなんだからね!」

キミが呼びかけると久美は大きな眼を更に大きくしてキミを見つめていた。

「善吉はどうしたのですかね?」

信松尼がおキミに訊いた。

「ちょっと前に養蚕場へ桑の葉を運んでいました。その時、幸吉兄さん達が来ているからと話しておいたのですけれど。呼んできましょうか？」

「おキミ、いいよ。善吉も忙しいのだろう。善吉とは昨日、八王子に着いた時すぐに会っているから別に会わなくていいさ！」

幸吉はやはり長兄で貫禄があり、父の栄吉を思い出させるものがあった。八重は若い母親だった。豊かな乳房がキミの眼にまぶしく映った。

「善吉も早く幸吉のようにお嫁さんをもらうといいですね。このような可愛い子どもができますよ」

信松尼が久美の頭を撫でながら突然言ったのでおキミはびっくりした。おキミは善吉が信松尼に思いを寄せているのがわかる年頃になっていた。この場に善吉がいなくて良かったとキミは思った。


幸吉が八王子に落ち着いて家族と暮らしていたのも一ヶ月ほどで、すぐにまた大久保長安の供をして上方へ出発した。残された八重達は陣屋からさして遠くない信松尼の草庵へ毎日のように通うようになった。八重は早速養蚕の手伝いを始め、糸繰り、機織りと信松尼の指導を受けながら草庵の仕事や生活になじんで行った。久美と健吉は香具姫やおキミ、お千代が世話をし、読み書き手習いを教える子ども達の中に入り一日を過ごしていた。

督姫の体の具合が一向に良くならなかった。暖かくなれば健康を取り戻すだろうと思っていたが、慶長三年（一五九八）の春になっても督姫は床に臥せる日が多かった。信松尼の毎日の勤行の際には、督姫は体調の許す限りは一緒にお勤めをしていた。卜全和尚が時々草庵を訪れ督姫を見舞ってくれた。仏の道を説く和尚の話に督姫は熱心に耳を傾けていた。

病身のはかなさが美しさを際立たせ、督姫の透き通るような白い肌が魅惑的な光を発していた。草庵の生垣越しに恋しさの漂う熱い眼をした若い男達の姿を見ることも多くなった。だが、督姫の信仰への思いがその視線を遮断した。冷たくされればされるほど熱くなる男達もいた。その中に大久保長安の息子が含まれていたのかもしれない。

春の三月十五日に太閤秀吉は醍醐で盛大な花見を催し元気を回復したかと思われたが、五月になり健康状態が急激に悪化し、病床についた。病状は重く食事も咽喉を通らず予断を許さない日が続いていた。七月十五日、秀吉の命により諸大名が秀頼への忠節を誓った血判の誓書を差し出した。八月五日には、秀吉が五大老の徳川家康、前田利家、上杉景勝、毛利輝元、宇喜多秀家に秀頼を託したので、家康と利家は、石田三成、長束正家、増田長盛、浅野長政、前田玄以の五奉行に、秀吉同様に秀頼に忠実に仕えることを約した誓書を提出し、また五奉行も誓書を家康と利家に提出した。

秀吉は家康に孫娘・千姫を秀頼に輿入れさせることを約束させた。それにより豊臣・徳川の絆を更に強くし、まだ幼弱な秀頼の将来を家康に託したのであった。そして、家康には伏見城において政務を執ることを頼み、前田利家には大坂城において秀頼を守り育成することを頼んだのであった。更にそれから五大老、五奉行を枕頭に呼んでは死後のことをこまごまと話し続ける日が続き、八月十八日に太閤秀吉は六十三歳でこの世を去った。二十五日には秀吉の死を秘して、家康と利家は朝鮮に軍を展開している諸大名に撤退の命令を出した。

「信松尼様、長安様のご嫡男・藤十郎様の婚姻が決まりました。信濃松本藩の石川康長様のご息女がお相手とのことです」

慶長四年（一五九九）、蚕種が後七日もすれば届くという日の夕方、養蚕所では蚕棚の設置から用具の清掃と今日一日の仕事を終えたところだった。次の夕食の仕度に皆は庫裡の方へ戻って行った。信松尼が一人残り、準備に落ち度はないか確かめていた。朝から姿の見えなかった善吉が養蚕所の入り口で待っていた。

「そうですか、それは良かったですね」

信松尼は庫裡への坂を下りて行き、善吉はその後ろに従っていた。

「兄が昨夜陣屋に戻って来ました。今日の午後には出発しなければならない、朝の内にちょっと来てくれと呼ばれ、兄から話を色々聞いてきました」

「ああ、それで今日は八重と子ども達の姿が見えなかったわけですね。久し振りに帰って来たというのにすぐに旅立ちですか、それでは家族でゆっくり楽しい時を過ごすこともできませんね。八重も寂しいでしょう」

「はあ、それは……。

上方では太閤秀吉亡き後の権力をめぐっての政争が続いています。家康公は太閤秀吉から政治のことは頼むと遺言されたので、伏見城に入って政務を執り仕切っております。しかしながら、このままだと豊臣家は徳川に取って代わられてしまうと危機を感じる石田三成を始めとする豊臣家恩顧の大名がいます。一月には、前田利家公を前面に出した石田三成等が、家康公に『諸大名が勝手に婚姻を結んではならない』という太閤の遺命に背いたと詰問しました。家康公は逆に『わたしを五大老から外そうとする陰謀で、それこそ太閤の遺命に背くものだ』と反論しました。家康公は石田三成達大名との衝突は避けられないと考えています。今から多くの大名を徳川の味方につけておく必要があります。婚姻は同盟を結ぶことに繋がる戦略なのだと思います」

善吉は前を行く信松尼の肩が小刻みに揺れるのを見て足を止めた。信松尼のため息を微かだったが聞き取ることができた。

「長安の嫡男の婚姻も戦略的なものだということですね」

信松尼が足を止め善吉の方に振り返った。本堂の屋根の上には薄い雲の中に夕月が明るさを増していた。遠くから蛙の鳴き声も聞こえた。

「その通りだと思います。豊臣家恩顧の大名の中で朝鮮出兵で苦労した加藤清正、福島正則、黒田長政の武断派と、太閤秀吉側近官僚の石田三成等の文治派との対立が激しくなっています。家康公はその辺りのところをうまく利用して戦略を立てているのだと思います。家康公家臣の子息・息女達を含めて勢力拡大のために豊臣系大名との政略結婚を進めています。長安様の長男は豊臣系の石川家から、次男も同じく池田家から正室を迎え入れることになっています。長安様は甲斐の浅野家をはじめとして信濃、木曽の大名達の調略も担っています。開戦ともなれば、東海道と共に中山道は徳川軍の重要な進撃通路となります。安全な進路の確保のために今から長安様は工作を進めているのでございます」

兄・幸吉は、今回は松本から木曽へ向かうのだと言っていた。信松尼が真剣な顔をして善吉の話を聞いていた。

「では、今の同心衆五百人を千人に増やしているとの話が耳に聞こえますが、この戦いに備えてのことなのですね？」

「そうだと思います。家康公は太閤秀吉からこの国の政治を委任されたという自負があります。その政治を実行するには他の大名を圧倒する国力と武力が必要だと確信しています。いずれ戦う時が来る、その時に備えて着々と準備をしているのだと思います」

八王子の町にこのところ武田や北条の旧家臣の浪人達が仕官を求めて集まって来ていた。同心衆増強の話が近在ではかなり広まっていた。

「今の世の動きが良くわかりました。このまま進んで行くと最終的には家康公が天下を治めることになるのでしょうね。長安は家康公の意向を汲んでその時に備え、更に幸吉はその下で長安を支えているということですね」

「そのようにして世の中は進んで行くのではないかと思われます」

善吉の話は兄・幸吉から伝わって来たのであり、それを指図しているのは長安なのだと信松尼は思った。信松尼は戦乱のない安定した穏やかな世の中が来ることを望んでいた。信松尼は太閤秀吉亡き後の世が再度戦乱に巻き込まれることを最も恐れていた。その考えは長安も同じであった。長い戦乱の世が終わり、ようやく平和な世が来たと安心している時に太閤秀吉が幼い秀頼を残して死んでしまった。その後を引き継いで泰平な世を維持できるのは徳川家康の他はいないであろう。長安はそう思うからこそ、家康のために懸命になって活動している。信松尼もそれはよくわかった。だが、今一つ長安についてはわからないところがあると信松尼は思った。

徳川家康と対等の立場にあった前田利家が死んだ。後ろ盾を失った石田三成が加藤清正、福島正則、細川忠興等武断派武将に襲撃された。石田三成はあろうことか徳川家康を頼り、伏見城に逃げ込んで来た。家康が仲裁に入り、石田三成が五奉行職を辞任し、佐和山に隠居することで武断派武将達は和議に応じた。家康は息子の結城秀康を護衛に付けて、石田三成を佐和山城に送り届けた。

石田三成が佐和山に逼塞している状況を受け、大久保長安は久しぶりに江戸へ戻って来た。江戸城ではお江与の方が次女・珠姫を出産して間もない時であった。その後、寸暇を得た長安は八王子へと足を延ばした。江戸城において秀忠とお江与の方に拝謁した時、お江与の方が気になることを口にした。

「長安、八王子には武田の血を引く美しい姫君がいるとの噂を聞くが、どのように美しいのか見てみたいものですね」

お江与の方は不機嫌そうな眼をして秀忠の方をちらっと見た。

「信松尼様のことでしょうか？　武田信玄の五女にあたる姫君でございます。確かにお美しい方でございますが、出家しておりますし、年齢も四十に近いと思われます」

「ふん、まあいいでしょう」

お江与の方はそのような返答は聞きたくもないと不服な顔をした。長安はお江与の方が嫉妬深いことを聞いていた。秀忠の花嫁候補にどのような姫君がいたのか等どうでも良いことであったが、お江与の方はそうは考えていないようだった。どこかからお江与の方の耳に八王子の美しい姫君の話が入ったのかもしれない。秀忠の身の回りの世話をする奥女中は、年配の女か男の気を引かない女ばかりであった。お江与の方は三十歳を超え、秀忠はまだ二十四歳であった。産後の精神の不安定さで嫉妬心が増幅したのであろうか、お江与の方の苛立ちが長安に伝わって来た。

大久保長安は八王子の陣屋に到着し、代官達の状況報告を受けたあとすぐに信松尼の草庵へ向かった。夕暮れ時になると暑さもやわらぎ涼しい風の吹く時期になっていた。油蝉が多い中でひぐらしの鳴く声が遠くの方からはっきりと聞こえてきた。

生垣の外から草庵内をのぞく若侍の影が二つ見えた。人の来るのがわかったのか、若侍は慌てて木の影に隠れた。長安は、一人は三男の権之助に違いないと思った。長安は権之助を譜代の青山家へ養子に出す話を進めていた。草庵の門をくぐると、縁側に腰をかけ庭を眺めている督姫の姿を長安は認めた。傍にはおキミとお千代の姿があった。

「督姫様、ごきげんは如何ですか?」

間近に督姫の姿を見るのは長安にとって久し振りであった。痩せてはかなげな感じが強くなっていた。それが一段と督姫の美しさを光り輝かせていた。

「はい、元気にしております」

と言いながら、督姫は咳き込んだ。お千代が慌てて督姫の背中をさすろうとした。

「大丈夫よ！」

督姫は毅然として背筋を伸ばした。端整な目鼻立ちがくっきりと浮かび上がった。長安の眼は釘づけとなり、その美しさに吸い込まれるような感じがした。

「信松尼様はどこにおいでかな？」

長安は呼吸を整え直し、おキミに声をかけた。

「督姫様、長安様をご案内してきます」

「はい、おキミお願いしますよ」

督姫の足元は何か覚束なさそうであった。傍に寄りそうお千代の肩に督姫の手が置かれていた。

長安は督姫に黙礼し、おキミの後について本堂へ向かった。


「信松尼様、今督姫様にお会いして来ましたが、お体のかげんは如何なのでしょうか？督姫様は元気だと言っていましたが、拙者にはそうは見えませんでしたが……」

長安は督姫から危険な美しさを感じ取っていた。お江与の方が八王子の美しい姫君のことなど忘れてくれれば良いのだが、そうでない時は面倒なことになると長安は思った。

「督姫はこのところあまり体の具合がよくありませんね。幼い時から体の弱い子でした。元気に成長していたはずでしたが、養蚕や機織り仕事の無理と過労が祟ったのかもしれません。寝たり起きたりの日が続いています」

信松尼は兄・仁科信盛から督姫のことをよろしく頼むと託された。大久保長安が四年前に徳川秀忠との縁談を画策しようとした時の督姫は、病弱ながらもまだ元気と言えた。その直後から督姫は急激に体調を崩し、高熱を発して何日も寝込む日が続いた。信松尼の懸命の手厚い看病が効を奏したのか、ようやく督姫は熱が下がり病を脱した。督姫は普段から信松尼と共に勤行に励み、卜全和尚の法話も熱心に聞いていた。病床に臥せっている間に思考の世界を深めたようであった。督姫は回復したその日から以前以上に仏の教えを求めて仏道修行に専心し始めた。

「督姫様は一段とお美しくなられた。それだけによけい不安を感じました」

長安は今の気持ちを率直に信松尼にぶつけてみた。

「そうなのです。わらわも無理せず体を養生するように言っているのですが、督姫は今仏への信仰を懸命に深めています。気持ちが一途なのでしょう。感覚が研ぎ澄まされてきています。修行中の身とはいえあの厳しさでは体が持ちません。心配ですね」

信松尼は出家して仏に仕える身であるが、穏やかな暮らしを保てる余裕があった。仏の道を極めるならば、督姫の考えに間違いはなかった。しかし、そこには無理があった。

「修行も厳し過ぎれば病を引き込みます。強い信仰のせいで心が清らかに澄み、督姫様の美しさを一層際立たせているのでしょう。難しいところだと思います」

長安は先程の督姫の美しい姿を思い浮かべていた。するとそれを打ち消すかのようにお江与の方の不愉快そうな顔がよぎったのであった。

「督姫の信仰の強さには驚かされます。髪をおろして出家したいと言うのですよ」

信松尼は督姫の選ぶ道は間違ってはいないと思うが、身を削ってまでの修行は命を縮めることに繋がると心配であった。もとから弱い体であった。督姫には出家を諦め、病を治癒し健康な体になって豊かで幸せな生活を送ってほしいと信松尼は願っていた。

「督姫様は出家を望んでおられるのですか？」

「そうなのですよ。それも、『この草庵にいては、皆に甘えて修行になりません、どこかに庵を構えて深く仏の道を極めたい』と申すのです。この草庵を出て、その病弱な体でどうしようというのですか、とわらわは怒りました。『大丈夫です、それこそが修行だと思います』と督姫は言い張ります。困りました」

信松尼は督姫が仏の教えを守り、従い、学んで行こうとする気持ちは理解できた。それは信松尼が教えてきたことであった。三人の姫君の中で督姫が一番信松尼の教えを守ってきたことになるし、後を継ぐのに相応しいのは督姫であった。しかし、督姫の病弱な体質を考えればそれは信松尼の望むことではなかった。

長安の視点は信松尼とは別のところにあった。督姫の輝くような美しさはこの世のものとは思えないほどであった。長安は若くして死んで行った美しい女達を見てきた。長安ほどの年齢と経験を積んだ男なら美しい女達が滅する時に発する生命の輝きを感じ取ることができた。督姫を出家させてやるのは本人のためだし、若い男達を諦めさせる方法だとも思った。お江与の方が八王子の美しい姫君のことを知っていたとは長安にとって驚きであった。お江与の方が秀忠と関係のあったという女を探し出し、毒殺したとの話も聞いていた。お江与の方が輿入れ以前の話を蒸し返すとは思わないが、嫉妬心の強い女性ゆえ何をするかわからないと長安は恐ろしく思った。

「督姫様はまず健康を回復しなければなりません。その点、この草庵は療養の場所としては相応しくないように思われます。皆が養蚕、機織りに忙しい毎日を送っています。督姫様は少し体調が良ければすぐに仕事を始めてしまうと聞いています。皆が働いているのにのんびり床についている訳にはいかないと思ってしまうのでしょう。この草庵では落ち着いて療養はできないのではないでしょうか？」

長安は信松尼を何とか説得して督姫の出家を認めさせようと考えていた。長安にとってお江与の方の気持ちが一番気になるところであった。八王子の美しい姫君は髪を下ろし出家をしていましたと聞けば、お江与の方は心が休まるであろう。

「確かに、長安の言う通りだとおもいます。この草庵は多くの人が絶えず忙しく立ち働いています。孤児達もいるし、読み書きを習いに来る子ども達も多い、にぎやかと言うより騒々しいですね。督姫の体のためには良いわけがありません。だからと言って如何にしたら良いものか、考えると難しいことばかりです」

「信松尼様、それを拙者に任せてください。どこか暖かで静かな療養できる場所を探しましょう。この草庵からあまり遠くない所が良いでしょう」

「長安、良いのですか？」

信松尼は長安の話を素直に受け取り、眼を輝かせた。

「はい、お任せください。

ただそれには、信松尼様が督姫様の出家をお認めにならないといけません。督姫様は仏に仕えようとするお気持ちが強いです。ただ単に療養のためだとしたら督姫様は同意しないと思われます。督姫様は出家して精進修行することを望んでおられます。そのお気持ちを大事にした上で体の静養に努めて頂ければよろしいのではないでしょうか！」

「わらわが出家を許さないのは督姫もわかっています。督姫は修行の厳しさを受け入れるでしょうが、体は弱って行くのではないかと心配なのです。その点は、督姫にとっても辛いところなのでしょう。なるほどわかりました。なんと言っても督姫の体が回復することが一番大事なことです。長安、話を進めてください」

信松尼はなにより病を治し督姫の健康を回復せねばと思った。だが、信松尼は自分の手から離れた督姫のことを思うと、辛く不安と寂しさを感じるのであった。


「督姫や、出家の気持ちは変わらないですか？」

信松尼は督姫に、大久保長安からの申し出について話した。

「はい、わらわは仏に仕える道を選びたいと思います。そして、信松尼様の言う通り療養して、健康な体を取り戻したいと思います」

「わかりました。督姫にとって最善の道を選ぶことにしましょう。長安に早速連絡し、督姫の気持ちを伝えることにします。仏の教えを守り、静養して元気になるのですよ」

「信松尼様、ありがとうございます」

こうして督姫の出家が決まり、信松尼は長安にその旨を伝えた。

それから半月して長安手代の幸吉が信松尼のもとを訪れた。

「信松尼様、長安様の命令で参りました。まずは長安様からの書状でございます」

幸吉は長安からの書状を信松尼に手渡した。

「この書状では幸吉が説明するとありますが……」

「はい、長安様から督姫様が新しく住居とする場所を探すよう申し付けられました。ようやくここで督姫様の草庵として相応しい場所を見つけることができました。横山宿を少し入ったところに大義寺という大きな寺があります。その近くに良い土地を見つけました。浅川にも近く、日の当たりの良い静養するに申し分ない土地かと思われます。

長安様に報告しましたところ、このように書状を信松尼様に届けるようにとの指示を受けた次第でございます」

「わかりました。この書状には長安もその土地のことを勧めております。また、大義寺の住職とは顔馴染みなので督姫のことをよろしく頼んでおきますとも書いてありました」

「ここにその場所の地図があります」

幸吉が懐から自分で書いた地図を出した。

「ちょっと待ってください。督姫にも話を聞いてもらった方が良さそうですね」

信松尼が督姫の居室を見ると障子戸が開き、おキミがこちらの方に向かって歩いて来た。

「おキミ、どこへ行くのですか？」

「あっ、信松尼様それに兄さんもいる！　庫裡までちょっと用事がありまして」

「おキミ、督姫の具合はどうですか？　話があるのですが、大丈夫でしょうか？」

今日は寒さも少し緩んで暖かな日の光が庭に射していた。まだ雪の降る日はないが寒さは日毎に厳しくなっていた。

「督姫、話があります。幸吉がそなたの新しい住居を建てる土地を探してきました。幸吉の話を聞いて、これからのことを考えてください」

おキミに案内され、信松尼と幸吉が督姫の居室に入った。督姫は写経の最中であった。督姫の前にお千代も文机に向かって写経をしていた。

「はい、わかりました。幸吉、どのような所なのでしょうか？」

督姫は文机を離れ、思わず膝を乗り出した。頬に赤みが差し、以前に較べて生気が感じられた。

「おキミとお千代もここにいて話を聞きなさい」

おキミとお千代がこの場にいていいものかと部屋を出ようとした。

信松尼はこれから督姫のためにこの若い二人の力を借りねばならないと思った。

「これなる地図をご覧ください。この場所でございます」

幸吉が督姫の前に地図を広げ、指で指し示した。地図の中央に八王子の町が東から西に向かって横山宿、八日宿、八幡宿と並んでいた。横山宿を小田原から川越に向かう川越道が南から北へと横切っていた。川越道は大義寺の横を通り、浅川を渡って安土の丘を越えて、川越へ向かう。督姫の草庵の予定地は川越道を挟んで大義寺の向かい側であった。

「ここなのですね」

督姫が眼を輝かせた。

「その場所ならこの草庵からそう遠くないですね」

一緒に地図を見ていたおキミが口を挟んだ。

「浅川からもほど近くて空気も澄んで、日当たりの良い所です。長安様も督姫様が気に入ればすぐに草庵を建てたいと申しておりました」

幸吉は土地の手配から草庵の建設まで長安より任されていた。

「信松尼様、本当にいいのでしょうか？　わらわの願いがこのように早く叶えられるとは思ってもいませんでした。ただただ驚いています。ありがとうございます」

「わらわに感謝されても困ります。大久保長安の力があってこそできることなのだと思います。長安も姫の出家を喜んでおられる。やはり督姫の日頃からの精進のおかげだと思いますよ。願いが叶って本当に良かったです」

こうして督姫の新しい草庵の土地が決まり、慶長五年（一六〇〇）の春には立派な草庵が出来上った。督姫は出家して法名を生弌尼《しょういちに》と称した。中村新三郎とその妻そしてお千代が付き添い、新しい草庵での生活が始まった。おキミが毎日のように二つの草庵の間を行き来して互いの交流を図った。善吉も信松尼から頼まれ足繁く新しい草庵に通い、米や野菜の食料の調達から植栽の手入れまで何でも仕事を請け負っていた。

信松尼は兄・仁科信盛と義姉から督姫を託された時のことを思い出す。両親は督姫の幸せをどれだけ願っていただろうか！　信松尼は督姫が出家したことに複雑な思いを持っていた。結婚し、豊かで幸せな暮らしを選ぶべきだったのではないかと。しかしながら、督姫が元気に若さ溢れた充実した新生活を始めたのを見ると、信松尼の気持ちも明るくなるのであった。

一方、大久保長安の方も督姫出家の話がうまく進展したので胸を撫でおろしていた。江戸城大奥には長安の息のかかった奥女中から、「八王子の美しい姫君は出家した」との話を流布させた。これでお江与の方から余計な詮索をされることもなくなるはずであった。

五、

同じ頃、会津の上杉景勝が石田三成と謀り、不穏な動きをみせていた。徳川家康が景勝に上洛を要請するが、応じる気配はまったくなかった。家康は大坂城西の丸に諸大名を集め、会津征伐を決定した。石田三成は居城佐和山で上杉に呼応して城を修築し、浪人を多数召し抱えて家康の様子を窺っていた。

家康は会津征伐に向かえば、三成がその隙を狙って必ず旗揚げすることを予測していた。家康は六月十八日に五万五千の大軍を率いて伏見を出発し七月二日に江戸城に入り、二十一日に愈々会津上杉氏討伐軍が江戸城を出発した。

石田三成は家康が江戸へ向かうと直ちに家康追討軍挙兵の計画を実行した。三成は大谷吉継、長東正家等と協議し、五大老の毛利輝元を西軍の総帥に担ぎ出すことに成功した。三成の呼びかけには、小西行長、宇喜多秀家、小早川秀秋、島津義弘等が応じた。三成は七月十七日には家康の罪状十三ヶ条を書き記して諸大名に送り、関白秀吉の遺命に反した家康の数々の所業を責め糾弾した。

七月十九日、家康家臣の鳥居元忠が守る伏見城を小早川秀秋、島津義弘等が攻撃し落城させた。ここに三成の西軍と家康の東軍との決戦の幕が開いた。七月二十五日、会津征伐の途次にあった家康軍に伏見城落城の報せが入り、下野小山で譜代と豊臣系の反三成派の大名達に西軍蜂起に対する今後の方針を討議させた。征西に決定し、豊臣系武断派大名の福島正則、黒田長政、池田輝政、山内一豊等が先鋒となり、西軍撃滅に向かって進軍を開始した。石田三成は八月十日に美濃大垣城に入り、東軍先発の諸隊は八月十四日に尾張清須城に入った。東軍の豊臣系武断派諸将は岐阜城を攻略して東美濃を制圧し、大垣城を望む位置に陣を構えた。家康は九月一日に江戸城を出発し、九月十四日に美濃赤坂に到着した。家康を迎えた東軍陣営は俄然士気が高まり、本隊は三成の居城佐和山城を落として大坂城に進軍することを決定した。その計画を知った三成等西軍は関ケ原に陣を構え、東軍の進軍を待った。

九月十五日午前八時に戦闘が開始された。東軍は十万四千、西軍は八万三千、このうち実戦に参加した者は東軍は七万六千、西軍は三万五千といわれる。激戦となり、西軍も必死になって戦い、昼頃になっても勝敗の様子が見えずむしろ東軍は押されがちであった。ところが、松尾山に布陣していた小早川秀秋が西軍から東軍に寝返って、山の下に展開し東軍を迎え撃っていた大谷吉継軍に突入した。大谷隊はよく防いだが力尽き、ついに総崩れとなった。大谷隊の潰走を見て、宇喜多秀家、小西行長の諸隊も浮き足立ち雪崩を打って敗走し始めた。勝ちに乗じた東軍は石田隊を正面と側面から攻撃した。石田隊は力の限りに戦い頑強に抵抗し何度も逆襲したが、午後二時を過ぎる頃ついに力尽き敗走した。石田三成は西北の伊吹山山中に逃亡し、午後四時、西軍は完全に敗北が決定した。

数日後、石田三成は捕縛され、小西行長、安国寺恵瓊と共に京都の六条河原で斬首され、その首は三条大橋に晒された。

この結果、徳川家康は西軍に属した大名八十七家の領地四百十六万石余を取り上げ、五家の領地を削減して二百十六万石余を取り上げ、合計で没収高は六百三十二万石余となった。これらは徳川氏の直轄地に編入される一方、関ケ原の戦いで功労のあった東軍豊臣系武将及び徳川一門と譜代の家臣に与えられた。

豊臣氏の直轄地は近畿地方を中心に二百万石余あったが、豊臣秀頼の領地は摂津、河内、和泉の六十五万七千石とされ、残りは没収された。家康は重要な山林地帯、国内の政治経済貿易の中心となる都市、及び金、銀、銅、鉛の資源を産出する鉱山を次々と直轄地に組み入れて行った。

関ケ原の戦い後の政治状況は大久保長安の予測していた通りの展開となっていた。家康の命令により長安はその活動の場を全国に広げた。幕府初期の財政運営に関して長安は重要な役割を担うことになり、家康の信任は更に厚くなった。

関ケ原の合戦後、すぐに家康は佐渡金山や石見銀山等の諸国の鉱山に対する支配を進めた。長安はその年の九月に大和代官、十月に石見銀山検分役、十一月に佐渡金山接収役、翌慶長六年（一六〇一）春に甲斐奉行、八月に石見奉行、九月に美濃代官に任命された。長安は徳川直轄地の金銀鉱山の経営管理に関して思い通りの方針を貫き、その生産を上げることができた。

慶長八年（一六〇三）二月、徳川家康が征夷大将軍に任ぜられた。同時に長安は従五位下石見守に叙任され、家康の六男松平忠輝の附家老の役目も仰せつかった。さらに同年七月には佐渡奉行、十二月には勘定頭（勘定奉行）となり、同時に年寄（老中）に列せられたのであった。徳川幕府の財政経済を牛耳る奉行職をいくつも兼務独占していた大久保長安の権勢は強大なものとなり、「天下の総代官」と称されるようになった。

久方ぶりに見性院から書状が届いたのは慶長七年（一六〇二）の春のことであった。毎年のことであるが、蚕種があと十日もすると草庵に到着し本格的に忙しい毎日になると信松尼は気持ちを引き締めていた。

「八兵衛、見性院様からのこの書状に大変喜ばしいことが書いてありますよ」

信松尼は本堂から居室に戻ると、待っていた石黒八兵衛に弾んだ声で話しかけた。

「どのようなことでしょうか？」

八兵衛は今年六十一歳になり、信松尼の家臣としての役目を離れ、千人同心の息子夫婦と一緒に暮らしている。それでも毎日のように草庵を訪れ、何らかの用事をこなしていた。ましてこれから養蚕の季節に入る。信松尼の手助けをしなければとの思いは強かった。

「信吉様がこの度、常陸国水戸二十五万石に封じられることに決まったそうです」

武田信吉は徳川家康の五男であった。信松尼の身代わりとなり、家康の側室になったおつまの息子であった。武田家を再興させよとの家康の思いがあった。おつまは亡くなり、今は見性院が養母となっていた。

「それは目出たいことです。武田家が愈々徳川家を支える大大名となりますな。このような時が来るとは考えもしませんでした。見性院様もさぞお喜びのことでしょう」

八兵衛は信松尼と眼を合わせた。八兵衛の眼から涙が零れ落ちた。おつまの方を家康のもとに送り出した時の信松尼の悲痛な姿を思い浮かべたのであった。

「八兵衛、良かったですよ。本当におつまに感謝しなければなりません」

信松尼も法衣の袖を目頭にあてた。

常陸国を領有していた佐竹氏は西軍に属したために領地を没収され、出羽国秋田へ転封となり、その後に武田信吉が入ることになった。旧穴山家家臣を中心とした武田家臣団が従い水戸二十五万石に入国し、武田家再興が成るのであった。ただ心配なのは信吉が体調を崩し病に伏せる日が多いことと、嫡子が誕生していないことであった。

蚕が成長し、桑を日に八回も食べ、いよいよ繭を作り始める時期にさしかかろうとしていた。甲州道中の整備の具合を見ながら中山道を通り、京へ向かおうとしていた大久保長安が信松尼の草庵に立ち寄った。

「信松尼様もお忙しそうでございますね。京へ向かう旅の途中、立ち寄らせて頂きました。香具姫様の縁談につきましてお話がございます」

大久保長安は八王子の陣屋に供の者達を休ませ、幸吉一人を引き連れやって来た。蚕は夜も眠らず桑を食べていた。桑の葉をいっぱいに詰めた籠を背負い、香具姫と子ども達が桑畑の坂を下りて来た。

「そうですか、お話をうかがいましょう。丁度香具姫がやって来ました。香具姫も一緒に聞いてもよろしいですかね」

「是非とも香具姫様にも話を聞いて頂きたいと思います」

長安は縁側に腰を下ろし、居室内の信松尼と向かい合っていた。幸吉は庭の敷石の上に膝を折って控えていた。

「香具姫、養蚕所に桑を置いたらこちらへ来なさい。長安殿から話があるそうです」

「はい、わかりました。すぐに戻ってまいります。さあ、みんな行きましょう！」

香具姫は長安に一礼しながら子ども達と一緒に養蚕所の方へ急いだ。長安の目が香具姫の後ろ姿を追っていた。香具姫は二十四歳になっていた。三人の姫君の中で信松尼のこの草庵に残るのは香具姫一人であった。信松尼の手助けをして子ども達の世話をし、読み書き手習いを教えていた。その他、手を空ける間もなく仕事を見つけては体を動かしていた。

長安は香具姫について幸吉から話を聞いていた。信松尼の言いつけを守っての日々の暮らしぶりから気立ての優しさ、子ども達への愛情の深さまで香具姫は申し分のない姫君に成長したと長安は思っていた。出家をする気持ちはないとの話も聞いた。武田勝頼を裏切り、武田家滅亡に追い込んだ張本人の小山田信茂を父に持つ負い目と心の痛みを見せることもなく、自然に振る舞っている。香具姫の父親が小山田信茂だとわかると、いくら実力者の長安が持ってきた縁談でもそこで話が停まってしまうのが現状であった。

「縁談のお相手は上総佐貫三万石内藤政長殿の嫡男忠興殿で、当年十五歳でございます」

「まあお若いですね」

信松尼は香具姫の顔を見た。香具姫は驚きもせずに長安の次に続く話を待っていた。

「年齢の差は相手も承知の上でございます」

香具姫は二十四歳である。

「それで香具姫の血筋、家柄については内藤殿に隠すことなく話したのであろうな?」

信松尼が再び香具姫を見た。香具姫は信松尼と目を合わせうなずいた。

「そのことに関しては内藤殿も納得しており、問題はありません。香具姫様のこの草庵での暮らしぶり、風邪ひとつ引かず元気であること、明るい性格で子ども達から好かれていること等を話しますと、是非とも話を進めてほしいと申しておりました。その上でこれから一番重要なことを申し上げねばなりません。内藤殿の勝手な言い分です。香具姫様には正室ではなく側室として内藤家に輿入れしてほしいとのことなのです。難しいことと思いますが、お考え頂ければ有難く思います」

長安も何とか正室での縁談はないかと探したが、小山田信茂の娘という負い目は致し方がなかった。内藤家では、徳川家重臣の酒井家から正室が輿入れすることが決まっていた。五歳になったばかりの幼い姫君でよく熱を出すという。酒井家の手前もあるし、家康が仲立ちしており、内藤家としては断るわけにはいかなかった。内藤家の事情を考えれば、忠興の後継者としての男子出生が一番に望まれるところであった。後継者の男子がいなければお家断絶となってしまう。大名家の継続と繁栄は男子出生にすべてがかかっていた。香具姫には内藤家の側室としての条件が十分に備わっていた。それに徳川の財政担当の重職にある大久保長安に恩を売ることもできた。

「内藤家では香具姫を正室ではなく側室で迎え入れたいというのですか!」

信松尼は話が違うのではないかと長安を睨みつけた。

「信松尼様のお気持ちはよくわかります。正室になられるのは幼い姫君ですし、内藤忠興様も元服したばかりでございます。側室とはいえ、内藤家の奥のことは香具姫様にお任せしたいとのことでございます」

長安は今回の縁談の経緯から内藤家の事情までを詳しく説明した。

「長安の申すこと、わかりました。ですが、やはり側室ですよ」

信松尼は「側室」と蔑んで呼び捨てた自分に内心驚いた。母・油川夫人もおつまも側室であった。自分は側室にならずに済んだだけではないかと複雑な思いがよぎった。

横で香具姫が静かに話を聞いていた。

「信松尼様、長安殿、わらわは内藤様のこのご縁談をお受けしたいと思います」

突然、香具姫が信松尼と長安に頭を下げ自分の思いをはっきり口にした。

「香具姫、本当によいのですか?」

信松尼は香具姫の幸せを願っていた。内藤家に側室として輿入れし、幸せな生活を送ることができるのであろうかと心配であった。

「内藤様では小山田信茂の娘であるわらわを承知の上で喜んで迎え入れてくれるとのことです。信松尼様のおかげでわらわ姫達三人は平穏無事で幸せな暮らしを送り、成長してまいりました。わらわも母親と思い信松尼様をお慕い申してまいりました。信松尼様と草庵の皆様とお別れするのは大変辛いですが、甘えてばかりはいられません。自分で新しい人生を切り開いて行かねばならない時が来たのだと思います。草庵に残り、出家する気持ちはございません。現実の世と向き合いしっかりと生きて行きたいと考えています」

香具姫は信松尼なら自分の気持ちをわかってくれると思った。少しの間、沈黙が流れ、信松尼の顔から難しさが消えていつもの穏やかな表情に戻っていた。

「そうですね、いいでしょう。香具姫の気持ちを大切にしましょう。姫の気持ちはよくわかりました。姫は素晴らしい女性に成長したのだと思います。そなたの決意を尊重いたします。きっと内藤家で幸せを掴むことができると思います」

信松尼は香具姫の手を取り、

「辛かったりしたらいつでもここへ戻って来ていいのですよ」と言った。

「信松尼様、温かいお心づかいありがとうございます。でも、そのようなことのないようにしっかり幸せを掴んでまいります。亡くなった父母も喜んでくれると思います」

香具姫が内藤家に輿入れしたのはその年の秋であった。大久保長安にとっては数多い案件のうちの一つであったが、旧主武田家に関することであり、まずは安堵したのであった。

後のことになるが、内藤家は陸奥の国磐城平七万石に移封されることになる。そして、香具の方は三男三女の子ども達に恵まれた。正室には男子は生まれず、香具の方の長男頼長が磐城平七万石の後継者となった。香具の方は藩主の生母として幸せな生涯を送り、九十五歳の天寿を全うした。


徳川家康が征夷大将軍に任ぜられた慶長八年（一六〇三）、豊臣秀頼は四月に内大臣となり、七月には家康の孫・千姫を娶った。この二人の結婚は秀吉が臨終の時に家康に頼んだ約束であった。秀頼は十一歳、千姫は七歳であった。豊臣家に対する家康のこの一連の気配りは、徳川幕府開府にあたって豊臣系大名を安心させるためのものであった。

九月、家康の五男で水戸二十五万石の藩主武田信吉が亡くなった。二十一歳の若さであった。嫡子がいなかったので武田家は断絶となり、翌月に家康の十男・頼宣が入封した。後に頼宣は紀州和歌山藩五十五万石の藩主となって転封し、今度は家康の十一男・頼房が水戸に入り、水戸徳川家の藩祖となった。

信松尼のもとへ見性院より、武田信吉が亡くなって武田家が断絶したとの書状が届いた。信吉の四十九日の法要が終わって暫く後、見性院が信松尼の草庵を訪ねて来た。

「我が子勝千代を亡くして十六年が過ぎ、こたびは信吉様を亡くしてしまいました。武田家再興を願って力を尽くしてきましたが、武田家断絶となり気力も体力も失せました。暫くの間菩提を弔い、世俗を離れ静かに暮らそうかと考えています」

異腹の姉・見性院は六十一歳となり、信松尼は四十二歳になっていた。見性院は妹の住む八王子の地に隠遁の場所を探し求めていた。

「金照庵は如何でしょうか？」

信松尼は甲斐国から逃亡してやっと辿り着いた上恩方の金照庵を懐かしく思い浮かべていた。人も滅多に訪れては来ない静謐な山間の庵であった。

「ずいぶんと昔のことになりますね。おつまは金照庵を発ち、家康様のもとに行きました。おつまは亡くなり、家康様との間に生まれた信吉も亡くなりました。金照庵が出発の思い出の場所です。わらわも良く覚えています。山奥の静かな所でしたね。信松尼、そこに決めますので宜しくお願いしますね」

見性院は用人一人と侍女二人を供として金照庵へ転居することになった。信松尼は案内役に善吉を付け、金照庵の玄徳和尚宛に詳しい事情を記した書状を持たせた。見性院の金照庵での隠遁生活は暫くの間続いたのであった。

翌慶長九年（一六〇四）の七月、徳川秀忠とお江与の方の間に竹千代（後の家光）が誕生した。江戸幕府は江戸日本橋を出発起点とした街道の整備にかかり、大久保長安の総指揮のもとに一里塚を設置した。慶長十年の四月、徳川家康は征夷大将軍の官職を秀忠に譲った。家康は武家社会を徳川家が統括し、公家社会は摂関家豊臣家に委ねるつもりがあったようである。豊臣秀頼は右大臣に昇進していた。秀頼は相国寺に鐘楼等を寄進、醍醐寺西大門を造営、宮中への多額の財政支援も行っていた。家康は徳川秀忠の征夷大将軍宣下の際に豊臣秀頼の上洛を求めたが、淀君に拒否された。

生弌尼の体調がすぐれないとの話を信松尼はおキミから聞いていた。おキミは一日一度は生弌尼の草庵と信松尼の草庵の間を行き来していた。おキミは上野原宿の草庵を出て陣屋横を抜け、八王子の町の中心を走る甲州道中を東に向かい、横山宿で南から来る川越道に入って浅川の方へ歩みを進める。大義寺が見えればそのすぐ前に生弌尼の草庵があった。

「おキミ、生弌尼の具合は如何様でしたか？」

「はい、今日はお元気なご様子で、持って行きました煮物など半分ほどお食べになっていました。日も暖かで生弌尼様は落葉を踏みながら庭を歩いておりました」

「そうですか、生弌尼は良い時も悪い時もあるようですね」

空は青く澄み、高尾から陣馬にかけての山の連なりがいつもより近くに見えた。機織り場から「トントンカラリ、トンカラリ」と機を織る音が聞こえてくる。

「おキミや、おまえに話があります」

信松尼は先程とは打って変わって表情が和らいでいた。

「なんでしょうか？」

「おまえに縁談がきています」

「えっ……」

おキミは驚いて目を見開き、口を小さく開いたまま体の動きが止まった。

「何もそのように驚くこともないでしょう。おまえを嫁にもらいたいという人がいると、八日宿の肝いりの五兵衛さんが訪ねて来ました」

おキミはこの年、慶長十二年（一六〇七）、二十四歳になり、信松尼は四十六歳であった。信松尼の草庵には養蚕所や機織り場で働く若い娘達の出入りが多かった。それで町の肝いり、世話役が縁談の仲立ちや嫁探しで相談をしによく信松尼を訪ねて来ていた。

「本当にわたしを嫁に欲しいなんていう人がいるのですか？」

「八日宿に武蔵屋という団子屋があるのを知っていますか？」

「はい、知っています。一年前に開店したばかりですが、安くて美味しいのでわたしもよく買いに寄ります。それが何か？」

おキミは毎日一度、甲州道中を通り信松尼の草庵と生弌尼の草庵を行き来している。八王子もどうにか整い始め、町らしくなってきていた。八日宿もすき間はあるが、店が立ち並び始めていた。おキミは甲州道中を行き来するのが好きだった。おキミはその団子屋のことを考えた。そこでふと思いついた。おキミが団子屋の前を通る時、団子のように丸い顔をした店主が最近よく店前に立っていた。三十歳を超えた位の男で母親が店番、男が団子作りをしていると聞いていた。

「えっ、あの団子屋が！……」

おキミが素っ頓狂な声をあげた。

「そうなのですよ、その団子屋さんがおキミの縁談の相手です。毎日店の前を行き来するおキミを見て、どこの娘さんかと探ってみるとこの草庵に世話になっていることがわかったそうです。団子屋の店も繁盛している。肝いりの五兵衛さんからも、『団子屋さんそろそろ嫁をもらった方がいい』と言われていた。団子屋さんは思っている娘がいると五兵衛さんに相談した。それはいいと五兵衛さん早速、この草庵を訪ねてきたというわけです」

信松尼はおキミがいなくなると寂しくなると感傷的になったが、おキミの幸せを考えるとこの話を進めた方がいいと決意した。五兵衛は団子屋の和助という男、穏やかな性格で優しいし、商いも順調だし、良い婿になると褒めていた。母親もこの話に大賛成だと言っていた。

「うーん、どうしよう、わからない、困った！　信松尼様、どうしたら良いでしょうか」

おキミは顔を赤くして頭を抱え込んだ。

「一度、五兵衛さんを介して団子屋の和助さんと会ったらどうですか？」

「あの団子屋、和助って言うんですか？」

「そうですよ。良い人のようですよ。おキミ、どうしますか？　嫌なら嫌でいいのですよ。五兵衛さんに断ればいいのですからね」

おキミにとって突然の話であった。ためらい、判断のつかないおキミの気持ちが信松尼にはよくわかった。おキミの背中を押して一歩前に進めてやらねばと思った。

「……」

「断ってもいいのですか？」

信松尼が強く言った。

「信松尼様、会ってみます。宜しくお願いします」

おキミと団子屋の和助の縁談は二人の間で二、三度もめた様子はあったが、その後は順調に進んで、その年の初夏、おキミは団子屋の和助の嫁になった。


秋が深まり、空気が冷たくなってきた。善吉が急いで生弌尼の様子を信松尼に報告に来た。

「信松尼様、生弌尼様の具合が良くありません。咳が多く熱も下がらない日がずっと続いておりましたところ、昨晩大量の喀血をなさいました。医師を呼んで診てもらいましたので、今朝は落ち着いて休んでいらっしゃいます」

この夏は高温の日が多く、病気がちの生弌尼は更に体調を崩していた。

「困りました、生弌尼のことが心配です。どうしたらいいでしょうか？」

信松尼が珍しく心を乱し慌てていた。立ち上がり、今にも生弌尼の草庵へ向かって駆け出しそうな気配であった。

「信松尼様、落ち着いてください。今、生弌尼様はぐっすりお休みしております。急に信松尼様がお出でになられても逆に生弌尼様が驚かれ、体に変調を来たすかもしれません。医師も『今すぐに危険な状態になるわけではない、体を休めて食事をきちんと取り体力をつけることが一番大事なことだ』と言っておりました」

草庵の木々が葉を落とし始めていた。庭の枯葉を箒で掃き寄せる音に合わせて子ども達の声が聞こえた。信松尼は耳を澄まし、心を落ち着かせているようであった。

「そうですね。慌ててはいけません。生弌尼は医師の言う通り体を安静にすることが大事なことでしょう。わらわが今、生弌尼のもとへ行ったところで自分の気休めにしか過ぎませんね。お千代と新三郎夫婦が看病の何から何まで大変なのではないですか？　誰かを手伝いにやりましょう」

生弌尼が新しい草庵に移った時以来、お千代と新三郎夫婦が住み込んで世話を続けていた。生弌尼は草庵の本堂で経を詠み、勤行に励むともう次の日は熱が出て寝込むということが多くあった。草庵の皆で生弌尼の容態には注意していたのだが、今回の喀血には驚き、重く責任を感じていた。

「おキミも手伝いに来てくれていたのですが、団子屋も忙しくなるし、子どももできたらしく無理して来なくていいと言ってあります」

「生弌尼は胸の病のようですから周りの者は気をつけなくてはなりません。妊娠しているおキミは特に危険ですから生弌尼に会ってはいけません。といって、お千代に負担ばかりかけてはいけませんね。とにかく手伝いを差し遣わしましょう」

話が終わり、善吉が本堂の障子戸を開けるとやはり庭には子ども達がいて落ち葉の掃き掃除をしていた。孤児達は増えるでもなく減るでもなく、いつも十五人ほどが草庵で暮らしていた。孤児を預かってくれる草庵があると聞いてはるばる遠くから孤児を連れ、旅して来る者もいた。読み書き手習いを学ぼうとする近在の子ども達も集まって来ていた。教え役の姫君達がいなくなった後は信松尼が面倒を見ることが増えたが、千人同心の隠居達や息女奥方達が手伝いに来るようになった。

「ところで、八重が先日佐渡ヶ島へ行くことになったと挨拶に来ましたが、出発したのでしょうか？　子ども達も大きくなり手がかからないようですが、佐渡ヶ島は遠いですよね」

佐渡奉行の大久保長安に付いて、幸吉とその家族は佐渡に渡った。佐渡では相川に新しい金鉱が発見され、隆盛を極めていた。金の産出量はその当時では世界最大であったとも言われる。新興鉱山都市の相川は人口が五万人を超えようとし、奉行所の仕事は超多忙の状態となっていた。

「佐渡の金山は活況を呈しています。兄は何度も佐渡に渡って金の採掘を指揮していましたが、今度は本格的に腰を据えて金鉱山の手助けをするようです。長安様も兄を頼りにして金の産出増加を図りたいのだと思います」

善吉の兄・幸吉は大久保長安が徳川幕府の重臣に出世し、その勢力を拡大するには金の増産が絶対に必要だと良くわかっていた。駿府城で大御所政治に入った徳川家康は、財政担当の大久保長安を引き立て後押ししていた。それも莫大な量の金があってこそであった。

「出雲の阿国歌舞伎が江戸で上演され、大層な評判だったと聞きました。その阿国歌舞伎を長安が佐渡へ連れて行ったそうですね。佐渡へ向かう長安の一行は遊女や幇間も加わる大行列となって賑やかに進んで行ったと聞いていますよ」

「その話はわたしも聞きました。佐渡の景気の良さと長安様の勢い盛んな様子が目に浮かびます。兄はその点を心配しておりました。産出する莫大な金があればこその長安様の現在です。いつかは尽きる時が来るのではないかと危惧していました。だから佐渡ヶ島へ行き、監督管理を徹底しなければいけないと兄は言っていました」

「そうですか、幸吉がそう言っていましたか。わらわも長安の栄達を喜んでいますが、それが過度にすぎると恐ろしさを感じます。家康公は人知を越えた洞察力を持っています。何事も平穏無事に進むことを祈っています」
庭の落ち葉掃除をしていた子ども達が他の場所の掃除に移って行った。木々の葉はまだ半分以上が残っていた。暫くの間、子ども達の落ち葉掃除の日が続くであろう。風の爽やかさが薄ら寒さに変わったようであった。信松尼はとにかく生弌尼のことが心配であった。冬の厳しい寒さを想像すると心が落ち着かなくなるのであった。

生弌尼は厳しい寒さの冬を乗り越え、春を迎えることができた。養蚕の時期が到来し、信松尼の草庵はいつもと同じように忙しさの渦に巻き込まれていた。最近は春夏秋の三度養蚕を試みるようになった。八王子の町に立つ六斎市で絹の取引が盛んになり、絹糸、絹織物の注文が多くなっていた。養蚕の仕方から機織りまで教えを請いにやって来る娘達も相変わらず多かった。とにかく信松尼は毎日が忙しかった。そして、気になるのは生弌尼の容態であった。信松尼は忙しい中、十日に一度は生弌尼を見舞っていたし、善吉が毎日のように互いの草庵を行き来して連絡を取り合っていた。

五月、おキミと和助の間に男の子が誕生し、信松尼が栄助と名付けた。おキミの実家は信松尼の草庵であり、一ヶ月ほどおキミと赤子はそこで静養を取り体力の回復を待った。おキミは三日で床を出て、養蚕の手伝いを始めた。赤子も元気でおキミの豊かな乳房にしがみつき、乳をたくさん飲んでいた。六月に入り、おキミ親子が明日は団子屋に戻ろうという日、善吉が息せき切って駆けこんで来た。

養蚕所の蚕はこのところの暑さでかなり弱っていた。桑を食べる勢いがなくなっていた。風を送り、水を周辺に撒いたりして注意深く蚕を見守っていた。信松尼は朝早くから養蚕所に入り、新鮮な桑の葉を蚕に与えていた。

「生弌尼様が信松尼様にお会いしたいと言っております」

「善吉、如何したのか？　生弌尼の容態が良くないのですか？」

「六月に入り気温が急に上がってきました。湿気も強く健康な者でも具合が悪くなるような天気が続いていました。生弌尼様も用心して床を敷いて休んでおられましたが、食欲がなくなり急に咳が酷くなりました。体温も高くなっていました。そして昨晩、大量の血を吐きました。それから何度か続いています。医師が来ましたので小康状態になっていますが、以前に較べてもとても良くないのがわかります」

「そうですか、先日見舞いに行った時、生弌尼は顔色も青く咳も多かったですね。大丈夫と本人は言っていましたが、わらわはとても心配でした。それからこの暑さが続いたのですから更に体が弱ったのかもしれません」

「意識がはっきりしないこともあります」

「それはいけません。すぐに仕度して出かけましょう」

お千代が草庵の入り口で信松尼の到着を待っていた。いつもなら浅川の涼風を感じるのだが、熱風が吹き草木もぐったりしていた。確かにこの蒸し暑さには誰もが体の不調を訴えるに違いなかった。

「生弌尼様、信松尼様がお出でになりましたよ」

お千代が床に臥せている生弌尼に声をかけた。傍では中村新三郎の女房が団扇で風を送っている。痩せた体は痛々しいが、生弌尼の美しさはそのままであった。

「信松尼様、ありがとうございます」

生弌尼が眼を開き、しっかりと信松尼を見つめた。体を起こそうとするが力はなく新三郎の女房に手助けを求めようとした。

「寝たままでいいですよ。体を大事にすることです。生弌尼はまだ若いのですからきっと良くなり元気になりますよ」

信松尼は生弌尼の手を取った。その手は骨の浮き立つほど弱々しかった。信松尼の眼から涙がこぼれた。

「信松尼様、お願いがございます」

生弌尼は声を出す力も薄れていた。

「何であろうか?」

信松尼は顔を寄せ、耳をそば立てた。

「高遠の城に今一度帰りたいと願っています。父母と一緒に楽しく暮らしていた頃の夢をこの頃よく見ます。でも夢ははかなく消えてしまいます。夢を見れば見るほど高遠の地に今一度立ちたい気持ちが募ります」

生弌尼の声が更に小さくなった。

「そうなのですね。わかりましたよ。わらわと一緒に高遠の城に帰りましょう」

「お願いします。信松尼様、お約束してください」

「いいですよ。でもまず、生弌尼が元気になることですよ。元気になって高遠の桜が満開になる春に一緒に訪ねてみましょう」

「わかりました。必ず元気になります。そして、信松尼様と一緒に再びあの城門をくぐり、父母が待っている高遠に戻ります」

生弌尼は両手で信松尼の手を包み込み、自分の胸の上に置いた。生弌尼の手も体も冷たく感じられた。それでも、生弌尼の顔に笑みが浮かんでいた。信松尼が優しく見つめていると、やがて生弌尼は目を閉じ、眠りの世界に入って行った。生弌尼の呼吸は弱く、信松尼はいたたまれない思いであった。

生弌尼の容態は一進一退を繰り返し、その間、夏の暑さは更に強まって行った。生弌尼の意識が混濁してきた。信松尼が訪ねて行っても眠っている時が多くなった。そして、七月二十九日、生弌尼は眠ったままの状態で静かに息を引き取った。享年二十九歳、生弌尼は『玉田院光誉容室貞舜尼』の戒名を授けられ、草庵内に埋葬された。草庵は後に玉田院と名づけられた。

六、

徳川家康は将軍職を秀忠に譲って江戸を離れ、駿府城を居城として二元政治体制となる大御所政治を始動させた。駿府城は数度にわたって火災にあったが、その度に諸大名を動員して復興再建の工事を担当させた。駿府の町は首都的な要素を備えつつ発展し、繁栄を極めた。大御所政治を推進するために家康の有力な側近は駿府に移り住み、大久保長安も駿府城近くに屋敷を構えた。徳川政権の支配は全国に及び、諸大名は従属せざるを得なくなっていた。慶長十六年（一六一一）に家康は六年振りに上洛し、豊臣秀頼と二条城において会見した。徳川・豊臣の力関係は歴然としており、秀頼も家康に対し尊崇の念を表すこととなった。

一方、将軍秀忠は江戸城に在城し、関東を中心とした譜代大名と徳川家直轄領の統治管理に力を注いでいた。家康側近が重厚多彩なのに比較して、江戸幕政は本多正信を別格として、若い時からの秀忠の近臣で固められていた。江戸城では家康の意向を汲んだ政治が行われていたことになる。その中で家康の信任が厚い本多正信、正純親子が江戸と駿府にわかれて権勢をふるうことが多く、譜代大名との対立が深くなっていた。

将軍秀忠とお江与の方の間には千姫を頭に家光、忠長、和子（後水尾天皇の皇后となる）など、二男五女の子どもがあった。二十人以上の側室を持った家康と違って秀忠は側室を持たなかった。

秀忠より六歳年上の正室・お江与の方は自尊心が高く、気性も激しく嫉妬心の強い女性であったという。秀忠が側室を持つことも浮気をすることも絶対に許さなかった。

奥御殿で暮らす秀忠の乳母のもとにお志津という美しい奥女中が仕えていた。秀忠はお志津を見初め契りを結んだ。秀忠の愛情は深くやがてお志津は妊娠した。しかしながらこの事実をお江与の方に知られたら何をされるかわからない、以前には秀忠が手をつけた奥女中を毒殺したとの噂も流れていた。お志津は宿下がりして静かに暮らすことにした。その内、陰険な嫌がらせや命の危険に関わる出来事がお志津の実家に仕向けられてきた。お志津の妊娠を知り、激怒したお江与の方の仕業であることは明白であった。結局お江与の方の怒りを鎮めるために実家ではお志津に出産を諦めさせたのであった。

その後、お志津は静養のために実家で暮らしていたが、秀忠から熱い思いを込めた要請があり、再度秀忠の乳母の所に出仕することになった。秀忠はお江与の方の監視を逃れるようにしてお志津との愛を育んだ。お志津は再び妊娠した。そして今度は将軍秀忠の子を何としてでも出産するのだとお志津は決意したのであった。

秀忠の乳母は、お志津が無事安全に出産できるようにと、以前から仲の良い見性院に相談を持ち掛けた。恩方の金照庵に隠棲していた見性院も、この頃は江戸城内の比丘尼屋敷で寝泊まりすることが多くなっていた。

「いいでしょう、任せてください。わらわが無事に秀忠公の御子がお生まれになるのをお手伝いいたしましょう」

お志津のことは以前から話に聞いていた。お江与の方がこれほどまでに嫉妬深いとは見性院は考えてもみなかった。お志津に会った時、見性院は誰かに良く似ていると思った。二年前に亡くなった督姫こと、生式尼に所作振る舞い、姿顔形が良く似ていた。

「こちらのお志津さんを預かることになりました。お志津さんは秀忠公の御子を宿しております。無事出産ができるようにわらわ達でお守りしたいと思います」

見性院がお志津を連れて密かに信松尼のもとを訪ねて来た。信松尼はお志津を見て、亡くなった生式尼にあまりに良く似ているので目を瞠った。それも徳川秀忠の寵愛を受けて懐妊しているという。

生式尼が督姫と呼ばれていた十六歳の頃、大久保長安が内々に秀忠と督姫の縁談を進めようとした。豊臣秀吉が元気な頃で、一声で秀忠とお江与との婚儀がまとまってしまった。督姫は若く美しい姫君であった。督姫に語る前に縁談の話はないことになり、信松尼の胸の内に納められてしまった。

不思議な縁を信松尼は感じた。

「お江与の方はお志津さんが再び懐妊されたことを知っております。気性の激しいお方です。お志津さんのことを酷く恨んで、どのような仕打ちをしてくるかわかりません。何としてでもお志津さんとお腹の子を守らねばなりません」

「見性院様、わかりました。喜んでお志津さんの世話をさせて頂きます」

信松尼は亡くなった生式尼が背中を押してくれたような気がした。信松尼はお志津の方を向いて手を取った。若く健康な張りのある手であった。お志津の顔をじっと見た。

「お志津さん、心配は要りませんよ。あなた達をお守りしますからね」

信松尼は看病の甲斐なく亡くなった生弌尼を思い出し、そっと涙を法衣の袖でぬぐった。

「ありがとうございます。宜しくお願い申します」

「良かったですね。これからは信松尼が力になってくれます。お志津さんは余計な心配をせずに、丈夫な御子を産むことだけを考えていれば良いのですよ」

見性院は信松尼の手助けが得られてひとまず安心した。見性院は家康から武州足立郡大牧の里に六百石の知行地を与えられていた。大牧の里とこの信松尼の草庵、それに恩方の金照庵の三ヶ所をお志津の隠れ家として考えていた。冬の間はやはり暖かな大牧の里で暮らすのが無難であろうし、お志津の実家にも近かった。


「信松尼様、お呼びとのことで参りました」

善吉の声が本堂の襖の向こうから聞こえた。

「お千代も一緒ですか？」

「一緒に参りました」

お千代の声であった。信松尼は話の途中、侍女に善吉とお千代を呼んで来るようにと頼んであった。信松尼はお志津のためにはこの二人が必要だと考えた。

「入りなさい。こちらにいますのはお志津さんです。故あって見性院様とわらわがお志津さんをお預かりすることになりました。お志津さんの世話をそなた達二人に頼みたいと思うのですが、やってくれますよね」

信松尼が言っていることが耳に入っているのかわからないほどに二人は驚いた顔をして、お志津をじっと見つめていた。

「わらわの言ったことがわかりましたか？」

「はい、えっ、何でしょうか？」

「そなた達にお志津さんの世話を頼みたいのですよ」

お千代は善吉と顔を見合わせていた。お千代と善吉は二年前に亡くなった生弌尼に仕え世話をしてきた。二人の看病のおかげで一時は健康を回復したかと思われた生弌尼であったが、残念ながら二十九歳の若さで生命が燃え尽きてしまった。

「そなた達が驚いているのも無理はないです。わらわも本当に驚きました。お志津さんが亡くなった生弌尼にあまりに良く似ているものですから……」

「善吉にお千代、わらわからも頼みますよ」

見性院は二人が生弌尼に仕え、懸命に看病していたのを忘れはしなかった。

生弌尼が亡くなってからお千代は、自分の看病が至らなかったせいではないかと悲観して力を落としていた。それが長い間続き信松尼も心配したが、善吉と一緒にいることによってお千代は悲しみを乗り越えることができた。二人の様子を見ていた信松尼は善吉にお千代と夫婦になることを勧めた。善吉は四十歳、お千代は二十四歳になっていた。二人が夫婦になることを一番喜んだのはおキミであった。妹のように可愛がっていたお千代がおキミの義姉となったのであった。

「いいな、お千代！」

善吉がお千代に同意を求めた。

「おまえさん、わかりました」

お千代は頬を少し赤くしてうなずき、もう一度お志津の顔を見た。

「そなた達の同意を得たのでお志津さんについてお話しておきますね。お志津さんは懐妊しています」

信松尼は善吉とお千代に、これまでのお志津と徳川秀忠との繋がりからお江与の方の酷い仕打ちについて話した。二人はびっくりした顔をして聞いていた。

「お志津さんの身を守り、秀忠公の御子が無事お生まれになれるようお手伝いする訳ですね。これは大変な仕事になりますね」

善吉にとっては信松尼の頼みであり、否も応もなかった。善吉はお千代の顔を見た。

「お志津さん、心配は要りませんよ。わたし達が付いていますからね」

お千代は善吉の気遣いに対して自分の心意気を示した。

「お千代さん、ありがとうございます。よろしく頼みますよ」

お志津がお千代の手を取った。お千代は生弌尼がそこにいるかのように思えた。

こうして善吉お千代の夫婦はお志津の世話をするために、見性院の知行地である足立郡大牧の里に移って行った。信松尼との連絡にはおキミ和助夫婦も加わり、大牧の里と八王子の間を頻繁に行き来した。お江与の方からの嫌がらせは執拗であったが、善吉、お千代の機転と、八王子から送り込まれた同心達の警護のおかげでお志津は無事に月日を送ることができた。慶長十六年（一六一一）の春が訪れ、大御所家康が二条城において豊臣秀頼と対面した。また、家康は西国の諸大名から将軍秀忠に忠節を誓う旨の誓紙三ヶ条を徴収した。徳川家と豊臣家の力関係が歴然としていることが天下に示されたのである。江戸城に待機する将軍秀忠は安心してその経緯を見ていたようだ。五月、その秀忠に、お志津が無事出産し、男の子が誕生したとの報せが側近の土井利勝よりもたらされた。

「上様からのお祝いの使者が来られないとはどういうことなのでしょうか？」

信松尼はお志津の出産に合わせ、おキミを供にして大牧の里を訪れていた。

「上様は男子誕生を聞き、大変喜ばれました。すぐに幸松と名づけるようにとの仰せがあり、葵の紋の入った小袖が届きました。これは徳川の血を引く男子とお認めくださったのだと喜び、安心しておりました」

見性院はそこで顔を曇らせた。誕生から一ヶ月が過ぎようとしていた。秀忠からの正式なお祝いの使者が来ないのであった。将軍の血を引く男子が生まれたのである。お志津は当然側室として大奥に迎えられるのであろうと思っていた。幸松には守り刀も届かず、育成のための乳母も家臣も差し遣わされて来ることはなかった。

「上様は、公には幸松様を自分の御子と認めることができない状況なのでしょう。上様はこれほどまでお江与の方様に気を遣う必要があるのでしょうか？」

信松尼は、胸を開いて豊かな乳房を幸松に吸わせているお志津を見ていた。お志津は二人の会話を聞いて暗い顔をしていたが、幸松は元気に音を立てて乳を飲んでいた。

「上様はお江与の方様を恐れているとしか考えられませんね。上様が我が子の誕生を公にしなければ、お志津さんと幸松様は絶えずお江与の方様の仕打ちに脅えることになります。上様のお気持ちがわかりません」

見性院は幸松の誕生によってすべてが解決し、明るい展望が開けると思っていただけに落胆も大きかった。

数日後、善吉が怪しげな書付を持って戻って来た。

「この近辺で将軍家の隠し子が誕生したとの噂が流れている。そのような噂を流すことは不届き千万のことなり。そのことに関して見知ったことがあれば番所に届け出ること」

これは幸松誕生を知ったお江与の方が江戸市中に撒いた嫌がらせの書付であろうと判断された。真実を嘘でおおってしまい、そのようなことはあり得ないと言っているようなものであった。お江与の方の執念深さは度を増していた。お志津には身の危険が間近に迫っているのがひしと感じられるのであった。

「お志津さんと幸松様をもっと安全な場所へ移さないといけません。わらわの八王子の草庵なら安全だと思います。すぐにでも出発する準備をいたしましょう」

夏の猛暑も過ぎ、朝晩はだいぶ涼しくなっていた。嬰児を連れての行程であり、どうしても途中一泊はしないと体に障るかもしれないと信松尼は思った。

「わらわも信松尼の考えに同意しますが、ここから八王子まで長い道のりです。何事も起こらねば良いのですが、お江与の方様がわれらの動きを知るとも限りません。道中に襲われでもしたらわれらはひとたまりもありませんよ」

見性院は難しい顔をしていたが、何か考えがあるようであった。

「見性院様、ではどうしたら良いのですか？」

信松尼は道中の危険はわかるが、この場所に留まるなど更に危険だと思った。

「わらわに考えがあります。これからお志津さんが仕えていた上様の乳母様にお会いして、この間の事情を話して参ります。乳母様に頼めば何とか道は開けるのではないかと思いますよ」

こうして見性院は江戸城内の秀忠の乳母が住む屋敷を訪ねた。もとよりお志津と幸松のことを心配していた乳母であり、見性院の話を聞いて驚き、直ちに秀忠側近の土井利勝に相談に行った。そして翌日、乳母の屋敷に土井利勝が足を運んで来た。

「見性院様、上様にお話し申し上げました。上様は幸松様のことを大層心配なされております。幸松様とお志津様のことは見性院様と信松尼様にお頼みしたいと申しておりました。八王子までの道中はこの土井利勝が責任をもってお守りいたします。安心してご出発ください」

「それで上様は幸松様とお志津さんのことについて他には何か申されていなかったのでしょうか？」

見性院は将軍秀忠が幸松を我が子と認め、江戸城内に二人を呼び寄せる日が来るのを待っていた。秀忠の約束の言葉を聞きたかった。

「とにかく上様は見性院様と信松尼様にお二人をお願いしたいと申しておりました。お江与の方様のことがありますので、上様も難しい立場でございます。その辺のところはお察しください。上様は『幸松様とお志津様が元気であれば後は何とでもなる、よろしく頼む』と申しておりました」

土井利勝には見性院の気持ちが理解できたが、今これ以上のことを話すことはできなかった。土井利勝は秀忠をお江与の方の嫉妬から守らねばならなかったし、大御所家康の手前、江戸徳川幕府を混乱させるわけには行かなかった。土井利勝の腕の見せ所であった。大御所家康の亡くなった後、徳川秀忠政権において土井利勝は絶大な権力を振るうことになる。


「今、陣屋の角を曲がってこっちに向かって来るよ」

大声を上げて草庵の門に飛び込んで来たのは、おキミの長男で四歳になる栄助であった。同心衆が先導して、おキミとお千代が、そして信松尼が徒歩で、その後を駕籠二丁が続いていた。秋めいて来たとはいえ、日射しは強かった。お志津と幸松を守り、甲州道中を進んで来た一行はようやく草庵に到着することができた。

幸松を抱いたお志津が駕籠から出てきた時、迎えの者達からため息が出た。

「本当に督姫様によく似ていらっしゃる！」

お里が、腰の曲がって年老いた石黒八兵衛に言った。

「生弌尼様が生きて帰ってきたかのようです！」

督姫こと生弌尼が亡くなって三年になろうとしていた。その玉田院から駆けつけて来た中村新三郎夫婦が顔を見合わせていた。

信松尼が草庵の門内すぐに迎えの者を集めた。信松尼の隣に幸松を抱いたお志津と見性院が並んで立っていた。

「こちらにいるのがお志津さんと幸松様です。今日からこの草庵でお預かりすることになりました。ここにいる皆さんは幸松様がどなたの御子か存じていると思いますが、このことはこれから決して口外してはなりません。固く守ってください。お二人には普通に、自然に草庵で暮らしてもらいます。皆さんはいつも通りの生活を送ってください。お二人のことをよろしくお頼みしますよ」

「お志津と申します。これから皆さんのお世話になります。よろしくお願いします」

信松尼、お志津、見性院が深々と皆の前で頭を下げた。

こうして幸松とお志津の八王子での暮らしが始まった。ゆったりとした穏やかな暮らしではあったが、時々は大牧の里へ、または金照庵へと移動して、幸松とお志津の安全を図った。お江与の方が何を仕掛けてくるかわからず油断する訳にはいかなかった。八王子宿に怪しげな侍の一団が宿泊しているとの情報が伝わった時は、草庵は緊張に包まれた。何事も起こらなかったが、緊急時に備えての警護には怠りはなかった。

慶長十七年（一六一二）の春、善吉とお千代の間に男の子が生まれ、信松尼が弥吉と名付けた。

幸松とは一歳違いとなり、草庵には元気な赤子の泣き声が始終響き渡っていた。

佐渡に渡っていた善吉の兄・幸吉が家族共々八王子に引き上げて来た。

「佐渡金山の金の採掘量が少なくなってきた。同じように各地の鉱山で金銀の採掘が減ってきている。長安様の命令で金銀を増産してきたが、限界がきたようだ。金鉱も坑内奥深くまで掘り進めて行ったが、湧水落盤による事故も多くなった。長安様からひとまず八王子へ戻れとの指図があり、戻って来た次第だ」

幸吉は五十歳になろうとしていた。大久保長安は六十八歳になり以前程の元気はないが、大御所家康の居住する駿府に屋敷を構え、権力の中枢に重きをなしていた。長安は幕政の殆どの奉行職を兼務し、更に徳川直轄の有力地域の代官を務め、百五十万石の実質的な支配を任されていた。また、家康の六男松平忠輝の附家老となり、その権勢は突出したものであった。だが、幕政内では長安の属する大久保忠隣を中心とした譜代の武断派と、本多正信、正純親子達の吏僚派の権力争いが激しくなっていた。

幸吉は、長安には武田時代からずっと手代として仕えてきた。長安は年老いても幕政の実権を握り続けようとしていた。幸吉は初老といえる年齢となり、家族と共に穏やかな暮らしをしたいと考えていた。佐渡金山での仕事の限界も感じたし、黄金と権力には辟易していた。職を辞して引退したいと願いを出すと、直接長安から「ひとまず八王子に帰れ」と指示があったのである。

「お久美、きれいになったね！」

おキミが幸吉の娘を見て目を細めた。娘は十八歳になり、久美と言った。幸吉家族が佐渡に渡って五年が過ぎていた。弟の健吉も十六歳の若者となっていた。

「陣屋には住まないと聞きましたが、住む家は見つかりましたか？　この草庵で世話できれば良いのですがね……」

幸吉の女房の八重が娘と息子を連れ、信松尼に挨拶に来ていた。草庵は人も物も増え、どこもが手狭になっていた。

「信松尼様にご心配かけて申し訳ありません。町の中に住む家を探してあげるとおキミさんが言っていますので大丈夫だと思います」

「そうなのですか、それは良かった。おキミ頼みますよ」

信松尼は幸吉のことが気がかりであった。大久保長安の手代を辞めるというが、簡単に辞められるのだろうか。穏便にことが進めば良いがそうでない時は信松尼が長安と幸吉の間に入ってやらねばならないと考えていた。

「はい、兄さんは鍛冶屋を始めたいと言っていましたから、それに相応しい空き店を探しているのですよ」

おキミは相変わらず明るい。おキミの息子の栄助は草庵の子ども達の後を追いかけ遊んでいたし、背中に背負った二歳になるおはなは久美の顔をじっと見ていた。キミは、団子屋を旦那と義母に任せておいて、「信松尼様のお手伝いに行ってきます」と草庵に三日に上げず通って来ていた。

「信松尼様、機織りを教えてください」

久美がきれいな眼を輝かせ信松尼に言った。

「いいですよ。もうすぐに蚕種が届きます。蚕を育てる忙しい時期が来ます。人手はいくらあっても足りません。まずは養蚕から始めることにしましょう」

桑の木の枝が伸び、桑畑が緑の葉でおおわれ始めていた。蚕が栄養をたっぷりふくんだ桑の葉を食べ、繭を作る時期が今年もやって来た。草庵には子ども達のにぎやかな声が響き、若い娘達の健康的な笑い声が満ち溢れる。信松尼は今年も巡って来た春に感謝していた。お志津に幸松、そして久美が加わり、草庵の春はいつもの年より華やかであった。

大御所徳川家康はこの年七十歳となり、目の黒い内に徳川政権安泰にとって障害となるものを除去しておこうと考えた。豊臣家に対しては上下関係をはっきりさせ従属させせようと試みていた。淀の方には妹のお江与の方が住む江戸へ移ってもらい、豊臣家が大坂城を退去し、大和への国替えを承諾することを条件とした。豊臣家を支援する大名はなく孤立は深まり、大坂城へは全国から浪人が集結し、兵糧が運び込まれて行った。大坂城内では淀の方を中心に徳川幕府への対決姿勢が強くなっていた。

一方、徳川幕政内の確執も処理せねばならない課題であった。大久保忠隣を中心とする武断派と本多親子が主導する吏僚派の権力争いが限界に達していた。対大坂戦が避けられない状況において自陣の統一を図り、全国諸大名に対して家康の強大な力を見せつけておく必要があった。また、大阪方が切支丹との連携に活路を見出そうとしていること、それに徳川内で呼応する動きがあることも家康にとって不快な問題であった。

七月末、大久保長安が駿府の屋敷内で脳卒中を起こし、一時昏睡状態となった。その後回復を見せたが脳に障害が残り、半身不随で言語も不明瞭となってしまった。これで大久保長安の時代は終わったと思う本多正信、正純親子が、更なる失脚と破綻を画策して暗躍することになる。全国鉱山の金銀産出量の減少に不満を抱いていた大御所家康は、回復の見込みのない長安を見捨てることとした。長安は代官職や奉行職を次から次へと罷免されて行った。

「長安は如何なのですか？」

駿府の大久保屋敷に呼ばれて戻って来たばかりの幸吉が急いで草庵を訪ねて来ていた。信松尼は陣屋を中心とした八王子の町がざわざわとして落ち着かないと感じていた。

「あまり良くありません。もとのように元気な長安様には戻れるのかどうか」

「幸吉は長安に会えたのですね」

「はい、お会いすることができましたが、長安様は話すのも難しいご様子でした。筆も持つことができませんので筆談もできません。もどかしいのか、余計に苛立ち、体に良くないと感じました」

幸吉は八幡宿の外れの空き家に住み、鍛冶屋を開業しようとしていた。幸吉は長安から手代を辞める許しを得るのは難しいかと思っていたが、意外と簡単に許してもらえた。長安が脳卒中で倒れたと聞いたのはそのすぐ後のことであった。それから四ヶ月が過ぎ、幸吉は駿府の長安から呼ばれたのであった。

「そうなのですか。あの長安が病に倒れるとは想像もできませんでした。快癒すれば良いですが、話の様子ではそれも難しそうですね」

信松尼はこの数年、大久保長安には会っていなかった。八王子の代官屋敷には長男の藤十郎が在住して政務を取り仕切り、次男の藤二郎も兄を助けて江戸屋敷と八王子を行き来していた。長安は佐渡をはじめとした鉱山の奉行、また各地の徳川直轄領の代官を務め、八王子に戻って来る暇もなかった。そして、大御所家康の信任厚く駿府に屋敷を構え、有能な側近として仕えていた。長安の自信満々の行動と豪奢な暮らしぶりの話は信松尼の耳にも届いていた。

「これから甲斐国の顕了様の所へ出発します」

「顕了様とは御聖道様の御子息のことですね」

「実は長安様がいたく顕了様のことを心配しておりました。長安様がわたしを枕元まで呼び寄せました。震える手で持っている書状をわたしに示しました。ようやく聞き取れる声で『これを顕了様に渡してくれ』と言うのです」

顕了は信松尼が世話になっていた御聖道様、すなわち武田信玄の次男竜芳軒信親の一人息子であった。長安は武田滅亡の混乱期から顕了を守り世話をしてきた。長安の武田家に対する忠節の心は未だ強く、信松尼や見性院へも思いは同じであった。猿楽師として武田家に奉公していた長安を家臣として召し抱えるように信玄に推挙したのが御聖道様であった。それ以来、長安は御聖道様に忠節を尽くしてきた。御聖道様の最後の望みは一人息子の顕了が無事安全に生きて行くことであり、長安に顕了が託されたのであった。

「その書状とやらは？」

「ここにあります。長安様が病に罹る前に書かれたものだと思われます」

幸吉は背中に背負っている包みを指し示した。

「そうですか、何か不穏な空気が流れているような気がいたします。陣屋も落ち着かず、人の出入りが激しくなっているようですし、同心衆も長安の病状次第では何かが起こるかもしれないと心配しております。怪しげな者達が八王子の町を探索しているとも聞いています。幸吉、気をつけて行くのですよ」

「駿府の屋敷を出た時から監視され、跡を追われているなとは感じていました。本多様の手の者だとは思います。長安様が元気であれば本多様も手を出すことができないですが、病状が良くないのを知ると色々と工作を講じているのでしょう」

幸吉は長安の回復は不可能だと思っていた。再発があれば、それは死に直結するのは明らかであった。本多側もその位の情報は握っており、長安の病状悪化をも狙って盛んに画策してゆさぶりを掛けているようであった。

「何も起こらねば良いのですが、不吉な予感がしますね」

日没の早い季節になっていた。機織りの音が止まり、娘達の明るい声が聞こえてきた。信松尼の顔に射していた暗い影がさっと消えた。機織り場の片付けが終わると、娘達は信松尼の所へあいさつに寄るはずであった。

「おとっつあん！」

幸吉の姿を認めた久美の大きな声が聞こえた。

「みっともない、いい若い娘がでかい声を出して」

幸吉は信松尼に向かってばつが悪そうに照れ笑いをした。

「良いではないですか、久美は明るくてとても良い娘ですよ。仕事の覚えも早いしね。今日これから出発するなどと言わないで、久美と一緒に家に帰ったらどうですか？」

「そうも言っていられません。急いでこの手紙を顕了様にお届けしなければなりません。これが長安様からの最後の仕事となります。終われば鍛冶屋の仕事をいよいよ始めたいと思います。今日の内に行ける所まで行っておきたいのです」

「そうですか、わかりました。久美が来ましたよ」

信松尼の傍に機織りの娘達が寄って来た。

「信松尼様、今日も無事に機織りを終えることができました。ありがとうございます」

一同揃って信松尼に頭を下げた。

「ご苦労様でした。御仏のおかげです。皆さん、手を合わせ感謝いたしましょう」

信松尼と娘達は向かい合い、感謝を込めて手を合わせた。

幸吉が目を細め久美の姿を見ていた。娘達は草庵の門をくぐり抜け、薄闇の広がり始めている町へ向かって行った。久美は幸吉と一緒に家へ帰るつもりで一人残り待っていた。

「久美、お父さんはあなたと一緒におうちには帰れないそうですよ」

幸吉の気持ちを感じ取った信松尼が言った。

「えっ、どうして？」

「久美、すまんな、これから甲斐国へ出発せねばならない。うちには帰らない、母さんに父さんは三日もすれば戻って来るからと言っておいてくれ」

「幸吉、いいのですか？」

信松尼は幸吉に念を押してみた。信松尼は何か心がざわつくような感じがした。

「いや、行きます。まだ明るさが残っています。久美、母さんと健吉のことをよろしく頼む。父さんのことは心配せんでいい」

こうして幸吉は顕了のいる甲斐国の長延寺に向かって旅立って行ったが、三日が過ぎても八王子の里に戻って来なかった。そのうち年が明けて慶長十八年（一六一三）になった。大久保長安の病状は小康状態であったが、床から起き上がることはできなかった。長安の権力闘争の相手達は長安の失脚壊滅を狙って探索を続けていたが、動かしがたい証拠を見つけるところまでには至っていなかった。長安が回復し立ち現れれば、その程度の証拠では巧みな弁舌で丸め込まれ、立場を逆転されてしまう恐れがあった。長安が生存しているという事実は大御所家康でも認めざるを得なかった。

春の訪れを感じる頃になり、見性院が信松尼のもとを訪ねて来た。

「今日は上様からの大事なお話を伝えに参りました。幸松様とお志津さんはこちらの上座にお座りください」

幸松は二歳になろうとしていた。動きは活発で母親のお志津の膝の上に座って静かになどしていられなかった。お江与の方の策謀から遁れるために、大牧の里、金照庵、信松尼の草庵と何度か住まいを変えたが、幸松とお志津にとって信松尼の草庵が一番落ち着くのであった。一年程はここで暮らしており、幸松も同い年の子どもをはじめとして大勢の子ども達に囲まれて遊び、元気に育っていた。庭で遊ぶ子ども達の声が聞こえると幸松はお志津の手を振り切り、庭に向かって駆け出しそうになった。

「幸松様、大事なお話です。お座りください」

見性院がきつく叱った。幸松は一瞬たじろぎお志津の膝に戻った。見性院は我が子・勝千代、おつまの方の子・信吉を育ててきた。

「実は先般わらわが江戸城内の比丘尼屋敷へ参りましたところ、本多正信殿と土井利勝殿がお見えになりました。上様から内意がありましたとのこと。幸松様をわらわ見性院の養子として育てて欲しい、信松尼も共に養育にあたって欲しい、宜しく頼むとの上意でございました。お志津さんにはこれからは安心して暮らせるように配慮するとのお言葉でした」

見性院は胸を張るかのように得々として話した。

「見性院さま、今までとどこが違うのですか、同じではないですか?」

信松尼は納得できないという感じで首を傾げた。

「上様とお江与の方様の間でお志津さん親子の問題が解決したということです。お江与の方様はこれから幸松様に関して一切干渉しないし、攻撃的な行動を取らないとお約束しました。同時に幸松様はわらわの養子となることになりました。上様は改めてわれら姉妹に幸松様の養育を頼みたいと申されたのです。上様のお気持ちを大事にしなければなりません」

見性院はお志津親子の方を見て笑みを浮かべ、背筋をぴんと伸ばした。

「残念です。上様はやはり公式に幸松様を我が子と認めないのですね」

「信松尼、そなたの気持ちはわかりますが、上様の内意です。従うことにしないといけません。これからは以前より安心して幸松様をお守りお育てすることができます。それに養子として育ててほしいとのことです。わらわは幸松様には武田の姓を名乗ってもらいたいと思います」

見性院にとってこれほどの喜びはなかった。武田家再興の夢が実現可能になったのである。信松尼はお志津が幸松を慈しむ様子を見ていた。

生弌尼の顔が信松尼の脳裏を横切った。お志津を見ていると、まるで生弌尼がそこにいるかのように思えた。お志津の幸福とは何であろうかと信松尼は考えた。側室として江戸城の大奥へ入ることがお志津親子にとって果たして良いことなのだろうか？　信松尼は自分の身代わりとして徳川家康の側室となったおつまを思う。おつまは家康の子・信吉を生み、幸せに暮らしていると何度も信松尼に文を送って来た。おつまは自分を身代わりとして送り出した信松尼が自責の念にかられているのではないかと気遣ってくれていた。信松尼はおつまの気持ちが痛いほど理解できた。

お江与の方が実権を振るう大奥で、お志津親子の幸福が確保されるとは考えられなかった。お志津と幸松はこの草庵でのびのびと楽しく暮らしていた。信松尼は今現在の自分の暮らしを考えた。

武田の姫君として立派な屋敷に住み、たくさんの侍女、家臣にかしずかれていた昔……。うってかわって今は充実した勤行と労働の日々……。みんなの明るく元気な暮らしが更に信松尼を生き生きさせ力づけている。督姫を秀忠に嫁がせようとの話を大久保長安から聞いたこともあった。話が消えて胸を撫で下ろしたのを信松尼は思い出した。そして今、生弌尼がにこりと笑って信松尼の背中をそっと押したような気がした。

「上様の考え方はわかりました。できないことを望んでも仕方ありません。何と言ってもお志津さんと幸松様の安全が確保されたのは良いことです。お志津さんと幸松様の明るい笑顔が一番だと心から思いました。お二人が幸せになるように草庵の皆と一緒に一生懸命に力を尽くしたいと思います」

庭の梅が咲いて、本堂の中まで香りが漂っていた。鶯の鳴き声が微かに聞こえ、幸松が信松尼の顔を見てにこにこと笑っている。信松尼は幸松に穏やかな笑みを返した。

「信松尼様、ありがとうございます。わたしも大奥へは行きたいとは思いません。信松尼様と皆さんのおかげでわたし達は平穏無事に暮らすことができ、幸松も元気に健やかに育っています。どれだけ心強く感じたかわかりません。更にこれからもお世話頂けるとのこと、本当に感謝しております」

お志津は幸松を膝の上から下ろし、見性院と信松尼に向かって深々と頭を下げた。すると、幸松がちょこちょこと縁側の方へ歩き出した。本堂の庭に面した障子が少し開いて子どもの目がのぞいていた。

「これ幸松どこへ行くのですか？」

お志津が慌てるが、幸松は構わず歩いて行く。

「そこにいるのはおはなと弥吉ですね」

信松尼が言うと、障子が開いておはなと弥吉が顔を出した。幸松が白い歯を見せうれしさを顔いっぱいに広げていた。おはなはおキミの娘で三歳になり、弥吉はお千代の息子で一歳になったばかりだが、早くから歩き出していた。幸松の何よりの遊び相手であった。

「おはなや、二人の面倒をきちんと見て下さいね！」

「はい、わかりました」

おはなは二人の手を引き、縁側を庫裡の方へ歩いて行く。お千代が近くにいたらしく、本堂の三人に頭を下げ、子ども達の跡を追って行った。

「さて、本多正信殿からの申し入れがもう一つありました。幸松様とお志津さんは暫くの間大牧の里でお暮らし願いたいと申しておりました。是非そうして欲しいし、なるべく早くとのことです。幸松様は大牧の里がどうもお嫌いのようですが、と言うと、何が何でもお連れくださいと、本多殿は厳しい口調でした」

見性院は今もって、なぜ本多正信があのように恐い顔をしたのか不思議でならなかった。幸松はこの草庵で楽しく暮らしていた。大牧の里に移るのを嫌がるのは確かであった。

「わかりました。早速、大牧の里に移る準備をさせましょう」

信松尼は本多正信が何を考えているかすぐにわかった。幸吉が話していた徳川幕政内の権力闘争のことが原因だと信松尼は判断した。大久保長安が属する武断派と本多正信、正純親子達の吏僚派の権力争いが激しくなっていた。幸吉は長安の命令で甲斐の長延寺へ行ったきり戻って来なかった。本多正信が大久保長安の本拠地である八王子の陣屋を争いの渦中に引き込もうとしているのは確かであった。

「そなたはためらいもせずに納得しましたが、何か訳があるのですか？　わらわは八王子のこの草庵で暮らすのが一番だと思っているのですよ」

見性院はまさか信松尼が自分と違う考えだとは思ってもみなかった。

「いいえ、何の理由もございません。今は暖かな大牧の里で暮らすのが良いかと思いましただけです」

「そうですか、そなたがそのように言うならわらわも構いません。本多殿の指図に従いましょう。お志津さん、早速準備にかからないといけませんよ」

見性院はお志津の方に向き直って言った。

「何事もお任せいたします。幸松が元気に育っているのも皆さまのおかげでございます」

お志津は信松尼の温かな視線を感じていた。生式尼という姫君が自分によく似ていたと、お志津は何度も信松尼から話を聞いていた。

「幸松様が大牧の里行きを嫌がらないように、今回は善吉・お千代家族と一緒におキミ親子も同道させましょう」

信松尼は八王子の町で異変が起こるのではないかと思っていた。

「信松尼、そなたも大牧の里に同道させるようにと本多殿は申しておりましたよ」

見性院は本多正信の言ったことに素直に従っていた。

「いいえ、それはできません。そろそろ養蚕の準備をしなければなりませんし、機織りの指導から子ども達に読み書き手習いを教えることまで、仕事がございます」

「そのようなことはそなたでなくとも誰かにさせればよかろう」

「姉上様、わかりました。重要な用事だけでも済まさせてください。終わり次第、跡を追って大牧の里へ参ります」

見性院に余計な心配詮索をさせないため、信松尼は敢えて従うふりをした。重要なことが八王子の町で起ころうとしていると信松尼は感じていた。それを見届けなければならないし、もしもの時は八王子の人達の支えとなって動かねばならないと思っていた。本多正信が大久保長安の陣屋に対して画策していることはかなり危ういことではないだろうか？八王子の町が騒乱状態になることさえ考えられる。だから本多正信は、将軍徳川秀忠の庶子ではあるが、直の血を引く幸松の安全を確保する必要があったのではないか？

四月二十五日、二度目の脳卒中を起こし昏睡状態であった大久保長安が、駿府の屋敷で亡くなった。長安の遺族は遺体を甲斐に葬ろうと直ちに葬儀を執り行おうとしたが、家康が中止を命じた。黄金の棺桶に入れられた長安の遺体が甲斐に運ばれると聞くし、私曲で貯め込んだ金銀財宝が長安の各地の屋敷に隠匿されているとの報告も入っていた。また、徳川幕府に対する謀反の嫌疑も浮かび上がった。長安の庇護する顕了が住職を務める長延寺に武田家の紋所の入った鎧兜と武器弾薬、軍資金となる大量の金銀が隠されていることが判明した。長安は豊臣系の大名との繋がりが強く、大坂城内に出入りする南蛮人の宣教師から金銀採掘の技術を習得していた。大坂城には不遇をかこつ全国の浪人達や切支丹信徒が集結し始めていた。長安に対する謀反の疑いは、真偽のほどがわからないものが多かったが、そのようなことは本多正信にとってはどうでも良かった。家康は幕政内の権力闘争を終わらせ、本多正信、正純親子達の吏僚派支持を表明したのであった。家康は七十歳を超え、死期が近づいているのを感じていた。徳川政権安泰のために残されている仕事を一つずつ片付けようとしていた。

「陣屋の接収検分のために、早朝、江戸城を本多正信様の手勢一千が出発したと聞いております。夜半前には接収を始めるのではないかと思われます」

善吉は大久保長安死去と同時に起こる事態を予測して大牧の里から八王子へ戻って来ていた。陣屋から信松尼の住む草庵まではさしたる距離ではなく、混乱が生じた時危険な影響が及ぶ恐れがあった。

「陣屋ではどのような様子ですか?」

信松尼は八王子の町がまたも戦火に巻き込まれるのではないかと憂慮していた。

「大久保家を壊滅させようとする本多正信の陰謀だ。長安様に私曲、謀反の濡れ衣を着せようとしている。屈服する訳には行かない、断固戦い抜くと息まく者が多数います」

「そうですか、それにしても陣屋にいるのは長安の息子達と家臣百名ほどであろう。無駄な戦いは避けて欲しいものです」

「長男の藤十郎様はこの段に至っては穏やかに幕府の意向に従うしかないと諦めている様子ですが、次男の藤二郎様は討死の覚悟で戦うつもりのようです。千人同心衆は長安様が作り上げた軍団です。大久保家が本多親子の謀略に掛かって取り潰しに遭おうとしていると聞き、藤二郎様の檄に応えて幕軍を迎え撃とうと決起する者がかなりいるようです」

善吉は信松尼を守らねばならなかった。千人同心の動き次第では合戦になるかもしれなかった。その時のことを考え、善吉は信松尼を早めに安全な場所へ移動させる必要があった。

「同心衆の中に大久保家に味方して戦おうとする者がいるのですね?」

「窪田正勝様をはじめとする同心衆の頭達は、必死になって決起を抑えようとしています。しかしながら、長安様の恩顧を受けた若い同心衆は戦う決意が強く、意気軒高としています」

千人同心が陣屋の大久保勢に加われば、事態は最悪になるのは明らかであった。ようやく町らしい様相を帯び活気に溢れてきた八王子の町が、合戦の場と化し焦土となるかもしれなかった。多くの人が死ぬであろうし、信松尼の草庵も無事には済まされないであろう。町の商人、住人は荷物をまとめて逃げ出し始めていると善吉は言っていた。

「心配ですね」

「信松尼様、危険が迫っております。すぐに安全な場所に避難いたしましょう」

幕府軍は多摩川の渡しにたどり着いた頃であろうと善吉は思った。千人同心の動きも既に幕府軍に感知されているはずであった。

信松尼は眼を閉じ、手を合わせ、深い思考の中に入っていた。

「武田信玄の娘として同心衆の会合の場に行きましょう」

眼を開き、信松尼が突然言った。

「それはあまりに危険です。議論の場といってもいつ殺傷の場となるかわかりません。決起に加わろうとする者達は異様に興奮しております」

善吉の制止を振り切り、信松尼は草庵の門を出て窪田正勝の屋敷へ向かった。善吉は信松尼を放っておくわけにはいかず、懸命に走って追って来た。千人同心の住む町に入ると、篝火が燃え騒然とし、怒声が響き渡る屋敷がすぐにわかった。

「信松尼様がお見えになった」

窪田正勝が、鎧を身に着け、庭に控えていた二十人ほどの若い同心衆に言った。座敷内に窪田正勝をはじめとして十人の同心頭が座っていた。騒然としていた空気が一転して静かになったが、緊張は一層張り詰めていた。

「信松尼様のお話がある」

信松尼は縁側に立った。若い同心衆は顔を上げず平伏していた。

「同心衆の皆に話したいことがあります。時代は変わって来ているのです。大久保長安の時代は終わりを告げました。大御所家康公は徳川幕府の安泰を願い、障害となる物を除去しようとしています。安定した平和な世になるにはまだ不安な要素は残っているのです。天下大乱の戦国の世に後戻りしないために、家康公は自分の生きている内にそれらを片付けようとしています。大御所に取って気がかりなのは、現在の徳川政権内部の不統一なのでしょう。平和で安定した世の中をつくるためには、徳川幕府を確固たるものにしておかねばなりません。そのために大御所は、大久保長安を犠牲としたのだと思います。今回の事はすべて大御所家康公の考えから来ているのです。そして、次に大坂城を拠点とする豊臣勢攻略にかかるのでしょう。徳川幕府に従おうとしない者が滅亡する光景を天下に指し示すつもりなのです。武田が滅び、織田から豊臣へと天下は移り、いまこうして徳川の天下となって世の中が安定し、誰もが安心して暮らせる世の中になろうとしています。その最後の障害を大御所家康公は除こうとしているのです。戦国の世はようやく終わりとなり、安定した平和な世が来るのだと思います。八王子という町が出来上がり、皆安心して暮らしを営んでいます。あなた達の役目は人々の暮らしを守ることだと思います。

わが父・武田信玄が考えていた最終の目標も、誰もが平和で安心して暮らしていける世の中であったと思います」

武田の姫君であった信松尼の平和を願う心が、若い同心衆の心に響いたのであった。結局、同心衆の中から長安の次男・藤二郎の決起の呼びかけに応じる者は出なかった。夜半に八王子の町に到着した幕府軍はさしたる抵抗を受けることなく、大久保長安の陣屋の接収に当たることができた。藤二郎も藤十郎の説得を受けて武器を捨て、おとなしく幕府軍の命令に従った。長安の息子七人は拘禁され諸藩にお預けとなり、七月九日に全員が切腹を命ぜられ大久保長安家は断絶した。また長安の家臣の主だった者は打ち首となった。大久保長安家と姻戚関係にあった大名達にも改易等の処分が下された。甲斐の長延寺住職の賢了、教了親子も、長安の罪に連座しているとされ伊豆大島に島流しとなった。

慶長十八年いっぱい、八王子の町は大久保長安事件で揺れ動いていたが、大久保長安が作り上げた千人同心には処分は下されなかった。信松尼から本多正信に千人同心救援の願いが届いたとも聞く。

翌年の正月、長安の後見役ともいうべき大久保忠隣が改易され近江に配流された。政権内の権力闘争は謀略に長じた本多正信、正純親子の吏僚派の勝利となった。しかしながら、大久保忠隣に同情する譜代大名達の動揺はなかなか治まらなかった。これも家康の筋書き通りであった。家康は譜代大名のこの不平不満の怒りを外に向けた。家康は徳川政権に従おうとしない大坂城の豊臣氏に対し壊滅作戦を開始したのであった。

七月に方広寺鐘銘事件が起きた。家康は豊臣家の豊かな財力を消尽させるために秀頼淀殿母子に方広寺大仏殿再興を勧めた。方広寺が落成し梵鐘が完成した時、その鐘銘に「国家安康」「君臣豊楽」の不吉な文字が刻まれていると徳川側から抗議が出た。家康の名を二つに切って呪い、豊臣の繁栄を祈っているとの言いがかりであった。この事件をきっかけに東西の離反は決定的なものとなり、更に大坂城の豊臣側は追い詰められ、徳川軍を迎え撃つ態勢を取らざるを得なくなった。秀吉恩顧の大名に来援を頼んだが、これに応じる大名はいなかった。頼むは浪人達で全国から続々と大坂城に集まって来た。籠城用の米穀等の糧食を、そして大量の武器弾薬を城内に運び入れ、大坂城側は戦備を整えて行った。十月、家康は二十万の大軍を率いて駿府を出発し、十一月十八日には大坂城を包囲し後から到着した秀忠と茶臼山において大坂城攻略の軍議を開いた。

「お江与の方様は大層憔悴なさっているそうです。大坂城の淀殿は実の姉ですし、秀頼公には長女・千姫様を嫁がせていますから、この度の合戦を何とか避けたいと懸命に豊臣・徳川の橋渡しを試みたようですね」

慶長二十年（一六一五）の春、見性院は大牧の里からお志津・幸松親子を連れ八王子の信松尼のもとに戻って来た。幸松は四歳になり、よく遊ぶ元気な子どもに育っていた。二年近く大牧の里で暮らしていたことになる。付き添い、世話を焼いていたおキミやお千代も子ども達共々久し振りに八王子に帰って来た。

「大坂では昨年の十二月に激しい戦いがありましたが、その後に講和がなったと聞いておりました。これで戦いが終わるのかと思いましたら、一旦引き上げた徳川軍が再び大坂へ向かっているとのことです。そうですね、善吉」

信松尼は大牧の里から運び込まれた荷物を片付け整理している善吉の背中に声を掛けた。

「はい、千人同心の部隊が昨日江戸に向かって出発しました。江戸城で将軍家配下の軍に編成され、大坂城攻めに出陣するとのことです」

「同心衆は一月に大坂から戻って来たばかりなのに再び出兵なのですね」

信松尼の顔色があまり良くない。冬の間、風邪をこじらせ床に臥す日が多かった。昨年もいつも通りに三回、養蚕糸繰りを行った。おキミも千代も大牧の里に行って不在だったので、信松尼に随分と負担が掛かってしまった。信松尼も五十三歳になり、急激に体力の衰えを感じるようになっていた。

「大坂城は外堀も内堀もすべて埋められてしまったそうです。大坂城の落城は必至だと言われています。お江与の方様は淀殿、秀頼公、千姫様の三人の命だけは救いたいと願っています。大御所家康公は、孫娘だけは何とかしたいと思っているようですが、人質の身ですからどうなるものやらわかりませんね」

大牧の里より八王子の桜は遅く、今ようやく散り始めていた。見性院は庭で子ども達と遊ぶ幸松の姿を追っていた。花びらが舞い落ちる中をはしゃぎ回る幸松を誰が将軍の子息と思うであろうか？

「幸松様にとって千姫様は姉であり、秀頼公は義兄になりますね」

信松尼は淡々として言ったが、思いは深かった。この大坂城決戦が終われば徳川による平和な世が来るのは間違いなかった。そのためにまた多くの人の血が流れることになる。甲斐の新府城でのいたいけな甥や姪が磔になり、晒されていた悲惨な光景を思い出す。松姫を姉のように慕ってくれた子ども達であった。

「その通りなのですが、互いに会うこともなく時勢に流されて行くのかもしれません。悲しいことを見るのは嫌ですね。幸松様の将来もまだ定かではありませんもの」

見性院は複雑な思いであった。子どもの成長は早い。まだこのように幼い内は幸松も庶民の子ども達と共に暮らすのも良いが、将軍の子息としてこのままで良いはずはないと。

五月五日に徳川家康は二条城を出発し、大坂城へと進軍を開始した。六日未明に徳川軍と豊臣軍が衝突し激戦となったが、後藤基次、薄田兼相、木村重成の大坂方の名だたる武将が戦死し、豊臣軍は敗退した。翌七日、大坂城に追い詰められた豊臣軍は真田幸村を中心として決死の反撃を試みた。激戦が続き、家康危うしの状況まで真田幸村は迫ったが、ついに力尽き最後は徳川方の完勝となった。大坂城は炎上し、翌朝まで燃え続けた。八日、大坂城は落城し、淀殿と秀頼は自害した。千姫は落城寸前に坂崎直盛によって救出された。

大坂へ出陣していた千人同心の部隊も六月の初めには八王子に戻って来た。早速善吉が同心衆の仲間から大坂の合戦の様子を聞いて来た。

「信松尼様、大坂城は短い日数で落城しましたが、戦は激しいものだったようです。同心衆は秀忠公の陣営に属していましたが、家康公の陣が急襲され、危険な状態になったために救援に差し向けられました。しかしながら、攻め寄せる真田軍に瞬く間に蹴散らされてしまったそうです。とても歯が立たなかったようです。特に大久保長安様の事件の折に陣屋に同調して決起しようとした若い同心衆の半分が戦死し、残りの者も負傷してしまいました。何故あの若い同心衆が戦線の前面に立たされたのかは不明だと言っています」

「あの若い同心衆の姿を思い出します。悲しいことです」

信松尼は涙を流し、夕焼けに染まる西の山々に手を合わせ若者達の冥福を祈った。

七月十三日、元号が慶長から元和に変わった。大坂夏の陣により豊臣氏が滅亡し、応仁の乱から百五十年続いた戦乱の時代が終わった。この後、大名同士が争うという戦争はなくなり、徳川幕府の全国支配体制の基礎が確立した。元和は平和の世が始まったことを意味する。家康が苦心惨憺の末ようやく天下太平の世を実現させたのである。

七、

「お蚕さんもこの暑さのせいで食欲がないようだね」

蚕も桑の葉の食べ残しが多くなっていた。おキミと千代が蚕箔を給桑台の上に載せ、蚕の糞や桑の食べカスを掃除し、新鮮な桑を与えようとしていた。風もなくむしむしとした熱気に息がつまりそうな日であった。

「信松尼様は？」

おキミが信松尼の姿を探して養蚕所の中を見回した。信松尼は先程まで奥の蚕棚辺りで蚕の様子を見ていたはずであった。「何と暑いのでしょう。これではお蚕様も痩せ細ってしまいますよ」という信松尼の声が聞こえてから暫く過ぎた。

「ちょっと様子を見て来るわ」

おキミは胸にざわつくものを感じ、奥の蚕棚の方へ急いだ。

「千代ちゃん、大変よ、信松尼様が……」

おキミの叫び声が養蚕所の内外に響き渡った。

蚕棚の間に信松尼が倒れていた。信松尼は昨夜遅くまで機織りをしていたし、今朝は早くから桑畑へ出て桑の葉取りの手伝いをしていた。このところのこの暑さで誰もが食欲不振で体がだるいと言っていた。皆暑さに負けて仕事に意気込みが感じられなかった。信松尼は率先して仕事をしてお手本を見せようとしていた。

善吉がすぐさま駆けつけて来て信松尼を背負い、居室に運んで行った。風を送り、井戸の冷たい水で汗を拭き、四半刻過ぎると顔に赤みがさしてきて信松尼は眼を開いた。両脇から見下ろすおキミと千代の顔がありニコリと笑っていた。

「どうしたのかしら」と信松尼は起き上がろうとしたが、ふらっとして倒れそうになりおキミが慌てて手を差し出して支えた。

「信松尼様、まだお休みになっていないといけません。暑さの真っ盛りの中、信松尼様は毎日働き詰めです。無理のし過ぎです。体が悲鳴を上げていますよ」

おキミの言葉に納得したのか、信松尼は再び床に伏した。千代が団扇で風を送る。信松尼は何も言わずに眼を閉じた。

その後は信松尼も無理せず自分の体調を考えて仕事をしていたが、疲れが出ると床に伏す日が多くなっていた。今年も養蚕を三回こなし、秋蚕も繭となり、糸繰りまで順調に進んだ。信松尼が先に立って仕事を指導しなくてもおキミや千代が代わりを務められるようになった。信松尼は体調が良い時は機織り場へ来て機を織るが、根を詰めて仕事をした後など疲弊して寝込むこともしばしばであった。

徳川幕府は『武家諸法度』を制定し、諸大名に対する統制を強め、朝廷に対しては『禁中並公家諸法度』で重圧をかけ干渉し、公武の関係を明確にした。徳川家康は老齢を重ね自分の死期が近づいているのを自覚し、悠然と駿府で暮らしていた。江戸城の秀忠の政権運営も順調に推移し、徳川の世は安泰の道を歩み始めていた。

大久保長安の命令で甲斐の長延寺に行ったまま行方の分からなかった善吉の兄・幸吉が、いつの間にか八王子に戻っていた。幸吉の長男・健吉は長い間鍛冶屋の修業に出ていたが、幸吉が戻って来たのと同時に八幡宿で鍛冶屋を始めた。朝から親子で鉄を打つ槌音が町の中に自然と溶け込むようになった。物売りの声が聞こえ、荷駄を積まれた伝馬の馬が列をなし、朝早く宿を立つ旅人がざわざわとして、穏やかに八王子の町の一日が始まる。

幸吉と八重の娘・久美は信松尼のもとで養蚕、機織りを習い覚えその技術は抜きん出ていた。年齢も二十一歳となり美しさも増し、千人同心の組頭の倅が久美を見染めてこの秋に嫁入りとなった。婚家の母親も機織りをしており、一緒に仕事ができると喜ばれていた。

幸松とお志津は安心して何不自由なく信松尼の草庵で暮らしていた。遊び相手の子どもは多いし、読み書き手習いは信松尼が直々に教えていた。

「幸松様の将来を考えますと、この暮らしを先々続けて行く訳にはまいりません。何と言っても秀忠公の血を引く若君です。必ず武門の長として世に出る機会が来ると思います。その時のために尊敬できる優れた人物に幸松様の育成を頼むのが良いと考えます」

見性院が大牧の里から久々に草庵を訪れ、信松尼に言った。

「幸松様も来年は五歳になります。元気に男の子らしくなってきました。家康公の孫にあたる子ですから、やはり他の子ども達とは違います。姉上様の言うように人の上に立つ運命を背負っているのだと思います。このまま草庵で暮らし穏やかに成長して行くのも人の生き方だと思いますが、徳川家が幸松様を放っておくことはないでしょう。幸松様にはその時のために今から君主として相応しい武芸、学問、教養を身に着けて頂く必要があると思います。わたしもこのところ病気がちですし、やはりここは文武に優れた立派な方に幸松様の育成をお頼みした方が良いと思います」

信松尼も幸松の将来を考えればそう判断せざるを得なかった。幸松とお志津は草庵の皆と仲良く楽しく暮らしていた。信松尼も二人を愛おしく思っていたし、幸松もよく懐いてくれた。お志津は亡くなった生弌尼に顔立ちも性格もよく似ており、信松尼にとって思い出深く心の安らぐ存在であった。別れは辛いが幸松のためであると決心した。

「それで、そなたも保科正光殿を知っているであろう」

「はい、知っておりますが、高遠藩の藩主でございますね。江戸と高遠の往復には甲州道中を通行するのでよくこの草庵に立ち寄ってくださいます」

保科正光は高遠藩二万五千石の藩主であった。父・正直は武田家旧臣で、信松尼の兄・仁科信盛の副将として高遠城に籠り、織田信忠の大軍に対峙した。仁科信盛は徹底抗戦の末命果てたが、保科正直は城を脱出した。その後徳川家康に仕え、家督を譲られた正光は数々の武勲功績を挙げ、高遠藩二万五千石に封じられたのであった。保科正光は謹厳実直で義理人情に厚く、人心を理解し民百姓を大切にしていた。将軍秀忠からも強く信頼されていた。

「その保科正光殿に幸松様を養子にしてほしいと頼んだのです。保科殿は旧武田家の家臣として、武田信玄の娘のわらわとそなたのことを大切に見守っていてくれます。保科殿は立派な方です。わらわの気持ちを理解し、幸松様を養子にもらい受けましょうと約束してくれました」

「それは有難いことです。保科殿なら安心して幸松様をお任せできます。高遠の城で幸松様を人望のある優れた君主に育ててくれると思います」

信松尼は兄・仁科信盛を頼って高遠の城で長い間暮らしていた。春になり桜が咲き出すと、城内には息を飲むような美しい光景が広がるのであった。松姫は幼い督姫が両親の愛情に包まれ、幸せに育って行く姿を見ていた。懐かしい高遠の城が眼に浮かんだ。

以前、見性院に老中土井利勝から幸松のこれからの養育について打診があった。その時、信頼できる人物として保科正光の名を上げ幸松の養親として推挙していた。幸松の将来について将軍秀忠は大層気にかけており、保科正光なら幸松を任せることができると喜んだ。最初、保科正光は見性院からこの話を聞き、驚いて考え込んでしまった。次に土井利勝からも話があり、将軍秀忠の気持ちが伝えられた。

こうして幸松は保科正光の養子となることが決まった。幸松は後に保科家高遠藩三万石を襲封し、保科正之を名乗ることになる。また三代将軍徳川家光は異母弟である保科正之を信頼し重用した。正之は期待に応えて幕政を支え、家光に忠誠を尽くした。正之は高遠から山形二十万石へ、そして会津二十三万石へと抜擢されて行く。保科正之は三代将軍家光を補佐し、四代将軍家綱の後見人となり、徳川幕政の基盤をしっかりと支えた。会津藩藩祖保科正之の徳川家に対する至誠、至純の心は幕末の動乱まで続くことになる。

さて、元和二年（一六一六）の冬は厳しい寒さとなり、八王子でも凍えるような日が何日も続き、雪は例年になく多かった。信松尼は寒さに耐えようとする気持ちが薄れて行くのがわかった。床に伏せじっとして動かず目を瞑り、一日が過ぎるのを待っていた。火桶の炭がわずかになってきた。

「信松尼様、お食事を持ってまいりました」

千代が襖を開け、庫裡から夕食を運んで来た。冷気が居室の中に流れ込んで来た。

「あまり食べたくありませんね」

食も細くなっていた。出された食事の半分は何とか食べようとしたが、最近になり食欲は失せるばかりであった。

「無理してもお食べにならないといけませんよ」

千代は毎度同じ言葉を繰り返していた。医師は「とにかく栄養をつけなさい、美味しい物を出して食欲をそそりなさい」と言う。

庫裡の方から子ども達の元気な声が聞こえてきた。おキミとお志津が子ども達の食事の世話をしていた。おキミは殆ど毎日子どもの栄助とおはなを連れて草庵に手伝いに来ていた。団子屋の方は夫の和助と義母の二人で充分足りていたし、義母も信仰心の篤い人で信松尼のためならと喜んでおキミを送り出してくれていた。ただ、夕食の世話が終わればおキミ親子は真っ直ぐ急いで団子屋へ帰って行く。

　善吉と千代の子・弥吉も四歳になり、幸松の後を追いかけ遊び回っていた。今、六人の孤児が草庵で暮らしていた。親を亡くした子や親に捨てられた子が江戸の町役人に連れられて草庵にやって来ることもあった。昼間は近在の子ども達が読み書き手習いの勉強に元気に草庵を訪れる。幸松は大勢の子ども達に囲まれ成育していた。

「大御所様の体の具合が良くないと聞きましたが……」

千代は湯気の立つ粥を椀によそい、信松尼の膳に置いた。

「そのようですね。わらわも善吉からその話を聞きました」

信松尼は粥を一口食べてすぐに箸を置き、茶を喫した。

「江戸から将軍様が駿府に見舞いに行き、そのまま戻って来ないそうです」

「大御所様も今年は七十五歳になると思いますよ。ご年齢からすれば、日の本中で心配するのも当然ですが、大御所様のこと故、元気になられると思います」

信松尼は、父・信玄は五十一歳で、信長は四十九歳で、太閤秀吉は六十一歳でこの世を去ったと思いを巡らせた。家康は七十歳を過ぎても、豊臣氏存続を条件に淀殿を駿府に呼び寄せようとしたとの噂が流れるほど元気だと聞いていた。

「そうですよ、信松尼様も元気になってもらわなくては困りますよ。大御所様に較べたら遥かに若いのですからね」

「はい、わかりました」

そう言って信松尼は箸を取ったが、やはり一口食べただけで箸を置いてしまった。

寒さも少し和らぎ春めいてきた。草庵の梅は遅咲きで薄桃色の花がつく。それがようやく一輪二輪と咲き始めていた。いつもの年だと、「善吉、そろそろ養蚕の準備にかかりましょうか」と信松尼から声がかかり、善吉は一緒に養蚕所に入り、蚕棚や道具の点検をするのであった。後一月もすれば蚕種が届けられ、孵化した蚕に桑の葉をたくさん食べさせ育てねばならない。今年はどうするのであろうか？　信松尼の病は日毎に重くなっていた。準備だけはしておかなくてはと、善吉は信松尼の居室の前庭を抜けて養蚕所へ向かおうとした。

「兄さん！　丁度良かった、ちょっと待って」

「おキミか、どうした？」

善吉の妹のおキミが信松尼の居室から出て来て、善吉を呼び止めた。

「信松尼様が兄さんを呼んでいますよ」

善吉が居室に入ると、部屋の中央に信松尼が床を取り伏せていた。枕元にお志津が、足元に千代が座り、信松尼を見守っていた。

「少し起こしてください。善吉に話があります」

おキミとお志津が信松尼を支えないと倒れそうであった。

「信松尼様、無理をなさらないでください」

善吉は泣きそうな顔をしていた。暖かな日が射し込み、信松尼はいくらか気分が良いようであった。冬の間は寒さを堪え、床に伏したままの辛い毎日であった。おキミに千代とお志津がかいがいしく信松尼の世話をしていた。善吉が信松尼の顔を見るのは久し振りであった。

「大丈夫ですよ、善吉の顔を見たら元気が出ましたよ」

信松尼の顔が少し明るくなった。

「善吉、今年のお蚕様の準備をしないといけませんね」

「はい、これから養蚕所へ入って道具の具合を見ようとしていたところです。信松尼様、いつも通りに始めたいと思いますがよろしいですか」

桑の木も冬を越え新芽が吹いていた。すぐに青々した桑畑が広がるであろう。今年の蚕種は艶も良くて元気そうだ、いつも通りの数でいいかと蚕種屋から連絡が入っていた。これで信松尼さえ元気になってくれたら一番良いのだが、と善吉の思いは複雑だった。

「善吉、よろしく頼みますよ。もう少し元気になったらわらわも一緒に働きますからね。それまで皆で力を合わせて蚕様を育ててください。今日は何と良い日なのでしょう」

信松尼の顔に笑みが浮かんだ。だが、急に吐く息が苦しそうになった。

「信松尼様、横になった方がいいですよ」

「はいそうですね。疲れました」

おキミとお志津は信松尼の体をゆっくりと臥所に横たえた。

初夏のような日射しが降りそそぎ、桑の葉が青々と繁り始めた。蚕種から孵化した蚕が少しずつ桑の葉を食べ始めていた。例年なら活気に溢れてくる頃なのだが、草庵は暗く沈んでいた。上州から宮原家の貞の方が、上総から内藤家の香具の方が草庵に到着した。見性院が信松尼の容態が良くないとの文を二人に出していた。二人とも輿入れしてから初めての里帰りであった。

「信松尼様、わかりますか？　貞姫ですよ」

「わかりますよ。みなさんの顔、忘れはしませんよ。貞姫に香具姫に督姫、三人の姫君がみないますね。甲斐国から八王子へみんなで必死になって逃げて来たのですよ。貞姫と香具姫は四歳で督姫は三歳でしたね」

信松尼の眼が貞の方から香具の方へと移り、お志津で止まった。

「督姫は高遠の城に帰ることになったのですね。良かったですね」

信松尼の眼に映るのは幼い時の姫君達の顔なのかもしれない。

「はい、来年には出発したいと思います」

お志津は亡くなった生弌尼と良く似ていると言われていた。貞の方も香具の方もこの度お志津とは初めて会ったのだが、あまりに生弌尼に似ているのに驚いていた。お志津の横には幸松がぴたりと座っていた。

「幸松様、心の優しい人になってくださいね」

信松尼は幸松をじっと見つめて言った。

「はい、わかりました」

幸松がはっきりと返事をした。信松尼の顔に微かに笑みが浮かぶのがわかった。枕元に座る見性院の眼から涙が零れていた。

「香具姫は幸せに暮らしていますか?」

信松尼の手が伸び、香具の方がしっかりと握った。

「幸せですよ」

香具の方は上総佐貫藩三万石内藤忠興の側室として輿入れした。正室に男子がなく、香具の方は二男二女の母親となっていた。武田勝頼を裏切った小山田信茂を父に持つ香具姫に対し世間の目は厳しかったが、信松尼は辛い思いをさせないようにと気を配り、香具姫を守り育ててきた。そのおかげで香具姫は素直で明るい娘に成人したのであった。

後の話になる。松姫の兄・御聖道様こと武田竜宝の子・顕了は大久保長安事件に連座して息子の教了と共に伊豆大島に流されていた。顕了は大島で亡くなったが、教了は寛文三年(一六六三)に赦免され、江戸に戻ることができた。そして、教了こと武田信正はその頃磐城平七万石藩主となっていた内藤忠興に迎え入れられ、娘の婿となった。娘の母は香具の方である。その後、武田家は再興され徳川幕府の高家の役職を得ることになる。

別の話になるが、幸松が保科正之として高遠藩藩主となり、正室として迎え入れたのは内藤忠興の妹菊姫であり、香具の方の義妹であった。

「西の空が夕焼けでとてもきれいですよ」

庫裡から戻って来たおキミが言った。

「見てみたいですね、そこの戸を開けてくれますか」

信松尼の声がはっきり聞こえた。雨戸の近くにいた千代が戸惑い、皆の顔を見回した。

「千代、開けても大丈夫だ、外は暖かい」

いつの間にか部屋の隅に善吉が座っていた。

「善吉がいるのですか？」

信松尼が善吉の姿を探そうと声の方に顔を向けようとした。

「善吉、ここに来なさい」

見性院が善吉を傍に来るよう呼びよせた。

「信松尼様、今日の仕事は終わりました」

「そうですか、ごくろうさまでした。それでお蚕様はどうですか？」

信松尼の眼に生気が戻ったかのようであった。

「蚕種から皆、元気に孵化しました。毛蚕は小さくした桑の葉を食べ始めています。今日一日かかって毛蚕を蚕座に移しました」

「それは大変忙しい一日でしたね。でもこれからもっと忙しくなりますね」

「はい、大丈夫です。今年のお蚕様はとても元気がいいです。きっと良い糸が取れると思いますよ。おキミも千代も頑張ろうと言っています。信松尼様は安心して静養してください」

「ありがとう、善吉、おキミ、千代、よろしく頼みますよ」

千代が雨戸を開けた。束の間まぶしい夕陽が射し込んできたが、日はすぐに西の山影に沈んで行った。夕陽に染まった空が広がっている。

「少し体を起こしてください」

貞の方と香具の方が信松尼の体を支え起こした。

景信の山頂とその奥に陣馬の山並みが黒い影となって連なっていた。いっぱいに広がっていた紅色が薄れ、空は青から深い藍色へと変わり始めていた。

「あの少し窪んだ所が案下峠ですね」

「信松尼様、わかりますか？」

貞の方は信松尼の視線の彼方を追っていた。

「案下峠にようやく着きましたよ。小さな姫君三人を連れた逃避行がようやく終わったのです。そしておキミが誕生しましたね」

信松尼の頰を涙が濡らしていた。

「風を感じます。甲斐国から流れて案下峠を越えて今ここに届いたのですよ」

そう言い、信松尼は眼を閉じ手を合わせた。


それから数日後の四月十六日、信松尼はこの世を去った。享年五十六歳であった。

翌十七日、徳川家康が駿府城において七十五歳の生涯を終えた。

信松尼は生前からこの草庵を寺院にしたいと考えていた。熱心な信松尼のその気持ちを聞いていた随翁舜悦卜山和尚は、その年の十月、信松尼を開基とした寺院・信松院を開山創建したのであった。

おキミは信松尼が亡くなった後も毎日寺へ通った。本堂で信松尼の位牌に手を合わせた後、以前と同じように仕事を始める。養蚕、糸繰り、機織りは善吉・千代夫婦が担当し、おキミは孤児達の世話をする。読み書き手習いは千人同心のご隠居さん達が来て子ども達の面倒を見ていた。機織りを習いに来る娘達は相変わらず多かった。同心衆の家に嫁いだ幸吉の娘・久美は、更に機織りの腕を上げて信松院で娘達の技術指導にあたっていた。

「健吉が嫁をもらうと聞いたけど本当かね？」

千代が子ども達の食事の世話をしているおキミに話を聞きに来た。

「そうよ、おばさん、来年の春にお嫁さんが来るんだって。健吉さん、張り切っているよ」

おキミが話し出そうとする前に、娘のおはながしゃべっていた。おキミと千代があきれて顔を見合わせた。おはなは八歳になっていた。

「おはなは相変わらずおしゃべりだね」

千代が、おはなの頭をそっと撫でた。

幸吉・健吉親子の鍛冶屋は朝から槌音を響かせ忙しかった。明日は横山宿で六斎市が開かれる。注文の農具、工具の仕上げを急がねばならなかった。日脚が少しずつ短くなっていた。信松院の善吉のもとに六斎市の紬座に出店する商人が絹織物の仕入れに来ていた。話がまとまった時には、日は西の山に傾き夕焼けの空が広がり始めていた。

完

あとがき

ようやく『松姫　夕映えの記――八王子とともに――』を書き終えることができました。前作『キミ達の青い空――八王子空襲から七十五年――』を出版して三年になろうとしています。今年、私も七十五歳の後期高齢者になります。以前は朝のジョギングで三、四キロの距離を走っていましたが、今は速足で二キロぐらい、それも若い人が普通に歩いて私を追い抜いて行きます。「前野さん、背中が曲がっていますよ」と声をかけられることが多くなりました。これはショックで、自分の背中がみえないだけに辛いものがあります。

視力、聴力を始めとして体の力は劣化して来ています。ただ、力の加減といいましょうか、若さを代表するエネルギーが抑えられることによって、歳を取ることの良い面も現れてきます。前回もですが、若い時であったならば、このように小説を書くことは出来なかったかと思われます。勿論才能がなかったせいが一番ですが、若い時に書こうとした小説は一つもうまく行きませんでした。気ばかり焦って、夢ばかりを追い求めていました。仕方のないことです。若さとはそういうものなのでしょう。

『松姫　夕映えの記――八王子とともに――』は一日に原稿用紙一枚～二枚をこつこつと、二年をかけて書き上げました。焦ることはありませんでした。ゆっくりと、松姫が甲斐国を逃れ、八王子で得度して信松尼となり亡くなるまでを書いて来ました。三歳であった我が家の猫達も五歳になりました。夜遅くパソコンに向かっていますと、必ず二匹は交代で現れ、執筆の邪魔をします。雄ネコのチコはキーボードが好きなようで、その上に体をどすんと横たえます。「どいておくれ」と言ってもどこうとしません。十五分はその上にいるでしょう。チコがいなくなった後は、メス猫のクミが現れます。椅子の下で、ひっくり返り、腹をさすって欲しいと「ニャゴニャゴ」と鳴いて邪魔をします。それでしばらくクミの相手をします。猫達が満足して自分の寝床へ向かった後、時計を見ると午前一時になろうとしています。一度に眠気が襲ってきます。「明日があるさ」と私も寝床へ入ることにします。そうです。明日があるから、こつこつ毎日書き続けることができました。

『キミ達の青い空』では八王子空襲の混乱の中を生き抜く人たち、『松姫 夕映えの記』では戦国時代の混乱を生き抜く松姫を中心とした八王子の人たちを描いてきました。コロナ禍が収束に向かっています。幸いに私は新型コロナウィルスに感染せずにここまで来ました。健康であればもう少し頑張れそうな気がします。次作のこともちらちらと頭に浮かび始めています。やはり八王子の人たちが活躍する作品を書きたいと思います。

この数年の間に、大切な人達との悲しい別れがたくさんありました。寂しく辛い思いでいっぱいになりました。『キミ達の青い空』を読んで、「良かったですよ。次の作品を待っていますよ」と言ってくれた人も去って行きました。こうして『松姫 夕映えの記』を完成、出版することができました。「キミちゃん」を始めとして天国にいる皆さんも喜んでくれていると思います。『松姫 夕映えの記』を天国に送りますので是非読んでください。

最後に、この作品を書くにあたり参考にさせて頂いた本、資料文献の著者の方々に心からお礼と感謝を申し上げます。ありがとうございました。

二〇二三年三月吉日

著者

参考文献

『八王子市史・上下』（八王子市史編さん委員会）　１９６７年
『新八王子市史・通史篇２・中世』（八王子市史編集委員会）　２０１６年
『新八王子市史・通史篇３・近世（上）』（八王子市史編集委員会）　２０１６年
『八王子千人同心史　通史編』八王子市教育委員会　１９９２年
『八王子城跡御主殿』八王子市郷土資料館　２００４年
『大久保長安と八王子』八王子市郷土資料館　２０１３年
『下原刀』八王子郷土資料館　２００３年
『特別展武州下原刀』福生市郷土資料館　１９９８年
『聞き書き織物の技と生業』八王子市史叢書２　２０１４年
『八王子写真民俗誌』八王子市史叢書５　２０１６年
『八王子城主・北条氏照』（下山治久）たましん地域文化財団　１９９４年
『論集　代官頭大久保長安の研究』（村上直）揺籃社　２０１３年
『日本中世の百姓と職能民』（網野善彦）平凡社ライブラリー　２００３年
『中世民衆の生業と技術』（網野善彦）東大出版会　２００１年
『鍛冶屋の母』（谷川健一）思索社　１９７９年
『史実　大久保石見守長安』（北島藤次郎）鉄生堂　１９７７年

『武田信玄息女　松姫さま』（北島藤次郎）講談社　１９７２年
『北条氏照とその周辺』（北島藤次郎）鉄生堂　１９９１年
『八王子物語　上中下』（佐藤孝太郎）武蔵野郷土史刊行会　１９６５年
『疾風に折れぬ花あり　上下』（中村彰彦）中公文庫　２０２０年
『信松尼』（川辺リツ）星雲社　２００４年
『松姫はゆく』（仁志耕一郎）角川春樹事務所　２０１４年
『織田信長合戦全録』（谷口克広）中公新書　２００２年
『織田信忠』（近衛龍春）ＰＨＰ文庫　２００４年
『信長軍の司令官』（谷口克広）中公新書　２００５年
『織田信長の家臣団』（和田裕弘）中公新書　２０１７年
『織田信忠』（和田裕弘）中公新書　２０１９年
『火怨の城　信長の叔母』（阿井景子）講談社文庫　１９８７年
『孤軍の城』（野田真理子）歴史読本　２００８年２月号
『松姫・信松尼』（野田真理子）松姫様四百年祭記念　２０１６年
『戦国北条記』（伊東潤）ＰＨＰ文芸文庫　２０１６年
『北条氏照』（伊東潤）ＰＨＰ文庫　２００９年
『関東戦国史と御館の乱』（伊東潤・乃至政彦）洋泉社歴史新書　２０１１年
『北条氏照』（浅倉直美）戎光祥出版　２０２１年

『戦国の城は民衆の危機を救った』（中田正光）揺籃社　２０１３年
『実録戦国時代の民衆たち』（笹本正治）一草舎出版　２００６年
『八王子城主北条氏照の物語』（前川實）揺籃社　２０１９年
『決戦八王子城』（前川實）揺籃社　２００９年
『幻の八王子城』（前川實）かたくら書店新書　１９８８年
『大久保長安　上下』（堀和久）講談社文庫　１９９０年
『大久保長安　家康を創った男！』（山岩淳）揺籃社　２０２０年
『徳川家康1～26』（山岡荘八）講談社文庫　１９８２年
『徳川家康』（北島正元）中公文庫　１９８３年
『徳川家康読本』（桑田忠親）廣済堂文庫　１９８７年
『徳川家康　天下人への跳躍』（別冊歴史読本）新人物往来社　２００８年
『保科正之』（中村彰彦）中公新書　１９９５年
『名君保科正之と会津松平一族』（別冊歴史読本）新人物往来社　２００５年
『慈悲の名君保科正之』（中村彰彦）角川選書　２０１０年
『鍛冶屋の教え　横山祐弘職人ばなし』（かくまつとむ）小学館文庫　１９９８年
『鉄に聴け　鍛冶屋列伝』（遠藤ケイ）ちくま文庫　２０１９年
『たたら製鉄の歴史』（角田徳幸）吉川弘文館　２０１９年
『たたら製鉄と日本刀の科学』（鈴木卓夫）雄山閣　１９９０年

『ニッポン鍛治屋カタログ』（かくまつとむ）小学館　２００２年
『江戸時代の八王子宿』（樋口豊治）揺籃社　１９９０年
『八王子の名僧　卜山』卜山講　２０１３年
『陣馬街道の今昔』（石井宏道）揺籃社　２００６年
『八王子を読む』（馬場喜信）かたくら書店新書　１９８８年
『機の里・歳時記』（吉村イチ）長崎出版　１９８０年
『八王子の織物、養蚕から織物まで』八王子市郷土資料館　１９８４年
映像「丸子町の養蚕業」上田市丸子郷土資料館
「県南地域で唯一！　養蚕農家体験」千葉県鴨川市

その他、たくさんの資料を参考にさせて頂きました。

著者略歴

1948年、八王子市旭町に誕生。

八王子市立第四小学校、八王子市立第三中学校、都立国立高校、早稲田大学卒業。

八王子市旭町にて小売店を経営。

現在、西放射線ユーロード、八王子駅北口商店会、旭町町会の理事として地域活動に参加する。

著書に、小説『キミ達の青い空――八王子空襲から七十五年――』(2020年、揺籃社刊) がある。

松姫《まつひめ》 夕映《ゆうば》えの記《き》

――八王子《はちおうじ》とともに

2023年 (令和5) 4月1日印刷

2023年 (令和5) 4月16日発行

著者 前《まえ》 野《の》 博《ひろし》

発行 揺 籃 社

〒192-0056 東京都八王子市追分町10-4-101

TEL 042-620-2615 FAX 042-620-2616

URL https://www.simizukobo.com/

ISBN978-4-89708-500-5 C0093 落丁・乱丁本はお取り替えいたします